ऋता शुक्ल
की
लोकप्रिय कहानियाँ

ऋता शुक्ल
की
लोकप्रिय कहानियाँ

प्रभात पेपरबैक्स
प्रभात प्रकाशन
ISO 9001 : 2008 प्रकाशक का उद्यम
www.prabhatbooks.com

प्रकाशक

प्रभात पेपरबैक्स

4/19 आसफ अली रोड, नई दिल्ली–110002

फोन : 23289555 • 23289666 • 23289777 ❖ फैक्स : 23253233

इ–मेल : prabhatbooks@gmail.com ❖ वेब ठिकाना : www.prabhatbooks.com

संस्करण

प्रथम, 2015

मूल्य

एक सौ पचास रुपए

अ.मा.पु.स. 978-93-5186-307-6

मुद्रक

आर–टेक ऑफसेट प्रिंटर्स, दिल्ली

★

RITA SHUKLA KI LOKPRIYA KAHANIYAN

₹ 150.00

Published by **Prabhat Paperbacks** (A Division of Prabhat Prakashan)
4/19 Asaf Ali Road, New Delhi-2

ISBN 978-93-5186-307-6

निवेदन

यह अनंत प्रकृति अत्यंत रहस्यमयी है। कल-कल बहती नदी को ही लें! उसके जीवन में अवरोधक तत्त्व जितने प्रबल होते हैं, प्रवाह की ऊर्जा उतनी ही त्वरित होती जाती है। प्रस्तर-खंडों से जूझती, मृत्तिका-स्तूपों को ढहाती हुई पहाड़ी नदी का पछाड़ खाता चेहरा जब कभी आँखों के सामने उभरता है, तब किसी वजूद की पहचान मेरे मन में सुलग उठती है—कहीं यह वजूद मेरा ही तो नहीं? मेरा 'मैं' मुझसे मुखातिब होकर प्रश्न करने लगता है—

समस्त व्यवधानों के विरुद्ध जो जिजीविषा खड़ी दिखाई देती है, उसके भीतर आस्था का उद्बोधन कौन भरता है? उसकी थकी-हारी प्राण-शिराओं से प्रताड़ना के शूल खींचकर सरल-तरल संवेदना की ओषधि कौन जुटाता है? वह कौन है, कबंध आशाओं को श्रीमुख करता हुआ उसके लिए नित्य नए संकल्पों के आयुध जुटाता है?

भारतीय संस्कृति का वह लोकराग जो पूरे राष्ट्र को संवेदना के सूत्र में बाँधता था, विलुप्त होता चला जा रहा है। ज्ञान गुमानी जनों की रुक्षता, सुख-वैभव का विज्ञापनी अभिशाप, जड़ विलासिता के पीछे भागने की उन्मदता, ग्रामांचल के प्रति सोची-समझी उदासीनता के विपरीत साँस-साँस तपना मेरी लेखनी की नियति है। मेरी समस्त रचनाओं में लोक-वेदना का अनहद विस्तार है।

'कनिष्ठा उँगली का पाप' के नीलाभ रंजन की अनुभूति को शब्द देती मेरी चेतना संकल्पबद्ध है। मनुष्य के मेधा-सेतु पर आरूढ़ अनुभवों के विस्तार का यह यात्रा-क्रम नित्य नए आलोक का वरण करनेवाला है। विश्वविद्यालयी शिक्षण-पद्धति की अराजकता से अनवरत जूझते प्रज्ञा-पुरुष नीलाभ रंजन की हताशा, पैरों तले किसकिसाती रेत सी विफलता का आभास और सबकुछ छोड़कर पठन-पाठन की दुनिया में दुबारा लौट जाने का निश्चय··· ! शैक्षणिक प्रदूषण के इस परिवेश में किसी भी मनस्विता के लिए इन पदों पर टिके रहने के एवज में अपना सुकून खो देना कनिष्ठा उँगली का पाप ही तो है।

स्मृतियों की प्रत्यंचा कर चढ़ी चेतना का अतीतगामी आवेग, आँसुओं के उमड़ते

हुए महाज्वार से कढ़ता आकुल निनाद और जीवन की रिक्तता को पाटने वाली अक्षय जय-ध्वनि—

हबे, प्रभात हबे—होगा, निश्चय प्रभात होगा!

बालिका जन्म की त्रासदी से उपजे मस्तिष्क रोग की यंत्रणा झेलती चंपावती की जीवन-गाथा—

रामो गति देहु सुमति··· !

चंद्र, सूर्य पर लगने वाले ग्रहण से बड़ा बिटिया-ग्रहण होता है। उससे निष्कृति के लिए रूढ़ि-मुक्ति वैचारिकता की नई दिशा तलाशने के सिवा दूसरा विकल्प नहीं।

भौतिकता का छद्म सहेजते, कौड़ी के मोल हीरे जैसी जिंदगी लुटाने वाले लोगों की भीड़ का हिस्सा नहीं बनना श्रेण्या को। असहज जीवन-स्थितियों के दंश से पथरा गए चेहरों की भीड़ से अलग पहचान बनाने वाली 'जीवितोस्मि' की श्रेण्या अपने चतुर्दिक् उमड़ते कल्मषों से जूझने की ऊर्जा बटोरती देखी जा सकती है।

नदी का उद्गम ही विषाक्त हो जाए तो मधुर जल की आशा किस प्रकार की जा सकती है? काठ की हाँड़ी बनी, जल-जलकर भस्म होती जिंदगी? हिमशिलाओं के बीच निभृत अकेलापन झेलते पहाड़ी नद की उफनती हुई धार से पद्मसंभव। जीवन के अंतिम प्रहर में भोर का आभास देती अपूर्वा! समस्त प्रवंचनाओं से मुक्ति की खोज का दूसरा नाम है—'देस बिराना'!

आज पूरे विश्व में भोग की होड़ मची है।

मेरे ताऊजी श्रीमन्नारायण तिवारी ने अठारह वर्ष की आयु में संन्यास स्वीकार किया था। सुंदरवन, नवद्वीप, सिंहलद्वीप, कामरूप कामाख्या, मानसरोवर कैलास धाम, कालीघाट, बदरीनाथ, केदारनाथ, बालाजी तिरुपति और अंत में श्रीकृष्ण जन्मभूमि मथुरा! खोने और पाने के तृष्णाजाल से मुक्त श्रीमद्भक्ति वेदांत महाराज के रूप में विश्ववंद्य ग्रामपुरुष की दिव्यता, मटमैले तीरथ की वह पाटल स्मृति!

मेरी शब्द-साधना को ताऊजी की आध्यात्मिक चेतना ने प्रतिपल मंगलमयी आश्वस्ति दी है। मेरे लिए काशी, कैलास—सबकुछ, मेरे वे पितृव्य हैं।

अपनी कुटिया में जगत् कल्याण का अलख जगाते श्रीमन्नारायण तिवारी की पर-दुःख कातरता को निवेदित है—मेरी यह कृति!

—ऋता शुक्ल

कथा-क्रम

कनिष्ठा उँगली का पाप

: 1 :

अपने घर के चौड़े बरामदे की दाहिनी ओर पड़ी आरामकुरसी पर डॉ. नीलाभरंजन अधलेटे बैठे हुए थे। उनके बाहर-भीतर चारों तरफ गहरे मौन का मरुद्वीप आकार लेता जा रहा था और उनका समूचा वजूद अपने भीतर कुछ तलाशने की कोशिश में मन की परत-दर-परत पार करता न जाने किस ओर बढ़ने के लिए आतुर हो रहा था।

केवल उस विदाई समारोहवाले दिन ऐसा हुआ हो, यह बात भी नहीं थी। घर-बाहर के हर छोटे-बड़े आयोजन के आरंभ की चहल-पहल और उसके शेष होने की स्थिति में उभरनेवाली खामोशी किसी खोखले अहसास की दस्तक बनकर उनकी चेतना की दहलीज पर देर तक बजती रहती थी।

गाँव के गरमियोंवाले दिनों की धूल भरी दोपहरी में अम्मा का हुक्म होता था—कहीं बाहर नहीं जाना है। चुपचाप सो जा नीलू!

और वे अम्मा की बात मानकर आँखें बंद किए चुपचाप पड़े रहते थे। गली की धूल-धक्कड़वाली पछुवा हवा उनके कमरे की बंद खिड़कियों पर सिर पटकती रहती थी, किवाड़ों की साँकल पीट-पीटकर अपने होने का सबूत देती रहती थी। वे चिहुँककर उठ बैठते थे—अम्मा, बाहर कोई है। शायद हमारे साथी होंगे!

अम्मा कुछ कहतीं, इसके पहले वे झपटकर दरवाजा खोल देते थे—कहाँ, कोई भी तो नहीं है।

बाहर किसी के नहीं होने का वह खोखला अहसास तब उन्हें किस बुरी तरह से सताया करता था।

उम्र का इतना लंबा रास्ता तय करने के बावजूद अब भी वही खालीपन उनके मन को रह-रहकर कुरेदता रहता है—सबकुछ चुक जाने की हद तक पहुँचा हुआ खालीपन…और इस पुराने सोच की धार तब और भी तीखी हो जाती है, जब उन्हें केंद्र बनाकर, उनके

ऊपर विशिष्टता का मुलम्मा चढ़ाकर आज भी लोग-बाग उनके निकट आने की प्राणपण चेष्टा करने लगते हैं।

उँगली की पोर पर अपने जीवन के अनेक समारोहों की गिनती करते हुए वे बदस्तूर सोचते जा रहे थे। उन्हें हँसी आ रही थी—अपने आप पर भी, दूसरों पर भी। बनावटीपन और दिखावे का कैसा मायाजाल सिरजा जाता रहा उनके चारों ओर! ···मुख्य अतिथि बनकर वे बैठे रहते थे। उनके गले में फूल-मालाओं के साथ कई जोड़ी मुसकानें समर्पित होती थीं—नकली मुसकानें···और वे भी तो सहज विनम्रता का आडंबर रचते हुए सबकुछ स्वीकारते चले जाते थे। उन्हें खूब अच्छी तरह मालूम था—लोग-बाग उनकी अभ्यर्थना नहीं करते थे, उनके नाम से भी उनका कोई सरोकार नहीं था, उनकी भलमनसाहत किसी के काम आनेवाली नहीं थी। वे पूजित होते थे अपने उस पद की खातिर··· ।

···अपने मन की बात वे कहें भी तो किससे? अनुराधा होती तो वह तिनक उठती—आपके खब्ती दिमाग में केवल ऊटपटाँग बातें ही आती हैं? उगते हुए सूरज को ही अर्घ्य दिया जाता है, दुनिया का नियम यही है। सब लोगों को यह सौभाग्य कैसे मिल सकता है भला? जिसकी सामर्थ्य हो, वही तो···

सामर्थ्य क्या तोहफे में मिली थी उन्हें? सामर्थ्य को समय के हाथों से निचोड़कर अपने वश में किया था उन्होंने। बचपन में उनकी बड़ी-बड़ी आँखों की सहज स्थिरता को देखकर उनके प्रधानाध्यापक रघुराज शास्त्री कहा करते थे—इस बच्चे में असाधारण प्रतिभा के लक्षण हैं आशुतोष बाबू, इसकी आँखों में ज्वाला है, ज्वाला! सही दिशा मिल जाए, तो यह ज्वाला आपके कुल-खानदान की अक्षय कीर्ति का प्रयोजन बन सकती है।

आज शास्त्रीजी रहते तो वे उनसे जरूर पूछते—आग धधककर नहीं जले तो धुआँ फैलने लगता है। आपने इस संभावना की बाबत क्यों नहीं सोचा था··?

मन के भीतर सिमटी धुएँ की तमाम लकीरों के बीच उस सतयुगी पुरुष का चिर प्रफुल्ल चेहरा अकसर ही उभर-उभर आता था—धुएँ को जितना समेट सको, समेट लो नीलाभ, उसकी काली रेखाओं का साक्षी केवल तुम्हारा मन रहे। तुम्हें तपना है, तुम तपो··। अपने तप की आँच में अपना ही प्रकाशमान मुख देखना—यह उपलब्धि भी कम नहीं है।

धरती अपनी धुरी पर चौबीस घंटों में एक बार घूम जाती है। रात और दिन की सत्ता का अनिवार्य संबंध धरती की इस प्रक्रिया से जुड़ा हुआ है। युगों से यह प्रक्रिया अप्रतिहत, अनिवार्य भाव से दुहराई जा रही है।···आगे बढ़ते हुए कालचक्र ने जिसे पीछे छोड़ दिया, वही इतिहास बन गया न; और जो इतिहास बन गया, उसे स्मरण का विषय मानकर ऐतिहासिक पंथों की आकृतियों में बाँधा गया, कालपात्रों में शरण दी गई। लेकिन वह इतिहास कभी किसी एक व्यक्ति का नहीं रहा। किसी देश की जातिगत संस्कृति की पूरी छवि को मूर्तता देने के लिए ही इतिहास शब्द की अवधारणा की गई।

जिस इतिहास के छात्र वे रह चुके थे, तीस वर्षों तक अपने छात्रों की आत्मा में जिस

इतिहास का सरस विरेचन उन्होंने किया था, वह उनके अपने जीवन-संदर्भों का सच थोड़े ही था।...यह दूसरी बात थी कि उनके सहयोगी, उनके वरीय प्राध्यापक भी किंचित् असूया भाव से यही कहा करते थे—इस विषय की अर्थवत्ता इसलिए है कि नीलाभरंजन ने इसके भीतर अपने जीवन भर की एकांत साधना का निचोड़ भर दिया है। विषय ही किसी का व्यक्तित्व बन जाए, ऐसी विलक्षणता बहुत कम देखने में आती है, बंधु!

तीस हजार वर्ष पुराने नरकंकाल ने जहाँ एक ओर मानव सत्ता की पुरातनता का आभास कराया होगा, वहीं दूसरी ओर मानव सभ्यता के विस्तार के अनगिनत निष्कर्ष भी सामने आए होंगे।...मनुष्य की सनातन संस्कृति ने जिस दिन पहली बार आँखें खोली होंगी, उस दिन वैदिक ऋचाओं से अभिषिक्त जीवन ने चिर स्वास्थ्य, चिर प्रफुल्लता और शाश्वत समुन्नति के उपादान पाए होंगे। हिंदुओं के पुनर्जन्म का संस्कार, बुद्ध की निर्वाण-विषयक कल्पना, आत्मा और उसकी अविनाशी सत्ता पर उठाए गए विश्वव्यापी विवाद—इतिहास इन सनातन प्रश्नों की छाप लेकर एक-एक चरण आगे बढ़ाता गया।

...शरीर विनाशी है और आत्मा अविनाशी—यह संदर्भ दर्शनशास्त्र की विवेचना का मुख्य विषय माना जा सकता है; लेकिन मानव-सत्ता की अपूर्व उपलब्धियों की कालजयी सार्थकता को इतिहास के अंतर्गत विश्लेषित करते हुए डॉ. नीलाभरंजन ने जो अनोखे प्रमाण सँजोए थे, काल की अखंडित शिलाओं पर मानव-चरणों की अमिट छाप छोड़नेवाले उन प्रमाणों की सरस व्याख्या ने उन्हें एक अलग अस्मिता दे डाली थी; एक कालजयी अस्मिता...और उस यशवृत्त का अनुदिन विस्तार ही तो हुआ था।

...अपने प्रिय शिष्यों के बीच उन्होंने कहा था—मनुष्य की मेधा ही वह सेतु है जिस पर चढ़कर परस्पर अनुभवों के विस्तार की यात्रा तय की जाती है; जिसको माध्यम बनाकर हर अँधेरे को भेदनेवाला आलोक-बोध ढूँढ़ा जाता है। इस मेधा के अविकल मंथन से ही...

लेकिन मेधा को लगातार मथित किया जाए, यह साधना क्या यों ही संपन्न हो जाती है? क्या उसके लिए कोई भी त्याग नहीं करना पड़ता?...इतिहास के निर्धूम जलते अंशों को ही देखा जाए—महमूद गजनवी के अनेक आक्रमणों से मथुरा, कन्नौज, कालिंजर, ग्वालियर और सोमनाथ की पवित्र धरती त्रस्त-ध्वस्त हुई। भारत के शरीर पर बार-बार पक्षाघात के गहरे जख्म हुए और इतिहास उन जख्मों को अपनी छाती पर ढोता रहा।

दस वर्ष के नीलू ने क्या कभी यह कल्पना भी की होगी कि घर के पिछवाड़ेवाले साफ-सुथरे ताल की तरह उसके सुस्थिर जीवन में घनघोर हलचल मचा देनेवाली नियति का क्रूर हस्तक्षेप होगा! घनी मूँछों के भीतर से झाँकते बारीक होंठों की खुशनुमा मुसकान उस बालमन को अपनी ओर खींचती थी और बड़ी-बड़ी आँखों की गहरी पुतलियों का पैनापन अपने से दूर धकेल देता था। बाबूजी की कठोर हथेलियों की छुअन का बड़ा हलका सा स्मरण उन्हें था।

पहली बार···रघुराज शास्त्री का दिया हुआ सबक अधूरा रह गया था। उन्होंने पाँच बेंत की सजा सुनाई थी। पहला बेंत पड़ते ही नीलू ने विद्रोह किया था—हम आपको अपना गुरु नहीं मानते। हम आपके स्कूल में नहीं पढ़ेंगे।

आशुतोष बाबू तक उलाहना पहुँचाने के लिए शास्त्रीजी स्वयं उनके घर तक चले आए थे।

नीलू कहाँ है?

गृहस्वामी का आदेश पाते ही चारों तरफ खोजाहट मच गई थी।

नीलू कहाँ गए?

नीलू भइया?

नीलू बबुआ?

घर में बूढ़े कमकर महावीर काका ने आखिरकार उन्हें खोज निकाला था। आम की खूब ऊँची डाल पर चढ़े नीलू को उन्होंने दिलासा दिया था—नीचे उतरो बबुआ, मलिकार नहीं मारेंगे। तुम हमारे साथ चलो तो सही···!

बाबूजी की आँखों में गुरुजी के बेंत से भी अधिक सख्ती थी—आप स्कूल से भाग आए हैं?

□

आपने गुरुजी को पलटकर जवाब दिया है?

बाबूजी ने उनके लिए सजा तजवीज की थी—आज शाम का खाना बंद···।

तब उन्होंने नहीं जाना था—वही सजा बाबूजी ने अपने आपको भी दी थी—विद्या से पीछे हटने की प्रवृत्ति मेरे ही कुल में···? माना कि हम घर-गृहस्थी की सभी समस्याओं पर ध्यान नहीं दे पाते, हमारे पास इतना वक्त नहीं है। इसीलिए तो हमने यह सारी जिम्मेदारी आपको सौंप दी है मलकिनी, आप···

अम्मा की बरौनियों पर टँकी आँसुओं की बूँदें आज भी शून्य में उभर आया करती हैं—आपने जो राह चुनी है, हमने उसमें कभी कोई दखल दिया क्या? दो-दो, तीन-तीन महीनों के लिए आप चले जाते हैं और इतने बड़े घर में हमें अकेले वनवास की पीड़ा भुगतनी पड़ती है।

चट्टान को भेदकर गरम जल का सोता फूट पड़ा था। बाबूजी की आँखें झर-झर बरस रही थीं—हमारे नहीं रहने पर आपको बहुत तकलीफ होती है न, मलकिनी···! नीलू को लेकर इस घर में असुरक्षित···आप माँ हैं न, नीलू की सतत रक्षा का बोध आपको विकल करता होगा। जरा सोचिए, आपसे भी बड़ी कोई माँ है···यह धरती माँ! इसकी असुरक्षा का सवाल हमारे-आपके सुख-दु:ख के सवालों से कितना बड़ा है न···! फर्ज कीजिए, कोई बाहरी आदमी आकर आपको अपमानित करे और आपके नीलू का जमीर कायरता की काली तहों में दुबका रहे, आप कैसा अनुभव करेंगी?

अम्मा ने तर्क देना चाहा था—इतने बड़े गाँव में तीन सौ घर हैं, इतने मरद-मानुस हैं, किसी के मन में ऐसी सोच नहीं पनपता, अकेले आप ही···

बाबूजी की आवाज में एक अबूझ कातरता थी—हमारी दौड़-धूप···हमारी जिंदगी की यह कशमकश आपको अच्छी नहीं लगती मलकिनी, हम जानते हैं। लेकिन हम यह भी अच्छी तरह जानते हैं कि हमारी नसों में जो बाढ़ उफनती रहती है, खौलती हुई उस रक्तधारा के साथ बह जाने के सिवा हमारे सामने दूसरी कोई दिशा नहीं है। घर-परिवार हमने आपको सौंप दिया है। अगम की राह पर चलने में आप रुकावट नहीं डालेंगी। हमारा व्रत हमें निभाने दीजिए।

बाबूजी की अथाह बातें नीलू की समझ में बिलकुल नहीं आती थीं। लंबे-चौड़े दालान में पालथी मारे बाबूजी उसे ठाकुरबाड़ी की व्यासपीठ पर बैठे हुए रामायणी बाबा की तरह लगते। लेकिन रामायणी बाबा के प्रवचन में कोमल शब्दों की मिठास होती थी और गाँव के नवयुवकों को बटोरकर बाबूजी जब कभी कुछ बोलने लगते थे, तब उनकी आँखें चकमक पत्थर की तरह सुलगने लगती थीं, उनके जबड़े भिंच जाते थे और उनकी फौलादी मुट्ठियों का तनाव देखकर डर सा लगने लगता था। क्यों मंत्रमुग्ध होकर सब लोग उनका एक-एक अक्षर सुनते रहते थे? बाबूजी की आवाज के उस गंभीर उतार-चढ़ाव में कौन सा खिंचाव था? महीनों भूमिगत रहकर भी वे अपनी लड़ाई जारी रखते थे। आए दिन घर की तलाशी होती, गोरे सिपाहियों के बूटों की धमक से सूनी पड़ी कोठरियाँ गूँज उठती थीं। हर तलाशी के बाद दादी के कलेजे को फोड़ती हुई करुण रुलाई टोले भर में फैल जाती थी—

नंगी किरपान की धार पर चलने के लिए ही हमने तुम्हें जनम दिया था, बबुआ? नौ महीने अपनी कोख में रखकर इसी दिन के लिए हमने तप किया था! जोतिसीजी ने राजसुख के उपभोग की बात कही थी—उनकी बानी झूठी हो गई। सबकुछ रहते हुए भी तुम बिरागी बन गए।

उनकी जन्मतिथि के ठीक तीन दिन पहले बाबूजी गाँव लौटे थे। कपड़े एकदम मैले-कुचैले, दाढ़ी बढ़ी हुई। वे पहले से भी दुबले हो गए थे। अँधेरी रात में किसी तरह छिपते हुए घर पहुँचे थे। सुबह आँखें खुलते ही दादी ने इशारा किया था—जा नीलू, उस कोठरी में जा बेटे, तेरे बाबूजी···

बाबूजी ने उस दिन आँखें तरेरकर उन्हें देर तक देखा नहीं था, उनकी पढ़ाई-लिखाई के बारे में रूखे-सूखे सवाल भी नहीं पूछे थे; बस अपनी गोद में बिठाकर चुपचाप उनकी सारी देह पर हाथ फिराते रहे थे। उस दिन पहली बार वे अच्छे लगे थे, बहुत ही अच्छे लगे थे। उनका मन हुआ था—दौड़कर शिबू, रतन, सुकेश और संतू को बुला लाएँ—देखो, मेरे बाबूजी भी मुझे खूब प्यार करते हैं।

उनकी आँखों में नमी देखकर उन्होंने तुरंत अपने कुरते का छोर उनकी ओर बढ़ा

दिया था—आप रो रहे हैं, बाबूजी···! हमने पढ़ाई में खूब मेहनत की है। अब हम अपने सारे सबक याद करके स्कूल जाते हैं और हम कभी नागा भी नहीं करते।

बाबूजी ने वायदा किया था—उनके जन्मदिन पर नए-नए खिलौने खरीद देंगे, मिठाइयाँ और रंगीन गुब्बारे भी···!

वह जन्मदिन नहीं मनाया जा सका था। जब भी उनके जन्मदिन पर जया और अभिषेक जिद करके नए आयोजन किया करते हैं, तब हथकड़ियों की कैद में मुट्ठियाँ बाँधकर सौगंध लेते बाबूजी का लाल भभूका चेहरा उनकी आँखों के सामने चला आता है। खुफिया पुलिस को बाबूजी के घर लौटने की भनक मिल गई थी। उन पर रेलवे लाइन उड़ाने के षड्यंत्र में शामिल होने का आरोप लगाया गया था। आरा के गोरे कलेक्टर को जान से मार डालने की साजिश बाबूजी और उनके क्रांतिकारी साथियों ने की थी।

वे पिंजड़े में बंद शेर की तरह दहाड़ रहे थे—हथकड़ियाँ लगाकर हम हरगिज नहीं जा सकते। हमारे साथ राजनीतिक बंदी का सलूक होना चाहिए।

अम्मा और दादी की आँखों में आँसू देखकर उन्होंने उन्हें झिड़क दिया था—

तुम लोगों के रोने का वक्त नहीं है, अम्मा, हँसो और भगवान् से प्रार्थना करो कि हमारा संकल्प नहीं टूटे। हमारी देह की खाद से आजादी का बिरवा लहलहा उठे।

अम्मा की तरफ मुड़कर उन्होंने धीरे से कहा था—नीलू को पूरी तरह आपके हवाले कर रहा हूँ मलकिनी, मेरी ख्वाहिश के मुताबिक···

बाबूजी खुद ही आगे बढ़कर पुलिस की गाड़ी में बैठ गए थे। गाड़ी आगे बढ़ती, इससे पहले बाबूजी ने उन्हें इशारे से अपनी ओर बुलाया था—पढ़ाई कभी न छूटे नीलू, हम लौटकर देखेंगे।

बाबूजी को लंबी कैद की सजा मिली थी। पुलिस और गोरी सरकार के डर से गाँववाले उनके परिवार की खोज-खबर लेने में भी हिचकिचाते थे। उन दिनों एकमात्र रघुराज शास्त्री ने ही उन्हें सँभाला था। उनकी मानसिकता को एक सुनिश्चित दिशा दी थी—तुम्हारे बाबूजी ने जो त्याग किया है, वह तुम्हारे लिए गौरव का विषय है, बेटे! उनका बलिदान हम सबके लिए एक महती प्रेरणा है। तुम्हें उदास नहीं होना है, नीलू!

सन् 1940 की वह सुबह···

अखबार का एक मुड़ा हुआ पन्ना लिये शास्त्रीजी बड़ी खामोशी के साथ उनके घर की ओर धीरे-धीरे बढ़ रहे थे।

···डॉ. नीलाभरंजन ने करवट बदल ली थी, अपना चेहरा सफेद पुती हुई दीवार की ओर घुमा लिया था। मास्टर साहब की धोती ऐसी ही बुर्राक सफेद हुआ करती थी। मैले-कुचैले, मुसे हुए कपड़ों में अपने दालान तक में आना उन्हें गवारा नहीं होता था। वे ही मास्टर साहब रात के मैले-कुचैले कपड़ों में उनके दालान के बाहर बुत बने खड़े थे···।

नीलू···! नीलू रे···?

अपने दोनों हाथों से अपनी छाती को ताबड़-तोड़ कूटती हुई दादी आँगन से बाहर की ओर भागी थीं। बेशुमार झुर्रियों से भरी उनकी दुबली-पतली बाँहें हवा में फैली रह गई थीं। उनके सूखे, पपड़ियाए होंठ कुछ कह पाने की बेचैनी में अधखुले रह गए थे। वे अचेत हो गई थीं।···फिर न जाने क्या हुआ था? पूरा गाँव उनके ओसारे पर जुड़ आया था। जितने चेहरे, उतनी ही अस्पष्ट आवाजें! टोले भर के औरत-मरदों की बुदबुदाहटों का शोर भी दादी के कानों तक नहीं जा सका था। मास्टर साहब ने ही जबरदस्ती ठेल-ठालकर लोगों को वहाँ से वापस करना चाहा था।

उस दिन···हाँ, उसी दिन···उन्होंने अपनी अम्मा का एकदम नया रूप देखा था। तेल में घोले हुए सिंदूर की लाल टहकार बिंदी तक अपने माथे का आँचल खींचने में तल्लीन अम्मा जितनी शांत, जितनी निर्विकार दिखाई पड़ती थीं, वे सचमुच वैसी नहीं थीं, क्या? उनकी आँखों के तेज को सह सकने में असमर्थ नीलू ने झपटकर उनकी पलकें गिरा दी थीं—तुम ऐसे मत देखो अम्मा, हमें तुमसे डर लगने लगता है। तुम अम्मा जैसी नहीं लगती हो। जाने कभी-कभी तुम्हें क्या हो जाता है?

अम्मा शांत भाव से हँस पड़ती थीं—हमें कुछ भी नहीं होता नीलू, तू क्या समझता है, हम पगली दिखते हैं क्या?

जिस अम्मा के गले में अपनी दोनों बाँहें डालकर वे रात भर चिपटे रहते थे, वह अम्मा उस क्षण कहाँ खो गई थीं? जिस अम्मा की पूरी सूरत शायद ही गाँव के किसी बड़े-बुजुर्ग के सामने पड़ी हो, मास्टर साहब के साथ भी जिन्होंने एक निश्चित दूरी बरती थी, वे ही अम्मा माथे पर का आँचल फेंककर मास्टर साहब के ऐन सामने खड़ी गाँववालों से मुखातिब थीं—

हमारा घर जल रहा है, हमारी जिंदगी बरबाद हो रही है। आप लोग यही तमाशा देखने आए है न! नीलू के बाबूजी जब तक रहे, तब तक किसी ने झाँकने की जरूरत नहीं समझी, आज उनके नहीं होने की खबर आप सब लोग मिलकर हम तक पहुँचाने आए हैं? आप लोग यहाँ से चले जाइए। मास्टर साहब, इन लोगों को जाने के लिए कहिए। अपना दु:ख ढोने के लिए हम अकेले काफी हैं।

बाबूजी को बंदी बनाकर असह्य यंत्रणाएँ दी गई थीं। उनके मुँह से उनके साथियों का नाम निकल सके, इसके लिए उनके हाथ-पैरों की उँगलियों को नुकीली कील ठुके बूटों से रौंदा गया था। लेकिन बाबूजी की जबान सिली रह गई थी।

···गोरी सरकार ने अम्मा की लिखित याचना ठुकरा दी थी। बाबूजी का शवदाह जेल की चहारदीवारी के भीतर ही कर दिया गया था।

सूरज का लाल गोला गाँव के पूर्वी सिवान पर ठिठककर रह गया था। अम्मा की सिंदूरी बिंदी रामरेखा घाट की गंगा के पानी में घुल-मिल गई थी। अपनी ताजा धुली

माँग पर उन्होंने घाट की चुटकी भर माटी समेट ली थी—तुम्हारी देह जहाँ कहीं भी जली हो, हम जानते हैं, तुम्हारी आत्मा को वहीं शांति मिलेगी। वहाँ हमारी बाट जोहते रहना, नीलू के बाबूजी! बस, कुछ दिन और, फिर हम भी वहीं आ जाएँगे।

काली किनारी की सफेद मारकीनवाली साड़ी पहनकर अम्मा इस कमरे से उस कमरे में बेमतलब डोलती रहतीं। दादी को सँभालकर उन्हें गीता के श्लोक सुनाती अम्मा कैसी लगती थीं⋯उस वक्त के उस नन्हे नीलू की समझ में कुछ भी नहीं आता था; लेकिन इतिहास-पुराणविद् नीलाभरंजन अब समझ सकते हैं, अब वे बता सकते हैं। पुरुष और नारी के शाश्वत संबंधों की मंत्रपूत व्याख्या करते हुए एक व्याख्यानमाला के अंतर्गत उन्होंने अपने मन की भावना को शब्द दिए थे—नारी नर की परागति होती है। पुरुष की आत्मा के अविभाज्य संकल्प को नारी अपनी चेतना में वैसे ही उतारती है, जैसे दीपक की वर्तिका के चारों तरफ अग्नि का संयोजन होता है। नारी अपने आपको मिटाकर पुरुष की उस संकल्प-शक्ति को सार्थक बनाती है। उसका दायित्व पुरुष से लक्ष गुना अधिक है।

नीलाभरंजन की माँ जैसी नारी! हाँ, उसी नारी ने उनके प्राणों में यह अदम्य आस्था भरी। आज वे जो कुछ भी हैं, उसके मूल में अम्मा का व्यक्तित्व ही है। करुणा से भरे उस चेहरे को वे जब कभी अपनी दोनों हथेलियों में समेटते, दोनों आँखों की पुतलियों में दीपशिखा सा कौंधता विश्वास उनके मन-प्राणों को बाँध लेता—

तुझे किस बात की चिंता है, बेटे, तू क्यों डरता है? तू बस अपनी पढ़ाई पूरी करता जा। तुझे बहुत बड़ा बनना है, बहुत ही बड़ा!

बाबूजी की शहादत के सात वर्षों के बाद⋯

होंठों के ऊपर काले रोओं की महीन रेखाओं के फूटने के अहसास के साथ नीलाभ ने और भी कई अहसास पाए थे। दादी के गुजर जाने के बाद अम्मा की आँखों का अथाह खालीपन⋯अपने भविष्य की चिंता⋯रघुराज शास्त्री के देहावसान की पीड़ा—इन सारे संदर्भों के क्रम में वे असमय परिपक्वता की मन:स्थिति से जुड़ते चले गए थे⋯

: 2 :

गाँव के पूर्वी छोर पर, जहाँ अब ग्रामपंचायती अस्पताल खुल गया है, पहले बरगद का एक घना पेड़ था। उसी पेड़ के नीचे बाबूजी की खुली मजलिस बैठा करती थी—महाभारत के युद्धपर्व की जोश भरी व्याख्या, गीता के कर्मयोग का धाराप्रवाह विवेचन⋯!

गाँव के नवयुवकों के द्वारा उठाई गई शंकाओं का सार्थक समाधान देते बाबूजी की उस वर्चस्विता की धूमिल छवि उनके मन में बसी हुई थी।

विश्वविद्यालयों की शैक्षणिक व्यवस्था के बारे में जब कभी अभिषेक उनसे कोई

प्रश्न किया करता था, वे निरुत्तर रह जाते थे। अपने दादाजी की शहादत का प्रसंग उठाकर जब कभी वह तर्क-वितर्क की मुद्रा में आता था, उसकी आँखें भी बाबूजी की आँखों की तरह ही चकमक पत्थर सी सुलगने लगती थीं—विश्वविद्यालयों में दीक्षांत-समारोहों की परंपरा निःशेष कर डाली गई। यदि यह परंपरा आज भी जीवित रहती तो कुलपतियों को असत्य भाषण का सहारा लेने के लिए बाध्य नहीं होना पड़ता, पापा!

आप लोग अपनी आत्मा की गहराई में क्या इस वास्तविकता को कबूल सकते हैं कि विश्वविद्यालयों में पढ़ाई-लिखाई के नाम पर छात्रों के भविष्य के साथ खेल किया जा रहा है? क्या आप दावे के साथ यह बात कह सकेंगे कि हर शिक्षक पूरी ईमानदारी से अपने कर्तव्य-निर्वाह में जुटा हुआ है और हर अधिकारी बिना किसी लालसा के अपने उत्तरदायित्वों को पूरा करता जा रहा है? दादाजी जैसे लोगों का जेहाद गोरी सरकार के विरुद्ध था। यहाँ तो अपने लोगों का प्रशासन है और तब भी सारी दिशाएँ अवरुद्ध नजर आती हैं। छात्र अपनी उचित माँगों के लिए आंदोलन करते हैं तो क्या गलत करते हैं, पापा?

उन्होंने बेटे की बातों के उत्तर में कभी कुछ नहीं कहा था।

अनुराधा के नहीं रहने के बाद उन्होंने अभिषेक के व्यवहार में स्पष्ट बदलाव का अनुभव किया था। कुलपति के पद से त्यागपत्र देने का निर्णय लेने से पूर्व वे जिस मनःस्थिति से गुजर रहे थे, उसका साक्षी कोई भी नहीं था। लगातार दो वर्षों तक एक कुरुक्षेत्र उन्हें भीतर-ही-भीतर मथता जा रहा था। जब कभी वे अपनी जीवन-स्थितियों के साथ बाबूजी के अतीत हो चुके जीवन-संदर्भों की तुलना करने बैठते थे, तब उन्हें ऐसा लगता था,जैसे दोनों की परिस्थितियों में, दोनों के जीवन-स्तरों में दो ध्रुवों से भी अधिक का फर्क हो!

इतिहास के जिन पृष्ठों पर आजादी की लड़ाई के संदर्भ विश्लेषित हैं, वे बहुत पुराने नहीं हुए, लेकिन उन संदर्भों को पीछे छोड़ता हुआ उनका वर्तमान कितनी दूर चला आया है, इसकी कल्पना भी नहीं की जा सकती। आजादी सुनहले भविष्य का एक स्वप्न थी, जिसे उनके बाबूजी जैसे हजारों लोगों ने एक साथ मिलकर देखा था…और आजादी के बाद मूल्यहीनता की शत-सहस्र खंडित छवियाँ थीं। हर आदमी अपनी फलहीनता की स्थिति में स्तब्ध, हर कामना-मूर्ति अपने ही खंडित अवयवों की पीड़ा से संत्रस्त!

देश के राजनीतिक क्षितिज में आजादी नए सूर्योदय का प्रतीक बनकर ही आई थी न…! नीलाभरंजन जैसे बुद्धिजीवियों की चेतना के स्तर पर एक वैचारिक प्रभंजन उठा होगा। उनकी विचारधारा एक ही विशिष्ट मुद्रा में सचेत हो उठी होगी—आजादी ने हमें क्या दिया? देश-विभाजन की हृदय विदारक घटनाएँ। विस्थापितों की आँखों में मरघट का सा सूनापन…! मृत्यु की शोक-विजड़ित मानसिकता में आजादी का विजय पर्व!

कुलपति का पद स्वीकारने के पहले स्वयं उन्होंने कौन सी अभीप्सा पाली थी? किस विराट स्वप्न को यथार्थ में पलटने की तीव्र कामना लेकर उन्होंने इस पद को

स्वीकारा था?···आजादी के बादवाली मोहभंग की सी स्थिति से जुड़े हुए वे अपने भीतर जिस रिक्तता का अनुभव कर रहे थे, उसकी अभिव्यक्ति के लिए उनके पास शब्द बचे थे क्या?

···कभी-कभी सोचते थे—अच्छा ही हुआ, इन त्रासद स्थितियों को झेलने के पहले ही बाबूजी ने मृत्यु का संवरण कर लिया। यदि वे भूमिगत होकर अपनी प्राणरक्षा में सफल हो भी गए होते तो आज का युगबोध उन्हें जीने नहीं देता। अपने चारों तरफ की विडंबनाओं की कचोट झेलता हुआ उनका वजूद बेताल-कथाओं के उस निरीह बेताल की तरह अपने स्वप्नों के शव को अपने ही कंधे पर निरंतर ढोने के लिए बाध्य हो जाता और उन्हें फिर कभी मुक्ति नहीं मिल पाती।

अनुराधा के पिता वसंत बाबू की आत्मवेदना उनके मस्तिष्क में गूँजती रहती थी—यह कैसी आजादी है, बेटे? यही दिन देखने के लिए तुम्हारे पिताजी के साथ मिलकर मैंने उस असह्य पीड़ा का वरण किया था? अच्छा ही हुआ, वे मुझसे पहले इस दुनिया से चले गए। भुखमरी और बेरोजगारी की समस्या नासूर बनकर देश के कलेजे से चिपकी हुई है। आजादी का अमर फल पाने के लिए जिन लोगों ने घोर तप किया था, उनकी साधना विस्मृति के अँधेरे गर्त में न जाने कहाँ खो चुकी है! अवसर का लाभ उठानेवाले, अनुचित तरीकों से सुख-सुविधाएँ अर्जित करनेवाले दोरंगी प्रवृत्ति के लोग राजनीति के सर्वेसर्वा बने बैठे है!

···गांधीजी ने अस्पृश्यता के विरुद्ध क्रांतिकारी भावभूमि तैयार की थी, आज की जातिगत राजनीति के रूप में उनका स्वप्न किस अनोखे विद्रूप का संकेत दे रहा है?

डॉ. नीलाभरंजन ने इस दिशा में कभी कुछ भी नहीं सोचा हो, ऐसी बात नहीं थी। अपने प्राध्यापकीय जीवन में गृहस्थी की खींचतान के बीच उन्होंने लगातार इस निर्मम सत्य का अनुभव किया था कि आजादी के बाद सबसे अधिक दुरावस्था ईमानदारी के साथ अपने पेशे से जुड़े रहनेवाले मध्यवर्ग की ही हुई। सामाजिक दबाव के दैनंदिन अनुभवों से जुड़ा हुआ आर्थिक दृष्टि से लगातार विवशताओं का सामना करता यह वर्ग अपनी सफेदपोशी निभाने के क्रम में सबसे ज्यादा संत्रस्त हुआ। मजदूरों की तरह रोज-रोज के शारीरिक श्रम और उसके एवज में अत्यल्प राशि उनके जीवन-निर्वाह की दिशा नहीं बन सकती थी। पूँजीवादी व्यवस्था तथा पश्चिमी शिक्षा-प्रणाली ने उसे नए-नए पेशों की नियति अवश्य दी और वह उन पेशों से जुड़ा हुआ अपनी छोटी-छोटी कमियों को पूरा करके खुश होता चला गया। बड़े-बड़े अभावों के विरुद्ध असंतोष व्यक्त करता हुआ अपनी अतृप्ति की दशा में वह व्यवस्था के विरुद्ध आक्रमण की खोखली चेष्टाओं से जुड़ा विफल क्रोध की भंगिमाएँ प्रदर्शित करता हुआ अपनी पराजय में ही संतुष्टि पाता रहा।

···अपनी शून्यता में डूबे हुए डॉ. नीलाभरंजन अपने आप से प्रश्न कर रहे थे—

क्या उनकी नियति देश के करोड़ों मध्यवर्गीय पुरुषों के समकक्ष ही नहीं रही?⋯अपनी महत्त्वाकांक्षाओं के अग्नि-स्फुलिंगों में सुलगकर उन्होंने अपने चारों तरफ के यथार्थ को झुठला देना चाहा था। उनके भीतर उच्चादर्शों की एक वेगवती लहर उठी थी और वह उन्हें अपने साथ कितनी दूर तक बहा ले गई थी। महासागर की उत्ताल तरंगों को समर्पित कोई व्यक्ति जैसे बिना कुछ सोचे-समझे तटबंध से मीलों दूर निर्द्वंद्व बहता चला जाए और पैरों के नीचे किसकिसाती हुई रेत का आभास पाकर उसकी आँखें जब तक खुलें, तब तक वे लहरें उसे तटबंध की ओर धकेलकर उसकी सामर्थ्यहीनता पर अट्टहास करती वापस लौट जाएँ⋯।

विश्वविद्यालय की व्यवस्था को नई नींव देने के लिए उन्होंने कौन-कौन से भगीरथ प्रयत्न नहीं किए थे? कौन-कौन से लांछन नहीं झेले थे? उनके समीपस्थ व्यक्तियों ने भी उनकी कर्तव्यनिष्ठा पर शंकास्पद दृष्टि डाली थी—आखिर इस विवादास्पद पद के लिए ऐसी आसक्ति क्योंकर संभव हो सकती है?⋯वह भी नीलाभरंजन जैसे उज्ज्वल चरित्रवाले व्यक्ति के लिए⋯? कहाँ गई उनकी अध्ययनशीलता, कहाँ गया उनका निस्पृह व्यक्तित्व?

दिन-दिन भर अपने कार्यालय में बैठकर सभी जरूरी फाइलों को अपने हाथों से निपटानेवाले कुलपति नीलाभरंजन की यह कौन सी दिनचर्या थी? दूसरे लोगों की बातें छोड़ दें, तो भी कभी-कभार स्वयं उनकी ही चेतना उनकी ओर तर्जनी उठाकर अभियोग सी लगाती प्रतीत होती थी—तुम किधर जा रहे हो, तुम्हें कुछ होश भी है⋯? तुम्हारा गंतव्य यही था क्या? अधकचरी योग्यता रखनेवाले अपने इन मातहत अफसरों से दिन-रात उलझते रहते हो, इन पदाधिकारियों की रणनीति को निरस्त्र करने के लिए रात-रात भर वैचारिक अस्त्र-शस्त्रों के नित्य-नए आविष्कार करते रहते हो?⋯एक-दूसरे की प्रोन्नति से असूयाभाव रखनेवाले ये तुम्हारे कर्मचारी तुम्हारी आँखों में धूल झोंककर अपनी सुविधाओं की नाजायज पूर्ति के उपादान तलाशते रहते हैं और तुम्हारा विफल क्रोध तुम्हें उच्च रक्तचाप का तनाव सौंपकर तुमसे विदा ले लेता है। तुम्हारे उच्चादर्श तुम्हें मुँह चिढ़ाने लगते हैं और तब अपने अध्ययन-कक्ष में अपनी दुर्लभ ग्रंथराशि के बीच भी तुम्हें सांत्वना नहीं मिलती।

⋯बाबूजी ने जीवन में जो संघर्ष झेला था, उससे मुक्ति की एक सुनिश्चित दिशा उनके सामने थी; लेकिन दिशाहीनता की इस स्थिति ने उन्हें उस मूर्तिभंजक की अस्मिता दे डाली थी, जिसका आक्रोश हथौड़ी की सघन चोट के रूप में बाहर फूटना तो चाहता है, लेकिन ऐन वक्त पर उसका सारा आवेग थरथराकर शांत पड़ जाता है। किसे खंडित किया जाए, किस-किस के विरुद्ध विक्षुब्ध हुआ जाए? हर मूर्ति एक प्रवंचना है, हर चेहरा एक छलावा बना हुआ है।

उन्होंने अविनाश बाबू के सामने अपना संत्रास उड़ेलना चाहा था; किंतु उनके

बचपन के मित्र ने तत्क्षण शिक्षामंत्री की औपचारिक मुद्रा ओढ़ ली थी। उस क्षण वे अनायास एक विफल प्रशासक की हैसियत से जुड़ गए थे। उनकी असमर्थता शिक्षामंत्री के आक्रोश को झेलती निरुत्तर थी—

अपने विश्वविद्यालय के राजनीतिक दाँव-पेचों को समझ पाने का सामर्थ्य आप में होनी चाहिए। इतनी छोटी-छोटी गुत्थियाँ आप अपने मातहत अधिकारियों के साथ मिलकर नहीं सुलझा सकते, तो आपसे क्या आशा रखी जाए? उनके सहयोग के बिना आप प्रशासन चलाएँगे भी तो कैसे? आखिर हमें समझौते का कोई-न-कोई रास्ता तो पकड़ना ही होगा न… !

असह्य व्यंग्य की धारदार चुभन झेलती हुई उनकी चेतना निढाल हो चुकी थी—किनसे समझौता करें? उन्हीं विखंडित जीवन-मूल्यों से, जिनकी प्रेतच्छाया से निरंतर लड़ते रहने की शक्ति सँजोकर वे इस पद से जुड़े थे? तो क्या वे भी औरों की तरह…

गुरुदेव ने युधिष्ठिर के स्वर्गारोहण वाले इतिवृत्त की कैसी अनोखी व्याख्या प्रस्तुत की थी—धर्मराज कहलानेवाले युधिष्ठिर भी असत्य की चपेट से नहीं बच सके थे। सशरीर स्वर्गारोहण के समय कनिष्ठा उँगली के गलित रूप में उनका वह लघुतम पाप फला था। सशरीर स्वर्गारोहण क्या हुआ? अपनी बौद्धिकता के बल पर जीवन के सुख-दु:ख के बीच सामंजस्य की स्वर्गिक कल्पना…इस विशिष्ट परिकल्पना में वे ही पूरे उतर सकते हैं, जिनकी चेतना उच्चादर्शों से जुड़ी हो, जो कनिष्ठा उँगली के बराबर पाप से भी भय खाते हों… !

रामायण-महाभारत की, वेदों-पुराणों की कथाएँ जिस गहन सार तत्त्व से जुड़ी हैं, उनका युगबोध के अनुरूप विश्लेषण होना चाहिए, बेटे, तभी उनकी समसामयिकता अक्षुण्ण रह सकती है।

डॉ. नीलाभरंजन ने 'महाभारत' के उस कथाबिंदु की अर्थवत्ता को अपने जीवन के परिप्रेक्ष्य में नए ढंग से टटोलना चाहा था। क्या इस पद पर आकर उन्होंने इसकी गरिमा का कभी कोई दुरुपयोग किया? अपनी कर्तव्यनिष्ठा के माध्यम से उन्होंने कुलपति-पद की शंकास्पद सत्ता को कालातीत गौरव देना चाहा था। घनघोर अव्यवस्था में सुखद व्यवस्था के नवसृजन का स्वप्न… ! सूखी रेत को निचोड़कर जल की प्रप्त्याशा! वह स्वप्न मृगतृष्णा का भ्रम सौंपकर बहुत दूर निकल गया था और उनकी आत्महंता आस्था अपने ही अस्तित्व की व्यर्थता का सच सहेजती रह गई थी। यह उनके जीवन का अंतिम समारोह था और इस समारोह में अपने मित्रों, अपने विरोधियों की सम्मिलित बिरादरी के सामने उन्होंने स्वीकार किया था—कुलपति का पद ग्रहण करने के पीछे मेरा जो मंशापुट था, उसे अभिव्यक्ति देना चाहूँ तो शायद आप लोगों को विश्वास नहीं होगा। इस विदाई समारोह में कुछ-न-कुछ बोलना ही है, इसलिए मैं अपने कुछ अनुभव आप लोगों के सामने रखना चाहता हूँ—

···दो वर्षों के कुलपतित्व की अवधि में मैंने दो स्तरों पर लड़ाई लड़ी है। मेरे बाह्य संघर्ष के साक्षी मेरे अंतरंग मित्र हैं और अपनी चेतना के स्तर पर एक और भी लड़ाई मैंने लड़ी है, जिसका साक्षी अकेला मैं हूँ। अंततः मैं इस निष्कर्ष पर पहुँचा हूँ कि इस पद को पूरी निष्ठा से निबाहने की कोशिश में मुझे बहुत कुछ खोना पड़ा है, अपने मित्रों की सहज आत्मीयता, अपने सगे-संबंधियों का विश्वास··· !

···इस पद को स्वीकारने के बाद मुझे लगा था, मैं 'महाभारत' के युद्धपर्व की शैली में जीने जा रहा हूँ? यह कौन सी नियति स्वीकार ली थी मैंने?···एक प्रश्न मेरे भीतर कौंधा था—अपनी सही भूमिका की तलाश में क्या मुझे उन तमाम लोगों का विरोध झेल नहीं लेना होगा, जो कल तक मेरे बंधु थे, मेरे निकटस्थ थे?

मेरी नियति सव्यसाची की नियति में परिणत हो चुकी थी। नहीं, बिलकुल वैसी भी नहीं, क्योंकि सव्यसाची के रथवाहक कृष्ण थे। उन्होंने निष्काम कर्म की अवधारणा देकर उसके हृदय को दौर्बल्यमुक्त किया था। सच कहूँ तो मेरी दशा उस हारे हुए सेनापति की तरह रही, जिसके प्रयोगों को अपनी सैन्य-शक्ति का ही समर्थन नहीं मिल सका। अव्यवस्था से लड़ने की कोशिश में मैं अपने-आप से लड़ता रहा और आज अपनी विफलता को स्वीकारता हुआ मैं आप सबसे विदा ले रहा हूँ।

···आशा करता हूँ कि मेरे पद-त्याग के साथ ही आप लोगों का मनोमालिन्य भी निःशेष हो गया होगा, आपने मुझे क्षमा कर दिया होगा, यही अपेक्षा लेकर मैं आप सबसे विदा ले रहा हूँ।

: 3 :

उनके इर्द-गिर्द जुटनेवाली भीड़ खत्म हो चुकी थी। एक-एक करके सब लोग उनसे विदा माँगकर जा चुके थे। जाएँ, सब चले जाएँ···अब उनसे किसी का सरोकार नहीं रहा। अब वे किसी से सरोकार रखना भी नहीं चाहते। अनुराधा की शब्दावली में सोचें, तो उनकी दशा डूबते हुए सूर्य की तरह नहीं हो गई थी। अपने ही अँधेरे में घिरता चला जानेवाला निष्प्रभ सा उनका जीवन-क्रम··· !

···जया पीछे छूट गई, अनुराधा दूर चली गई। अपनी स्मृतियों के सलीब पर त्रिशंकु की तरह रहने के लिए ही वे एकाकी बच रहे थे क्या?

अभिषेक को जहाजरानी उद्योग में नौकरी मिल गई थी। जाने से पहले उसने प्रस्ताव रखा—पापा, आप भी मेरे साथ ही चलिए न··· !

···उनकी आँखों के सामने अपने गुरुदेव डॉ. तुषारकांति सेन की थकी-हारी छवि उभर आई थी—अकेले रह सको तो बेशक रह लो, लेकिन कभी पराश्रितवाली स्थिति स्वीकार मत करना, नीलाभ! अपनी शारीरिक अक्षमता से घबराकर जो दूसरों की शरण

में जाते हैं, उनकी स्वतंत्रता उनसे छिन जाती है। जब तक सामर्थ्य हो, अकेले जिओ। तुम्हें कोई कष्ट नहीं होगा!

उन्होंने अभिषेक को बड़ी कोमलता से मना कर दिया था—यहाँ मेरी पुस्तकें हैं। इनका साथ छोड़कर मेरी आत्मा कहीं नहीं रम सकेगी, बेटे! तुम अकेले ही जाओ!

उन्होंने अपने मन में कहा था—और फिर मैं अकेला कहाँ हूँ? मेरे साथ मेरे विगत पचपन वर्षों का अतीत है···कड़वे-मीठे आस्वाद से जुड़ी मेरी तमाम स्मृतियाँ··· !

अभिषेक के चले जाने के बाद घर के सूने बरामदे में टहलते हुए उन्हें अपनी बिटिया जया की याद आ गई थी। जाने से पहले उसने रोकर कहा था—

पापा, आप मेरे साथ चलिए! यहाँ आपकी देखभाल कौन करेगा?

उन्होंने हँसकर उसे आश्वस्त कर दिया था—तू निश्चिंत जा बेटे, यहाँ सुखदेव है। वह मेरी हर आदत से बखूबी परिचित हो चुका है। मुझे कोई तकलीफ नहीं होगी।

और अपने उस छोटे से नीड़ में वे निपट एकाकी रह गए थे।

···मन जब कोरी स्लेट सा हो जाए, तब स्मृतियाँ नन्हे शिशुओं की तरह मचलकर अतीत के सुखद प्रसंगों की आड़ी-तिरछी रेखाएँ खींचने लगती है। कितना सुखद होता है अपने ही इतिहास को अपने भीतर बार-बार दोहराना और अपने-आपको दोहराते जाने की वह मनोदशा मानसिक चर्वणा करते उस व्यक्ति-विशेष को उसके वर्तमान से बहुत दूर खींच ले जाती है। आदमी की निस्संगता का सबसे बड़ा उपचार शायद उसकी भूली-बिसरी यादें ही हुआ करती हैं।

···अतीत कभी मरता नहीं, वह कभी कहीं खोता भी नहीं। हमें जीवित रखने के लिए वह बार-बार नए-नए रूपों में हमारे सामने आता है। अतीत को दोबारा जीने की ललक ही शायद इतिहास की आवृत्ति का दूसरा नाम है। रुक्षता की हद तक पहुँचा देनेवाली वर्तमान की त्रासदियाँ जब कभी मन पर शिलाभार लेकर बैठ जाती हैं, तब पीछे छूट गए कोमलतम क्षणों का नरम-नाजुक अहसास जल के एक ठंडे सोते के रूप में बाहर फूट निकलना चाहता है। अतीत की नीरव पदचाप को सुनने के लिए ही शायद ये त्राण इतने उत्कंठित रहा करते हैं।

तभी तो···वर्षों पुराना वह अहसास, जो स्मृतियों की मुट्ठियों से बार-बार फिसल जाता था, आज उम्र के इस ढलान पर पहुँचकर उनके सामने खड़ा उन्हें बरबस चिहुँका रहा था। उँगलियों की पोर छू जाए तो कोई झनझनाहट नहीं, उठी हुई आँखों में विद्युत् की कोई कौंध नहीं, शिशिर-भार से काँपते किसलयों सा वह अधर-प्रकंपन भी नहीं!

···बालों में बढ़ती चली जा रही सफेदी का पारपत्र पाकर वे पुराने सपने तो कब के उम्र की इस नई सरहद से दूर, बहुत दूर जा चुके थे। तब फिर···? मन के भीतर बैठा हुआ कोई एक अत्यंत प्रिय अनुभव इस विश्रांति की बेला में क्यों बार-बार आह्वान देने लगा था?

…इधर देखो, नीलाभरंजन, मेरी ओर मुड़ो तो सही! अरे, तुमने पहचाना नहीं! मैं तुम्हारी जया हूँ, जया!

अंतर्विश्वविद्यालय युवा समारोह में—दर्शक-दीर्घा की पहली कतार में बैठी जिस संभ्रांत महिला ने वह छोटी सी चिट भिजवाई थी, उसे देख लेने के बाद फिर किसी आशंका का कोई प्रश्न ही कहाँ था।

वह चिट…उस चिट पर टँका हुआ एक छोटा सा प्रश्नवाची वाक्य—दो मिनट समय दे सकोगे क्या?

और उस नन्हे से, खूबसूरत से प्रश्नचिह्न के भीतर समाहित एक अद्वितीय व्यक्तित्व…

जया तुम…! हाँ, यह तुम्हीं हो!

विश्वविद्यालय के कुलपति डॉ. नीलाभरंजन को 'तुम' संबोधन देने का गुरु-गंभीर दुस्साहस…यह तुम्हीं कर सकती हो, केवल तुम्हीं…!

उम्र की प्रौढ़ता तुम्हारे चेहरे को बिलकुल नहीं छू पाई क्या? मुझसे वंचिता तुम क्या एकदम तनावमुक्त, एकदम निर्द्वंद्व जीवन ही जीती रहीं, तभी तो…।

वे क्षण उनके लिए सचमुच कितने दुर्वह होते जा रहे थे। वे अपने आप से बातें करने लगे थे—

दर्शकों की आँखें रंगारंग कार्यक्रमों में उलझी हुई हैं और मैं?…मैं तुम्हें देख रहा हूँ। हर पल तुम्हें देखते ही रहने के अपने लोभ का संवरण नहीं कर पा रहा हूँ। चंपा के फूल के से रंग की जरीदार साड़ी, कलाइयों में हाथी-दाँत के वे ही पुराने कंगन, माथे पर कुमकुमी बिंदी और लंबी चोटी के एक किनारे टँका हुआ रजनीगंधा के फूलों का छोटा सा गजरा!

जया…! आज तुम्हारे शहर में आकर अपने आपको प्रवंचित करने का इतना बड़ा अभिशाप झेलना पड़ेगा…यह जानता तो…

मैं नहीं आता…? क्यों झूठ बोल रहे हो नीलाभ…! अपनी अंतरात्मा से क्यों नहीं पूछकर देखते…?

आयोजकों ने बातचीत के क्रम में जब इस शहर का नाम लिया था, तब तुम्हारी हथेली धीरे से काँप नहीं गई थी क्या? तुम्हारी आँखों में वर्षों पीछे छूटी हुई उस ललक ने आवेग के रक्तिम डोरों का खिंचाव नहीं भर दिया था क्या?

वह शहर…! वहाँ जाना है, जहाँ तुम रहती हो…?

तुम्हारा अपना घर-संसार हो चुका था! तुम सृजन के अपने नए संसार में अतिशय व्यस्त हो चुकी थीं…फिर मेरे प्राणों में यह दुर्निवार कामना क्यों जगी थी?

…मेरे आने की खबर सुनकर तुम्हें आना होगा। अपने वर्तमान की सभी व्यस्तताओं में से तुम मेरे लिए थोड़ा सा वक्त जरूर निकाल सकोगी…! और आखिरकार तुम आ ही गईं। आतीं कैसे नहीं? हजारों किलोमीटर की दूरी पार करके आखिर उस शहर में मैं किसके लिए गया था? उस अजनबी शहर का खिंचाव मेरे मन में क्यों था?

तुम्हारी वह चिट मेरी साँसों की रफ्तार को बिलकुल छूती हुई, ऊपरी जेब में नहीं पड़ी होती, तो शायद मुझे उस सत्य को भ्रम मानने के लिए विवश होना पड़ता—

तुम मेरे पास आई थीं। अतिथिशाला में तुम मेरे बिलकुल सामने बैठी थीं और मैं?

मैं तीस वर्ष पुरानी केवड़ा के फूलों की उस दुनिया में वापस लौट गया था—

···तुम्हारे बालों में ये कौन से फूल हैं, जया?

···तुम खुद ही पहचान लो न···!

....

नहीं पहचान सके न···, लो, सूँघकर देखो तो सही।

तुमने अपनी लंबी वेणी में गूँथे हुए गजरे से एक फूल तोड़कर मेरी हथेली पर रख दिया था और मैं उसे अपनी मुट्ठियों में बाँधकर अपने साथ छात्रावास लेता गया था।

···और वह मेरा रोज का क्रम···कमरे में नीम-अँधेरा हो जाने के बाद तकिए के नीचे से उस फूल को निकालकर बहुत आहिस्ते से उस फूल की गंध को महसूस करता। महीनों गुजर गए थे। सूखा हुआ वह फूल निर्गंध हो चुका था। फिर भी उसमें गंध की कल्पना करके तरोताजा हो जानेवाली कैसी बावली सी मनःस्थिति थी न वह? मन के भीतर कहीं वह गंध इतनी गहराई में रच-बस चुकी थी कि उसे निकाल पाना अपनी सामर्थ्य के बाहर की बात थी।

तुम्हारी बारीक सी मुसकराहट मेरे अपलक मौन की समाधि को तोड़ती हुई मुझे सहसा चैतन्य बना गई थी—

इस तरह क्यों देख रहे हो, मुझमें बहुत बदलाव आ गया है क्या?

नहीं···।

सिर हिलाने के सिवा मेरे पास दूसरा कोई विकल्प शेष नहीं था।

तुमने कैसी दृष्टि डाली थी मुझ पर···महासागर के अतल गर्भ से उठता हुआ उन्मत्त स्वर मेरे भीतर तेज-तेज उमड़ने लगा था और सदानीरा की आत्म- विलयनवाली सम्मोहक तृषा तुम्हारी···एक बार उठकर देर तक झुकी रहनेवाली पलकों पर अपनी ताम्रवर्णी झलक देती क्षण भर में तिरोहित हो चुकी थी। उस क्षण···न मैं डॉ नीलाभरंजन रह गया था, न तुम जया सेन···

आषाढ़ की पहली वर्षा में भीगती धरती का मूक परितोष तुम्हारे चेहरे पर था और मजबूती से एक-दूसरे के साथ जुड़े रहने के बावजूद तुम्हारे अधरों का अनकहा दर्द मेरे सीने में उतर चुका था।···अपनी-अपनी दुनिया में लौट जाने के बाद, अपनी-अपनी जिंदगी को संपूर्णता से जीने का अभ्यास पाल चुकने के बाद भी हम दोनों ही अपने-अपने भीतर, कहीं किसी कोने में कितने अकेले थे न···!

···लेकिन उस अकेलेपन को हमने आज तक अपने भीतर पारिभाषित करने की कोई भी चेष्टा क्यों नहीं की? एक-दूसरे से एकदम असंपृक्त हम अपने आपको छलने

का यह अतिरेकपूर्ण भ्रम क्यों पालते रहे? तब क्या एक-दूसरे से टूट जाने के बाद भी कहीं कुछ था, जिसने हम दोनों को बाँध रखा था···वह कुछ क्या था?

तुमने दोबारा अपनी पलकें उठाकर मुझे भरपूर निहारा था और तुम धीरे से हँस पड़ी थीं—क्या सोचने लगे, नीलाभ?

···कुछ नहीं, कुछ भी तो नहीं!

लेकिन इस कुछ नहीं के भीतर जिस अतीत को समेटने की कोशिश तुमने की थी, उसे झुठला दोगे, झुठला सकोगे क्या?

···डॉ. तुषारकांति सेन···तुम्हारे शोध-गुरु···जया के पूज्य पिताश्री···! गाँव के रघुराज शास्त्री के बाद जिनके अस्तित्व को पारसमणि मानकर तुमने अपनी प्रतिभा को एक नई दिशा देने की उत्कंठा सँजोई थी, वे अपनी एकमात्र संतान के लिए कितने चिंतित दिखाई पड़े थे···

मैं चाहता हूँ कि जया एम.ए. की परीक्षा में अच्छे अंक पा सके, लेकिन इसका ध्यान अपनी नाट्यशाला में अधिक रमा हुआ है। नीलाभ, मेरी इच्छा है कि तुम इसका थोड़ी मदद करो! तुम्हारे एम.ए. के नोट्स वगैरह···

मैंने तुम्हें मुगलकालीन भारत के ऐतिहासिक संदर्भों का मूलभूत उत्स समझाना चाहा था, तुम कालिदास के 'अभिज्ञान शाकुंतलम्' में तन्मय थीं—

तब न जाने हृदयंमम्···

मैंने कितनी रुक्षता से तुम्हें डाँट दिया था और तुम नाटकीय संवादों की दुनिया से उबरकर तुरंत संयत हो गई थीं।

मैं सुन रहा था, तुम कहती जा रही थीं—

नाट्य-समारोहों में इतनी रुचि कब से लेने लगे नीलाभ? क्या कुलपति बन जाने के बाद से ही? तुम्हारे स्वर में व्यंग्य-विदग्धता नहीं थी, हिमप्रदेश के ठंडे मौसम में अनवरत वर्षा के बाद निकलनेवाली खुली धूप सी गरमाहट की छुअन तुम्हारे शब्दों में थी और तुमने मुसकराते हुए चाय की प्याली मेरी ओर बढ़ा दी थी। मैं चौंककर अपने आपमें लौट आया था—यह अतिथिशाला है, मैं तुम्हारा आतिथ्य···

तुम हँस पड़ी थीं—यह मेरा नगर है। अतिथि तो तुम मेरे हो। चाहिए तो यह था कि मैं तुम्हें अपने घर में बुलाती···

मैं तुमसे तुम्हारे घर के बारे में पूछना चाहता था, लेकिन पूछ नहीं पाया। कुछ भी पूछने की स्थिति में अपने को नहीं पा रहा था। न जाने क्यों ऐसा लगा था कि तुमसे तुम्हारे वर्तमान के बारे में जानकर मैं उतना सुखी नहीं रह जाऊँगा, जितना उस क्षण था। अपने घर-परिवार के विषय में बताती हुई तुम उस क्षण मेरी आँखों की पकड़ से दूर चली जातीं तो?

मेरी खामोशी को भाँपती हुई तुम शायद थोड़ी सी अनमनी हो उठी थीं। मैंने तुम्हारी

अन्यमनस्कता को कितनी खूबसूरती से कैद कर लिया था—तुम्हें देर तो नहीं हो रही है, जया···?

तुम दोबारा हँस पड़ी थीं—नहीं तो···!

अतीत के गह्वर में निश्चेष्ट पड़ी उत्कंठाएँ एक तेज लहर बनकर मुझे अपने साथ बहा ले जाने को आतुर थीं। अपनी कनपटियों पर उग आई सफेदी के सर्द अहसास को भूलता हुआ, अपने वर्चस्व की कठोर परिधियों का अतिक्रमण करता हुआ मैं तुम्हारी हँसी में डूबकर, वर्षों पुराने उस केवड़ा के फूल की सुगंध को एक बार फिर अपनी आत्मा के बहुत निकट महसूस करने लगा था।

: 4 :

अंतिम विदा के पहले···तुमने मुझसे प्रार्थना की थी—एक चीज माँगती हूँ नीलाभ! क्या तुम पीछे छूट चुके मेरे दो वर्ष मुझे वापस लौटा सकते हो?···मैं जानती हूँ यह तुम्हारे वश की बात नहीं है, यह हम दोनों में से किसी के भी वश की बात नहीं हो सकती; लेकिन यहीं विराम-चिह्न देना था, तो यह यात्रा शुरू क्यों की थी, नीलाभ, क्यों···?

गुरुदेव के अध्ययन-कक्ष में फूट-फूटकर रोती हुई तुम और रुदन के आवेग से थरथराती तुम्हारी देह को दूर से देखता प्रवंचक बना मैं···

मेरी चेतना स्वयं एक आत्महंता नियति से जुड़ी मुझे धिक्कार रही थी—ठीक ही तो कह रही है जया! उसके समानांतर चल पाने का हौसला तुम्हारी रक्त-परंपरा में नहीं था, उसके साथ हमेशा-हमेशा के लिए जुड़ पाने की दुस्साहसी प्रवृत्ति को प्रश्रय देनेवाला उन्मद आवेश तुममें नहीं था, तब तुमने वह पहल क्यों की थी, नीलाभ, क्यों?

उसी जया को इतने लंबे अरसे के बाद सामने पाकर क्या तुम्हें ऐसा नहीं लगने लगा था कि दो वर्षों के उस वसंत को ही तुम अपने भीतर सैकड़ों बार जी चुके थे, जीते चले आ रहे थे···! दिन भर की तपिश से मुक्ति पाने के लिए, कार्यालय और घर की दुरूह व्यस्तताओं से पनाह माँगने के लिए रात के अँधेरे में तुम्हारी दोनों हथेलियाँ धीरे से शून्य में खुलकर किसे अपने निकट बुला लेती थीं? किसकी आँखें तुम्हारे तपते हुए ललाट पर चंदन का अवलेप लगाती तुमसे थोड़ा सा दूर हटकर ससंभ्रमित सी प्रतीक्षा करने लगती थीं?

···तुमने यह क्या किया?

गुरुदेव के अध्ययन-कक्ष में उनकी मेज पर पड़ी अपनी शोध की फाइलों में डूबे हुए नीलाभ ने अल्हड़ जया की उमंगित मानसिकता को अपनी कठोरता का व्यवधान दे डाला था। कमरे की हलकी रोशनी में थोड़ा हटकर खड़ी जया के रक्तिम अधरों का अधखुला भाव, उसकी झुकी हुई पलकों के नीचे तैरता सहमा-सहमा सा एक बोध—मैंने

कोई गलती कर दी क्या?

और उनके भीतर उमड़ता हुआ वह दुर्निवार आकर्षण—दो पग आगे बढ़ूँ तो···

सौंदर्य के उस विस्तार को अपने भीतर समेटने की तृषा में अनुक्षण विकल उनकी भुजाएँ धीरे से फड़ककर शांत हो गई थीं—गुरुदेव के प्रति मेरा यह संपूज्य-भाव और फिर उन्हीं की इकलौती बेटी के साथ ···नहीं, नहीं, यह अनुचित होगा।

अपनी शिराओं में खौलते हुए रक्त की पुकार को अनसुना करने के लिए उन्हें कितने कठोर आत्मसंयम का अभ्यास सहेजना पड़ा था—जाओ, जया, यहाँ से चली जाओ···।

लेकिन उस दिन···क्या हो गया था, नीलाभ, तुम्हें···?

और जया, तुमने भी तो जान-बूझकर उस अवसर की तलाश की थी। क्या तुम्हारे मन में पहले से ही···

गुरुदेव तीन दिनों के लिए कलकत्ते से बाहर गए थे और तुमने मुझे बताया क्यों नहीं था? अस्त-व्यस्त सी आकर तुमने आदत के मुताबिक उनके अध्ययन-कक्ष तक जानेवाले गलियारे के किवाड़ खोल दिए थे।

बिजली नहीं है क्या?

पीछे-पीछे चलती हुई जया सहसा उनके कितने करीब हो गई थी—

शाम से ही घर में एकदम अँधेरा है। नीलाभ, आज मुझे बहुत डर लग रहा था!

वे टटोलते हुए आगे बढ़े थे—टॉर्च, मोमबत्ती कुछ भी नहीं?

जया ने घर के पुराने नौकर नारायण के गाँव चले जाने की सूचना दी थी। चौखट पर वह तनिक लड़खड़ाई थी और उन्होंने हड़बड़ी में उसे थाम लिया था—

अरे, यह क्या, तुम्हारा बदन गरम है। तुम्हें बुखार है जया?

फफकते हुए गरम झरने की छुअन को महसूसते वे एकबारगी हतप्रभ हो गए थे—तुम रो रही हो, जया!···जया, सुनो तो···

उसने अपने चेहरे को उनकी कमीज के खुले हुए बटनों के बीचोबीच और भी मजबूती से छिपा लेना चाहा था। और वे? नई दुनिया के एक सर्वथा नए सम्मोहन के जाल में उलझे हुए वे देर तक विद्वत्ता की उसी स्थिति में डूबे रह गए थे।

···जया उनके सामने बैठी हुई थी और वे उससे यह कह पाने की शक्ति जुटाने नें अक्षम थे—जया, जब कभी बिजली चली जाती है, अपने घर के गलियारे में जान-बूझकर चहलकदमी करता मैं अपने उन्हीं विस्मृत क्षणों की तलाश पूरी कर लेना चाहता हूँ।

तुम्हारे जलते हुए अधरों का स्पर्श अपने ललाट पर पाकर मैंने क्या कहा था, तुम्हें याद है, जया, याद होगा क्या?

मैंने कहा था—जया, अपने जीवन के इस सुंदरतम प्रसंग को सर्वश्रेष्ठ ऐतिहासिक अभिलेख की शक्ल में ढालकर मैं इसे हमेशा-हमेशा के लिए अपने मन के कालपात्र में सुरक्षित कर लेना चाहता हूँ।

जया खिलखिला पड़ी थीं—यहाँ भी वही इतिहास···? तुम सचमुच इतिहास की मुद्रा में ही जीवन जीते हो क्या?

अपनी अस्वस्थता के बावजूद उसने उनके लिए कॉफी बनाने की इजाजत चाही थी और उसे जबरदस्ती रोककर अपनी अनभ्यस्तता के बावजूद पूरे इत्मीनान के साथ वे स्वयं रसोईघर में चले गए थे।

वे सारे प्रसंग क्या जया को भी वैसे-के-वैसे ही याद होंगे? शायद उसे याद नहीं हों!

सप्ताह भर बाद···गुरुदेव लौट आए थे। उन तक पहुँचने के लिए उन्हें फिर उसी अँधेरे गलियारे को पार करना था और वह दोबारा उनके सामने थी।

उनके माथे पर उसके होंठों का वह निशान अब भी बरकरार है।

जया, क्या ऐसा नहीं हो सकता कि हमारी यह निर्निमेष स्थिति शाश्वत हो जाए? यह क्षण एक कल्प बनकर बीते, तुम यहीं बैठी रहो···ऐसे ही···बिना हिले-डुले और मैं दूर से ही तुम्हें देखता रहूँ···!

नहीं, तुम्हें जाना है···तुम्हें जाना ही होगा।

अपनी कलाई पर बँधी घड़ी को एक उचटती निगाह से देखती तुम धीरे से उठ गई थीं—तो अब इजाजत दो···।

फिर कब मिलोगी? सुनो तो···जाने से पहले एक बार मेरा नाम लेकर पुकारो तो सही···जया···जया···

उनके सारे शब्द गूँगी वास्तविकता बनकर भीतर ही कहीं घुमड़ते रह गए थे। वे जया को जाते हुए देखते अवाक् बैठे रहे थे।

···वर्तमान में लौट आओ! डॉ. नीलाभरंजन···इतिहास के प्रकांड विद्वान्, एक प्रसिद्ध विश्वविद्यालय के कुलपति।···अतीत की सँकरी गलियों में इस तरह भटक जाना तुम्हारी गरिमा के विरुद्ध है। देखते नहीं···वर्तमान तुम्हें चाबुक मारकर जगा रहा है!

अर्दली शिवनारायण की आवाज उनके कानों पर से चाबुक की फटकार की तरह गुजर गई थी—

साहब, गोल कमरे में कई लोग आपसे मिलने के लिए बैठे हुए हैं।

अतिथि-भवन की बैठक में कई लोग आपसे मिलने के लिए बैठे हुए हैं। प्राध्यापकों का शिष्टमंडल, प्रेस संवाददाता और जाने कौन-कौन लोग···? ढेर सारे प्रश्न, अनगिनत समस्याएँ!

और नीलाभरंजन को कुलपति का मुखौटा ओढ़कर सबकी यथोचित अभ्यर्थना करनी पड़ी थी।

रात्रि के ग्यारह बजे···अतिथि-भवन के आरामदेह कमरे में साफ-सुथरी शय्या पर लेटने के बावजूद उनकी आँखों में नींद नहीं थी। खिड़की के सफेद परदे को एक ओर

खिसकाकर उन्होंने भीतर झाँकने को उत्सुक चाँदनी के द्वार उन्मुक्त कर दिए थे और रवींद्र संगीत की गंभीरता को उभारती जया की आवाज उनके कानों में गूँजने लगी थी—

तुमि जखन गान गाइते बल···
गर्व आमार भरे उठे बुके

(तुम जब मुझे गीत गाने के लिए कहते हो, तब मेरा हृदय गर्व से फूल उठता है।)

यह गीत मैंने तुम्हारे लिए गाया है नीलाभ, क्यों, जानते हो? इसलिए कि तुम्हें संगीत से कोई प्रेम नहीं है। रवींद्र संगीत की गहराई में डूबना हो तो एक बार ध्यान से मेरे इन गीतों को सुनो, नीलाभ··· !

तुम्हारे संगीत-प्रेम से मुझे तुम्हारे कॅरियर की चिंता ज्यादा है जया, बेहतर होगा कि इन फालतू बातों में वक्त न गँवाकर तुम अपनी परीक्षा की तैयारी करो··· ! गुरुदेव की भी यही इच्छा···

उसने उनकी बातें अनसुनी कर दी थीं और वे उसके सांगीतिक रुझान के प्रति विरोध प्रदर्शित करते हुए वहाँ से उठकर चले गए थे।

वर्षों बाद उस चाँदनी का सूत्र पकड़कर उन्होंने जया से अनुरोध करना चाहा था— तुम मुझे वह गीत सुनाओगी क्या?···मेरा मन गर्व से फूल उठा। मैं आँखें बंद करके वह अपूर्व गीत सुनता रहूँ और मुझे नींद आ जाए।

···कोई उन्हें थपकी देने लगा था क्या? उन्हें नींद आने लगी थी—सो जाओ नीलाभ, अतीत की ओर करवट बदलकर सो जाओ!

जया की याद आते ही अम्मा की बरबस याद आ जाया करती है न···और साथ-ही-साथ वह प्रसंग भी···

विश्वविद्यालय में इतिहास के प्रवक्ता डॉ. नीलाभरंजन ने अम्मा को गाँव से पटना बुलवा लिया था और वहीं से गंगासागर की यात्रा का कार्यक्रम बना था। अम्मा की बहुत इच्छा थी—सभी तीरथ बार-बार, गंगासागर एक बार···नीलू, तू भी चल···, तू चलेगा तो और भी अच्छा लगेगा!

वे तुरंत तैयार हो गए थे—कलकत्ता में मेरे गुरुदेव रहते है, अम्मा, थोड़ी देर तक उनके पास भी···

गंगासागर से लौटकर वे गुरुदेव डॉ. तुषारकांति सेन के घर गए थे। उन्होंने बलपूर्वक उन दोनों को रोक लिया था—आज रात यहीं ठहरना है। लंबी यात्रा की थकान मिट जाए तो कल वापस चली जाएँ!

गुरुदेव को उन्होंने अपने बाबूजी के विषय में सबकुछ बता दिया था। उनके बलिदान की कहानी सुनकर गुरुदेव असाधारण रूप से गंभीर हो गए थे—

मैं समझता हूँ कि सबसे बड़ा बलिदान उस नारी का रहा है, नीलाभ, जिसने अपनी आकांक्षाओं की आहुति दी है। दोहरे कर्तव्य की आँच में चुपचाप तपनेवाली वह

साध्वी···इतिहास के पास इस मूक समर्पण का कोई भी आलेख नहीं होगा, लेकिन वे तुम्हारी माँ हैं। हर प्रतिकूलता से अकेली जूझकर उस महिमामयी ने तुम्हें सिद्धि की यह अनुकूल दिशा दी है। तुम्हारे मन में उनके प्रति कभी कोई अविश्वास नहीं पनपे।

अम्मा जया के सद्व्यवहार से, उसके सेवा-भाव से बहुत प्रभावित थीं— कितनी कोमलता है इस लड़की में···? बेचारी मातृहीना जया···

अम्मा की बातों से उन्हें मधुर आश्वस्ति मिली थी। उन्होंने कल्पना की थी—पटना जाकर अनुकूल अवसर पाते ही अम्मा के सामने अपनी और जया की चर्चा करेंगे!

···उनकी ओर से चर्चा का कोई सुयोग जुटे, इसके पहले ही एक नया संदर्भ सामने आ गया था।

बाबूजी की भूमिगत स्थितिवाले दिनों में उनके अभिन्न सहयोगी रह चुके वसंत बाबू ने रोगशय्या से अम्मा के पास एक लंबा पत्र लिख भेजा था। बाबूजी के साथ गुजरे हुए दिनों की संपूर्ण त्रासदी उनके उस पत्र में हरफ-दर-हरफ उभर आई थी।

···अम्मा ने बड़ी भावुकता से चिरौरी की थी—नीलू, वसंत बाबू को यहाँ किसी अच्छे डॉक्टर को नहीं दिखाया जा सकता है क्या?

अम्मा की इच्छा का तुरंत पालन करते हुए उन्होंने पत्र डाल दिया था और अगले हफ्ते ही वसंत बाबू पटना आ गए थे।

कैंसर से जूझती हुई उनकी वह जीर्ण-शीर्ण काया···! डॉक्टरों का अंतिम उत्तर पा लेने के बाद कुछ भी कहना-सुनना शेष नहीं था। वसंत बाबू को अम्मा ने महीने भर अपने पास रोक लिया था—गाँव में आपका कौन बैठा है—देवरजी, यहीं रहिए न···, गंगा के किनारे रहकर···

···एक दिन···दर्द की तेज लहर उठी थी। पीड़ा-विकल वसंत बाबू अम्मा के सामने अपना हृदय खोल बैठे थे—एक ही बिटिया है, भौजी, मेरे नहीं रहने के बाद उसका क्या होगा?···अनुराधा की चिंता मुझे शांति से मरने भी नहीं देगी!

अम्मा की संवेदना उनकी आँखों में तरलता बनकर उमड़ आई थी—नीलू के बाबूजी महीनों दूर रहा करते थे, मैंने इसे कभी कोई कमी महसूस नहीं होने दी। आपका कलेजा निस्संदेह वज्र का रहा होगा, देवरजी, अपनी बच्ची को पड़ोसियों की दया के भरोसे छोड़कर आप वर्षों जेल की यातना भुगतते रहे और वह अकेली···

अम्मा ने वसंत बाबू के गाँव के पते पर अपने हाथों से पत्र लिख भेजा था—अनु बिटिया, गाँव के किसी आदमी को अपने साथ लेकर तुम पत्र पाते ही पटना चली आओ!

···नीलाभ कुछ भी नहीं समझ पाए थे। अम्मा ने वसंत बाबू को वचन दे चुकने के बाद अपने आप ही सारी बातें तय कर ली थीं—

नीलू, कल रविवार है न, जरा सुभद्र पंडितजी को बुलाना होगा और कल तू घर में ही रहेगा, समझ गया न···!

अम्मा के मन की बात उसी समय उनके सामने पूरी तरह खुल पाई थी—

अम्मा, तुमने मुझसे पूछे बिना ही···?

तुम्हारे जीवन, तुम्हारे सुख-दुःख के विषय में तुमसे पूछकर तय करना ही ज्यादा उचित था, बेटे। लेकिन इतने दिनों तक तुम्हारी अच्छी तरह परख करने के बाद हमें ऐसा लगा कि हमारे हर फैसले की तरह इस बार भी तुम सिर झुका दोगे—तुम जो चाहो, वही करो, अम्मा।

अम्मा मेरे बिलकुल करीब सरक आई थीं—सच बता, नीलू, तेरे मन में कोई दूसरी बात तो नहीं?

उनकी आँखों के सामने जया की बड़ी-बड़ी आँखें घूम गई थीं।

उदाहरण बनकर जीने की दशा में कितना कुछ खोना पड़ता है न···!

अम्मा ने कुछ भी कहने-सुनने की गुंजाइश नहीं छोड़ी थी।

दो दिनों तक अपने कमरे में लगातार बंद रहने के बाद भी नीलाभरंजन अपनी भयंकर ऊहापोह से उबरने की कोई भी दिशा ढूँढ़ पाने में असफल रहे थे।

अचानक लंबे सफर की तैयारी करते बेटे की असहज गंभीरता को भाँपती हुई अम्मा तनिक उद्विग्न हो उठी थीं—लगन के दस दिन बचे हैं नीलू, तू इस तरह···

उन्होंने अटैची बंद करते हुए अम्मा की ओर आँखें उठाई थीं—घबराओ नहीं अम्मा, तीन दिनों से अधिक वक्त नहीं लगेगा। मेरा कलकत्ता जाना बहुत जरूरी है।

गुरुदेव नेशनल लाइब्रेरी से लौटते हुए रास्ते में ही मिल गए थे—तुम नीलाभ···! बेटे, इस तरह अचानक? तुमने पहले से अपने आने की कोई भी सूचना तो नहीं दी!···सब ठीक तो है न?

गुरुदेव के सभी प्रश्नों का उत्तर नीलाभ के गंभीर मौन ने दिया था। घर जैसे-जैसे समीप आता जा रहा था, वैसे-वैसे उनके मन पर दुर्वह भार सा कुछ हावी होता जा रहा था—

जया से क्या कहेंगे वे, कैसे कह सकेंगे? गंगासागर की वापसी यात्रा के समय उन्होंने अम्मा की, गुरुदेव की भी आँखें बचाकर जया के कानों में धीरे से कहा था—

अम्मा ने तुम्हें बेहद पसंद किया है, जया और गुरुदेव के मन में भी मेरे लिए···मेरी समझ में हमारे संबंध में अब कोई व्यवधान नहीं आएगा। मैं यहाँ से जाते ही···

जया ने नाश्ते की तश्तरी उनके सामने रखते हुए तनिक नाराजगी का अभिनय किया था और मान भरे उपालंभ के साथ कह उठी थी—तुमने तो कहा था कि यहाँ से जाते ही···

....

नहीं, मैं तुम्हारी कोई भी सफाई सुनने के लिए तैयार नहीं हूँ। ···जानते हो, परसों ही बाबा ने तुम्हारी चर्चा चलाई थी। 'टाइम्स' में तुम्हारा कोई निबंध प्रकाशित हुआ है न,

उसे पढ़ चुकने के बाद वे देर तक तुम्हारी प्रशंसा करते रहे थे और मैंने उसी समय उन्हें सबकुछ···

सामान्य मनःस्थिति होती तो नीलाभ ने उमगकर उसके दोनों हाथ पकड़ लिये होते।···मानसिक शैथिल्य की काली छाया ने उनकी उत्कंठा को अपना ग्रास बना लिया था। वे बिना कुछ कहे एकटक जया की ओर देखते रहे थे।

अपने मधुर संकोच की मुग्धता में खोई हुई जया उनके खोखलेपन को थाह नहीं सकी थी—जानते हो, तुम्हारे गुरुदेव ने तुम्हें स्वीकार लिया है! उन्होंने अनुमति दे दी है नीला···

जया के मुँह से उनका नाम आधा अनुच्चरित ही रह गया था—

क्या हो गया? तुम ऐसे क्यों हो गए? अरे, तुम रो रहे हो! नीलाभ, बात क्या है?

उन्होंने इशारे से जया को चुप कराया था और वे धीरे से उठकर गुरुदेव के पास चले गए थे।

जीवन का वह असहज यथार्थ कितनी सहज, संयत वाणी में आकार पाता चला गया था! वसंत बाबू की अंतिम दशा, अनुराधा की असहायता और अम्मा का संकल्प···सारी बातें सुन चुकने के बाद गुरुदेव अनायास गंभीर हो गए थे। नीलाभ उस गंभीरता का कोई भी निष्कर्ष निकाल सकने में असमर्थ अनिर्णय की जड़ता से भरे हुए एकबारगी विकल हो उठे थे—

मैं क्या करूँ गुरुदेव, मेरी समझ में नहीं आता, मैं क्या करूँ? क्या आप मेरी अम्मा को समझा नहीं सकते? उन्हें सबकुछ बता दिया जाए, तो शायद वे···

गुरुदेव एकदम शांत थे। उनकी परिपक्व मानसिकता में अनुताप का कोई लक्षण नहीं था—

तुम्हारे मन का उद्वेग समझ रहा हूँ बेटे,···तुमसे झूठ नहीं कहूँगा—जया से सारी बातें जानकर मेरे मन में भी एक सुखद आश्वस्ति जगी थी। तुम्हारे साथ इस मातृहीना बच्ची को जोड़ पाता तो···! खैर···, अब इस प्रसंग को भूल जाना ही हम सबके लिए श्रेयस्कर होगा। नीलाभ, एक बात हमेशा याद रखो—भावुकता के पास महज आवेश होता है, दूरगामी दृष्टि नहीं होती; वह दूरगामी दृष्टि, जो जीवन के अनुभवों की आँच में तपकर और भी प्रखर होती जाती है। जया का पिता होने के नाते मुझे तुम्हारी अम्मा की योजना से असहमत होना चाहिए था। उसके प्रति मेरी वत्सलता मुझे उत्प्रेरित तो कर ही सकती थी कि मैं तुम्हारी अम्मा के पास जाऊँ। उन्हें समझा-बुझाकर अपनी बच्ची की सुख-शांति के लिए उनसे अनुनय करूँ। सामान्य परिस्थितियों में कन्या के पिता के रूप में मेरा यह आचरण सर्वथा निर्दोष होता और यह भी हो सकता था कि मेरे कहने से तुम्हारी अम्मा अपने निर्णय पर फिर से सोचने के लिए बाध्य हो जातीं। लेकिन नीलाभ, अपने स्वार्थ के लिए उन्हें इतने बड़े धर्मसंकट में डालना उचित होगा क्या?···तुम कह

रहे हो कि उन्होंने सबकुछ तय कर लिया है।···वसंत बाबू अपने असाध्य रोग की पीड़ा भूलकर रोगशय्या पर लेटे-लेटे ही वैवाहिक आमंत्रण-पत्र का प्रारूप तैयार कर रहे होंगे। उनकी एकमात्र कन्या अपने भावी सुख-स्वप्न की मधुर परिकल्पना में व्यस्त होगी।

···आनंद की कोमल तरंगों से आप्लावित उस पूरे वातावरण का मोहभंग मेरे द्वारा हो और वह भी केवल इसलिए कि मेरी बच्ची का सुख-स्वप्न अपहृत करके एक ऐसी बच्ची को दिया जा रहा है, जिसने अब तक अभाव और असुरक्षा के सिवा कुछ भी नहीं जाना···!

उसकी मधुर कल्पना को तोड़ना महापातक होगा, नीलाभ···!

गुरुदेव ने एक लंबी साँस छोड़ते हुए आरामकुरसी पर सिर टिकाकर आँखें मूँद ली थीं—इस एक महीने में वक्त की रफ्तार अचानक अनेक वर्षों की रफ्तार में बदल गई, बेटे। आदमी के विचारों पर नियति ऐसे ही अप्रत्याशित पटाक्षेप किया करती है, भाग्य की प्रबलता का सत्य यहीं सामान्य हो जाता है।···तुम्हें या जया को इस बात का कोई भी क्लेश नहीं होना चाहिए और मेरी ओर से भी तुम्हारे प्रति सद्भाव में कभी कोई कमी नहीं आने पाएगी। तुम जाओ, बेटे, तुम्हारे नए जीवन के लिए मेरी हार्दिक शुभकामनाएँ हैं।

पथभ्रष्ट उल्का की सी विक्षिप्त नियति को स्वीकारते हुए नीलाभ पटना लौट आए थे। जया बरामदे पर खड़ी उन्हें देखती रही थी। उस स्थिर दृष्टि में न तिरस्कार था और न ही आँसुओं की तरलता थी; फिर भी न जाने क्यों, नीलाभ उन आँखों में देर तक देखने का साहस नहीं जुटा पाए थे। निर्धूम ज्वाला में सुलगती वे पुतलियाँ हरदम उसका पीछा करती रहती थीं और गहन अपराधबोध से सहमकर वे अपनी चेतना की अँधेरी तलहटियों में दुबक जाना चाहते थे।

···विवाह की वह तिथि···!

सबकुछ यंत्रचालित ढंग से निपटता गया था। पंडितों के वैदिक मंत्र, अग्नि की प्रदक्षिणा, कोहबर की छोटी-मोटी रस्में, गाँव की मुँहबोली भावजों की ठिठोलियाँ···

अम्मा ने बड़ी उम्मीद लेकर गुरुदेव को आमंत्रण दिया था—तुझ पर उनका स्नेह है! वो जया को साथ लेकर जरूर आएँगे, नीलू···! तूने उनसे मेरी ओर से जोर देकर कहा था न, बेटे···?

गुरुदेव ने पत्र में आशीर्वचन लिख भेजा था, उनके नहीं आने से अम्मा थोड़ी खिन्न हो गई थीं।

···विवाह की गहमागहमी से भरा वह सप्ताह पूरे घर पर अनुराधा के आलता लगे पैरों की छाप की तरह हावी हो गया था।

वह दिन···और उसके ढाई दशक बाद का दिन···अनुराधा उँगलियों की पोर पर गिन-गिनकर याद नहीं दिलाती रहती तो शायद वे यह भी भूल जाते कि उस घटना को

बीते हुए इतने दिन हो गए···।

जया और अभिषेक दोनों एक ही जिद पर अटल थे—हम पापा-मम्मी के ब्याह की पच्चीसवीं वर्षगाँठ खूब धूम-धाम से मनाएँगे!

प्लीज···पापा, आप ना नहीं कह सकते!

जया नन्ही बच्ची की तरह ठुनकने लगी थी—मान भी जाइए न पापा, इतनी सीरियसनेस किस काम की?

जया के गोल-मटोल चेहरे पर जड़ी हुई बड़ी-बड़ी आँखों का मासूम शरारती भाव उन्हें हरदम निरस्त्र करता रहा। जया···उनकी पहली संतान···जया, उनके स्वप्नों की एकमात्र सिद्धि···।

तब अम्मा जीवित थीं। उन्होंने नवजात शिशु को उनकी गोद में डालते हुए आग्रह किया था—देखो तो नीलू, कितनी सुंदर बिटिया है? सोने की मूरत···तुम्हारे गुरुदेव की उस भली सी लड़की जैसी इसकी आँखें हैं—एकदम नीली।

उन्होंने उचटती हुई एक निगाह बच्ची के चेहरे पर डाली थी। उनका वीतरागी भाव पहली बार एक नए स्पंदन से जुड़ा था। बच्ची की गुलाबी हथेलियों को धीरे से छूते हुए उस एक पल में उन्होंने न जाने कितना कुछ सोच लिया था—

जीवन के प्रति नया सम्मोहन जगाने का श्रेय यदि किसी को है, तो जया को, एकमात्र जया को ही!

अपने अध्ययन-कक्ष में बंद डॉ. नीलाभरंजन जब कभी अपनी सहज उदासीन दिनचर्या का सबूत देने का उपक्रम करते हुए ऊँची-ऊँची आलमारियों में सजी इतिहास की मोटी किताबों के बीच अपना एकांत बाँटते रहते, तब नन्ही जया बंद दरवाजे की साँकल को छूने की कोशिश में अपने छोटे-छोटे पंजों पर उचकती हथेलियों की हलकी थाप देती रहती थी। उसकी तोतली मनुहार को अनसुनी करना उनके लिए असंभव हो जाता था। दरवाजा खुलते ही वह जल्दी से कमरे में घुस जाती थी और वे उसे गोद में बिठाकर चाँद और बुढ़िया की, हीरामन सुग्गा की, पंखवाले सफेद घोड़े की कहानियाँ सुनाने में मशगूल हो जाते थे।

हिंदू सभ्यता, प्राचीन भारत, मुगलकालीन संस्कृति जैसे गहन संदर्भों की दुहाई देते पृष्ठ बाप-बेटी के उस एकांतिक दुलार को टुकुर-टुकुर निहारते रहते थे और नीलाभरंजन की सारी गंभीरता नन्ही जया की बड़ी-बड़ी पुतलियों में डूबकर रह जाती थी।

'जया'! यह नाम उन्होंने ही दिया था न! अम्मा बच्ची को बिट्टी कहकर बुलाया करती थीं; अनुराधा ने उसे अनिला नाम दिया था। उसका अपना ही तर्क था—अनुराधा का 'अ' और उनके नाम का ह्रस्व रूप—'अनिला' नाम ही ज्यादा उपयुक्त होगा।

अम्मा की परिकल्पना को ध्यान में रखते हुए उनके जेहन में सहसा एक सोच उभर आया था—गुरुदेव की बिटिया की सी बड़ी-बड़ी इसकी आँखें! और उन्होंने सबकी बात

काट दी थी—यह जया है, जया।

आज भी अपने आपको टटोलते हैं तो उनका अपना ही अंदरूनी वजूद अन्य पुरुष की शैली में उनकी ओर प्रश्नवाची तर्जनी उठा दिया करता है—सच कहना नीलाभ, क्या तुम्हारे भीतर अतीत के उस छोटे से टुकड़े के प्रति अब भी वैसा ही सम्मोहन शेष नहीं है? वक्त के उस कटे हुए हाशिए को तुमने अपने मन के किसी कोने में कितनी मजबूत सुरक्षा दी है, इसका प्रमाण देने से तुम बेशक इनकार कर दो, लेकिन तुम्हारी बिटिया के नाम से लेकर उसकी एक-एक भाव-भंगिमा में तुम्हारी अधूरी इच्छाओं की संपूर्णता नहीं तो और क्या झलकती है?

रवींद्र संगीत के प्रति जया का असाधारण रुझान देखकर नीलाभ हतप्रभ रह गए थे—आप तो बस अपनी इन मोटी-मोटी पोथियों में खोए रहते हैं, पापा, उठिए, मेरे कमरे में चलिए, मैं आपको एक सुंदर गीत सुनाऊँगी। समर दा ने आज ही सिखाया है।

महाविद्यालयों और विश्वविद्यालयों के स्तर पर आयोजित सांस्कृतिक समारोहों में जया का नाम सबसे पहला होता। वार्षिक परीक्षाओं के दौरान उनकी खीझ के उत्तर में जया खिलखिलाकर हँस देती—आप भी, पापा···आपको मेरे प्रथम आने से ही मतलब है न! अब क्या आप चाहते है कि मैं रात-दिन अपनी पढ़नेवाली मेज से ही चिपकी बैठी रहूँ? हिलूँ-डुलूँ भी नहीं? ना बाबा, मुझे आपकी तरह अपनी आँखों पर इतने मोटे फ्रेम का चश्मा थोड़े ही चढ़ाना है!

उस दिन···उन्होंने सख्त मनाही की थी—मेरे विभाग के किसी प्राध्यापक को या विश्वविद्यालय के मेरे किसी भी सहकर्मी को तुम लोगों की इस खुराफत का पता तक नहीं चले! सारा आयोजन अपने घर में ही करो! बहुत होगा तो तुम्हारे गुरु समरेश बाबू और अभिषेक के दो-चार करीबी मित्र···बस, इतना ही···

विश्वविद्यालय से लौटने पर पूरे घर को उन्होंने बिलकुल बदली हुई सज-धज में देखा था। अध्ययन-कक्ष से लेकर उनके सामनेवाले कमरे तक बड़े-बड़े गुब्बारे झूल रहे थे। गलियारे और बाहरी बरामदे के फर्श पर जया ने अपने कुशल हाथों से सुंदर अल्पना रच डाली थी। उनके घर लौटते ही अनुराधा ने संकोचवश सफाई देनी चाही थी—

जया को समझाते क्यों नहीं? अपनी हर जिद मनवाने पर तुली बैठी है। उन्होंने अनुराधा को गौर से देखा था—नई साड़ी, माथे पर कुमकुम की बिंदी, पैरों में आलता और वेणी में फूलों का गजरा! वे कुछ कह पाते, इससे पहले ही जया रसोईघर से दौड़ती हुई आई थी—पापा, पापा···! आप जल्दी से हाथ-मुँह धोकर तैयार हो जाइए। बहुत देर हो रही है।

उन्होंने जया को टोकना चाहा था, लेकिन वह किलकती हुई तुरंत भीतर चली गई थी।

सबसे पहले डॉ. हरिनारायण सपत्नीक पहुँचे थे—बधाई डॉ. साहब···। उन्होंने अपने

हाथों में थामा हुआ फूलों का सुंदर गुलदस्ता उनकी ओर बढ़ाया था। वे बेहद सकुचा उठे थे—तो क्या जया ने···?

जया कितनी फुरती से सामने आ गई थी—प्लीज पापा, आज के दिन कोई रोक-टोक नहीं! और आज के दिन नाराज भी नहीं हुआ करते! अंकल, आंटी···, आप लोग बैठिए, मैं माँ को अभी भेजती हूँ।

डॉ. हरिनारायण की हँसमुख पत्नी ने राज खोला था—कल सुबह ही आपकी बिटिया हमें सबकुछ बता आई थी और उसने हमें हिदायत भी दे डाली थी—पापा को कुछ भी पता नहीं चले।

डॉ. हरिनारायण मुसकराने लगे थे—आप समझ गए होंगे, सर, आज हम जया बिटिया के मेहमान हैं।

डॉ. हरिनारायण, अनूपदास, विश्वास साहा, असित सिन्हा, डॉ. सान्याल—जया और अभिषेक ने चुन-चुनकर ऐसे लोगों को आमंत्रित किया था, जो उनके काफी करीबी थे।

खाने की मेज पर रखी गई ट्रे से गुलाबी ट्रे-पोश हटाते हुए जया ने उनका हाथ पकड़कर उन्हें मेज के बिलकुल सामने खड़ा कर दिया था—

माँ, तुम इधर आओ···। हाँ, आमने-सामने। एकदम ठीक···। अभि, तुम अपना कैमरा उठा लाओ।

माँ, पापा, आप दोनों एक साथ यह केक काटिए तो···।

उनके मुँह से अचानक निकल गया था—

तू सचमुच बड़ी जिद्दी है जया! यह सब क्या···

जया की माँ ने झिझकते हुए मेहमानों की ओर एक नजर डाली थी—ये कभी रोकते-टोकते भी तो नहीं न, इसीलिए तो यह एकदम अपने मन की हो गई है।

जया अपनी मनमानी करवाती जा रही थी—चाकू ऐसे पकड़िए। हाँ, बिलकुल एक साथ···चलिए पापा, आप एक टुकड़ा माँ को अपने हाथ से खिलाइए और माँ, तुम पापा को···

अंकल, आंटी··· ताली···

और सबकी सम्मिलित हँसी से वह कमरा गूँज उठा था। उन्होंने हाथ बढ़ाकर उसकी चोटी खींच ली थी—शैतान लड़की, आ, तुझे आज एक बड़ा दंड मिलेगा।

जया के मुँह में केक का एक बड़ा सा टुकड़ा डालकर उन्होंने उसके माथे पर हाथ फिरा दिया था—जा, जल्दी सबके लिए खाना लगा···।

जया अभिषेक को अँगूठा दिखाती हुई रसोईघर की ओर भाग गई थी और अभिषेक रूठने की नकल करता अपनी माँ के निकट रोज-रोज की अपनी बेहद पुरानी शिकायत दोहराने लगा था—देखा माँ, पापा जया दी को ज्यादा प्यार करते हैं, मुझे बिलकुल नहीं।

अभिषेक¨, उनके व्यक्तित्व की हू-ब-हू अनुकृति!

पढ़नेवाली अपनी मेज के सामने चुपचाप बैठा हुआ जब कभी वह गणित का कोई उलझा हुआ सवाल हल करने में पूरी तरह तन्मय हो जाता था, तब उनके भीतर छोटे से नीलू की वर्षों पुरानी पहचान कौंध जाती थी।

पंडित रघुराज-शास्त्री के आदेश को वेद-वाक्य मानकर अपनी चटाई पर बैठा घंटों एक ही सबक को दोहराता, पूरी तरह कंठस्थ करता नीलू¨!

अम्मा दूध का गिलास रखती हिदायत दे जाती थीं—तुरंत पी लेना, नीलू, नहीं तो ठंडा हो जाएगा।

उनकी रही-सही चंचलता भी बाबूजी के साथ ही चली गई थी। उनकी उम्र के दूसरे बच्चे गाँव के पश्चिमी सिवानवाले बड़े पोखरे के किनारे दिन भर धमाचौकड़ी मचाते रहते। कभी तिलकधारी बाबा की अमराई में कच्चे-पक्के आमों का सफाया होता, कभी खेतों में लगे अधपके चने का होरहा भूँजा जाता। वे सबसे अलग-अलग चुपचाप बैठे देखते रहते थे।

अभिषेक के चुप्पा स्वभाव को देखकर उन्हें यही लगता रहा, कभी उसे अपने बिलकुल पास बिठाकर कहें—इस तरह मायूस नहीं रहा करते बेटे, हँसते रहो!¨अपने साथियों के बीच बैठकर इधर-उधर की बातों में मन लगाओ। कुछ नहीं हो तो कहीं घूमने-फिरने ही निकल जाया करो।

¨लेकिन वे चाहकर भी न जाने क्यों उसके साथ उतनी अंतरंगता नहीं बरत सके। कभी-कभी उन्हें ऐसा लगता था, जैसे पितृत्व का पद पाने के बाद वे बाबूजी से भी अधिक संयत और धीर-गंभीर हो गए थे।

¨डॉ. हरिनारायण का बेटा अभिषेक की उम्र का ही होगा। वे उसके साथ कितनी सहजता से हँस-बोल लेते हैं! दोनों बाप-बेटों को बैडमिंटन के कोर्ट में आमने-सामने देखना कितना सुखद लगता है, लेकिन वे ऐसा क्यों नहीं कर पाते? कौन सा संकोच, कौन सी मानसिकता उनके आड़े आ जाती है?

अभिषेक जब कभी कोई सवाल पूछने उनके सामने चला जाता था, तब उन्हें यह क्यों लगने लगता था कि वह जानते-बूझते हुए भी उनकी परीक्षा लेने आया है! तब वे और भी गंभीर हो जाते थे। कभी-कभी उनकी उस मनःस्थिति का अनुमान लगाता अभिषेक चौखट से ही वापस मुड़ जाता था—रहने दीजिए, पापा, आप व्यस्त हैं। बाद में पूछ लूँगा।

जया की बात दूसरी थी। वह उनसे बातें करने के अवसर जबरदस्ती ढूँढ़ती रहती। उन्होंने कई बार चुपके से जया और अभिषेक की बातें सुनी थीं—

पापा पढ़ते रहते हैं, तब भी आप उन्हें परेशान करती हैं, जया दी, यह ठीक बात नहीं है।

तो क्या करें¨? तुम्हारी तरह मुँह लटकाकर लौट आएँ? तुम पापा का स्वभाव नहीं

जानते, अभि। वे चाहते हैं कि उन्हें कोई छेड़े, परेशान करे।···तुम्हीं सोचो न, ऐसा नहीं होता तो मेरे जाते ही वे क्यों अपनी किताबें बंद करके झटपट उठ खड़े होते हैं! मेरे ही कहने पर वे मेरे साथ-साथ लॉन में घूमते हैं, फूल-पत्तियों को दुलारते हैं। कई बार शाम को मेरे ही कहने पर वे ऊँची पहाड़ी तक टहलने भी गए हैं। कुछ भी कहो, अभि, पापा मुझे सबसे ज्यादा प्यार करते हैं।

कुछ ही दिनों की बात है जया दी, फिर तो तुम अपने घर चली जाओगी और माँ, पापा पर, इस पूरे घर पर मेरा ही एकछत्र राज होगा।

मैं पापा को छोड़कर कहीं जाऊँगी, तब न··· ! तुम देख लेना अभि, पापा मुझे कहीं जाने नहीं देंगे। वे मुझसे अलग होकर रह ही नहीं सकते। उनके सारे काम मेरे बगैर करेगा कौन?

सत्रह साल की जया के मुँह से बुजुर्गियत भरा व्याख्यान फूटने लगता था और अभिषेक थककर अपनी पराजय स्वीकार लेता था—चलो भाई, मान गए, आप यहीं रहेंगी। रहिए न, हमें क्या?

जया को वे कितने दिनों तक अपने पास रख पाए थे?

···गुरुदेव डॉ. तुषारकांति सेन की एकमात्र कन्या जया ने भी उनके सामने इसी तरह जिद की थी—बाबा, मुझे यहीं रहने दें, मेरे लिए कहीं कोशिश न करें। मैं आपको छोड़कर कहीं नहीं जाऊँगी।

आँखों के अश्रुकणों को छिपाने की प्राणपण चेष्टा के बावजूद गुरुदेव की विह्वलता उनके शब्दों में छलक आई थी। द्रवित कंठ से उन्होंने कहा था—सृष्टि के सनातन नियम की अवहेलना कर सकूँ, इतना सामर्थ्य मुझमें नहीं है, बेटी··· ! अपनी दैनंदिन सुविधाओं के नाम पर शाश्वत सुखों की दिशा में बढ़ने को उत्कंठित तुम्हारे पूरे भविष्य को मैं बाधित कर दूँ, ऐसा कभी नहीं हो सकता।

लेकिन बाबा, मेरा मन···

मन को मना लेना अपने वश की बात है, बेटी! किसी बड़े सुख के साथ अपने आपको जोड़ने के लिए पहले अपने छोटे-मोटे सुखों का उत्सर्ग करना ही पड़ता है।···मेरे जीवन के पृष्ठ सिमट रहे हैं और तुम्हारे सामने संभावनाओं का अनंत प्रसार है। मैंने सबकुछ सोच लिया है, बेटी! अनुराग के साथ तुम अच्छी तरह निभा सकोगी। उसकी रुचियाँ तुम्हारे मनोनुकूल हैं। वह नीलाभ की तरह ही शांत, शिष्ट और गंभीर लड़का है। अपने उत्तरदायित्व के समुचित निर्वाह के लिए इससे सुंदर दूसरा कोई भी आधार मेरी दृष्टि में नहीं है।

और गुरुदेव एकाकी रह गए थे। विश्वविद्यालय के प्रोफेसर पद पर प्रोन्नति पाने के बाद नीलाभ ने उनका आशीर्वाद लेने के लिए कलकत्ते का कार्यक्रम बनाया था। उनके साथ दसवर्षीया जया भी थी।

गुरुदेव की सेहत पहले से बहुत गिर गई थी। अपने बरामदे में अकेले बैठे वे शून्य में न जाने क्या देख रहे थे! उन्हें देखते ही उनकी रिक्त आँखें एक अनिर्वचनीय पुलक से भर उठी थीं—तुम नीलाभ···?

और यह कौन है? तुम्हारी बिटिया?

आओ बेटे, मेरे पास आओ। तुम्हारा नाम क्या है?

जया···? उन्होंने चौंककर नीलाभ की ओर देखा था और थोड़ी देर तक दोनों ही मौन बैठे रहे थे—

जया अपने घर की हुई नीलाभ, सबकुछ इतनी जल्दबाजी में हुआ कि मैं चाहकर भी तुम्हें खबर नहीं कर सका। अच्छा हुआ, तुम आ गए। घर में बड़ी उदासी छा गई थी। जया के जाने के बाद मैं···

गुरुदेव के पुराने सेवक नारायण ने आवभगत में कोई भी कसर नहीं छोड़ी थी—जया दीदी सुन लेंगी कि आप यहाँ आए थे और मैंने आपको अच्छी तरह खिलाया-पिलाया नहीं, तो मेरी खैरियत नहीं होगी, बाबू!

उस यात्रा में नीलाभ ने यह अनुभव किया था कि गुरुदेव की प्रखर बौद्धिकता ढलती हुई उम्र के तकाजों के सामने क्रमश: निरस्त्र होती जा रही थी। वार्धक्यजनित शिथिलता के साथ अकेलेपन का अनुभव उन्हें भीतर-ही-भीतर बड़ी तीव्रता से दुर्बल करता जा रहा था।

जानते हो, नीलाभ, जया और अनुराग ने मुझे अपने साथ लखनऊ ले जाना चाहा था। जया तो रूठ गई थी—वहाँ इतना बड़ा घर है बाबा, ऊपरी मंजिल पर आपके पढ़ने-लिखने की, आपके आराम करने की सारी व्यवस्था होगी। आपको यहाँ अकेले छोड़कर मैं···

तू मेरे लिए सोचा मत कर, जया! नारायण मेरी सुख-सुविधा का पूरा ध्यान रखेगा, मुझे कोई परेशानी नहीं होगी।

···तुम इतने निष्ठुर कब से हो गए,बाबा?

जया आँखों में आँसू लेकर यहाँ से वापस गई थी।···उसकी घर-गृहस्थी में क्षेपक की तरह मेरा जुड़ जाना क्या अच्छा होता नीलाभ? जरा सोचो तो, वह कितनी अस्वाभाविक स्थिति होती न!

गुरुदेव ने नन्ही जया को खूब दुलार किया था। चलते वक्त उसे ढेर सारी किताबें उपहार में दी थीं···

कभी-कभी मिलते रहना, नीलाभ!

वे भीतर तक करुण हो आए थे। उनके मन में उसी क्षण एक लालसा कुलबुलाई थी—यदि गुरुदेव उनके साथ रहना स्वीकार लें तो वे कितने यत्न से उनकी सेवा करेंगे, उन्हें अपने घर में सर्वोच्च स्नेह और आदर-मान का स्थान देंगे।

लेकिन गुरुदेव के चेहरे से फूटती स्वाभिमान की झलक ने उन्हें हिम्मत नहीं जुटाने दी थी और वे गुरुदेव की चरण-धूलि लेकर निर्वाक् रिक्शे पर बैठ रहे थे।

आज गुरुदेव नहीं हैं। होते तो उन्हें कौन सा आशीष देते? उनकी पदोन्नति की सूचना पाकर विह्वल होते हुए उन्होंने उनके ललाट का स्पर्श किया था—तुम्हारी सिद्धि में मुझे कभी कोई आशंका नहीं रही ,नीलाभ! तुम्हें अपनी योग्यता के सर्वथा अनुकूल पद मिला है। मेरा कोई पुत्र नहीं है, बेटे, लेकिन यदि वह होता, तो तुम्हारी तरह ही होता। तुम्हें अपने मानस-पुत्र के रूप में स्वीकार कर मैं पूर्णकाम हूँ, नीलाभ!

: 5 :

तमाम दाँव-पेचोंवाली राजनीति के बावजूद शिक्षा मंत्रालय की ओर से कुलपति के रूप में उनका नाम अनुशंसित हो चुका था। मुख्यमंत्री की मेज पर फाइल पहुँच चुकी थी और पूरे विश्वविद्यालय के माहौल में अच्छी-खासी सरगर्मी थी।

पटना से डॉ. नीलाभरंजन के कनीय सहकर्मी डॉ. हरिनारायण यह सूचना लेकर सबसे पहले उनके घर पहुँचे थे—

बधाई हो भाभीजी, शिक्षामंत्री ने स्वयं ही 'सर' का नाम प्रस्तावित किया है। इस खबर को बिलकुल पक्की समझिए। अब कहीं कुछ भी इधर-उधर होने की गुंजाइश नहीं है।

जया दौड़कर मिठाइयों से भरी तश्तरी उठा लाई थी—

हमने ठाकुरजी को प्रसाद चढ़ाया है। लीजिए न, पापा!

डॉ. नीलाभरंजन के शैक्षणिक जीवन में एक सर्वथा नए सत्र का शुभारंभ होने जा रहा था। उस जीवन की जटिलताओं का सोच उन्हें लगातार मथित करता जा रहा था।

···अपने विभाग में रहकर, पठन-पाठन की अपनी दिनचर्या से जुड़कर उन्होंने जो परितृप्ति सहेजी थी, उससे अलग प्रशासन की विडंबनाओं का स्वेच्छा से स्वीकार, यह क्या उनके लिए एक अयाचित स्थिति नहीं होगी और अपने विषय के प्रति उनकी यह असाधारण संलग्नता क्या इतने बड़े व्यवधान को झेल सकेगी?

अपने अध्ययन-कक्ष का दरवाजा बंद करके उन्होंने अपनी ऊहापोह से त्राण का पथ ढूँढ़ना चाहा था।

नौकरी, पठन-पाठन, चाहे घर-गृहस्थी की कोई भी समस्या क्यों न हो, अपने आपसे जूझते हुए जब कभी वे अपनी सामर्थ्यहीनता का अनुभव करने लगते थे, तब न जाने क्यों पंडित रघुराज शास्त्री से जुड़ी हुई उनकी स्मृतियाँ स्वत: उनके सामने आ खड़ी होती थीं—

मैं क्या करूँ मास्टर साहब, मुझे क्या करना चाहिए?

और शास्त्रीजी का छाया रूप उन्हें निर्देश देने लगता था—तुम्हारी मेधा दूसरों के कल्याण की दिशा में अग्रसर हो सके, तुम इसका जितना प्रसार कर सको, उतना ही अच्छा होगा, बेटे!

···शिक्षक का पद श्रेष्ठतम है, तुम्हें अपने इस पद की गरिमा का निर्वाह करना है; लेकिन प्रशासक-पद स्वीकारने के बाद क्या उस गरिमा के संकुचन की स्थिति सामने नहीं आएगी?

विश्वविद्यालयों की राजनीति···छात्रों की अनुशासनहीनता, परीक्षाओं में कदाचार···कार्यालय पदाधिकारियों के उचित-अनुचित दबाव की स्थितियाँ—इन सबसे निपटने में उनकी बौद्धिकता का अपचय ही तो होगा न···।

नहीं, इतिहास-विभाग का अध्यक्ष पद ही उनके लिए पर्याप्त है। इससे इतर कोई भी इच्छा उनकी मन:स्थिति के प्रतिकूल हो जानेवाली होगी।

उन्होंने तय किया था—अविनाश बाबू को पत्र लिखकर अपनी असमर्थता व्यक्त करते हुए क्षमा याचना कर लेंगे···।

शिक्षा मंत्रालय की मुहर लगा हुआ वह पत्र उनके सामने था—'तुम मेरे बचपन के मित्र रह चुके हो, नीलाभ, और संयोग देखो कि कुल दो महीने हुए मुख्यमंत्री ने मुझे यह विभाग सौंपा है। तो बंधु, शिक्षामंत्री की हैसियत से मेरा यह आदेश समझो, चाहे पुराने मित्र की हैसियत से मेरी यह अनुनय···। तुम्हें अपने विश्वविद्यालय का कुलपतित्व सँभालना ही है। वहाँ जैसी अराजकता फैल रही है, उसे देखते हुए मेरे सामने दूसरा कोई विकल्प नहीं है।'

पिछले दो वर्षों से वे लगातार यह अनुभव कर रहे थे कि उनका विश्वविद्यालय अराजकता की अंतिम परिसीमा को पार करता जा रहा था।

तब गुरुदेव जीवित थे। उनके विभाग के प्राध्यापक रामकृपाल शरण ने अपने एक शोधछात्र के विशेषज्ञ के चयन हेतु उनके पास विशेषज्ञों की नामावली भिजवाई थी। उन्होंने अपने गुरुदेव डॉ. तुषारकांति सेन के नाम को प्रमुखता दी थी।

उनका विचार था कि इसी बहाने एक बार गुरुदेव की चरणधूलि उनके घर में पड़ेगी। विभाग की ओर से एक विशेष संगोष्ठी का आयोजन किया जाएगा और गुरुदेव मुख्य अतिथि के रूप में विश्व इतिहासपरक अपने महत्त्वपूर्ण अनुसंधानों के विशिष्ट अनुभव सुनाएँगे।

उन्होंने कल्पना की थी—गुरुदेव के गंभीरतम विचारों की मूल्यवान संपदा सबको चमत्कृत कर देगी। उनके सहयोगी प्राध्यापक, उनके मेधावी छात्र चमत्कृत हो उठेंगे और स्वयं वे भी एक लंबे अरसे के बाद गुरुदेव का धाराप्रवाह प्रांजल वक्तव्य सुन सकेंगे।

अपनी शारीरिक दुर्बलता के बावजूद गुरुदेव ने स्वीकृति लिख भेजी थी। बाद में उन्हें लगा था, अपने मोह में बँधकर उन्होंने गुरुदेव को बुलाया नहीं होता तो उनके उस

अपमान की परिस्थिति सामने नहीं आई होती।

गुरुदेव को लिवाने के लिए उस शोधछात्र ने अपनी ओर से टैक्सी का बंदोबस्त किया था, उन्होंने हँसकर मना कर दिया था—

ऐतिहासिक भाषा में इसे उत्कोच देना कहेंगे न, नहीं भाई, हम ऐसे ही भले…! आज तक अनुचित अर्जन से पूर्व-पश्चिम का सा संबंध बना रहा। अब क्षितिज की आखिरी कोर पर पहुँचकर यह कनिष्ठा उँगली का पाप?…किसलिए?

वे रिक्शे से ही विश्वविद्यालय गए थे। रास्ते में उन्होंने शोध के गिरते हुए स्तर पर चिंता व्यक्त की थी, लेकिन नीलाभ को यह आभास भी नहीं हुआ था कि गुरुदेव का इशारा किस ओर है?

परीक्षा विभाग में साक्षात्कार की प्रक्रिया शुरू होती, इसके पहले रामकृपाल शरण ने उन्हें एक ओर बुलाकर तनिक हताशा के भाव से कहा था—सर, दूसरे विशेषज्ञ तो आए नहीं। रघुवीर बहुत घबराया हुआ है। आपके गुरुदेव…

उन्होंने सांत्वना दी थी—मेरे गुरुदेव व्यर्थ किसी को परेशान नहीं करते और फिर रघुवीर के शोध-निर्देशक आप हैं, सबसे पहले तो आपमें आत्मविश्वास होना चाहिए। शोध की मौलिकता और उसकी सार्थकता का प्रमाण तो आपके पास है, आप घबराएँ नहीं!

साक्षात्कार के समय विचित्र परिस्थिति हो गई थी। गुरुदेव के एक भी प्रश्न का उत्तर वह छात्र नहीं दे सका था। उन्होंने तनिक खीझते हुए कहा था—तुम्हारे शोध के हर अध्याय की हर पंक्ति मैं पढ़ चुका हूँ। यदि मेरी स्मरण-शक्ति शेष है तो मैं तुम्हें यह बता दूँ कि तुमने अल्टेकर से लेकर उपाध्याय तक सबकी किताबों में बड़ी सफाई से सेंध लगाई है। लेकिन बेटे, चुराई हुई चीज को अपना कहने का भी आत्मबल होना चाहिए। तुम्हारे पास वह आत्मबल है ही नहीं। इस विश्वविद्यालय की शोधपरकता के वृत्तांत ही सुनता आया था, अब तो प्रत्यक्ष प्रमाण मिल गया।

सब लोग अवाक् रह गए थे। रघुवीर नाम के उस छात्र ने मेज पर मुक्का मारते हुए गुरुदेव को जवाब दिया था—हमने चोरी की है, सर, और इस चोरी की पूरी कीमत भी चुकाई है। पूछ लीजिए हमारे सर से। उसने रामकृपाल शरण की ओर उँगली उठाई थी—इन्होंने दो किस्तों में रकम लेने से इनकार कर दिया था। एकमुश्त पाँच हजार रुपए रखवा लिये थे और इनका आश्वासन था—

—तुम्हें कुछ नहीं करना होगा, डिग्री तुम्हारे हाथ में होगी।

इसलिए सर, फिजूल की बातों में अपना वक्त नहीं गँवाकर आप अपने यात्रा-भत्ते का प्रबंध करवाइए। डिग्री तो मैं लेकर रहूँगा। इतना आत्मबल मुझमें है।

गुरुदेव का चेहरा अपमान से काला पड़ गया था। वे तुरंत वहाँ से उठकर बाहर चले आए थे।

उन्हें बड़ी विक्षुब्ध मानसिकता के साथ संगोष्ठी के रद्द किए जाने की सूचना निकालनी पड़ी थी।

जाते समय गुरुदेव ने कहा था—तुम दु:खी मत हो, बेटे···! मेरे साथ जो हुआ, उसका पश्चात्ताप मुझे नहीं है; लेकिन इस बात की पीड़ा मुझे अवश्य है कि पुराने मूल्य कितने दीन-हीन होते जा रहे हैं, कितने निरस्त्र···? ···शिक्षा और संस्कृति की अनिवार्य सन्नद्धता थी कभी, आज शिक्षा और संस्कार का दूर का भी नाता नहीं रहा। अनीति सूत्रधार बनी हुई है और हमारी शिक्षण-संस्थाओं में अविनय का बोलबाला होता चला जा रहा है। कभी-कभी गहराई से सोचता हूँ तो लगता है दोष किसका है? हमारे इन छात्रों का, इन शिक्षकों का या इस पूरी व्यवस्था का? छात्र उद्दंडता की चरम सीमा का अतिक्रमण करते नहीं हिचकते। परीक्षा में कदाचार की कोई भी युक्ति पीछे नहीं छूटती। योग्यता को उसका दशमांश फल भी नहीं मिल पाता और पैरवी की बैसाखियों पर सधी हुई अयोग्यता सर्वोच्च पद पा जाती है। अहम्मन्यों की कतार एक ओर है और कुंठा का प्रभुत्व दूसरी ओर···। उत्तरोत्तर सभ्य होते चले जाने की लालसा में काल का प्रवाह हमें किस प्रतिकूलता की ओर खींच लाया है? कहाँ हमारी आश्रमीय संस्कृति और कहाँ हमारी वर्तमान दुरवस्था!

—तब विडंबनाओं के इस धूम्रवलय में क्षीण अग्निरेखा की तरह एक ही निष्कर्ष हमारे मस्तिष्क में कौंधता है, नीलाभ! क्या हम फिर उसी आश्रमीय जीवन की ओर नहीं लौट सकते?

कुलपति की शास्ति मानकर उनके मंत्रपूत जीवन का अक्षरश: अनुकरण करनेवाले निश्छल ब्रह्मचारियों का समुदाय, वेदमंत्रों के उद्गाता ऋषि-महर्षियों की वह पवित्र जीवन-चर्या। उसके पीछे कृषि का सर्वाधिक सशक्त तथा महत्त्वपूर्ण आधार नहीं तो और क्या था? धन-धान्य की विपुलता से संपन्न उस जीवन में कोई भी अभावग्रस्तता नहीं थी। वह जीवन निरभ्र आकाश की तरह विमुक्त था।

एक क्षण के लिए सोचो तो सही, क्या फिर से वह समय लौटाया नहीं जा सकता? तुम प्रबुद्ध हो, तुम्हारे भीतर कोई जाज्वल्यमान निष्कर्ष फूट सकता है, इसीलिए मैंने अपनी व्यथा तुम्हारे सामने रखी है, बेटे, इस बात पर अच्छी तरह गौर करना।

अनुराधा वैदिक ऋचाओं की तरह गुरुदेव के एक-एक वाक्य को अपने प्राणों की अतल गहराई में उतारती जा रही थी।

अविनाश बाबू के पत्र के उत्तर में जब उन्होंने अपनी अस्वीकृति के आशय का पत्र लिख भेजने की मंशा जाहिर की थी, तब अनुराधा ने एक नया तर्क उनके सामने रखा था—कुलपति का पद पा जाने के बाद तुम्हारी शांति और तुम्हारी अध्ययन-प्रिय दिनचर्या में व्याघात उत्पन्न हो सकता है, लेकिन तुम दूसरी दिशा से क्यों नहीं सोचते—तुम्हारे पास एक निष्पक्ष दृष्टि है। तुम किसी पूर्वग्रह से जुड़े हुए नहीं हो। तुम प्रयत्न करके देखो तो

सही···कार्यालय की सुव्यवस्था, छात्रों की उचित माँगों को पूरा करने का संकल्प और प्रशासन को साफ-सुथरा बनाने का प्रयत्न—ये प्रयोग यदि तुम्हारी बौद्धिकता का आधार पाकर यथेष्ट फल दे सकें, तो हानि ही क्या है?

अविनाश बाबू ने भी उनसे कहा था—तुम यह क्यों नहीं सोचते मित्र कि तुम्हारे सामर्थ्य से जुड़कर विश्वविद्यालय के हजारों लोगों की कार्यप्रणाली में, उनकी पुरानी दिनचर्या में सुधार की संभावना जग सकती है? दीमक लगी जड़ोंवाले सूखे वृक्ष की तरह इस निष्प्राण व्यवस्था को उखाड़ फेंकने के लिए पुलिस और प्रशासन जैसे कठोर तंत्रों का सहारा लिया जा सकता है, यह एक विवशतावाली बात हो गई; लेकिन उस जड़ता के नीचे किसी नए अंकुर के स्फुरण की परिकल्पना वही दे सकता है, जिसके भीतर उतना बड़ा बौद्धिक सामर्थ्य हो। तुम कोशिश करके देखो तो सही, हमारी पूरी संवेदना तुम्हारे साथ है।

अपने विश्वविद्यालय का संपूर्ण परिवेश उनकी आँखों के सामने था। कार्यालय में कुलसचिव से लेकर लिपिकों तक की मानसिकता कर्तव्यहीनता की नियति के सहज स्वीकार की दिशा में कितनी उदासीन हो चुकी थी, इसका अनुभव उन्हें अच्छी तरह था। परीक्षा विभाग की अनियमितताएँ उनकी अनदेखी नहीं थीं। वित्त-पदाधिकारी आए दिन लंबे अवकाश पर रहा करते थे, विभिन्न महाविद्यालयों में अनुदान आयोग द्वारा स्वीकृत राशि का उचित आवंटन नहीं होने की दशा में वह राशि विफल हो चुकी थी। छात्रों का एक विशेष वर्ग अपने उचित-अनुचित हित-साधन के लिए रोज-ब-रोज विश्वविद्यालय कार्यालय के सामने धरने से लेकर रोड़ेबाजी तक के कार्यक्रम आयोजित करता रहता।

···विश्वविद्यालय की दशा उस मालवाहक जलयान की सी हो चुकी, जिसे महासागर की प्रतिकूल तरंगों ने जबरदस्त थपेड़े दे-देकर जर्जर कर दिया था और चक्रवात में फँसी हुई जिसकी नियति अनुकूलता का कोई भी तटबंध तलाशने में विफल हो रही थी।

कुलपति की कुरसी पर बैठते ही उन्हें अव्यवस्था की पहली चुभन महसूस हुई थी। कुलसचिव तथा परीक्षा-संचालक को उन्होंने कुछ जरूरी फाइलों के साथ अपने कक्ष में बुलवा भेजा था। उनके अर्दली ने आकर खबर दी थी—सर, कुलसचिव साहब प्रॉक्टर साहब के ऑफिस में बैठे हुए हैं और परीक्षा-संचालक आ रहे हैं।

···परीक्षा-संचालक महोदय ने सिर खुजलाते हुए उस फाइल के कहीं इधर-उधर होने की सूचना दी थी और वे मुँह लटकाए उनके सामने थोड़ी देर बैठने के बाद अपने आप उठकर बाहर चले गए थे। उन्होंने कुछ सोचकर मेज पर रखी जरूरी फाइलें अपनी आलमारी में बंद करने का निर्देश दिया था और अर्दली को वहीं बैठे रहने की ताकीद देते हुए चुपचाप कमरे से बाहर निकल आए थे।

एक लंबे गलियारे के दोनों ओर विश्वविद्यालय के छोटे-बड़े सभी अधिकारियों के

कमरे थे। ऊपर नाम का सूचनापट और उसके नीचे संबद्ध अधिकारी के विभाग का नाम··· ।

उन्होंने कलाई पर बँधी घड़ी की ओर एक नजर डाली थी।···मंगलवार··· ग्यारह बजकर पंद्रह मिनट···इस वक्त वे अपने विभाग में एम.ए. के छात्रों के साथ होते···मध्यकालीन भारत के सांस्कृतिक संदर्भ···

उनका मन खिन्न हो गया था। डॉ. हरिनारायण ने कहा था—आपके चले जाने से विभाग की, छात्रों की अपूरणीय क्षति होगी, सर!

उन्होंने कहना चाहा था—क्षति उनकी भी होगी, पर अपनी अपरिहार्य रिक्तता का बोध उन्हें होगा, केवल उन्हें··· !

विश्वविद्यालय के अँधेरे गलियारे में उनके पैरों की ध्वनि उन्हें उपालंभ देती सी प्रतीत हो रही थी—कहाँ चले आए, नीलाभ? धूल-धक्कड़ के किस अंबार में आ फँसे तुम···?

मोटे परदे के पीछे से छनकर आती व्यंग्य भरी हँसी का मिला-जुला स्वर उन्हें चौंका गया था—

—यह नीलाभरंजन एक नंबरी घाघ निकला बंधु, कब चुपके-चुपके शिक्षामंत्री से यारी गाँठ ली और कब अपना उल्लू सीधा करवा लिया, किसी को पता तक नहीं चला।

—लेकिन भाई, अगर इसकी ईमानदारी के चर्चे सच होंगे, तो हम तो गए काम से।

—अबे चुप भी कर···कितने कुलपति आए और चले गए। सब सालों के साथ वही मसला रहा···हाथी के दाँत खाने के और, दिखाने के और··· । यह उन सबसे अलग थोड़े ही होगा··· !

—सिधवा गाय खूँटे से जल्दी बँधती है बंधु, इसे शीशे में उतारने का जिम्मा मेरा रहा।

एक-एक स्वर उनका पहचाना हुआ था। वे चुपचाप अपने कमरे में लौट आए थे। उन्होंने तुरंत दो अनिवार्य सूचनाएँ निर्गत की थीं—कर्मचारियों का कार्यालय की अवधि में विश्वविद्यालय में रहना अनिवार्य है।

···सभी पदाधिकारियों को यह निर्देश दिया जाता है कि वे प्रतिदिन आवश्यक फाइलों के निपटारे के लिए कुलपति से अनिवार्य रूप से संपर्क करें।

उन्होंने कुलसचिव को अपने कमरे में बुलाकर बड़े गंभीर शब्दों में समझाया था—प्रॉक्टर के साथ आपकी गहन मैत्री है, यह दूसरी बात है; लेकिन काम के समय आप लोग एक-दूसरे के कक्ष में बेमतलब की गप्पें हाँकते रहें, यह ठीक नहीं है। आइंदा ऐसी बात नहीं होने पाए!

दूसरा दिन रहता—स्वयं वे विभागाध्यक्ष की पहली हैसियत से प्रॉक्टर के कमरे में गए होते, तो उनके होंठों पर हलकी सी मुसकराहट जरूर आ गई होती। प्रॉक्टर महोदय ने अपने बढ़े हुए पेट पर से सरक आई पतलून को ऊपर खिसकाने के लिए कमीज को

छाती तक उठा रखा था। उनकी पतलून में बेल्ट की जगह साड़ी की कोर बँधी हुई थी और वे कुलसचिव को अपनी बेतरतीबी का नमूना दिखाते हुए आह्लादित हो रहे थे। कुलसचिव की पीठ दरवाजे की ओर थी। उनके काले फीतोंवाले जूते फर्श पर उलटे-सीधे पड़े थे और वे कुरसी पर दोनों घुटने मोड़कर उकड़ूँ बैठे हुए थे। उनकी बाईं बगल में खैनी की डिबिया पड़ी हुई थी और वे सुरती-चूना मसलने में दत्तचित्त थे। दोनों के बीच उन्हें लेकर ही भौंडे हास-परिहास का प्रसंग चल रहा था और कमरे में उस प्रसंग का आनंद उठानेवाले दो-तीन नेता किस्म के उद्दंड छात्र भी थे, जिनकी फूहड़ हँसी गलियारे तक छलक आई थी।

···अपने छात्रों के बीच कितने लोकप्रिय थे वे, लेकिन कभी उनके किसी छात्र ने उनके सामने किसी अनुचित मुद्रा का प्रदर्शन नहीं किया। उनके सतत गांभीर्य और उनकी अनुशासनप्रियता के कारण अंतरंगता के बावजूद उनकी छात्र मंडली को एक सम्मानित दूरत्व के निर्वाह की ही प्रेरणा मिलती रही।

उन्होंने अनुभव किया था—प्रतिष्ठा पाने की योग्यता अर्जित करने के लिए स्वयं कितनी बड़ी साधना करनी पड़ती है।

विश्वविद्यालय के अँधेरे गलियारे से अपने प्रकाशमान अतीत की ओर लौटते हुए उन्हें गुरुदेव के शब्द याद आने लगे थे—जो अयोग्य हैं, उन्हें बड़े-से-बड़ा पद मिल जाता है और उस पद की गरिमा को नष्ट करने के लिए फिर किसी बाहरी हस्तक्षेप की आवश्यकता नहीं पड़ती, वह अपने आप निःशेष हो जाती है।

अपने कर्तव्य की सचेष्टता ने उन्हें पहली बार कुरेदा था—विश्वविद्यालय के ये महत्त्वपूर्ण पद क्या पुरानी गुरुकुल परंपरा के विविध पदों की उच्चता का स्मरण नहीं दिलाते? डॉ. नीलाभरंजन, यह उत्तरदायित्व तुम्हारा है। तुम्हें रोक-टोक करनी होगी, मृदुता से काम नहीं चले तो कठोरता का अवलंब लेना होगा। प्रशासन की स्वच्छता के लिए तुम्हें अपने कार्यों की दिशा स्वयं तय करनी होगी।

कार्यालय का वह दूसरा सप्ताह था। पूर्व प्रदत्त विज्ञप्ति के आधार पर आगामी परीक्षाओं की तिथियाँ निर्धारित करने तथा विश्वविद्यालय के दूसरे महत्त्वपूर्ण कार्यों से संबद्ध निर्णय लेने के लिए उन्होंने अपने कक्ष में सभी संबद्ध पदाधिकारियों की जरूरी बैठक बुलाई थी। वे अपनी योजनाओं को एक-एक करके प्रस्तावित करनेवाले थे। बैठक की कार्यवाही प्रारंभ होने ही वाली थी, उसी समय परिसर में जोरों का शोरगुल सुनाई पड़ने लगा था। उनके अर्दली ने आकर सूचना दी थी—सर, छात्र लोग हैं। आपसे इसी समय मिलना चाहते है।···मीटिंग के पहले ही···

उन्होंने आदेश दिया था—उनसे कहो, उनके दो प्रतिनिधि आकर अपनी बातें कह जाएँ।

थोड़ी देर बाद वह लौट आया था—सर, वे लोग कहते है कि हम सब एक साथ मिलेंगे। वी.सी. से कहो, वे बाहर आएँ।

उनकी भौंहें अचानक तन गई थीं, जबड़ों में खिंचाव सा आ गया था—चलो, मैं ही चलता हूँ।

वे कमरे से बाहर निकलने लगे थे, तब छात्र कल्याण संकाय के अध्यक्ष ने धीरे से टोका था—सर, आप बाहर नहीं जाते तो ठीक था। इन लड़कों की कुछ बेतुकी माँगें हैं। हम उन्हें पूरी नहीं कर सकते। वे हमारे पास कल ही आए थे।

क्या माँगें हैं उनकी?

सर, इस बार कागज सप्लाई का काम बलदेव को नहीं देकर किसी दूसरे ठेकेदार को दे दिया गया है। बलदेव पाँच वर्षों से कवर फाइलें और स्टेशनरी की दूसरी चीजें सप्लाई कर रहा था। लेकिन टेंडर के आधार पर जिसका कोटेशन सबसे कम हुआ, उसे यह काम मिल गया। विश्वविद्यालय के हित में जो उचित हुआ, वह किया गया। इसके लिए छात्रों को उत्तेजित होने की क्या जरूरत है भला?

बलदेव इस विश्वविद्यालय का पुराना छात्र है सर, विश्वविद्यालय के छात्रों पर अब भी उसका प्रभुत्व है। यूनियन के चुनाव में उसी का उम्मीदवार विजयी होता रहा है।

लेकिन अब तो काम किसी और को दिया जा चुका है अवधेश बाबू, और जो कुछ हुआ है, मेरी समझ से अनुचित नहीं हुआ है। खैर, मैं जाकर उन लोगों से बातें करता हूँ।

उन्हें देखते ही छात्रों का जोश नए सिरे से जग चुका था। वे 'छात्र एकता जिंदाबाद' के नारे लगाते हुए उनकी ओर बढ़ चले थे।

उन्होंने दोनों हाथ उठाकर उनसे शांत रहने की अपील की थी—क्या बात है?···जो कहना है, शांति से कहिए!

हमारा अधिकार छीनकर दूसरे को दिया गया है और आप कहते है हम शांति से काम लें?

लाल जर्सी के नीचे चुस्त मोहरी की पतलून पहने हुए एक लड़का दोनों हाथ कमर पर रखकर तमकता हुआ उनके सामने चला आया था।

तुम बलदेव हो···?

तमीज से बात कीजिए, सर, हम तुम-ताम सुनने के अभ्यस्त नहीं हैं!

उन्हें अपने स्नेहशील छात्रों की विनय याद आ गई थी। भूल से भी किसी छात्र को तुम कह देते थे, तो वह कैसे मुग्ध-भाव से उस स्नेह-संबोधन को स्वीकारता था!

विपरीतता के उन क्षणों में भी उन्हें तनिक हँसी आ गई थी—अच्छा भाई, हमने अपनी बात वापस ली। तो बलदेवजी, क्या शिकायत है आपकी?

सर, आज तक टेंडर-वेंडर का झमेला नहीं था। काम मुझे मिलता था और मेरी रोजी-रोटी चलती थी। आपको अपना आदेश वापस लेना होगा।

लेकिन इसके लिए इन छात्रों को अपने साथ लाने की जरूरत क्या थी? आप मेरे कार्यालय में अकेले ही मुझसे मिल सकते थे। या कि आपने यह सोच लिया कि आपकी

आंदोलनकारी शक्ति से मैं पराजित हो जाऊँगा?

आप जो समझें, सर···।

उसने फूहड़ हँसी हँसकर अपने सहयोगी छात्रों को देखा था और धीरे से बाईं आँख दबा दी थी।

प्रॉक्टर के कमरे से छनकर आती वही फूहड़ हँसी दोबारा उनके कानों में गूँजने लगी थी।

उन्होंने स्थिति को दूसरा मोड़ देना चाहा था—आप अपनी समस्या लेकर बाद में आइए, बलदेवजी। इस वक्त हम एक जरूरी मीटिंग में व्यस्त हैं।

बलदेव तैश में आ गया था—हमें अभी फैसला चाहिए सर, आपकी मीटिंग तक हम रुक नहीं सकते।

पहली बार उनके शांत चेहरे पर क्रोध की रेखाएँ उभर आई थीं—मैं अपना आदेश वापस न लूँ तो? क्या करेंगे आप? जाइए, जो करना है, कर लीजिए।

वे तेजी से पीछे मुड़कर गलियारे में चले आए थे। उस रोज उन्हें अपनी बैठक स्थगित करनी पड़ी थी।

आनन-फानन में डेढ़-दो सौ छात्र विश्वविद्यालय परिसर में घुस आए थे। उन्होंने मुख्य द्वार तोड़कर कुलपति के कक्ष में जबरदस्ती घुसने की चेष्टा की थी। अपने प्रयास में विफल रहने के बाद उन लोगों ने रोड़ेबाजी की थी और डॉ. नीलाभरंजन को मजबूरन आरक्षी अधीक्षक के कार्यालय में फोन करना पड़ा था। उग्र छात्रों को हिरासत में ले लिये जाने के बावजूद मामला ठंडा नहीं पड़ा था। दस दिनों तक पुलिस के पहरे में विश्वविद्यालय कार्यालय को खुला रखने की विफल कोशिश के बाद उन्होंने विक्षोभ की मुद्रा में शिक्षामंत्री को वहाँ की ताजा स्थिति की सूचना देने के लिए फोन करना चाहा था, तभी वह हादसा घटा था।

शाम के झुटपुटे में अभिषेक ने आकर खबर दी थी—पापा, एक आदमी आपसे मिलना चाहता है। वह बहुत डरा हुआ है। आप एक बार बात तो कर लीजिए। शायद वह उसी ठेके के संबंध में···

उस युवक ने अपना परिचय दिया था—मैं प्रकाश हूँ, सर, स्टेशनरीवाला काम मुझे ही मिला था। उन्होंने उसकी आँखों में भय की जबरदस्त विकलता देखी थी—सर, मैं यही कहने आया हूँ कि आप वह काम बलदेव को दे दीजिए।

उनकी प्रश्नसूचक दृष्टि अपने चेहरे पर पाकर वह और भी कातर हो उठा था—सर, मेरे छोटे-छोटे बच्चे हैं। जिंदगी रही तो रोजगार की कमी नहीं होगी। उसके साथ टकराने की हिम्मत मुझमें नहीं है। आप कल ही उसे बुलाकर सारी स्थिति बता दीजिए। वह मुझे कई बार धमकी दे चुका है।

अपनी हताशा उनके सामने उड़ेलकर वह युवक जा चुका था और उन्हें ऐसा लगने

लगा था जैसे अपनी सुख-शांति नष्ट करने के लिए उन्होंने जान-बूझकर एक भयंकर चक्रव्यूह में प्रवेश किया हो। युद्ध की अभी तो शुरुआत ही थी और उनकी नियति पराजय का कड़वा घूँट गले से उतारने का इंगित देने चली थी।

उसी रात किसी अज्ञात व्यक्ति ने उनके यहाँ फोन किया था—हमारी प्रतिद्वंद्विता का परिणाम देखना चाहते हैं तो सदर अस्पताल के वार्ड नंबर छह में चले जाइए…

उन्होंने तनिक व्यग्र भाव से सदर अस्पताल के अधीक्षक को फोन मिलाया था—हाँ सर, बात सही है। कल रात में ऐसा एक केस आया है। प्रकाशचंद्र… !

जी हाँ, रात के अँधेरे में कुछ अज्ञात लोगों ने उस पर हमला किया है ,सर, दाहिना हाथ टूट गया है। सिर में भी काफी चोट आई है।

नहीं-नहीं, उम्मीद है, बच जाएगा। लेकिन सर, उसने बयान में कुछ भी कहने से इनकार कर दिया है।…आप उसे जानते हैं क्या?

उन्होंने धीरे से फोन रख दिया था।

जया उतावली हो उठी थी—बलदेव क्रिमिनल आदमी है पापा, अभिषेक को उसके दोस्तों ने बताया है। आप उसे काम दे दीजिए।

अनुराधा ने भी बेटी की बात का ही समर्थन किया था—

तुम पुराने पचड़ों में मत पड़ो, वही अच्छा होगा। एक आदमी के चाहने से कुछ नहीं होता। तुम्हारे कार्यालय के बहुत से लोग उसकी तरफदारी करनेवाले हैं। तुम अकेले खतरा मोल लोगे, किसके बलबूते पर? कोई तुम्हारा साथ देगा क्या?

उन्होंने बारी-बारी से पत्नी और बेटी का चेहरा देखा था—मोह कातर मन:स्थिति से उत्पन्न शंका की स्याह लकीरों से भरा उनका चेहरा!

उन्हें हँसी आ गई थी। अनुराधा ने ही उनसे पूर्वग्रहमुक्त होकर कार्यालय को नई सुव्यवस्था देने की दिशा में सोचने की बात कही थी और अब वही ऐसी पूर्वग्रहवाली बातें कर रही है?

उनकी आँखों के सामने बिलख-बिलखकर रोती प्रकाश की पत्नी और उसके बेसहारा बच्चों की परछाइयाँ उभर आई थीं।

—यदि मेरे साथ यही हादसा हो और मैं नहीं रहूँ तो…?

अनुराधा कहाँ जाएगी? जया और अभिषेक क्या करेंगे…?

: 6 :

शिक्षा मंत्रालय से निर्देश मिला था—चुनाव समीप है और विश्वविद्यालयों में कदाचार रहित परीक्षाएँ संपन्न कराने के लिए सरकार कटिबद्ध है। आशा है आप सरकार की छवि को निखारने के लिए और अधिक मुस्तैदी से इस दिशा में सोचेंगे।

प्रशासन आपकी हर संभव मदद करेगा। बस, आप योजनाएँ निर्धारित करके एक-एक कदम आगे बढ़ते जाओ।

उनके मुँह का स्वाद कड़वा हो आया था। विश्वविद्यालय के तमाम अधिकारियों के समक्ष उन्होंने इस सरकारी नीति की घोषणा की थी और सबने उसका अनुमोदन भी किया था; लेकिन वे जानते थे—सक्रिय सहयोग की आशा उन्हें शायद किसी से नहीं करनी है। परीक्षा में कदाचार नहीं हो या पैरवी नहीं चले, इसके समर्थन में सबसे पहले सुरेंद्र बाबू ने हाथ उठाया था और उस दोरंगे व्यक्तित्व का विद्रूप एक कचोट बनकर उनके भीतर उबलने लगा था।

सुरेंद्र बाबू का बेटा उनका विद्यार्थी रह चुका है—औसत दरजे की प्रतिभावाले अपने उस बेटे को प्रथम श्रेणी में सर्वोच्च स्थान दिलाने के लिए उन्होंने क्या-क्या नहीं किया था! ···परीक्षा विभाग के क्लर्क से साँठ-गाँठ करके विभिन्न विषयों के परीक्षकों की नामावलियों को कोरे चेक की तरह भुनाया गया था और सारे आरोपों-प्रत्यारोपों के बावजूद कहीं कुछ नहीं बदल सका था।

···उसी व्यवस्था की पुरानी जड़ें खोदने के क्रम में कितनी बड़ी अशांति को न्योता देने चले थे डॉ. नीलाभरंजन?

अपनी कनपटी की शिराओं में गहरे सोच के तड़का देनेवाले तनाव का अनुभव करते हुए वे रात भर सो नहीं सके थे। दूसरी सुबह उन्होंने परीक्षा-नियंत्रक संतोष कुमार को अपने आवास पर ही बुलवा लिया था।

संतोष उनके पुराने छात्र थे और उनकी ओर से पूरी अनुकूलता का संकेत पाकर उन्होंने अपने भीतर एक नए आत्मविश्वास का अनुभव किया था।

प्रश्न-पत्रों और परीक्षकों की सूची आदि से संबद्ध विश्वस्त कागज-पत्रों को अपनी निजी देख-रेख में सुरक्षित रखने का आश्वासन देकर संतोष चले गए थे।

अभिषेक ने उन्हें बताया था—पापा, परीक्षा केंद्रों पर पुलिस की व्यवस्था होगी, यह बात किसी भी कीमत पर छात्रों को मंजूर नहीं है। उनके अपने तर्क हैं, पापा, और गहराई से सोचिए तो उनकी बातें सही भी हैं।

अभिषेक की बातों में असत्य जैसा कुछ भी तो नहीं था। लगभग सभी विषयों में पढ़ाई नहीं के बराबर हुई थी। पाठ्यक्रम या तो अधूरे रह गए थे या फिर अनेक महत्त्वपूर्ण संदर्भों के ज्ञान से विद्यार्थी वंचित रह गए थे।

विसंगतियों से भरी हुई एक अपरिचित दुनिया उनके सामने थी। अपने विभाग में रहते हुए इतना सबकुछ जानने-समझने का अवकाश भी उन्हें कहाँ था? अभिषेक की जबानी उन्हें और भी कई बातें मालूम हुई थीं। उसके महाविद्यालय के कई वरिष्ठ प्राध्यापकों ने अपने अंतरंग छात्रों को पैरवी के बल पर अच्छे प्राप्तांक दिलवाने का वादा किया था। इसी तरह ट्यूशन पढ़नेवाले छात्रों का भविष्य भी लगभग सुरक्षित था—

जो छात्र केवल महाविद्यालयों की पढ़ाई पर भरोसा रखते थे या फिर जिनके पास निजी श्रम के सिवा दूसरा कोई विकल्प नहीं था, उनकी नियति तो उन खिलाड़ियों की तरह थी जो विजय मंच पर पहुँचने की योग्यता का प्रदर्शन करने के बावजूद अछूते लौटा दिए जाएँ।

आत्ममंथन की प्रक्रिया से जुड़े हुए वे देर तक अस्त-व्यस्त रहे थे। पाठ्यक्रम अधूरे रहे हों या फिर छात्रों की प्रतिभा को गलत दिशा देने के कुचक्र रचे गए हों, यह निश्चित है कि परीक्षा में स्वच्छता की सतर्कता बरतनी होगी।

परीक्षा-परिषद् के सदस्यों ने केंद्र-परिवर्तन का परामर्श दिया था—

एक केंद्र के परीक्षार्थी दूसरे केंद्र में परीक्षाएँ दें तो उस नए माहौल में अनुचित तरीकों के इस्तेमाल की या नकल आदि की गुंजाइश कम होगी।

परीक्षा-केंद्रों के परिवर्तन की सूचना ने परीक्षार्थियों पर जबरदस्त प्रतिक्रिया की थी। वे उत्तेजित होकर कई दिनों तक विश्वविद्यालय का घेराव करते रहे थे। आखिरकार पुलिस की मदद से ही परिसर खाली कराया जा सका था।

डॉ. नीलाभरंजन बड़े तीखेपन के साथ अनुभव करने लगे थे कि प्रशासन को चलाने के लिए उन्हें जबरन पुलिसतंत्र की बैसाखियों का सहारा लेना ही पड़ेगा। उनके स्वतंत्र निर्णय की कोई भी सत्ता नहीं है। इस व्यवस्था में हस्तक्षेप करने के लिए कोमल शब्दों की जरूरत नहीं, कठोर काररवाई ही यहाँ कारगर हो सकती है।

परीक्षा-सत्र का वह पहला दिन था। परीक्षा-केंद्रों पर लगातार तोड़-फोड़ के समाचार आ रहे थे। अनेक केंद्रों में मामूली लाठीचार्ज भी करना पड़ा था और पहले दिन परीक्षा चार घंटे विलंब से प्रारंभ हुई थी।

मुख्य द्वार पर छात्रों की तलाशी लेने के बाद उन्हें परीक्षा-भवनों में जाने की अनुमति मिली थी। हर केंद्र अधीक्षक ने छात्रों की उपस्थिति पर चिंता व्यक्त करते हुए अपनी रिपोर्ट पेश की थी—

परीक्षार्थियों की उपस्थिति का प्रतिशत स्नातकोत्तर केंद्रों में सबसे कम था। उन्हें आश्चर्य हुआ था—इतिहास के परीक्षार्थियों की संख्या कुल चालीस थी। उन्होंने अपने एक छात्र दयाशंकर को बुलवा भेजा था।

दयाशंकर ने अजीबोगरीब बात बताई थी। वे चौंक पड़े थे—मेरे विभाग से भी वही शिकायत···? क्यों, मेरे चले जाने के बाद डॉ. हरिनारायण तो थे! उन्होंने ध्यान नहीं दिया?

सर···वह तनिक हतप्रभ हो गया था—आपका दबदबा था, तो दूसरी बात थी। डॉ. कृपालशरण ने तीन महीनों से एक भी कक्षा नहीं ली। डॉ. माधव ने जो कुछ पढ़ाया, वह तो खैर···

हरि बाबू की विभागीय व्यस्तता भी बढ़ गई है। आपको मालूम नहीं होगा, सर, विभाग के पुस्तकालय की आधी से अधिक किताबें गायब हैं। छात्रों के सामने दूसरा

विकल्प भी क्या था?

प्रायोगिक परीक्षाओं से निपटने में दो महीने लग गए थे। संतोष ने उन्हें आश्वासन दिया था—आप चिंता नहीं करें, सर, एक महीने के अंदर सारे परीक्षाफल घोषित कर दिए जाएँगे।

उत्तरपुस्तिकाओं का मूल्यांकन केंद्रीय तौर पर प्रारंभ किया जानेवाला था। उन्हें रिपोर्ट मिली थी—परीक्षकों की नियुक्ति में कुछ असावधानियाँ हुई थीं। मूल्यांकन केंद्रों पर संबद्ध विषयों के विभागाध्यक्षों ने प्रधान परीक्षकों तथा सह-परीक्षकों की नियुक्ति में अपनी-अपनी रुचि को मुख्य आधार बना लिया था और सारे नियम-उपनियम ताक पर रख दिए गए थे।

एक दिन विश्वविद्यालय के निकटवर्ती मूल्यांकन केंद्र पर वे बिना किसी पूर्व सूचना के पहुँच गए थे। उन्होंने परीक्षकों की आपा-धापी का वह दृश्य अपनी आँखों से देखा था। डॉ. हरिनारायण की मेज के पास पहुँचकर उन्होंने धीरे से उनकी पीठ पर हाथ रख दिया था।

सर, आप···वे तनिक संकुचित होते हुए अपनी जगह पर उठ खड़े हुए थे।

सबकुछ ठीक-ठाक चल रहा है, हरि बाबू?

उनकी हलकी मुसकराहट के उत्तर में हरि बाबू तनिक हतप्रभ से हो उठे थे—बड़ी हेरा-फेरी है, सर···, जिसमें सह-परीक्षक की योग्यता नहीं है, वह प्रधान परीक्षक बनने के लिए हो-हल्ला मचा रहा है। ···कुछ लोग ऐसे भी हैं, जो शांति से मूल्यांकन-कार्य नहीं होने देते।

उन्हें विद्यार्थी परिषद् के एक नेता की चेतावनी याद आ गई थी—परीक्षाओं में कदाचार मिटाने की कोशिश अधूरी रहेगी, सर, जब तक आप नाजायज पैरवियों की रोकथाम करने में सफल नहीं होते··· ।

हमारी जेबें पुलिस ने टटोली थीं, अब इन प्राध्यापकों की जेबें कोई क्यों नहीं टटोलता? इनकी जेबों में किलोग्राम के हिसाब से पैरवी की चिटें भरी रहती हैं।

उन्हें अचानक पहुँचा हुआ देखकर उस मूल्यांकन केंद्र में खलबली मच गई थी। अपने कार्यालय लौटकर उन्होंने तुरंत परीक्षा-नियंत्रक के नाम चिट भिजवाई थी।

संतोष ने उनके प्रश्नों का जवाब तनिक रुखाई से दिया था—दस वर्षों से चोरी और नकल का धुआँधार अभ्यास चल रहा था, सर, हमने उसकी रोकथाम के लिए आवश्यक कदम उठाए। परीक्षा परिषद् की बैठक में जब यह तय होने लगा था कि परीक्षकों की सूची विभागाध्यक्ष तैयार करेंगे, तब लगभग सभी अधिकारी एकमत से राजी हो गए थे। आपने भी कोई आपत्ति नहीं की थी और अब स्थिति हमारे सामने है।

उन्हें चुप देखकर उसने तनिक नरमी से कहा था—सबको एक साथ नाराज कर देने से काम नहीं सध सकता, सर, हमारी असुविधा खामख्वाह बढ़ेगी। इस समय हमारे

सामने एक ही उद्‌देश्य है—किसी तरह घोषित समय पर परीक्षाफल प्रकाशित हो जाए, वैसे आपको अधिकार है, सर! आप चाहें तो दोषी व्यक्तियों को बुलाकर पूछताछ कर सकते हैं।

संतोष कुमार उनके पास से चले गए थे। कितनी सफाई से उन्होंने अपने आपको मुक्त कर लिया था! डॉ. हरिनारायण ने इशारे से जो कुछ बताया था, उसे जानते-सुनते हुए चुप बैठ रहना उनके लिए असंभव प्रतीत होने लगा था। उन्होंने जीव विज्ञान के अध्यक्ष शकील साहब को बुलवाया था—आपके विभाग में कुछ ऐसे परीक्षक भी हैं, जिनकी नौकरी छह महीनों से अधिक की नहीं है!···मुझे यह शिकायत भी मिली है कि प्रधान परीक्षकों की नियुक्ति में भी अनियमितताएँ बरती गई हैं। आप इस विषय में कुछ बता सकेंगे?

शकील साहब ने तुर्की-ब-तुर्की जवाब दिया था—सभी विभागों की वही हालत है जनाब, आपने सिर्फ मेरे ही विभाग की बाबत क्यों पूछा?···बेहतर हो कि सभी अध्यक्षों की एक मीटिंग बुलवा लें, मामला अभी साफ हो जाएगा।

शकील साहब का बेतुका उत्तर सुनकर उनकी मुखमुद्रा अनायास कठोर हो आई थी—इस वक्त मैं कुलपति की हैसियत से आपके विभाग की जानकारी चाह रहा हूँ डॉक्टर साहब, आप सिर्फ अपनी बात बताइए।

शकील साहब एक उद्धत हँसी हँसते हुए वहाँ से चले गए थे—आप लिखित नोटिस भेजिए, सर, बंदा आपको माकूल जवाब देगा।

संतोष ने बताया था—सर शकील साहब गृहमंत्री के खास आदमी हैं। आप उनको एक नहीं, सौ नोटिस सर्व करें, उनका बाल भी बाँका नहीं हो सकता। आप खामख्वाह इस पच्चड़े में पड़ गए।

छह महीनों की इस भयंकर ऊहापोह ने उन्हें मानसिक रूप से बेहद थका दिया था। कार्यालय की विपरीतताओं से निरंतर जूझते रहने के बाद घर पहुँचकर पस्त से पड़े रहते···! उस वक्त जया की भी हिम्मत नहीं होती थी कि वह उनके पास आ सके। हालाँकि वे चाहते थे कि अपनी ऊल-जलूल बातों में वह उन्हें इस तरह भरमा दे कि वे थोड़ी देर के लिए अपने कार्यालय की सारी गहमा-गहमी को भूलकर तनिक निश्चिंतता की साँस ले सकें···और बाधित करनेवाले उन्हीं क्षणों में ललित कला संकाय के अध्यक्ष महोदय ने वह प्रस्ताव उनके सामने रखा था—युवा समारोह के त्रिदिवसीय कार्यक्रम का प्रारूप तैयार करते हुए उन्होंने विनम्र भाव से पूछ लिया था—

सर, इस बार वेन्यू के लिए कौन सा महाविद्यालय चुना जाए···आप जिसे प्राथमिकता दें!

उन्होंने हँसकर प्रस्ताव उनकी ओर वापस कर दिया था। आप और समिति के सदस्य जहाँ उचित समझें, आपके प्रस्ताव में मेरी कोई दखलंदाजी नहीं होगी···।

महाविद्यालय स्तर पर आयोजित सांस्कृतिक प्रतियोगिताओं के समापन समारोह वाले दिन उनके जाने की बात नियत थी, लेकिन अनुराधा की अकस्मात् अस्वस्थता ने सबकुछ अस्त-व्यस्त कर दिया था। अवधेश बाबू और दूसरे आयोजक निराश लौट गए थे। शास्त्रीय संगीत और एकल अभिनय में जया को प्रथम पुरस्कार मिले थे। वह लौटकर आई, तो असाधारण उत्फुल्लता से भरी हुई थी—

पापा, आपको पता है मेरा नाम अंतरविश्वविद्यालय प्रतियोगिताओं में पहला है। प्रतियोगिता लखनऊ में होगी, पापा··· !

लखनऊ···?

इस शहर का नाम बिजली की तरह उनके भीतर कौंध गया था।

उन्होंने जया की ओर आँखें उठाकर देखा भर था, पर कुछ बोल नहीं पाए थे—

ऐसे क्यों देख रहे हैं, पापा? मुझे वहाँ जाने की अनुमति देनी ही होगी···कितना अच्छा होता न, पापा, आप भी मेरे साथ चलते··· !

अवधेश बाबू की जिद पर वे 'ना' नहीं कह पाए थे। अनुराधा ने, अभिषेक ने, सबने उनकी उस यात्रा का अनुमोदन ही किया था। दिन-रात विश्वविद्यालय की खिच-खिच से थोड़ा सा बचाव ही सही···। सात दिन इस माहौल से दूर कलाविदों के साथ घुल-मिलकर बिताएँगे। उनकी आत्मिक परिशांति तो होगी···।

और कला के उस स्वर्गिक आनंदलोक में उनकी भेंट जया से हुई थी। क्या कोई तप फलित हुआ था या इतने वर्षों तक दमित रह चुकी उनकी निराकार इच्छा-शक्ति ने ही अनायास मूर्त रूप धारण किया था···।

जया आई थी, उसने उनसे बातें की थीं, घंटे भर से अधिक समय उन्होंने उसके साहचर्य में बिताया था और जाने से पहले गुरुदेव के नहीं रहने की सूचना देकर वह उनकी चेतना पर एक दुर्वह भार डाल गई थी।

विश्वविद्यालय के गढ़ दुष्चक्रों से घिरे हुए अपनी दिशाहारा मनःस्थिति का अनुभव वे इनदिनों और भी विकलता से करने लगे थे और जैसे-जैसे वह संत्रास उनके ऊपर हावी होता जा रहा था, वैसे-वैसे गुरुदेव के पास जाने की, उनके संसर्ग में दो-चार दिन व्यतीत करने की उनकी लालसा प्रबलतर होती जा रही थी।

तुम्हें शायद पता नहीं होगा न, बाबा नहीं रहे···

जया की बरौनियों पर आँसुओं की कुछ बूँदें थीं और वे उससे अधिक कातरता का अनुभव अपने भीतर करने लगे थे—

गुरुदेव चले गए···? इस तरह अचानक?

उनकी अभीप्सा अधूरी रह गई···अंतिम क्षणों में उनके दर्शन से वंचित रहने का पाप-भार केवल उन्होंने नहीं उठाया था, उनकी एकमात्र पुत्री जया के शब्दों में भी वही परिताप था—

कहाँ…? नारायण ने बिना उनसे पूछे तार डाल तो दिया था; लेकिन मैं पहुँचती, उसके पहले सबकुछ शेष हो चुका था…

जाती हुई जया की करबद्ध मुद्रा बार-बार उनके सामने चली आती है—बाबा नहीं रहे…तुमने भी कभी खोज-खबर लेने की जरूरत नहीं समझी, फिर भी तुम्हारी जया जीवित है, क्यों…? क्या कभी समझ सकोगे…नीलाभ…?

नहीं, वे नहीं समझ सकेंगे, वे कभी नहीं समझ सकेंगे। शरत्चंद्र के नारी पात्रों की रहस्यमयता के विषय में उन्होंने सुना भर था। उनके जीवन में आनेवाले नारी पात्रों ने कभी किसी रहस्यमयता का संकेत दिया होता, तब तो!…

लखनऊ विश्वविद्यालय की अतिथिशाला की शेष दोनों रातें विचित्र उनींदी स्थिति में व्यतीत हुई थीं—जया अपनी सहेलियों के साथ लखनऊ-भ्रमण करके लौटी थी। उसने पूरे उत्साह के साथ पापा के सामने अपनी दिनचर्या का ब्योरेवार वर्णन करना शुरू किया था। अपनी बातों में उनकी रत्ती भर भी दिलचस्पी न देखकर वह खीझ उठी थी—

यहाँ भी अपने ऑफिस की चिंताएँ गठरा बाँधकर लेते आए हैं, पापा …! कम-से-कम यहाँ तो सबकुछ भूल जाइए…! वह मुँह फुलाती अपने कमरे में लौट गई थी।

अनुराधा की देखभाल के लिए अभिषेक घर पर ही रह गया था। उसने फोन पर बताया था—माँ के पेट में कल रात फिर हलका दर्द हुआ था, पापा, आप जया दी को नहीं बताएँगे…कार्यक्रम समाप्त होते ही आप लोग लौट आएँ तो बेहतर होगा…। अनुराधा के इलाज के लिए उन्होंने कलकत्ता जाने का कार्यक्रम बनाया था—वह टाल रही थी—

मुझे कुछ भी नहीं हुआ है। डॉ. सिन्हा ने ठीक अनुमान लगाया है, गैस की थोड़ी-बहुत शिकायत है, वह तो उनके इलाज और मामूली से परहेज से भी दूर हो जाएगी…।

अभिषेक की फाइनल परीक्षा सामने है। जया को यहाँ अकेली छोड़कर जाना मुनासिब होगा…!

गुरुदेव के पारिवारिक चिकित्सक डॉ. सुनील चक्रवर्ती ने पूरा सहयोग दिया था। एक सप्ताह तक कई तरह के परीक्षण होते रहे थे। अंतिम निष्कर्ष सामने आने पर वे मर्माहत हो रहे थे—

गर्भाशय का कैंसर…? नहीं… नहीं…!

डॉ. सुनील चक्रवर्ती उनका आत्मबल बढ़ाने के लिए उनके पास घंटों बैठे रहे थे—

आप अभिभावक हैं। आप हताश हो उठेंगे तो रोगिणी की क्या दशा होगी, डॉक्टर साहब…? आपको धैर्यपूर्वक सबकुछ सहना होगा। मेरी सलाह मानें तो बच्चों को या मिसेज रंजन को यह बात नहीं बताएँ…। हमारी कोशिश जारी रहेगी; लेकिन ईश्वर की इच्छा-अनिच्छा सारे उपचारों से ऊपर है। आपको, हम सबको यही मानकर चलना होगा…।

उनकी मुखाकृति देखकर अनुराधा ने रोग की गंभीरता का अनुमान लगा लिया था। अपने मुँह से उसने इतना भर कहा था—अपने घर चलो, यहाँ अच्छा नहीं लग रहा है।

: 7 :

छह महीनों की बीमारी झेलकर अनुराधा चली गई। आदमी जब तक जीवित रहता है, उसका सही मोल अनुभूत नहीं किया जा सकता। तीस वर्षों तक घर के हर कोने में उसकी छाप देखने के अभ्यस्त नीलाभरंजन ने जिस निस्संगता के साथ पत्नी के अस्तित्व की अनिवार्यता को स्वीकारते हुए भी अस्वीकारा था, वह न जाने कहीं काफूर हो गई थी! रसोईघर के रख-रखाव से लेकर बैठकखाने और अध्ययन-कक्ष की सारी छोटी-बड़ी चीजें अनुराधा की शास्ति मानकर नहीं चले तो किसी की खैरियत नहीं थी।

सुखदेव! तुमने वह गिलास गलत जगह पर रख दिया है, उसे रैक की दाहिनी बगल में रखो तो···

जया, तुमने अपनी साड़ियों को इतनी बेतरतीबी से क्यों फैला रखा है? सहेजकर रखा करो···मेरी डाँट-डपट का बुरा लग जाता है न, ससुराल जाएगी तो···

जया रोती-रोती अस्त-व्यस्त हुई जा रही थी, उसे सँभालनेवाला कोई नहीं था। अनुराधा की डाँट-डपट पर उससे रूठने का अभिनय करती हुई वह पापा के सामने अपनी शिकायतों का पुलिंदा खोल बैठती थी। अनुराधा की डाँट-डपट तो उसके साथ ही चली गई।

बीमारी के दिनों में कितनी शांत, कितनी निरुद्विग्न हो गई थी न वह? कोई उत्तेजना नहीं, खीझ या विक्षुब्धता का कहीं कोई आभास तक नहीं। सारी पीड़ा जैसे चुपचाप अपने निःशेष हो जाने की प्रतीक्षा कर रही हो!

पत्नी की आँखों की सहजता में एक असहज कातरता देखकर उनकी करुणा अनायास अंतरंगता का उद्रेक कर बैठी थी—

कैसी तबीयत है, अनुराधा···?

आसन्न मृत्यु की पदचाप सुनती अनुराधा ने धीरे से मुसकरा भर दिया था—बुझते हुए दीए की लौ ने जैसे क्षण भर के लिए थोड़ी सी सुगबुगाहट का आभास दिया हो!

तीन दशकों के अपने वैवाहिक जीवन में क्या पाया अनुराधा ने···? एक ठंडी तटस्थता···? गृहस्थ जीवन के निर्वाह की एक ऐसी विवशता, जिसके भार को उसने अपने जीवन के अर्जित धर्म की तरह ढोया था।

उसके जाने के बाद वे रात-दिन सोचते रहे थे—अनुराधा को पत्नीत्व का पद देकर कौन सा बड़ा अनुग्रह किया था उन्होंने···? अनुग्रह तो तब होता···जब वह उनके सामने अपनी अपेक्षाएँ जाहिर करती और उन अपेक्षाओं की अपूर्णता की दशा में वह

दूसरी पत्नियों की तरह मानिनी की मुद्रा में उनसे कहती––तुम हमारी बात नहीं मानते न, जाओ हम तुमसे नहीं बोलेंगे··· !

संभवत: वैसी स्थिति में उनकी निस्संगता थोड़ी सी कम होती। विपरीतता की उस स्थिति में उनके भीतर तनिक हलचल होती और वे···

अब शंका होती है, कहीं अम्मा ने अनुराधा के सामने कोई इंगित तो नहीं कर दिया था! कहीं अनुराधा की कल्पना ने उनकी उदासीनता का संबंध गुरुदेव की बेटी के साथ तो नहीं जोड़···, नहीं-नहीं, ऐसा नहीं हो सकता था···अनुराधा···उनकी पूर्ण अनुगता अनुराधा।

रोग-शय्या पर पड़ी हुई वह जब कभी अपनी असह्य पीड़ा को झेलती हुई कातर हो उठती थी, तब वे उसे धीरज बँधाने लगते थे—

घबराओ नहीं, अनुराधा, तुम बहुत जल्दी ठीक हो जाओगी।

वह उन्हें देखकर कैसी विचित्र हँसी हँस पड़ती थी—मुझे झुठलाओ मत, आज तक तो तुम मुझे झुठलाते ही रहे, अब इस आखिरी बेर में भी···

पीड़ा में भी कैसा अनोखा प्रकाश होता है न! अनुराधा की पुतलियों में सीधे देखने का साहस तो वे कभी भी नहीं कर पाए थे—अंतरंगता के क्षणों में भी नहीं···

उनके मुँह फेर लेने पर अनुराधा की वही हँसी उन्हें भीतर तक हिला देती थी—

सीधे क्यों नहीं देखते, मुझसे डर लगता है क्या? तुम ऐसे क्यों हो जाते हो, जी? कई बार उन्होंने साग्रह पूछा भी था—तुम ऐसी बातें क्यों कहती हो···? तुम्हारे मन में कुछ···?

और वह उसी तरह हँस देती थी—नहीं तो, कुछ भी नहीं···यूँ ही···?

एक दिन···डॉ. सिन्हा के लौट जाने के बाद उसने जया को बुलाया था—

इधर आ, मेरे नजदीक बैठ जया···।

माँ की हथेलियों को सहलाती हुई जया रुआँसी हो उठी थी—

ऐसे क्यों देख रही हो, माँ, बहुत तकलीफ हो रही है क्या?

उसने सिर हिला दिया था—नहीं रे, अब तो सारी तकलीफों के मिटने का समय आ रहा है। तुझसे एक ही बात कह रही हूँ बेटी! मेरे नहीं रहने के बाद घर का सारा जिम्मा तेरे ऊपर होगा! अब तुझे अपनी चंचलता छोड़नी होगी···।

जया की आँखों से आँसू बह निकले थे—सिन्हा चाचा कह रहे थे तुम जल्दी ठीक हो जाओगी माँ···तुम तो बेकार···

अनुराधा ने उसकी दोनों हथेलियों को अपनी मुट्ठी में जकड़ लिया था—मेरे विषय में मुझसे अधिक कोई नहीं जान सकता, जया, तेरे सिन्हा चाचा कैसे जानेंगे भला···

वे चौखट के एक किनारे चुपचाप खड़े थे। उनका रोम-रोम अशेष पीड़ा की सजगता से जुड़ा हुआ सुन रहा था—

सच पूछो तो इस घर से मेरा इतना अधिक मोह नहीं होना चाहिए था, जया, तू

सयानी हो चुकी है। सबकुछ सोचने-परखने की बुद्धि तेरे पास है, इसीलिए आज तुझसे यह सब कहने का मन हो रहा है···बेटी बड़ी हो जाए, तो वह सखी की तरह हो जाती है न···तेरे पापा···और उनकी इस गृहस्थी को दो हिस्सों में बाँट दूँ तो इस आधे हिस्से पर भी मेरा पूरा अधिकार हो पाया या नहीं, यह बताना मुश्किल है, जया··· ! औरत आगे बढ़कर अपना अधिकार स्वयं ले ले, यह एक दूसरी स्थिति हुई, लेकिन स्वाभाविकता तो तब मानी जाती है···जब घर-गृहस्थी की सीमा में बँधी हुई स्वयं बाँहें फैलाकर उसे अपनी ओर उमगने का आमंत्रण दे···तेरे पापा रात-दिन अपनी पढ़ाई में लगे रहे। उनसे पूछना कभी, अपने परिश्रम से उन्होंने जितनी उपाधियाँ अर्जित की हैं, उनका मोल चाहे जो भी रहा हो, लेकिन विद्वानों की मंडली ने उन्हें सम्मानित करने के लिए जो मानद् उपाधियाँ दी थीं, उन्हें पाकर वे कितने आह्लादित हुए थे···उन्होंने डॉ. हरिनारायण के कथन को सिर हिलाते हुए स्वीकारा था—

आपकी विद्वत्ता का महत्त्व किसी उपाधि की सीमा में बँधनेवाला नहीं है सर, फिर भी मद्रास विश्वविद्यालय ने आपको यह मानद् उपाधि दी है तो इससे आप नहीं, बल्कि उपाधि ही सम्मानित हुई है।

अनुराधा ने एक ठंडी साँस भरी थी—तेरे पापा ने मुझे वैसी कोई मानद् उपाधि कभी नहीं दी, जया···। मैं स्वयं आगे बढ़कर अपने कर्तव्य का सचेष्ट निर्वाह करती रही, और मैंने उनसे कभी यह आशा भी नहीं की, बेटे कि वे···

वीतरागी गौतम की सिद्धि में सुजाता की खीर का कोई-न-कोई योगदान रहा है। तेरे पिता इतिहासवेत्ता हैं। वे मानें या न मानें, लेकिन मेरा मन यही कहता है। सुजाता की खीर सी मिठास लेकर ही मैं उनके परिवार को, उनकी घर-गृहस्थी को सँभालने का व्रत पालती रही, जया—अब यह जिम्मेदारी तेरे ऊपर है बिटिया। जानती हूँ, मेरे नहीं रहने पर वे निरीह हो जाएँगे। उनके पठन-पाठन का सिलसिला बिखरने नहीं पाए, तुझे सबकुछ सँभालना होगा।

कितनी बड़ी बात कह दी थी अनुराधा ने··· ! अपनी आत्मा का सारा बोझ दोनों पैरों पर महसूसते डगमगाते हुए वे अपने अध्ययन-कक्ष में चले आए थे। कछुए की खोल सी सुरक्षा देनेवाला उनका वह प्रिय कमरा··· !

पढ़ने की मेज पर धूल की मोटी परत बिछ चुकी थी। कलमदान में रखी नीली कलम की स्याही सूख चुकी थी, सामनेवाली रैक की किताबें अस्त-व्यस्त थीं। अनुराधा ने जब से बिस्तर पकड़ा था, उनके कमरे की झाड़ू-पोंछ तक नहीं हुई थी—मेज पर दाहिनी कोहनी टिकाकर उन्होंने कुछ सोचने का प्रयत्न किया था, अपनी जड़ता से उबरने के लिए सादे कागज पर उन्होंने अस्पष्ट रेखाएँ उभारनी चाही थीं—पर उनसे कुछ भी नहीं हो सका था। वे मेज पर झुकते चले गए थे। मीलों पैदल चलकर आने के बाद कोई जिस तरह अत्यधिक क्लांति का अनुभव करता हुआ थहरा जाए, वैसा ही

अनुभव उस क्षण उन्हें हुआ था। अपनी मानसिक शिथिलता से जूझने में असमर्थ उन्होंने मेज से सिर टिका दिया था और बच्चों की तरह सिसककर रो पड़े थे—

सच ही तो, अपने निस्संग जीवन-दर्शन की अहम्मन्यता में उन्होंने एक क्षण के लिए भी यह नहीं सोचा कि बाबूजी के मित्र की बेटी अनुराधा, अम्मा की प्रिय बहू अनुराधा उनकी गृहस्थी से जुड़ी हुई इतने वर्षों तक उनके निकट रहकर भी उनसे इतनी दूर जा चुकी है कि अब उसका लौटाना असंभव है। मृत्यु-शय्या पर पड़ी हुई भी वह उनके लिए इतनी कोमल क्यों है? क्यों नहीं उसने तर्जनी उठाकर उनके पूरे अस्तित्व को अपने व्यंग्यात्मक प्रश्नों की चुनौती दी—

जया के पापा, तुम अपनी गंभीरता का अब तक ढोंग रचाते रहे और मुझे देखो, तुममें और तुम्हारे बच्चों में अनुक्षण रमी रहने के बाद भी मैंने अपनी आत्मा की निराकारता को किस कदर अक्षुण्ण रखा! अब जब अपने पंख समेटकर ये प्राण-पखेरू उड़नेवाले हैं, तब तुमसे कह रही हूँ—तुमने मुझसे अलिप्तता का दंभ जरूर पाला, तुम सारी दुनिया को कोमलता बाँटते रहे, केवल मेरे लिए घर-गृहस्थी की औपचारिक बातों के सिवा तुम्हारे पास दूसरी कोई भी संवेदना नहीं जुट सकी···।

तिरस्कार के बदले तिरस्कार तो सब दे सकते है, लेकिन जया के पापा, तुम्हारी तटस्थता को सींचने के लिए मैं अपने भीतर प्राणपण से जो संवेदना सहेजती रही हूँ, उसका कोई मोल है क्या? अंतिम बाजी मेरे हाथ रही है। इसे तुम भले ही नकार दो, तुम्हारे ये आँसू हरगिज नहीं नकार सकते···।

उन्होंने हड़बड़ाकर मेज पर से सिर ऊपर उठा लिया था—

नहीं, कमरे में कोई भी तो नहीं था। उनके आँसू धूल भरी मेज पर छोटे-बड़े तरल वृत्त बनाते हुए जहाँ-तहाँ फैल चुके थे।

अनुराधा के नहीं रहने के बाद वैसा ही तरल वृत्त उनके पूरे जीवन को अपने भीतर समेटता जा रहा था। वह वृत्त जैसे-जैसे बड़ा होता जा रहा था, वे अपनी लघुता का और भी तीव्रता से अनुभव करते चले जा रहे थे।

मृत्यु से दो दिन पूर्व अनुराधा हठात् उनसे कह उठी थी—

अब थोड़ा वक्त घर-गृहस्थी को भी देने की आदत डालो···!

उनकी निष्पलक दृष्टि को अपने चेहरे पर महसूसती हुई अनुराधा थोड़ी गंभीर हो गई थी—जया बड़ी हुई। उसके विवाह की चिंता तुम्हें ही करनी होगी न···! अभिषेक वक्त पर खाता-पीता नहीं है···। बीच-बीच में उसकी पढ़ाई-लिखाई के बारे में पूछताछ करते रहोगे···!

मृत्यु की गंध को भूलने के लिए उन्होंने परिहास करने की शक्ति जुटानी चाही थी—

मुझे ये हिदायतें क्यों? तुम किस यात्रा पर जा रही हो···?

अनुराधा ने उनके चश्मे के नीचे उभरती नमी को पहचान लिया था क्या···?

वह मुसकराने लगी थी—

लंबे सफर में जाने से पहले सारी तैयारी पूरी करनी होती है न···

लेकिन यात्रा पर अकेले जानेवाले को पीछे छूटे लोगों के लिए मोह क्यों?

उनके भीतर की तरलता और भी सघन हो गई थी···वे चुपचाप उठकर कमरे से बाहर चले आए थे।

अनुराधा के पिता को भी कैंसर था। उनकी मृत्यु के पहले की असह्य यंत्रणा को उनसे कहीं ज्यादा अनुराधा ने अपनी चेतना के स्तर पर झेला था। डॉ. सिन्हा ने, डॉ. हरिनारायण ने, स्वयं उन्होंने भी विस्मित होकर सोचा था—

इस रोग में भी ऐसी सहज मृत्यु···?

अनुराधा का सारा शरीर हड्डियों का ढाँचा भर रह गया था। आवाज बंद होने के पहले उसने अभिषेक को अपने पास बिठाकर घंटों उसे दुलार किया था, उसे सैकड़ों हिदायतें दी थीं और फिर आँचल से मुँह ढककर चुपचाप सो रही थी···। उसे नींद से जगाने की उनकी कोशिश एक हलकी चीत्कार में बदल गई थी···

तुम्हारी प्रबल इच्छा-शक्ति यहाँ भी विजयिनी हुई, अनुराधा···मृत्यु की असह्य यंत्रणा पीछे छूट गई, तुम उसके पहले ही चली गईं···।

: 8 :

जीवन विराम-चिह्न की मुद्रा में उनके सामने ठहर सा गया था। साँझ के धुँधलके में गाँव की सघन अमराई के पीछे जैसे सूरज का लाल गोला थोड़ी देर के लिए ठिठक जाया करता था, ठीक वैसे ही उनके बरामदे की सूनी दीवारों पर ढलते हुए सूर्य की आरक्त परछाईं तनिक विराम सी लेती प्रतीत हो रही थी। आरामकुरसी पर लेटे हुए वे गोधूलि के उस बिंब को अनायास अपने भीतर सहेजते आत्मविश्लेषण की गहराई में उतरते चले जा रहे थे···जीवन की सांध्य बेला में उनकी एकाकी अनुभूतियों का साक्षी दूसरा हो भी कौन सकता है! अभिषेक चला गया, उसका जाना कहीं से भी असहज नहीं कहा जा सकता, उसके सुखद भविष्य का प्रश्न जो सामने था, प्रोन्नति की अनंत संभावनाओं का अजस्र विस्तार···। जाने से पहले उसने अपनी वेदना व्यक्त की थी—

इसी शहर में कोई नौकरी मिल गई होती···तो आपको अकेले नहीं छोड़ना पड़ता···!

उन्होंने अपने रोशनदान में बैठी एकाकी गौरैया की ओर उँगली उठा दी थी—

इसने अपना नीड़ बनाया, अपने मुलायम पंखों का संरक्षण देकर नन्हे बच्चों की परवरिश की···और अब उन बच्चों के नए पंख फूट आए हैं तो क्या वह उन्हें आकाश के अनंत विस्तार को मापने का सुअवसर नहीं देगी···। हर जिंदगी को ऐसी ही उन्मुक्त उड़ान का सुयोग मिलना चाहिए। तुम निर्द्वंद्व भाव से जाओ, जहाँ रहो, सुख से रहो···। मेरी

ममता में बँधे रहने से तुम्हारे विकास की कामनाएँ त्वरा नहीं पा सकतीं। अभिषेक···एक उज्ज्वल भविष्य तुम्हारे सामने है, तुम जाओ बेटे···!

उन्होंने आँखें मूँदकर आरामकुरसी के पिछले हिस्से पर अपना सिर टिका लिया था और माथे के पीछे दोनों हथेलियों का सहारा देकर आँखें बंद कर ली थीं। जब कभी अत्यंत आश्वस्ति के भाव से कुछ सोचने-विचारने की इच्छा होने लगती थी, तब वे अपनी इसी प्रिय मुद्रा में अधलेटे होकर अपनी सोच की दुनिया में प्रवेश कर जाते थे—विश्रांति के इन क्षणों को अनुराधा ने खूब अच्छी तरह से परख लिया था। उनकी हर भाव-भंगिमा से तुरंत तालमेल बिठाने की कैसी अनोखी क्षमता थी उसमें···!

चाय की प्याली उनके हाथों में थमाकर वह निःशब्द लौट जाती थी। तनिक भी आवाज न हो, उनके सोच का क्रम नहीं टूटे। जया, अभिषेक और सुखदेव अनुराधा की शास्ति मानकर चुपके से अपने-अपने कमरों में सिमट जाते थे।

अनुराधा के नहीं रहने के बाद से वह क्रम टूट सा गया था···। जया ने माँ की सभी परंपराओं का अनुसरण करना चाहा था; लेकिन वे ही अपने आपको सहेज नहीं पाए थे। जब कभी इस आरामकुरसी पर बैठकर वे अपनी आँखें मूँदते, निश्चेष्ट हो जाने का उपक्रम करते, तब उन्हें एक प्याली गरमागरम चाय की जबरदस्त तलब होने लगती थी। उनकी दाहिनी हथेली शून्य में पसरकर रह जाती थी। उनका अवचेतन अनुराधा के हाथ की बनी चाय की विशिष्ट सुगंध से जुड़ने की दुर्निवार पीड़ा को सह नहीं पाता था और अपने बिखरे हुए सोच को दोबारा सहेज पाने में विफल वे आरामकुरसी से उठकर पूरे बरामदे में चहलकदमी करने लगते थे।

कभी-कभी तो उन्होंने एक विचित्र सी स्थिति का अनुभव पाया था। इसे सहजानुभूति की तरंगों का प्रतिफलन कहा जाए या अनवरत आत्ममंथन से उत्पन्न दिवास्वप्नों की भ्रामकता···?

आरामकुरसी पर लेटी हुई अपनी ही अस्मिता उन्हें अचानक बेहद अपरिचित सी प्रतीत होने लगती थी—

ये वही नीलाभरंजन हैं या कोई और···? और दूसरे ही क्षण वे ऐसा अनुभव करने लगते थे, जैसे गुरुदेव तुषारकांति सेन की मुसकराती हुई छवि उनके सामने हो—

आदमी जीते-जी इतिहास बन जाता है—तुम्हारी इति भी इसी रूप में होनी थी—नीलाभ ···!

अपने चश्मे के मोटे शीशे पर उभर आई भाप के कतरों को पोंछने की कोशिश करते, अपने कंधे पर किन्हीं अदृश्य हाथों का वात्सल्य-भरा दबाव पाकर वे चिहुँक उठते थे—

दुःखी मत हो बेटे···अपनी-अपनी पीड़ा में हम सब अकेले हैं···। तुम्हारा सूनापन केवल तुम्हारा नहीं है नीलाभ, हर यात्रा का अंत कमोबेश इसी रूप में होता है—अपने चारों तरफ आँखें उठाकर देखो, बेटे, तुम औरों से अपनी जिंदगी को निस्संदेह बेहतर

पाओगे। तुम्हारे पास आत्मा का परितोष है···तुमने जीने के लिए कभी किसी प्रवंचना का आश्रय नहीं लिया···तुम्हारी चेतना की यही चरमसिद्धि है। कितने लोग हैं जो तुम्हारी तरह परिशांति पाते हैं···? अपने इस एकाकीपन पर नए पहलू से गौर करो, नीलाभ···। क्या तुम सचमुच अकेले हो···?

नहीं, अपने अकेलेपन को संत्रास या घुटन की प्रतिक्रिया मानना चाहें भी तो उनका मन अस्वीकार कर देता। वे अकेले कहाँ हैं···? जीवन भर के अनुभवों की इतनी बड़ी रसद उनके साथ है। जया और अभिषेक के पत्र आते रहते हैं—सुबह-सुबह उनके पुराने इष्टमित्रों में से कोई-न-कोई उनकी कुशल पूछने चला आता है, उनके विद्यार्थियों का अपार सम्मान उनके साथ है···और क्या चाहिए उन्हें···?

वे अच्छी तरह जानते थे, गुरुदेव होते तो कुलपति के पद से त्याग-पत्र देने की उनकी मानसिकता को उनका अक्षरश: समर्थन मिला होता—

छल-फरेब की अव्यवस्था में तुम्हारी गुजर नहीं थी, नीलाभ, वे दूसरी मिट्टी के बने होते हैं, जिनका व्यक्तित्व अवसर के अनुरूप केंचुल बदल सकता है। जानता हूँ बेटे, जिस आत्म-हनन की प्रक्रिया से तुम्हें गुजरना पड़ा होगा, उसका बखूबी अहसास मुझे है—भूल जाओ, वह सब भूलकर फिर से अपने पठन-पाठन की दुनिया में लौट जाओ···। तुम्हारी बौद्धिकता से जुड़कर तुम्हारे मेधावी छात्र जीवन में अगर कुछ कर सकें, तो यही तुम्हारी सबसे बड़ी सिद्धि होगी नीलाभ···। तुमने अच्छा ही किया, जो उस पद का पाप-भार उतार आए।···दुर्व्यवस्था का अजदहा तुम्हें अपनी गुँजलक में पूरी तरह लपेट लेता, इसके पहले ही तुम उसकी गिरत से छूट आए, यह सर्वथा उचित हुआ···।

क्या उचित हुआ, क्या अनुचित···यह तो वे नहीं जानते, लेकिन इतना अवश्य जानते थे कि गुरुदेव सामने होते तो वे अपने मन की दीर्घ संचित पीड़ा का भार जरूर उड़ेलते—

जया ने स्वेच्छा से विवाह किया था। उसके संगीत गुरु समरेश विश्वास का इकलौता लड़का तरुण···उनके नगर की नाट्य संस्था का निर्देशक···। अनुराधा की मृत्यु के बाद एकदम खामोश रहनेवाली जया एक दिन चुपचाप उनके सामने खड़ी हो गई थी—दृष्टि नीचे धरती पर, चेहरे पर एक असाधारण संकोच भाव···!

कुछ कहना चाहती हो, बेटी···।

उसने धीरे से सिर हिलाकर तरुण का एक छोटा सा पत्र उनकी खुली हथेली पर रख दिया था—अंतर्विश्वविद्यालय समारोह में उस युवक से उनका प्रथम परिचय हुआ था। नेशनल स्कूल ऑफ ड्रामा, दिल्ली में उसका प्रवेश हुआ था और वह अपने कुछ जरूरी कागजात निकलवाने के सिलसिले में दो-चार बार उनके कार्यालय में ही उनसे मिल चुका था।

तरुण विश्वास का निवेदन सहज भाषा में उनके सामने था—

सर, जया और मैं परिणय-सूत्र में बँधना चाहते हैं। बाबा को यह बात मालूम है।

उनकी ओर से असहमति नहीं है, क्या आप हमें आशीर्वचन देंगे···?

उन्होंने पत्र को मोड़ते हुए आँखें उठाकर जया की ओर देखना चाहा था। वह अपनी दोनों हथेलियों में मुँह छिपाती तुरंत अंदर की ओर भाग गई थी।

उस रात··· अनुराधा का अभाव उन्हें सबसे ज्यादा सालने लगा था। अपने भीतर उमड़ती भावुकता के ज्वार में नितांत श्लथ-भाव से डूबते-उतराते हुए वे अनायास विकल हो उठे थे—

एकाकीपन का यह अभिशाप देकर तुम कहाँ चली गई, अनुराधा···!

उन्हें लगा था—

रोग-शय्या पर लेटी हुई अनुराधा इशारे से उन्हें अपने पास बुलाकर कह रही थी—

भूल गए न···मैंने तुमसे क्या कहा था—बेटी के ब्याह की चिंता तुम्हें ही करनी है···। तुमने समय रहते परवाह नहीं की···अब···?

तरुण का पत्र उनके कुरते की जेब में था और उन अक्षरों का दबाव अपने कलेजे पर महसूसते हुए वे निस्तब्ध थे।

अंतर्विश्वविद्यालय युवा-समारोह में गुरुदेव की बेटी ने उनसे क्या कहा था—

अतीत ऐसे ही रूप बदलकर सामने आता है, नीलाभ, तुम्हारी बिटिया को देखकर मुझे अपने जीवन का खोया हुआ सच दोबारा मिल गया। ऐसी ही चंचल, ऐसी ही चिर उत्फुल्ल मैं भी थी न···! इसका भविष्य मेरा न हो, नीलाभ, ध्यान रखना···!

जया की बातों का सूत्र पकड़कर वे अपने अतीत की ओर बेतहाशा भाग चले थे। अनुराधा बीच में नहीं आई होती तो···? जया उसका सहज प्राप्य होती···। उसके साथ जुड़कर जीवन का रूप क्या होता···? गुरुदेव ने कलकत्ता विश्वविद्यालय में ही उनकी नियुक्ति का प्रस्ताव रखा था। जया और वे···! ओह···कैसी बहक उनके भीतर समाती जा रही थी! यह अनुचित सोच उनके भीतर उठना चाहिए क्या? नहीं···नहीं···। वे अपनी दुर्बलता पर ही व्यथित हो उठे थे—जया दूसरे की परिणीता है। उसके विषय में यह सब सोचना पाप होगा···।

गुरुदेव ने कहा था—जो कुछ हुआ है, उसे भूल जाना ही हम सबके हित में श्रेयस्कर होगा, नीलाभ···और उन्होंने प्राणपण से जया को भूलने की चेष्टा की थी···।

उस रात कमरे के निपट अँधेरे का दुरुपयोग करती उनकी अपनी ही चेतना उनपर अभियोग लगाने को आतुर थी और वे सारा आघात झेलते निरुत्तर थे—

क्या यह सच नहीं है कि वे जया को एक क्षण के लिए भी नहीं भूल पाए···? क्या यह भी सच नहीं है कि जया को सिर्फ एक बार देखने की ललक ही उन्हें लखनऊ खींच ले गई थी और यह भी असत्य तो नहीं ही कहा जा सकता कि जीवन के ये एकाकी क्षण जब कभी उन्हें अतिशय उद्वेलित करते हैं, तब जया का अपूर्व कंठ-स्वर उनके कानों में बरबस गूँजने लगता है—

चाइ गो आमि तोमारे चाइ, एइ कथाति सदाइ मने, बलते जेन पाई···मुझे तुम्हारी चाहना है, सिर्फ तुम्हारी, और एक यही कथा मेरे मन में बार-बार आकार ग्रहण करती रहती है··· ।

नीलाभ और जया की वह पूर्व कथा अधूरी रह गई···स्मृतियों के प्रभंजन पर चढ़ा हुआ मन उसी अधूरेपन को संपूर्णता देने के लिए विकल रहा करता है। समाज की दृष्टि में यह पाप हो सकता है; लेकिन उनकी आत्मा का निर्मम सच यही है और इसे स्वीकृति दिए बिना उनकी दूसरी कोई गति भी नहीं··· ।

उनकी चेतना ने पार्श्व-परिवर्तन किया था—तुम क्या चाहते हो, तरुण नाम के इस युवा के स्वप्न भी अधूरे रह जाएँ? एक पुरानी त्रासदी फिर से दोहराई जाए···? जया तुम्हारी बिटिया···दूसरे की परिणीता बन सकती है, तुम्हारी शास्ति के सामने मुँह खोलने की उद्धतता उसमें नहीं होगी। लेकिन तुम्हें अच्छी तरह सोच-विचारकर निर्णय लेना पड़ेगा—तरुण और जया के संदर्भ को अधूरेपन की नियति देकर कहीं तुम अपना प्रतिकार तो नहीं चाहोगे···? अपने ही रक्त-मांस से अपनी अपहृत अभीप्साओं का प्रतिकार···?

नहीं···नहीं, ऐसा नहीं होगा··· !

दूसरी सुबह···

जया को बिना कोई सूचना दिए वे समरेश विश्वास के घर गए थे—

कन्या के पिता को प्रस्ताव लेकर आना चाहिए, उसी लोक-रीति का निर्वाह करने आया हूँ विश्वास बाबू··· !

एक सादे समारोह में जया का परिणय-संस्कार संपन्न किया था उन्होंने··· ।

जाते समय उनकी बिटिया उनके गले से लिपटकर रोने लगी थी—

आपकी चिंता बनी रहेगी, पापा, आप हमारे साथ दिल्ली चलिए न··· !

गुरुदेव तुषारकांति सेन की बिटिया जया ने भी इसी विकलता का परिचय दिया था और अब उनकी जया भी··· !

वे सहसा विदेह हो उठे थे—

तुझे तेरा अभीप्सित जीवन दिया मैंने। तेरा सुख-सौभाग्य तरुण के साथ जुड़ा है। तुझ पर मेरा कोई उपकार नहीं है, जया, तेरी परितृप्ति में मैंने भी बहुत कुछ पा लिया बिटिया, तू जा··· ।

: 9 :

वही आरामकुरसी थी। डूबते हुए सूरज की वही उदास परछाईं—सुखदेव उनके निर्बल पड़े दाहिने पैर में तेल की मालिश कर रहा था। जया उनकी सेवा में नए सिरे से अस्त-व्यस्त हो उठी थी। आपने अपनी यह क्या हालत बना ली है पापा, महीने भर बीमार

रहे और हमें कोई सूचना नहीं। हरि अंकल का पत्र नहीं मिला रहता तो···

वह रुआँसी हो उठी थी—माँ ठीक ही कहती थीं। आप अपने बारे में कभी कुछ भी सोचने की जरूरत नहीं समझते न···! इस बार हम यहाँ आपको अकेले नहीं रहने देंगे···आपको हमारे साथ दिल्ली चलना होगा। क्यों तरुण···!

जया के पति ने तुरंत उसकी बात का समर्थन किया था···हाँ, पापाजी, वहाँ एक-से-एक डॉक्टर हैं—आपका बेहतर इलाज···!

अभिषेक महीने भर की छुट्टी लेकर आया था। उसने चुपके से जिद की थी—

जया दी की बात न भी मानें तो आपको मैं अपने साथ बंबई ले जाए बगैर नहीं मानूँगा पापा···! आपको अब मेरे साथ ही रहना होगा!

वे बच्चों की बातें सुनकर मुसकरा उठे थे···

छुट्टियाँ खत्म होने के पहले अभिषेक ने दोबारा चर्चा चलाई थी। वे मुसकराकर उसका प्रस्ताव टाल गए थे। जया के बहुत जिद करने पर उन्होंने इतना भर ही कहा था—

अकेले रहकर मैं ज्यादा सुखी हूँ बेटे···। इस तरह जिद नहीं करते। तुम जाओ···।

निपट निस्संगता की शैली में जीवन जीने की आदत क्या एक दिन की थी उनकी···? गुरुदेव अध्ययन-कक्ष में किताबों के बीच घिरे हुए यूँ ही घंटों आत्मस्थ हो जाया करते थे। जया उन्हें छेड़ती थी—

तुम्हें श्मशान घाट पर जाकर धूनी रमा लेनी चाहिए···

अच्छा नीलाभ, बताओ तो, सजा के तौर पर अगर तुम्हें किसी सूने प्रायद्वीप में ले जाकर छोड़ दिया जाए तो···तुम कितने सुखी हो जाओगे न···वह सजा तो तुम्हारे लिए वरदान हो जाएगी···!

उनकी मौन प्रकृति के अतिशय को महसूसती जब कभी वह अपने भीतर की खीझ को रोक नहीं पाती, तब अकसर कहा करती थी—

तुम्हें किसी बियाबान जंगल का प्राणी होना चाहिए था—जैसे बाबा, वैसे ही तुम···!

उनका पुराना छात्र दयाशंकर दिल्ली विश्वविद्यालय के इतिहास विभाग में प्रवक्ता है। उसके पत्र अकसर आते रहते हैं—सर, यहाँ सब लोग आपके बारे में पूछते रहते हैं। आपका छात्र होना अपने आपमें कितना बड़ा गौरव है, इसका अनुभव मुझे यहाँ होता रहता है। सच, अपनी यशभीरुता को ही उन्होंने सबसे बड़ी पूँजी के रूप में स्वीकारा था···लोग-बाग अपने नाम का प्रचार करने के लिए कितने उत्सुक रहा करते हैं! अपनी प्रशस्ति सुनकर उन्हें बुरा लगता हो, ऐसी बात भी नहीं···! लेकिन कई बार ऐसा हुआ है कि उनके विभागीय सहयोगी या फिर दूसरे विश्वविद्यालयों के विद्वान् प्राध्यापकों ने उनकी उपलब्धियों की मुक्त कंठ से सराहना की थी। संकोच की नीरवता में एकदम सराबोर उनके होंठों से कृतज्ञता की अस्फुट सी ध्वनि भी नहीं निकल पाई थी। आत्म-संकोच का वही भाव उन्हें उनके विरोधियों के सामने भी निस्तब्ध कर जाता था। अपने कुलपतित्व-

काल में बीहड़ परिस्थितियों में भी विचलित नहीं होने का धैर्य शायद इसी संतुलन का परिणाम था। गृह मंत्रालय की विशेष अनुशंसा पर जीव विज्ञान के अध्यक्ष शकील साहब की नियुक्ति प्रॉक्टर के पद पर हुई थी और उनकी ईमानदारी को चुनौती देनेवाले मजमे को एक नई ताकत मिल गई थी। विश्वविद्यालय की प्रशासन-पद्धति में सुधार लाने की उनकी तमाम कोशिशों को विफल बनाने के प्रयत्नों की खुलेआम अगुआई शकील साहब ने की थी। चुनाव के ठीक पहले ही वह घटना घटी थी।

जिन महाविद्यालयों में प्राध्यापकों की संख्या स्वीकृत पदों से अधिक थी, वहाँ की वित्तीय स्थिति असंतुलित होती जा रही थी…अनेक ऐसे अंगीभूत महाविद्यालय थे जहाँ पच्चीस-तीस प्राध्यापक अस्वीकृत पदों पर कार्यरत थे और प्रतिमाह उनके वेतन के भुगतान के लिए महाविद्यालयों को आवश्यकता से अधिक अर्थभार वहन करना पड़ता था। प्राचार्यों को विवश होकर या तो किसी दूसरे कोष से पैसा लेना पड़ता था या वे शिक्षकों को उचित समय पर वेतन नहीं दे पाते थे। उन्हें सूचना मिली थी—महाविद्यालयों में शिक्षकों और शिक्षकेतर कर्मचारियों की दो वर्षों से भी अधिक की भविष्यनिधिवाली राशि बकाया रह गई थी और इस बात को लेकर सबमें पर्याप्त असंतोष था… ।

सभी अंगभूत महाविद्यालयों के प्राचार्यों तथा सिंडीकेट के सदस्यों से जरूरी सलाह-मशविरा करने के बाद उन्होंने एक महत्त्वपूर्ण निर्णय लिया था—

ऐसे अस्वीकृत पदों पर काम कर रहे शिक्षकों की एक सूची बनाई जाए और उन्हें उन महाविद्यालयों में स्थानांतरित किया जाए, जहाँ स्वीकृत पद रिक्त पड़े हुए हैं।

स्थानांतरित शिक्षकों की पहली सूची निकलने के बाद शिक्षामंत्री के निजी सचिव का फोन आया था—

मुख्यमंत्रीजी ने आपसे मिलने की इच्छा व्यक्त की है। उसके पहले आप शिक्षामंत्रीजी से मिल लेंगे।

अविनाश बाबू अपने ड्रॉइंग-रूम में अनेक विधायकों और पार्टी के कार्यकर्ताओं से घिरे बैठे हुए थे। उन्हें देखते ही वे तनिक आजिजी से उठ खड़े हुए थे और बरामदे के एक किनारे ले जाकर उन्होंने स्थिति की गंभीरता की ओर संकेत किया था—

तुम जानते नहीं, तुमने कितनी बड़ी भूल की है ! स्थानांतरण की सूची निकालने से पहले तुम्हें दस मर्तबा सोचने की जरूरत थी और तुमने आवेश में आकर …

उन्होंने अपनी जेब से एक मोटा लिफाफा निकालकर थमा दिया था—

इसे पढ़ो…

स्थानांतरित शिक्षकों की सूची में प्रॉक्टर शकील साहब के साले इनायत अली का नाम भी शामिल था। इसके अतिरिक्त मुख्यमंत्री की बिरादरी के दो-तीन ऐसे शिक्षक भी थे, जिनका तबादला छोटे शहरों के महाविद्यालयों में हो गया था और इस अन्याय के विरुद्ध जेहाद छेड़ते हुए उन्होंने कुलाधिपति के पास अपील की थी। उस अपील की एक

प्रति उनके नाम भी प्रेषित की थी···।

उनकी प्रश्नसूचक मुद्रा को भाँपते हुए अविनाश बाबू ने उनके कंधे पर हाथ रख दिया था—

तुम्हें अपना आदेश वापस लेना होगा, भाई···मुख्यमंत्रीजी की यही इच्छा है···। चुनाव की अवधि बिलकुल करीब है और वे अपनी बिरादरी का विश्वास खोना नहीं चाहते···। दूसरी तरफ शकील साहब ने अल्पसंख्यकों के हितों की रक्षावाली बात उठाकर स्थिति को और भी शोचनीय बना दिया है। तुम नहीं जानते, वे एक सप्ताह से अपने समर्थक विधायकों को लेकर यहाँ-वहाँ चक्कर काट रहे हैं। कुछ भी करने के पहले तुम्हें कम-से-कम इस नतीजे की बाबत सोच लेना चाहिए था···। मंत्रालय में लोग यही जानते हैं कि तुम मेरे अपने आदमी हो, आलाकमान को यह संदेह हो सकता है कि तुमने यह सब मेरी सम्मति लेकर किया है···

उन्होंने अविनाश बाबू की ओर सीधी निगाहों से देखा था—

उस दिन उनके मौन की अर्गला पहली बार टूटी थी—

एक बात मेरी समझ में आ गई है अविनाश भाई, विश्वविद्यालय के इन पदों पर वही टिक सकते हैं, जो कठपुतलियों की तरह आप लोगों के इशारों पर नाचने की कला में माहिर हों···। सूत्रधार आप बने रहें और हमें खुलकर साँस लेने तक के लिए आपके आदेशों का मुखापेक्षी बनना पड़े···। मैंने दो वर्षों की इस अवधि में सारे प्रयोग करके देख लिये बंधु, और मैं अंततः इसी निष्कर्ष पर पहुँचा हूँ कि प्रखर बौद्धिकता, उत्कृष्ट कोटि की वैचारिक मेधा—संतुलित व्यक्तित्व-संपन्नता—इन सारी विशिष्टताओं का होना-न-होना बिलकुल महत्त्वहीन है। महत्त्वपूर्ण तो यह है कि आप उसे ही विश्वसनीय समझें, जिसमें आपकी हर उचित-अनुचित नीति के अंधानुकरण की क्षमता हो। अविनाश भाई, मुझे बडे दुःख के साथ कहना पड़ रहा है, आपके विश्वास की रक्षा करने में मैं असफल हूँ। अतएव, मुझे इस पद पर बने रहने का कोई भी अधिकार नहीं है।

उन्होंने अतिथिशाला में आकर त्यागपत्र का एक संक्षिप्त मसौदा तैयार किया था—

इस महत्त्वपूर्ण पद की विश्वसनीयता का भार वहन करने में मेरी बुद्धि अक्षम है···। अतएव मेरी मनःस्थिति को देखते हुए मुझे इस पदभार से मुक्त किया जाए।

दो वर्षों के बाद उनकी अपहृत शांति उन्हें वापस मिल पाई थी···।

डॉ. हरिनारायण ने उन्हें बताया था—सर, विश्वविद्यालय में आपके त्यागपत्र दिए जाने की बात को लेकर अनेक अटकलबाजियाँ लगाई जा रही हैं। कुछ लोगों का कहना है कि शिक्षामंत्रीजी से आपका मतभेद हो गया था, इसलिए आपने ऐसा किया···सर, आपको मालूम नहीं, शकील साहब ने अपने विभाग में मिठाइयाँ बँटवाई हैं···।

उन्होंने बड़ी सरल हँसी हँसते हुए डॉ. हरिनारायण को बैठ जाने का संकेत दिया था—

आपकी क्या प्रतिक्रिया है डॉक्टर साहब…?

मेरी प्रतिक्रिया…? वे थोड़े संयत हो गए थे—

सर, क्षमा करेंगे…आपने जिस उद्विग्नता में यह पूरा समय बिताया, उसे देखते हुए मुझे आपका उस पद से मुक्त हो जाना ही बेहतर लगा। आप फिर हमारे बीच लौट आए हैं—यह हमारा सुखद सौभाग्य ही तो…

उन्होंने मुसकराते हुए उनकी बात काट दी थी—डॉक्टर साहब…काम करते-करते थक चुका हूँ, शरीर को थोड़ा सा आराम भी तो देना चाहिए न…। अवकाश-प्राप्ति में अभी तीन वर्ष शेष हैं; लेकिन मैं चाहता हूँ कि…

डॉ. नीलाभरंजन ने निर्धारित अवधि से पूर्व अवकाश के लिए आवेदन-पत्र भिजवा दिया था।

उस रोज उनके घर पर एक छोटा सा मजमा जुट आया था—उनके विभागीय सहयोगी, उनके छात्र…और उनका शुभचिंतन करनेवाले दूसरे विषयों के अनेक प्राध्यापक…

सबके भीतर एक ही जिज्ञासा थी—

यक-ब-यक अवकाश ग्रहण करने की इच्छा क्यों…?

इसके पीछे कोई विशेष बाध्यता?

आखिर किस मनोदशा ने उन्हें ऐसा निर्णय लेने के लिए विवश किया…?

उन्होंने सबको आश्वस्त किया था—

कुलपति का पद मेरे लिए सहज परिहार्य था, भाई, क्योंकि मेरी चेतना उस पद के अनुबंधों से कभी भी जुड़ नहीं पाई थी। मैं नहीं कह सकता कि आवेग की किस विशिष्ट तरंग से जुड़ा हुआ मैं उस पद की ओर खिंचा चला गया था? वह सब कहने बैठूँ तो मेरी अपरिपक्वता परिहास के प्रयोजन ही जुटाएगी। अपने गुरुदेव की भाषा में कहना चाहूँ तो इतना भर ही कहूँगा कि उस पद से जुड़कर मैंने कनिष्ठा उँगली का पाप बटोरा है और अब उस पाप का परिमार्जन मुझे इसी रूप में करना है। आप लोगों से यही कहूँगा—सही निर्णय के अभाव में मनोवृत्ति के प्रतिकूल जब कोई नई दिशा सामने आ जाती है, तब आदमी इसी तरह पथहारा हो जाया करता है।

उनका एक छात्र प्रेस-संवाददाता की हैसियत से उनके पास अपनी एक प्रश्नावली लेकर आया था—

सर, अवकाश मिले तो अपनी सुविधा के अनुसार आप इन प्रश्नों को एक नजर देख भर लीजिएगा। मैं अगले सप्ताह आऊँगा…।

किन परिस्थितियों में उन्होंने त्याग-पत्र दिया था, इसके पीछे कोई राजनीतिक दुष्प्रभाव तो नहीं था?

विश्वविद्यालय की अंदरूनी स्थिति पर उनकी प्रतिक्रिया क्या है?

उस पद से अलग हो जाने के बाद उनके क्या अनुभव हैं…? लगभग सारे-के-सारे

प्रश्न···उनके त्याग-पत्र को केंद्रीय बिंदु बनाकर पूछे गए थे।

उन्होंने उन प्रश्नों का कोई जवाब नहीं दिया था।

अविनाश बाबू का फोन आया था—

तुमने मुझे गलत समझा भाई, मेरी यह नीयत नहीं थी···

तुमने ऐसा क्यों किया···?

प्रश्न-ही-प्रश्न!

अठारहवीं शती का कोई जीव जैसे भूल से इस शती को अपने अजूबेपन का परिचय देने चला आया हो—कुछ ऐसी ही दशा उनकी हो गई थी।

अभिषेक ने पत्र लिखा था—आपको पद-त्याग नहीं करना था, पापा, राजनीतिक दुरभिसंधियों को खुली चुनौतियाँ देकर, अपनी वर्चस्विता कायम रखते हुए आप कोई दूसरा रास्ता ढूँढ़ सकते थे···।

उन्होंने बेटे के उस पत्र का भी कोई उत्तर नहीं दिया था। वे क्या लिखते कि दो वर्षों की लंबी थका देनेवाली उस यात्रा को तय करते हुए वे क्रमशः एक ऐसी अँधेरी सुरंग की ओर सरकते चले गए थे, जिसके आगे का द्वार दुर्गम शिलाओं से अवरुद्ध कर दिया गया हो और जिस अँधेरी खोह से मुक्ति पाने के लिए वापस लौटने के सिवा दूसरी कोई भी दिशा नहीं हो···?

उनकी लाड़ली बिटिया जया ने अपनी प्रकृति के अनुरूप दूसरों से भिन्न बात लिखी थी—

अच्छा हुआ, पापा, उस बेकार की परेशानी से आपको मुक्ति तो मिली···। इतनी उपाधियाँ तो मिल ही चुकी थीं···चलिए, एक और उपाधि जुड़ गई। सब लोगों से कहने में बनेगा—मेरे पापा पूर्व कुलपति हैं···।

जया की शरारत भरी हँसी उनके कानों में गूँजने लगी थी और वे उसका पत्र पढ़ते हुए मुसकरा उठे थे।

शांत जल सी उनकी मनःस्थिति को जब-तब उद्वेलित करने का काम जया के पत्र ही करते रहते थे—कभी उनके स्वास्थ्य की आतुर पूछताछ, कभी अपने और तरुण के बीच होनेवाले छोटे-मोटे झगड़ों का सिलसिलेवार विवरण, कभी राजधानी में होनेवाले नाट्य-समारोहों का व्यापक ब्योरा और बीच-बीच में उन्हें दिल्ली बुलाने की उसकी पुरानी जिद···

उन्होंने एक लंबा पत्र लिखकर बेटी की मनोदशा को दूसरा मोड़ देना चाहा था—

वहाँ की सांस्कृतिक गतिविधियों में तुम दोनों की अत्यधिक रुचि के प्रमाण समाचार-पत्रों की मार्फत मुझ तक पहुँचते रहते हैं—लेकिन बेटे, मुझे तुम्हारी पढ़ाई की चिंता है, तुमने एम.ए. की परीक्षा के विषय में क्या तय किया? पत्रों में अपनी पढ़ाई-लिखाई के विषय में कुछ भी नहीं लिखती—दिन-रात संगीत-चर्चा ही चलती रहती है या इस ओर

भी कभी ध्यान जाता है?

कई महीनों का अंतराल देकर जया का एक पत्र उन्हें मिला था—

पापा, इस बार मोटी थीसिस लिखकर भेज रही हूँ। सुखदेव से चाय बनवा लेंगे और गरमागरम चाय की चुस्की के साथ मेरा पत्र पढ़ेंगे, तभी इसका आनंद मिल सकेगा···।

उसने दो पृष्ठों में अपने यहाँ के नाट्य-समारोहों का आँखों देखा हाल लिख भेजा था। तीसरे पृष्ठ पर लाल स्याही से रेखांकित एक पंक्ति थी—

आगे का विवरण ध्यान देकर पढ़ेंगे पापा, अपने परीक्षार्थियों को आवश्यक ही नहीं, अनिवार्य की शैली में आप जिस तरह महत्त्वपूर्ण संदर्भ लिखवाया करते थे न, उसी शैली में मैं आपको निर्देश दे रही हूँ—पिछले सप्ताह हमारे नाट्य-समारोह का समापन पर्व था—लखनऊ विश्वविद्यालय के संगीत विभाग की जया सेन मुख्य अतिथि बनकर आई थीं। मेरा उनसे परिचय हुआ···। पहले नाट्य-परिषद् की सदस्या के रूप में, फिर आपकी बेटी के रूप में···। वे मुझे देर तक देखती रही थीं, पापा···। और फिर उन्होंने तुरंत मुझे अपनी गोद में समेट लिया था। उसके बाद वे मेरे घर आईं थीं और उन्होंने मुझे आपके विषय में सबकुछ बता दिया था···।

वे सकुचा उठे थे—क्या बता दिया जया ने—क्या उसने यह भी बता दिया कि वे दोनों···।

पत्र के पृष्ठों से परे दुष्ट हँसी गुरुदेव की बिटिया जया की पुरानी छवि उनकी ओर मुखातिब थी—हाँ, मैंने तुम्हारी जया को वह सबकुछ बता दिया नीलाभ, जो कभी हमारे बीच घटित हुआ था···! तुम्हारी जया को अपनी सारी शुभाशंसाएँ देकर वापस लौट रही हूँ···मेरा अभीप्सित मुझे नहीं मिला, न सही; इस जया को तुमने इसका उचित प्राप्य दिया···चलो, तुम्हारे इस जन्म का एक पाप कटा···याद है बाबावाली वह कहानी···?

जया के पत्र का निष्कर्ष उनके सामने था—आपकी आत्म-विस्मृति और आपकी अतिशय मौन प्रकृति का उत्स इस रूप में अपने सामने पाकर मैं अभिभूत हूँ पापा···! अब मैं समझ पाई हूँ, मेरी परितृप्ति में आपको क्या कुछ मिल पाया होगा?

पत्र के आखिरी पृष्ठ पर जहाँ-तहाँ अक्षरों के धुँधलेपन में उनकी पगली बिटिया के आँसुओं की प्रामाणिकता उभर रही थी।

और उन्हें ऐसा लगने लगा था, जैसे गुरुदेव की बिटिया जया ने उस विगत सत्य को अनावृत्त करने के क्रम में जीवन की इस गोधूलि में उन्हें एक बड़ी पराजय दे डाली हो···!

सुजाता की खीर सा पोषण देकर उनकी मानसिकता को सहेजनेवाली उनकी दिवंगता पत्नी अनुराधा ने भी तो कितने सहज भाव से कहा था—बाजी मेरे हाथ रही है बिटिया, तेरे पापा को मैंने अपनी आत्मा सौंप दी, प्रतिदान में मुझे क्या मिला···? उनकी निपट उदासीनता ही न···तू देख लेना जया, मेरे नहीं रहने पर वे मेरे अभाव की पीड़ा को हर क्षण महसूसते रहेंगे और तब कोई भी उपाय शेष नहीं रहेगा।

तिरस्कार की प्रखरतम वेदना का अनुभव करती गुरुदेव की बिटिया जया ने कुछ भी तो नहीं कहा था, लेकिन क्या उसकी आत्मा में अब तक भी उपालंभ की कचोट ताजा नहीं है, और जया···उनके वात्सल्य की साकार प्रतिकृति उनकी बिटिया ने क्या उन्हें यूँ ही बख्श दिया था? पापा, जया मौसी को कितनी असह्य वेदना झेलनी पड़ी होगी, यह मैं समझ रही हूँ···आखिर आप इतने निष्ठुर क्यों हुए, पापा···?

आरामकुरसी पर लेटे हुए डॉ. नीलाभरंजन के भीतर कुछ उमड़ रहा था क्या? वाष्प के घनीभूत वृत्त की तरह उनकी कंठ-नली को अवरुद्ध करती हुई कोई नई चीज उनके मौन की एकरसता को बाधित करने के लिए अनुक्षण उद्वेलित होती जा रही थी—अब तक जिस रूप में जीते रहे, क्या वह सब एक छद्‌म मात्र था? उनकी निस्संगता, उनका गांभीर्य क्या सबकुछ एक प्रवंचना भर था···कौन जाने···?

जीवन के विविध घटनाक्रमों की अनिवार्य शास्ति मानते हुए डॉ. नीलाभरंजन आज इस अंतिम कगार पर बैठे अपने आपको टटोल पाने में कैसी विचित्र सी निरुपायता का अनुभव कर रहे थे···?

जया के इस पत्र का उत्तर भी देना होगा क्या···?

डॉ. नीलाभरंजन की उस अधलेटी मुद्रा को वह देख पाती तो क्या-क्या देखती···? उनके कलेजे पर उभरते हुए ढेर सारे नए-पुराने जख्म···या उनके भीतर लगातार करवटें बदलता हुआ कोई एक सुसुप्त ज्वालामुखी? जो उनकी आँखों के पथ से लगातार पिघलता जा रहा था और चेतना के विस्फोट की वह अंतिम स्थिति एक अद्‌भुत क्लांति बनकर उनके ऊपर क्रमशः हावी होती चली जा रही थी। स्मृतियों के सलीब पर झूलती हुई अपनी अस्मिता को अपराध-स्वीकृति की अंतिम शास्ति देकर थके-हारे नीलाभरंजन सचमुच सो गए थे क्या?

□

हबे, प्रभात हबे

सपाट जीवन की एकरस दिनचर्या से ऊब जाने के बावजूद प्रिया फैसला नहीं कर पा रही थी—ग्रीष्म का इतना लंबा अवकाश…इसका उपयोग किस तरह किया जाए…? संगीत की अध्यापिका श्रीमती इंद्राणी सपरिवार नैनीताल जा रही थीं। उन्होंने खुले मन से न्योता दिया था—प्रिया, हमारे साथ चलो। तुम्हारे रहने से बच्चों का आनंद दोगुना हो जाएगा। रंजू और सिम्मी तुम्हें बहुत पसंद करते हैं।

उसे हँसी आ गई थी। खैरियत थी कि इंद्राणीजी ने अपने लाड़ले देवर का नाम नहीं लिया…और राजेश भी तो…जानती हो प्रिया…वह तो जात-पाँत को एक किनारे रखकर तुम्हारे साथ ब्याह का मन बना चुका है…बेशक, यदि तुम्हें स्वीकार हो, तभी…

प्रिया की इच्छा हुई थी, सामने खड़ी उस स्थूलकाय महिला को दो टूक जवाब दे दे—

शुक्रिया इंद्राणीजी, लेकिन आपके लाड़ले देवर का प्रस्ताव मेरे लिए स्वप्न में भी स्वीकार्य नहीं हो सकता…क्या समझीं आप…?

लंबी कद-काठीवाला सैनिक अधिकारी राजेश सिन्हा…बात-बात में बेमतलब ठहाके लगानेवाला वह व्यक्ति प्रिया को पहली नजर में ही निहायत गैर-जिम्मेदार लगा था; ऐसी दिलफेंक तबीयत के पुरुषों को न जाने क्यों, उसका मन किसी भी कीमत पर झेलने के लिए तैयार नहीं हो सकता था।

स्वयं को जब्त करते हुए उसने बात को टालने के लिए गोल-मटोल जवाब देना ही उचित समझा था—विधाता कुछ हथेलियों में विवाह की लकीरें खींचना भूल जाता है। मेरी इस हथेली को गौर से देखिए तो…है कोई ऐसी लकीर? फिर…किसी का अस्तित्व जो बाहर से दिखाई पड़ता है, सचमुच वही होता है क्या? आकृतियों की घनी भीड़ में, जब अपनी ही आकृति अपरिचय के संशय से घिर जाए, तब मन की किसी एकांत तलहटी में दो क्षण अकेले बैठने की, मौन की दुनिया में लौट जाने की कितनी तीव्र इच्छा सुगबुगा उठती है! विश्वविद्यालयों की राजनीति, पाठ्यक्रमों का उबाऊपन, बुद्धिवादी कहे जानेवाले

स्त्री–पुरुषों की निरर्थक गप्पबाजियों में वक्त के चुकते चले जाने का पीड़ादायी अहसास··· ।

प्रिया, क्या तुम्हें हमारे साथ उठना–बैठना बिलकुल पसंद नहीं···?

चलो, आज हम सब मिलकर कॉफी हाउस चलें··· । प्रिया, तुम भी हमारे साथ···

उसे कुछ भी कहना फिजूल है, अर्पिता। वह महर्षि अरविंद की शिष्या ठहरी, यह समय उसकी योगसाधना का है···

हाँ, यह सच था···अपनी कक्षाओं से निवृत्त होने के पश्चात् शेष समय पर उसका अपना अधिकार होता···अपने कमरे के निभृत एकांत से सुखकर प्रतीति उसके लिए और कुछ हो भी नहीं सकती थी। रोमांस भरी किसी फिल्म को देखने जाने के लिए अर्पिता के प्रस्ताव को मौन अस्वीकृति देकर वह विभागीय कक्ष से निकल रही थी, श्रीमती श्रीवास्तव ने कटाक्ष के स्वर में टिप्पणी जड़ी थी—

सूखे हुए वृक्ष पर नई कोंपल की आशा? तुम भी अर्पिता···उसे क्रोध नहीं आया था, उसने पलटकर श्रीमती श्रीवास्तव को कोई जवाब देने की आवश्यकता भी नहीं समझी थी।

स्मृतियों की प्रत्यंचा पर चढ़ी चेतना का अतीतगामी आवेग था। उस रात···प्रबल वात्याचक्र सा वह क्या था, जो उसके प्राणों की दुर्दम्यता में आकार लेने लगा था। आँसुओं के उमड़ते हुए महाज्वार में क्यों बार–बार विह्वलता–भरा एक ही निनाद जगने लगा था—

तापस, तुम कहाँ हो···मेरी आवाज तुम्हें सुनाई क्यों नहीं देती, मैं तुम्हें अपने पास पाना चाहती हूँ··· । तापस···

उसे पता था, यदि तापस सामने होता तो उसके कंधे पर हाथ रखकर आँखों से दुलार भरा आश्वासन देता। इतना भर कहता—

घबराओ मत, मैं जो हूँ···सब ठीक हो जाएगा··· ।

क्या जीवन में सबकुछ ठीक हो पाता है? बाढ़ के दिनों में गंगाजी का पानी घाट की ऊपरी सीढ़ियों तक लबालब भर जाता था।

चल प्रिया, नाव–नाव खेलेंगे··· ।

नहीं, अम्मा बिगड़ेंगी। छोटा भाई सोया है, जाग जाएगा तो···

कुछ नहीं होगा, हम जो हैं न! चाची को समझा देंगे। देख तो सही, कितनी मजबूती से बनी है ये दोनों डोंगियाँ—एक तेरी, दूसरी मेरी···देख, लाल स्याही से हमने मस्तूल पर नाम भी लिख दिया है—प्रिया–तापस, तापस–प्रिया···अब चल भी··· ।

अम्मा ने कब बरजना शुरू किया था, ठीक से याद नहीं। बाबूजी कचहरी से लौटते और उनकी शिकायत शुरू हो जाती—प्रिया एकदम ढीठ होती जा रही है। उस बंगाली लड़के के साथ दिन–दिन भर गंगाजी का घाट अगोरना···सयानी होने को आई, तुम रोक–टोक नहीं करोगे तो···

तापस निमाई दा का बेटा है, सुमित्रा और तुम जानती हो वे मेरे लिए बड़े भाई, गुरु, सखा—सबकुछ तो हैं। उनके अहसान···दोनों बच्चे हैं, बोलते-बतियाते हैं, तुम्हारा क्या बिगड़ जाता है···?

अपने समाज की बात क्यों नहीं सोचते, बेटी जात ठहरी, इतनी छूट ठीक नहीं···।

प्रिया, कठपुतली का खेल दिखानेवाला आया है, बाबा विश्वनाथ की गली में···खूब भीड़ लगी है, चल, चलेगी न···!

आज अम्मा रूठ गई हैं। हम तुम्हारे साथ नहीं जाएँगे तापस···

क्यों, क्या हुआ?

कुछ नहीं, तुम जाओ···अकेले ही देख आओ···

रहने दो, हम भी नहीं जाएँगे। अच्छा बोलो तो, यहाँ तुम्हारी चौखट पर बैठने से तो वे मना नहीं करेंगी न···?

अंजलि में भरी हुई तरल जलराशि से क्या तुम्हीं मेरे प्राप्य नहीं थे तापस···?

उस चौखट पर सिर टेककर तुम्हारा कैशोर्य उस दिन अकाल परिपक्वता की सरहदें पार करता न जाने कितनी दूर आगे निकल गया था···झुके हुए गौर ललाट पर राहु की छाया बनकर बिखर जानेवाली एक बेतरतीब लट। गंभीर चिंतन की अव्यक्त लिपियों में उलझी हुई शून्य के विस्तार को अपने भीतर भरती तुम्हारी वे गहरी काली आँखें···! बाल योगी सी तुम्हारी बे-गैरिक मुद्राएँ···

अपने मन पर अपना ही वश क्यों नहीं रह जाता, प्रिया···क्या अपनी इच्छाओं को पूरा कर पाना भी अपने लिए असंभव हो जाता है। कैसी रीति-नीति है इस दुनिया की···?

तुम्हें क्या हो गया है, तापस···आज इस तरह की बातें···?

बाबा मुझे आगे की पढ़ाई के लिए शांतिनिकेतन भेजना चाहते हैं, प्रिया···

आहा, रवींद्रनाथ ठाकुर का प्रिय शांतिनिकेतन कितना अच्छा होगा न। यह तो बड़ी खुशी की बात है, लेकिन तुम तो···

मैं यहाँ से चला जाऊँगा···तुम्हें अच्छा लगेगा···प्रिया···क्या चाची की तरह तुम्हें भी मेरा साथ···

नहीं, नहीं···

निचली सीढ़ी पर बैठी किशोरी प्रिया ने सहसा एक नई यंत्रणा का अनुभव किया था—तापस चला जाएगा; उसके बिना गंगाजी का घाट, बाबा विश्वनाथ की गली, उसका घर-ओसारा सबकुछ कितना सूना हो जाएगा न···!

अपनी खिड़की पर रोज सुबह खड़े होकर तापस का जोर से आवाज लगाना—

माँ, जल्दी खाना निकालो, स्कूल के लिए देर हो रही है—

और प्रिया का बस्ता सहित गली में उतर आना···

चलो, अच्छा हुआ, तुम आ गईं···उस मोड़ तक तुम्हारा साथ···

होश सँभालने के बाद सैकड़ों बार उस पथ की दूरी को साथ-साथ तय करनेवाले पाँव···सफर के अधूरेपन का थका हुआ अहसास लेकर मुहाने पर जड़ नहीं हो गए थे?

मैं पत्र लिखूँगा, तुम जवाब देना, प्रिया। मुझे तुम्हारी चिट्ठियों का इंतजार रहेगा। बोलो, लिखोगी न···?

तापस दत्त···विश्वभारती की ज्ञान-गरिमा के पहले अध्याय की उत्कंठा से जुड़ा हुआ एक कुशाग्र बुद्धि छात्र···अपनी किताबों के साथ रात्रि के एकांत को बाँटने बैठता तो उस सुदूर घर की चौखट पर लंबी चोटियाँ हिलाती, उदास बैठकर जमीन पर आड़ी-तिरछी लकीरें खींचती प्रिया का ध्यान आते ही अनमना हो उठता। अन्यमनस्कता की उसी निविड़ता में उसने प्रिया को दो पंक्तियों का संबोधनरहित संदेश दिया था—

अनेक कालेर यात्रा आमार
अनेक दूरेर पथे···

मैं जानता हूँ तुमने कवि गुरु को नहीं पढ़ा होगा···आज मैं तुम्हें इतना समझा देना चाहता हूँ—मैं तुम्हें कभी नहीं भूल सकता, प्रिया, एक क्षण के लिए भी नहीं···। और तुम···? क्या तुम भी···?

तापस की माँ ने उसे अपने यहाँ बुलवा लिया था—तापस ने तेरे लिए भी चिट्ठी भेजी है—प्रिया आ···मूढ़ी मिष्टी खाएगी तो···

एक बार उसने माँ से जिद की थी—अब वह बच्ची नहीं रही। मैट्रिक पास कर गई···उसे चौड़े पाढ़वाली ताँत की साड़ी चाहिए,काकी माँ पहनती हैं न, ठीक वैसी ही···।

निमाई काकाजी ठठाकर हँस पड़े थे—यह कौन सी बड़ी बात है; तू तापस को लिख दे—शांतिपुर की एक-से-एक सुंदर साड़ियाँ···

काकीजी का निर्मल परिहास सुमंगल भिश्ती की लाठी में बँधी पीतल की घंटियों की तरह हर रोज साँझ-सवेरे उसके मन की चौड़ी अँगनाई में खनक उठता था—अरी प्रिया, तुझे तो बंगालिन होना चाहिए था, थाक आमि एकटी कथा जिगेस छिह, बोल तो तापस से ब्याह करेगी?

गंगा-स्नान करके लौटती अम्मा को बुरा लग गया था—सुनोजी, निमाई बाबू तुम्हारे गुरु हों, चाहे बड़े भाई, पर, उनकी औरत के लच्छन ठीक नहीं। बताओ तो सयानी लड़की से ऐसी ठिठोली की जाती है भला?

नैनीताल जाने के पहले इंद्राणीजी सपरिवार मिलने आई थीं—तुम साथ चलतीं तो कितना अच्छा होता प्रिया···लेकिन तुमने तो जिद ठान ली, कहीं नहीं जाना है—

ऐसी बात नहीं इंद्राणी दी, अपना शोध-प्रबंध पूरा करना भी तो जरूरी है न, इसीलिए मन बना लिया कि इस बार कहीं नहीं···।

अच्छा बताइए, प्रियाजी···नैनीताल से आपके लिए क्या लाएँ···? कैप्टन राजेश ने चहकते हुए पूछा था।

जी, कुछ नहीं, शुक्रिया···।

अरे, यह कैसे हो सकता है? आपकी पसंद भाभी को मालूम होगी, चलिए, उनसे पूछकर ही···।

उसकी पसंद किसी को भी कैसे मालूम हो सकती थी—यंत्रणा के जिस अँधेरे सफर ने इतनी दूर तक चुपचाप चलते जाने का कठोर अभ्यास दिया था, उससे जुड़कर अंतर्जगत् की पहचान के सारे रास्ते उसने हमेशा-हमेशा के लिए बंद जो कर लिये थे···

शांतिनिकेतन में वसंत-महोत्सव का आयोजन था। तापस ने भावुकता से भरा लंबा पत्र भेजा था—

प्रकृति की वंदना का यह पारंपरिक पर्व कल ही बीता है। चारों तरफ बिखरे हुए पीले रंग की झलक अब तक मेरी आँखों में है। इस बार तुम्हारे लिए वासंती रंग की ही साड़ी लाऊँगा, माँ ने तुम्हारी पसंद लिख भेजी है। शर्त एक ही होगी, मेरे साथ नाव की सैर पर चलोगी न! सच प्रिया, काशी छूटते ही मेरी सारी दिनचर्या बेतरतीब हो गई है। गंगाजी की लहरों में तैरकर दूर निकल जाने की इतनी तेज इच्छा होती है कि क्या बताऊँ···?

घाटे सेइ भजाना वाजाय वीणा तरणी ते···

ओह, लेकिन तुम्हें तो बँगला भाषा का ज्ञान ही नहीं···।

उसने पड़ोस की चारुलता दीदी से अनुरोध किया था—

दीदी मणि, कोई बँगला लिखना और पढ़ना चाहे तो कितना वक्त लगेगा?

चिरप्रफुल्ल चारुलता दीदी ने उसकी ठोढ़ी छूकर उसे दुलार लिया था···

क्यों री प्रिया, क्या बात है? यह अचानक बँगला सीखने का चाव किसे हो आया···? सच बता, तुझे ही न···अच्छा सुन, यदि ऐसा है, तो सबसे पहले माछ-भात खाने का अभ्यास कर। लेकिन तेरा कट्टर सनातनी परिवार तो···

प्रिया, तुमने कभी सोचा भी था कि जीवन का प्रवाह आज जिस तट तक खींचकर ले आया है, क्या वही तुम्हारा वास्तविक गंतव्य था···!

निमाई काका अचानक अस्वस्थ हो गए थे—

प्रिया···देवरजी···

जल्दी आइए···देखिए न···इन्हें क्या हो गया है! अच्छे-भले खाना खाकर लेटे थे···सीने में उठे तेज दर्द से अचानक छटपटाने लगे···

बाबूजी दौड़कर डॉ. कैलाशनाथ को बुला लाए थे—

कैसी तबीयत है, निमाई दा?

उन्होने रोती हुई प्रिया को धीरे से पास बुलाया था—

रोती है बिटिया, इस बूढ़े के लिए···? ना···ऐसे घबराते नहीं···मामूली सा दर्द था, देख हम एकदम चंगे हो गए···।

उस रात प्रिया अपनी काकी माँ के पास ठहर गई थी—

तेरे बाल कितने घने हैं, बेटी···आ, मैं तेरी दो चोटियाँ गूँथ दूँ···!

बातें करती हुई काकी माँ तापस की यादों में डूबकर रह गई थीं—

खाने-पीने के मामले में शुरू का लापरवाह ठहरा···न जाने लड़के का पेट वहाँ भरता होगा या नहीं···?

इतना बड़ा हो गया, मेरा आँचल पकड़कर बच्चों जैसी जिद करता है, माँ आज कालाजामुन बनाओ न···नहीं, सुखू हलवाई की दुकान से नहीं मँगवाना है, तुम अपने हाथ से बनाओगी, तभी···

तुझे पता है, प्रिया, अगले महीने की दस तारीख को वह एक हफ्ते के लिए घर आ रहा है···। तूने वासंती रंग की शांतिपुरी साड़ी के लिए कहा था न···

नहीं काकी, मैंने नहीं···वे तो···

हाँ-हाँ, समझ गई···। उसने समझ-बूझकर ही बात अधूरी छोड़ दी। हम क्या नहीं जानते कि···

क्या जानती थीं काकी माँ···

क्या वे सचमुच जानती थीं कि वे···

प्रिया···सच बताना···क्या तुम स्वयं यह जानती थीं कि ढेर सारे अहसासों के भीतर जो सत्य आकार लेने के लिए विकल हो रहा था, वह वास्तव में क्या था? सीप के गर्भ में बसी स्वाति की बूँद सी उस एक अनुभूति को अपने भीतर सँजोकर सुदूर यात्रा का इतना बड़ा दुस्साहस···! पीछे मुड़कर मत देखो प्रिया···अपने ही नाखूनों से क्षत-विक्षत अपने चेहरे की पहचान खोकर अपनी ही नियति के हाथों लहूलुहान पैरों के निशान ढूँढ़ते हुए अतीत के जिस छोर की ओर बढ़ना चाहती हो, उसका होना-न-होना दोनों बराबर हैं···।

टूटी-फूटी बँगला भाषा में तापस के नाम लिखा गया वह पहला पत्र—

काकी माँ चाहती हैं कि तुम खूब मन लगाकर अपनी पढ़ाई पूरी करो। छुट्टियाँ हों, तभी आना, उसके पहले नहीं। बेकार ही पढ़ाई का नुकसान होगा।

तापस, पूरे एक वर्ष के बाद तुम लौटे थे—श्वेत कमल-दल पर भोर की उजास बनकर बिखरी हुई तुम्हारी वह हँसी—

माँ, मेरी अनुपस्थिति में प्रिया की बच्ची ने खूब रसगुल्ले उड़ाए होंगे। अब लाओ, साल भर का मेरा हिस्सा···

प्रिया, आ देख तो सही—तापस तेरी मनपसंद साड़ी लेकर आया है। चौड़ा हरा

पाड़, चटक वासंती रंग···तेरे ऊपर यह रंग खूब खिलेगा···जा तो, मेरे कमरे में जाकर इसे पहन ले···

तापस, तुम्हारी आँखों का रंग कैसा हो गया था···मेरा संकोच अपनी चरम सीमा पर था—कहीं काकी माँ ने कुछ ऐसा-वैसा···

नहीं तो···कितनी पुलकित थीं वे···तपू, जा बेटे, प्रिया को नाव की सैर करा ला···

लेकिन काकी माँ···मेरी अम्मा ने बुलाया तो···?

तुम दोनों जाओ तो···अधिक देर नहीं करना, बस···

चाँदनी के रुपहले रंग की सुंदर पच्चीकारी से भरा गंगाजी का चौड़ा पाट···

झुकी हुई पलकों के नीचे एक पुरातन कथा पल रही थी मौन की। मधुरता में भीगे हुए उन क्षणों की गरिमा को खंडित करने का दुस्साहस न वह कर पाई थी और न··· काया और मनोदशा का कैसा अद्‍भुत रूपांतरण था वह···केवल कुछ शब्दों के अविकल संधान में क्षणों का ऐसा गुरुतर भार···हथेलियों के बीच बँधा पूर्णिमा का भरा-पूरा चंद्रमा···दृष्टि में सिमटी हुई नदी का समूचा फैलाव··· ।

नाव किनारे आ गई··· । आओ, घर चलें···प्रिया··· !

अम्मा की सगी ममेरी बहन गुलाबो मौसी उजियार से अकस्मात् आ पहुँची थीं—

यह कैसा जुग-जमाना आ गया है, दिदिया···जवान-जहान बेटी···खुला माथा, उघरा मुँह—दिन-दिन भर परायों के बीच उठती-बैठती है···

बाबूजी ने टोका था—वे लोग पराए नहीं हैं, साली साहिबा, आपकी दीदी से बिना दहेज विवाह करने के एवज में हमारे पिताजी ने जब हमें घर से निकाल दिया था, तब इन्हीं निमाई दादा ने दो साल बिना मन मलिन किए हमें अपने साथ रखा था। आपकी बहन आराम से नैहर का सुख-चैन सहेज रही थी और हम नौकरी की तलाश में गली-गली खाक छानते फिर रहे थे। निमाई दा ने हमें गुरुमंत्र दिया—बहुत हो चुकी रोजी-रोटी की तलाश, अब तुम कल से हमारे साथ-साथ कचहरी चलोगे··· ।

पाँच साल उनकी पक्की शागिर्दी में कैसे गुजर गए, पता ही नहीं चला··· । सगे बड़े भाई ने तो गाँव के सिवान की ओर तर्जनी बढ़ा दी थी—

गांधी बाबा के सपूत बनने चले हैं—बिना तिलक-दहेज के ब्याह करेंगे···गरीब घर की लड़की का उद्धार करेंगे··· । बाबूजी ने अधिक कुछ नहीं कहा, उनकी जगह हम होते तो—लात-जूतों से···

निमाई दादा ने सबकुछ सुनकर इतना भर कहा था—

तुमने बहुत बड़ा काम किया है, मधुसूदन। इस छोटी उमर में घर-परिवार के सनातनी संस्कारों से जूझने का इतना बड़ा बल···तुम घबराओ मत···सबकुछ ठीक हो जाएगा—ईश्वर तुम्हारी मदद करेंगे···

वह तो ठीक है, भाई साहब, लेकिन रहना तो आपको अपने ही समाज में होगा न··· । अपनी कुल-परंपरा, अपने रीति-रिवाज···

अम्मा ने गुलाबो मौसी की आँख बचाकर हिदायत दी थी—तेरी मौसी जब तक रहे, तेरा उस घर में जाना-आना एकदम बंद··· ।

दो दिनों तक नहीं गई थी तो तापस दबे पाँव सीढ़ियाँ चढ़ता सीधा रसोईघर में घुस गया था—चाची···चाची···प्रिया कहाँ···?

बाल-विधवा गुलाबो मौसी की आँखें कपाल पर चढ़ गई थीं—

हे शिवजी, हे रामजी···कैसा मलेच्छ छोकरा है···चाम की चप्पल पहने रसोईघर में···वही तो कहें, दीदी ने इतनी छूट दे रखी है, तभी तो···

तापस, लौट आओ तापस···उसने पीछे से आवाज देकर उसे बुला लेना चाहा था—गुलाबो मौसी की तेज डपट सुनकर वह चौखट पर ही ठिठकी रह गई थी—

छोरी, देखती नहीं, पूरा चौका 'भरस्ट' हो गया···जा गंगाजली उठा ला···तू झटपट रसोईघर को धो डाल, हम अभी 'असनान' करके आए··· ।

दूसरे दिन काकी माँ ने बताया था, तापस का एक मित्र उसी रात हावड़ा जानेवाला था, उसने भी अचानक कार्यक्रम बना लिया, वह जाने से पहले चाचा-चाची के पाँव छूने गया था।

क्या बात हुई बिटिया, क्या किसी ने उसे कुछ···?

प्रिया जानती थी, रूठे हुए तापस को मना लेना इतना आसान नहीं था। स्कूल में पढ़ता था, तब एक बार किसी बात पर कहा-सुनी हो गई थी। वह तीन दिनों तक मुँह फुलाए सामने से गुजरता रहा। हारकर अम्मा ने उसकी वकालत की थी—बाबा विश्वनाथ का अड़बंगीपना तुझमें भी आ गया है न···दीदी, आपने इसका नाम तापस ठीक ही रखा है—तपसी भोले शंकर···धतूरे जैसी चीज के लिए मान कर बैठें और प्रसन्न हो जाएँ तो बम-बम महादेव··· ।

बीबीजी, आज रसोई-पानी का कोई इंतजाम नहीं है···? आप तो ऐसे बैठ गई हैं जैसे सती गौरादई! मुँह पर आँचल डाले मधुर हँसी हँसती किसनी उसके सामने थी—

आज कुछ थकावट सी लग रही थी—किसनी! तू चल चाय का पानी चढ़ा, मैं अभी आई··· ।

संवेदनाओं की धार कभी-कभी क्यों इतनी पैनी हो उठती है? प्राणों के निभृत एकांत में सिमटे गूँगे अनुभवों की रसद शब्दों का एक संसार चाहती है। शून्य की रिक्तता को पाटने के लिए मन चिंतन की गहराई में उतरना चाहता है। अपनी दुर्बलताओं का ज्ञान होते ही समुद्र की उतरती हुई लहरों की तरह अपने भीतर सिमट जाने की नियति से जुड़ता है।

श्रीमती श्रीवास्तव की पैनी शब्दावली का प्रिया के ऊपर कोई असर नहीं होता—

ठीक ही तो कहती हैं वे—लीक छोड़कर चलनेवालों की जिंदगी बिना पतवार की जर्जर नाव जैसी…ऐसे में महर्षि रामकृष्ण परमहंस, महर्षि अरविंद…विवेकानंद का आश्रय नहीं लें तो क्या करें…बिहारी-घनानंद का पारायण करने से तो…

सभी आक्षेपों से परे, व्यंग्य के विष बुझे बाणों के निष्प्रभावी होते चले जाने की अदम्य इच्छा-शक्ति का स्रोत कहाँ था…यह प्रिया अच्छी तरह जानती थी—

हम खोखली मान्यताओं के इस युग में साँस ले रहे हैं, प्रिया…आशंकाओं की अनर्गलता ने हम सबको दुष्चक्रों के धधकते हुए चौमुहाने पर ला खड़ा किया है। अपनी ही अनुदारता और बर्बरता में डूबे हुए हम वैचारिक दारिद्रय की महाव्याधि से जूझने की शक्ति ढूँढ़ने के लिए कहाँ जाएँ…? लेकिन तुम्हें घबराना नहीं होगा… प्रिया…मेरी आस्था तुम्हें शक्ति देगी…मैं रहूँ या न रहूँ—मेरा वजूद हर क्षण तुम्हारे एकदम निकट…तुम अकेली नहीं होगी… प्रिया…मैं तुम्हारे आस-पास होऊँगा…

दीदीजी…क्या बात है…? आपकी तबीयत तो ठीक है न…?

अरे…किसनी…? उसके आदेश की प्रतीक्षा में तब से वहीं खड़ी थी—

प्रिया ने अपने आँसुओं को छिपाने का कोई भी उपक्रम नहीं किया था। उसे उदास देखकर अरण्य बाला की हरिण-शावकों जैसी बड़ी-बड़ी आँखें डबडबा आई थीं—अज्ञानता से उत्पन्न सरलता कभी-कभी कितनी बड़ी आत्मीयता दे जाती है। करुणा में भीगी किसनी की आँखों का सद्‌भाव अपनी हलकी मुसकान में सहेजकर प्रिया ने उसे अपने पास बुला लिया था—

आज कुछ भी बनाने की इच्छा नहीं है, किसनी…तू खिचड़ी डाल ले… और हाँ, जाने से पहले चाय की एक प्याली और…

गुलाबो मौसी ने अपने चचेरे देवर के लड़के से उसके लिए बात चलाई थी—बी.ए. पास है। गाँव में मास्टरी करता है। सुंदर, सुमेख, खेत-बघार…किसी चीज की कमी नहीं…दीदी…देवरजी ने तुम्हारी लाड़ली को देख लिया है—तुम कहो तो…

उन दिनों प्रिया बी.ए. की वार्षिक परीक्षा में व्यस्त थी—

अम्मा ने गुलाबो मौसी का प्रस्ताव बाबूजी तक पहुँचाया था।

पागल हुई हो सुमित्रा, वर बी.ए. पास…यानी हमारी प्रिया और उसकी पढ़ाई बराबर…। तुम्हारी गुलाबो बहन के देवर के खानदान से हम अच्छी तरह परिचित हैं—गँजेड़ी-भँगेड़ी सब-के-सब…। वह कहावत ठीक ही है—औरतों की बुद्धि उनके तलवों में…तुम्हें चाहिए था कि तुम खुद अपनी ओर से उन्हें यह बात बढ़ाने का मौका ही नहीं देतीं—कहाँ हमारी प्रिया और कहाँ वह बेशक्त लड़का…। छिह…

अम्मा तैश में आ गई थीं—

आपकी बेटी के लिए बामनों के वंश में कोई कामदेव अवतरित होगा क्या? ब्रह्म-

समाजियों के साथ रह-रहकर आपकी मति बिगड़ गई है। कहीं कोई ऊँच-नीच हो गई तो कपाल ठोकते जिंदगी बीतेगी···हमें क्या···?

मुझे प्रिया पर पूरा विश्वास है···वह मेरी बेटी है। समय आने पर मैं खुद ही···।

सामनेवाली मेज पर चौड़े फ्रेम में जड़ी मुसकराती बाबूजी की तसवीर··· प्रिया, हौसला रखना बेटी···माँ की देखभाल···

एम.ए. का आखिरी साल था वह···

बाबूजी तेज वर्षा में बुरी तरह भीगकर घर आए थे—

प्रिया···मुझे बहुत जोरों से सर्दी लग रही है···जरा कंबल निकालकर···भयंकर कँपकँपी के साथ चढ़ता ज्वर···।

निमाई काका···रात-रात भर सिरहाने बैठे रहते···किसे पता था, वह रात बाबूजी के जीवन की अंतिम रात थी···एक महीने तक मस्तिष्क ज्वर से जूझती अपनी जर्जर काया की सारी शक्ति बटोरकर उन्होंने कुछ कहना चाहा था—बोलो मत, आराम करो···मधुसूदन···

नि···मा···ई दादा···मैं बचूँगा नहीं···। अपनी बची-खुची ताकत समेटकर उन्होंने कैसी कातर दृष्टि से प्रिया को एकटक देखना चाहा था—बेटे, हम तुझे छोड़कर···।

भयंकर यंत्रणा भुगतकर पाँच वर्ष पहले दिवंगत हुए पिता की स्मृतियाँ उसकी सघन पलकों के भीतर आँसुओं को जगा गई थीं।

तापस ने उसे सँभाला था—

नहीं, ऐसे कातर नहीं होते, प्रिया! तुम्हें काकाजी के सपनों को साकार करना है। याद है, वे कहा करते थे—तापस, प्रिया का रुझान ललित कलाओं की ओर अधिक है। लेकिन बेटे, मुझे लगता है—तानपूरा या तूलिका भौतिक जीवन की समस्त वांछाओं को पूरा करने का आधार नहीं बन सकतीं।

संगीत या चित्रकला को अभिरुचि का विषय बेशक बना लिया जाए, लेकिन दो जून की रोटी का बंदोबस्त इनसे नहीं हो सकता।

हाँ, अच्छी तरह याद है—अपने गुरु श्रीकांत शास्त्रीजी के सामने उसने अपनी समस्या रखी थी। गुरुजी ने घुमा-फिराकर बाबूजी की ही बात का समर्थन किया था—संगीत आत्मा की औषधि है बेटे, इस महान् कला को व्यवसाय के दुनियावी साँचे में ढालने का अर्थ होगा, अपने हाथों से अपनी ही आत्मा की शिकस्त का उत्तरदायी होना। बाजार में मोल लगाने से कला अपमानित होती है। इसे अपनी एकांतिक साधना का अंग बनाओ, तभी यह फूलेगी-फलेगी।

बाबूजी के नहीं रहने के बाद अम्मा की अधूरी गृहस्थी, प्रिया के टूटे हुए सपनों की दुस्सह करुणा ने संगीत का सुर साधने की रही-सही सुविधा भी छीन ली थी—

निमाई काका और काकी माँ रोज आते—

मधुसूदन नहीं हैं तो हम दोनों तो तुम्हारे लिए जीवित हैं, बहू। धीरज धरो। बच्ची का मुँह देखो···मधुसूदन का अधूरा दायित्व पूरा करने के लिए तुम्हें स्वस्थ रहना होगा, अपने आपको सँभालो··· ।

अम्मा लोकापवाद की भीरुता से भरी अपनी आँखों के मजबूत पहरे में रखकर उन्मादिनी सी उसके हाथ पीले करने की जोड़-जुगत में आतुर रहने लगी थीं। विश्वविद्यालय से लौटने में तनिक भी देर हो जाती, तो दुश्चिंताओं की बाढ़ में डूबने-उतराने लगतीं—

कहाँ थी इतनी देर तक?

और कौन था साथ में?

घर तक अकेली आई?

तेरी परीक्षा पूरी होने में और कितने दिन बाकी हैं, प्रिया?

बाबूजी रहते तो प्रिया अम्मा से रूठ सकती थी—अपनी दलीलें देकर उनकी दुश्चिंताओं को समूल नष्ट करने की कोशिश तो कर ही सकती थी—तुम मुझे दुधमुँही बच्ची मत समझो अम्मा···अपने हानि-लाभ का ज्ञान मुझे है। तुम्हारे डर के मारे मैं पुस्तकालय से किताबें लेने नहीं जा सकती, रिक्शे में बैठकर अकेली घर नहीं आ सकती, बीच रास्ते में अपनी किसी सहेली के घर थोड़ी देर के लिए रुक नहीं सकती··· । सच कहो न···माँ···तुम्हारा मन इतना कच्चा क्यों है? क्यों दुनिया के सभी मर्द-मानुष तुम्हें चोर-उचक्के, लंपट मालूम पड़ते हैं?

अम्मा ने अपनी किसी सहेली के साथ हुई दुर्घटना को अपनी नसीहतों का एकमात्र आधार बना लिया था—दसवीं कक्षा में पढ़ती थी हमारी सखी—बड़ी सुंदर, बड़ी सीधी-सादी सी। पड़ोस के एक लड़के के बहकावे में आकर वह कुल की मरजाद···अपना मान सबकुछ गँवा बैठी। वह लफंगा उसे ब्याह करने का झाँसा देकर यहीं बनारस ही तो ले आया था। एक महीने के बाद सारा गहना-गुरिया, मालमत्ता लेकर उसे छोड़ भागा··· । उस अभागिन का आज तक कोई पता नहीं··· ।

प्रिया जानती थी, अम्मा से कुछ भी कहने का अर्थ होता, तापस की ओर से उनके संशय को मजबूत करने का सबूत जुटाना··· ।

बाबूजी के देहावसान का समाचार सुनकर तापस भागा हुआ आया था—

प्रिया··· !

उसे बाबूजी के कार्यालयवाले कमरे में बिठाकर आई तो सोई हुई अम्मा को जगाने की हिम्मत नहीं पड़ी थी। वह उलटे पाँव तापस के पास लौट आई थी—अम्मा तो···

चाची को सोने दो, प्रिया··· ।

तुम अपनी पढ़ाई का नुकसान उठाकर···

बाबूजी का पत्र मिला था। मैं बावला हो गया था, प्रिया, एक बार यहाँ आने के लिए···तुम सबसे मिलने के लिए···यह सब कैसे हो गया···?

वह क्या-क्या बताती···? कहने के लिए कितना कुछ था। बाबूजी की मृत्यु का संवाद अम्मा ने गाँव के नातेदारों तक पहुँचाया था तो वहाँ से कोई नहीं आया—न बड़े चाचा, न उनके दोनों लड़के···निमाई काकाजी और मुहल्ले के लोगों ने ही···सारा क्रिया-कर्म··· ।

क्या तापस उसके मन की सारी ऊहापोह समझ गया था, निस्संदेह···तभी तो उसने उसकी पीड़ा को अपनी गंभीरता में सहेज लिया था—तुम बुद्धिशीला हो प्रिया, अपने मन को स्थिर करो, अपनी दुर्बलता दिखाकर दूसरों की क्षणिक संवेदना भले ही पा ली जाए, लेकिन आगे की लड़ाई तुम्हें स्वयं लड़नी होगी।

अथाह जल-सागर के मध्य भाग में प्लावन से टकराकर खंड-खंड होती नन्ही सी नौका को किसी बड़े जलयान का सहारा अनायास उपलब्ध हो जाए, तापस का वह सान्निध्य प्रिया को कुछ ऐसी ही अनुभूति से भर गया था। कैसे हिंस्र-भाव से तापस को घूरती हुई अम्मा उसके ऐन सामने आ खड़ी हुई थीं—तुम कब आए···?

उसने अम्मा के पाँव छूने चाहे थे, लेकिन वे पीछे हट गई थीं—तुम्हें किसने खबर दी···?

अम्मा···काकी माँ ने पत्र लिखा था। सबकुछ सुनकर तापस तुमसे मिलने···

मुझसे···? तो यह यहाँ बैठा क्या कर रहा था?

तापस ने कोई जवाब नहीं दिया था। वह सिर झुकाए चुपचाप कमरे से बाहर निकल गया था।

कलकत्ता वापस जाने से पहले उसने काकी माँ से एक चिट्ठी भिजवाई थी—

लगता है, चाचीजी का मन बहुत ही अशांत है··· । वे जो चाहें, वही करना प्रिया··· । वे हमारी आदरणीया हैं—उनकी मरजी के खिलाफ···तुम स्वयं प्रबुद्ध हो, खूब हिम्मती भी···तब भी एक बात कहना चाहता हूँ—

झूठी आशंकाओं के पाँवों में शक्ति नहीं होती···अपवाद वात्याचक्र की तरह आते और चले जाते हैं—सत्य की प्रतीति हमारी आत्मा में है न···और उसे कोई झुठला नहीं सकता··· । बस, इतना ही··· ।

अम्मा ने काकी माँ को भी अपमानित किया था—आप हमारे घर नहीं आएँ तो बेहतर···हम माँ-बेटी को आखिरकार अपनी बिरादरी के साथ जीना-मरना है··· । वे गए, उनका सोच-विचार भी गया··· ।

अब ऐसा न हो कि हमें इसको साथ लेकर काशीजी से बाहर जाने का विचार करना पड़े··· ।

उस दिन आखिरी परचा देकर विश्वविद्यालय से लौटती हुई वह काकी माँ की गोद में सिर रखकर फूट-फूटकर रोई थी—अम्मा को क्या होता जा रहा है, काकी माँ··· ? यह कैसा विष उनके मन में घुलता जा रहा है···मैं क्या करूँ··· ?

उसे घोर आश्चर्य हुआ था—काकी माँ को अपने या तापस के अपमान की रत्ती भर भी चिंता नहीं थी।

तू नहीं जानती, बिटिया, तेरा तो जन्म भी नहीं हुआ था··· । मधुसूदन देवरजी नौकरी के जुगाड़ में अकेले ही बनारस आए थे। वहाँ तिवारीपुर में बहू अकेली··· आज बताए बिना जी नहीं मानता, प्रिया···तेरी इस माँ ने उन लोगों का अत्याचार अंतिम सीमा तक झेला था। दिन-दिन भर भूखी पड़ी रहती, तेरी दादी और बड़ी अम्मा बाहर से कोठरी की साँकल चढ़ा देतीं—गाँववाले पूछते तो रटा-रटाया जवाब मिलता, नैहर के लिए उदास हो रही है बेचारी··· । तेरे नाना एक-दो बार विदा कराने के लिए गए थे, तो उन लोगों ने मना कर दिया था—जब तक दहेज की पूरी रकम नहीं पहुँच जाती, इसे कहीं नहीं जाना··· । और तो और···बेचारी बहू को अपने पिता से अकेले में बातचीत करने की भी इजाजत नहीं थी। सबके सामने दालान की चौखट पर खड़ी पीपल के पत्ते सी काँपती रहती···कुछ बोल नहीं पाती···वह तो मुहल्ले के एक आदमी ने आकर मधुसूदन देवरजी को खबर दी थी, आपकी अम्मा और भावज मिलकर बहू को मार डालने का षड्यंत्र रच रही हैं। रामनवमी के दिन···सारी तैयारी हो चुकी है; देवी-पूजा का रतजगा होगा और बहू को जलाकर···

शुरू से उसने अपने आपको असुरक्षित महसूस किया है। दोष उसका नहीं है, प्रिया, जो दुःख तेरी माँ ने सहे हैं न···ठाकुर न करें, किसी भी औरत को···

अपने जन्म की कथा वह कई बार काकी माँ के मुँह से सुन चुकी थी— अस्पताल की धाई ने बच्ची होने की सूचना दी तो अम्मा ने करवट फेर ली थी—एक और सुमित्रा···आ गई। नर्क की आग में झुलसने से इसे किस तरह बचाऊँगी, दीदी··· ?

पिताजी उन दिनों पक्की नौकरी की तलाश में जैसे-तैसे गुजर कर रहे थे··· । काकी माँ ने अम्मा को बहुतेरा ऊँच-नीच समझाया था—

समय बदल रहा है, बहू, आज नहीं तो कल औकात होगी···भगवान् के घर इतना अँधेर तो नहीं है न··· ! तुम्हारी यह बिटिया खूब पढ़ेगी···अपनी जगह आप बनाएगी, इसकी चिंता तुम्हें क्यों··· ?

फिर भी दीदी, बेटा हुआ होता तो आगे का मददगार···

इसकी पीठ पर भाई आएगा···यह सुलक्षणा है, देख लेना··· ।

काकी माँ की बात सच हुई थी···बाबूजी ने उसी साल न्यायालय में स्वतंत्र रूप से वकालत का पेशा अपनाया था—देखते-देखते उनकी साख जमने लगी थी··· । अम्मा खुश होतीं तो उसे अपने पास बिठाकर बेतहाशा दुलार करतीं—

मैं तुझे दुःख देती हूँ न बिटिया, डाँटती रहती हूँ। न जाने मेरी मति में कभी-कभी क्या हो जाता है!

चार साल के बाद विधु का जन्म हुआ था—काकी माँ सबसे अधिक पुलकित थीं—देखा, तुम्हारी बिटिया बड़ी भाग्यशालिनी है, अपनी पीठ पर भाई ले आई न···! प्रिया, ले, अपने भाई राजा को गोदी में लेगी न···

स्वर्ग से सुंदर वे दिन···अम्मा रोटियाँ सेंकती या घर के दूसरे कामों में जुटी होतीं, प्रिया झूले की डोरी पकड़े विधु को दुलारती रहती···हाथी-घोड़ा पालकी, जय कन्हैया लाल की···

यों छोटी-छोटी दंतुलियोंवाला प्रिया का प्राण-प्रिय भाई विधु, डेगा-डेगी भरना सीखा था उसने···

आज वह जीवित होता तो···?

खसरे का प्रकोप पूरे मुहल्ले में फैला हुआ था, प्रिया और विधु···दोनों ही···उसकी चपेट में आ गए थे···। काकी माँ एक क्षण के लिए सिरहाने से नहीं हटती थीं। नीम की पत्तियों से सहलातीं। पूरे शरीर में कपूर-चंदन का लेप लगातीं—ठाकुरजी रक्षा करेंगे बहू, घबराओ मत। भगवान् का ध्यान करो···

उस रात अम्मा के चीत्कार से डरकर वह बेहोश सी हो गई थी—

विधु उसका राजदुलारा···नहीं रहा···।

फटी-फटी आँखों से विधु की खटोली को, उसके नन्हे संदूक को, घर की दीवारों को देखती, रह-रहकर संज्ञाशून्य सी जमीन पर बिखर जाती अम्मा का वह रूप उसे कभी विस्मृत नहीं हुआ···दीदी, ले जाइए इस मुँहझौंसी को···जाना तो इस करमजली को था···वह चला गया···।

निमाई काकाजी ने अम्मा को बहुत डाँटा था—बहू, होश में आओ···किसी के जन्म-मरण का विधान रचनेवाले हम-तुम कौन होते है? सबकुछ ऊपरवाले के हाथ में है। विधु की आयु इतनी ही थी, अपने पूर्वजन्म के पाप-पुण्य का लेखा-जोखा हर जन्म में चुकाना होता है। भाग्य का दोष था या विधाता की मरजी थी—जो चला गया, उसे वापस नहीं लौटाया जा सकता, लेकिन जो है, उसका निरादर तो मत करो···।

काकी माँ उसे अपने घर उठा ले गई थीं—देवरजी···आप कचहरी से छुट्टी लेकर बहू की देखभाल कीजिए। नहीं तो, इसे साथ लेकर कहीं घूमने-फिरने चले जाइए···प्रिया आपकी थाती है, इसे हम सहेजकर रखेंगे···।

माँ, इसके माथे पर यह दाग कैसा है? चौथी कक्षा के छात्र तापस ने उत्सुकतावश उसके ललाट पर पड़ी पपड़ी को छूना चाहा था। अम्मा या कोई दूसरी स्त्री होती तो उस सांघातिक रोग के स्पर्श की कल्पना मात्र से सिहर जाती···। काकी माँ ने धीरे से तापस का हाथ हटा दिया था, देवी माँ का प्रकोप था, बेटा··· आते-जाते चाँद के माथे पर

कलंक छोड़ गईं···।

उसे याद है, बाद में तापस ने उस घटना का हवाला देकर उसे खूब चिढ़ाया था, चाँद के माथे पर दाग···लेकिन ऐसा साँवला चाँद तो हमने कहीं नहीं देखा, कभी नहीं सुना···।

'विश्वभारती' के स्नातक तापस दत्त ने···बुढ़वा मंगल के मेले में दो पंक्तियों की जो सनद उसे सौंपी थी, कितनी दुर्लभ थी वह सनद···सर्वग्रासी ग्रहण के बाद आकाश में उभरते चंद्रमा को कभी देखा है तुमने···काश, मेरे पास आईना होता और इस वक्त मैं तुम्हारा चेहरा तुम्हें दिखा पाता···अरे, वह दाग भी तो एकदम मिट गया···देखूँ तो···

हटो···साहित्य के विद्यार्थी हो न···जो कुछ किताबों में पढ़ा···वही···

मैं चाहता हूँ प्रिया, तुम भी बँगला साहित्य पढ़ो···ठीक है—संस्कृत तुम्हारा विषय है। इसका यह मतलब तो नहीं कि तुम्हें दूसरी भाषाएँ सीखने का अवकाश ही नहीं मिल पाएगा—माँ हैं, चारुलता दीदी हैं···छुट्टियों में आऊँगा तो तुम्हारे लिए मैं भी किताबें लेता आऊँगा···।

तापस, मेरे ज्ञानगुरु···काश, मैं तुम्हें बता पाती, बंकिम बाबू की समग्र रचनावली, शरत्चंद्र की एक-एक पुस्तक, कविगुरु का विपुल साहित्य, विमल मित्र, ताराशंकर बंद्योपाध्याय, आशापूर्णा देवी, मैत्रेयी देवी···तुम्हारे सोनार बाँगला देश को मैंने भली-भाँति अपने मन की अतल गहराई में उतारा है—तुम्हारे पुश्तैनी गाँव मिदनापुर की माटी के कण-कण से एकाकार हुई हूँ। तुम्हारी ही इच्छाओं के आलोक में अपनी यह अधूरी यात्रा तय की है मैंने···

एम.ए. का परीक्षाफल निकलने की सूचना पाकर तुमने क्या लिखा था, तुम्हें शायद कुछ भी याद नहीं हो—

'जीवन की प्रबल झंझा में तुम्हारी स्मृति आँचल की ओट में छिपे दीपक की लौ जैसी है, प्रिया···अपनी गरिमा में डूबी सीपियों जैसी पलकों के भीतर अथाह चिंतन की भौतिक राशि छिपाए तुम मुझे कैसी लगती हो, बताऊँ···ऊँचे-ऊँचे सुंदर घाटी के बीच बँधी धीरा-गंभीरा नदी जैसी, नीरव किंतु फिर भी बोलती हुई···। पता नहीं, मैं अपनी बात तुम्हें समझा पाऊँगा या नहीं···?

समय ने इतनी भी मोहलत उसे नहीं दी थी—निमाई काका नौकरी का प्रस्ताव लेकर आए थे—राँची में एक पद-रिक्ति का विज्ञापन देखा है, बिटिया···वहाँ मेरे कई पुराने मित्र हैं। तू साक्षात्कार देने जा तो सही···एक बार कोशिश करने में बुराई क्या है?

लेकिन काकाजी, इतनी दूर···? अम्मा यहाँ···इनकी मानसिक दशा को देखते हुए भी···आप···नहीं काकाजी, मेरा जाना नहीं हो सकेगा···।

भावुकता के दबाव में मत आ, प्रिया बेटे, यथार्थ को समझने की कोशिश कर···मैं होऊँ, तेरी अम्मा या काकी माँ कोई भी क्यों न हो···ढलान की ओर तेजी से बढ़नेवाले

हमारे जीवन से तेरे जीवन का कोई मेल नहीं। तेरे भविष्य का चेत मुझे ही करना है, यह मेरी आज्ञा है, तुझे जाना ही होगा···।

कितने अधूरे मन से उसने वह साक्षात्कार दिया था—निमाई काका के मित्र आशुतोष घोष के घर दो दिन दो कल्प बनकर बीते थे···

आते समय अम्मा ने जो रौद्र रूप धारण किया था, उसके स्मरण मात्र से प्राण विचलित हो जाते थे···

अपनों और परायों का फर्क कभी नहीं मिटता···प्रिया···उन बंगालियों ने तुझे जो पाठ पढ़ाया है न···हम उन दोनों की नीयत अच्छी तरह समझ रहे हैं। तेरा घर-बार नहीं बसेगा। तू मास्टरनी बनकर दिन काटेगी। समाज में सब हमारा मखौल उड़ाएँगे। सारा गाँव हम पर थूकेगा। गुलाबो पानी पी-पीकर कोसेगी। जानेवाला चला गया, यह पाप की गठरी हमारे मत्थे छोड़कर।

अपने प्रमाण-पत्र, अंक-पत्र सहेजती प्रिया का भय के मारे बुरा हाल था। अम्मा ने उसके हाथों से लिफाफा झटक लिया था—बोल! वचन दे कि तू कहीं नौकरी करने नहीं जाएगी। घर से बाहर एक कदम नहीं रखेगी। बोल प्रिया, नहीं तो तेरे सारे कागज-पत्तर के चिथड़े···

अम्मा, ऐसा मत करो, अम्मा···मैं तुम्हारे पाँव पड़ती हूँ। निमाई काका ने अम्मा की गाली-गलौज की परवाह नहीं करते हुए उस दिन उसे बचा लिया था—बहू, यह क्या पागलपन है, होश में आओ··· । हम तुम्हारे दुश्मन तो नहीं हैं न···तुम्हारा भला-बुरा समझकर ही···

गश खाकर गिरती अम्मा को काकी माँ ने सँभाल लिया था—तू जा बिटिया··· हम हैं न···

नियुक्ति-पत्र पाकर उसे अपने आप पर अविश्वास सा होने लगा था—क्या यह सच है कि उसे ही यह नौकरी···विशेषज्ञों में से एक ने उसके प्रमाण-पत्रों को गौर से देखा था—

आपके पिता का पूरा नाम···?

श्री मधुसूदन मिश्र···

उच्च न्यायालय के वरीय अधिवक्ता···?

संस्कृत साहित्य के इतिहास, कालिदास की काव्यगत विशेषताओं, 'महाभारत' की निगूढ़ता आदि से संबंधित प्रश्नों के उत्तर यंत्रचालित पुतली सी देती हुई वह बार-बार सामने बैठे व्यक्ति को देखकर किसी पुरानी बात को स्मरण करने का विफल प्रयास करती जा रही थी—

बनारस से यहाँ कैसे आ गईं···?

उसने संक्षेप में सबकुछ बता दिया था—

यहाँ ठहरी कहाँ हैं?

विश्वविद्यालय परिसर में कांके रोड जाने के लिए रिक्शे में बैठ रही थी, तभी उस सज्जन ने पीछे से टोका था—

जरा ठहरना बेटे, तुम मुझे नहीं पहचानोगी···तुम्हारे पिताजी ने मेरे जीवन को अपने एक बड़े उपकार के सूत्र में बाँध दिया है। तुम छोटी सी थीं···मेरे नाबालिग बेटे को गोतिया दयादों ने जमीन के झंझट के दौरान झूठे कत्ल के केस में फँसा दिया था। मधुसूदन मिश्रजी की अकाट्य जिरह ने मुझे बचा लिया···मौत के मुँह से मेरे बेटे को उन्होंने ही वापस निकाला था। उनके देहांत की सूचना से मैं बहुत दुःखी हूँ बिटिया। खैर, ईश्वर ने चाहा तो···।

घर लौटी थी तो अम्मा ने एक दूसरी जिद ठान ली थी—गुलाबो आई थी, तेरे लिए यहीं बनारस में ही एक लड़का देख रखा है उसने···अब तू कहीं नहीं जाएगी···बस अगले महीने अच्छा मुहूरत देखकर···

बहुत दिनों के बाद अम्मा ने उस रात माथे पर हाथ फेरकर उसे दुलारा था—सफर की थकान लग गई मेरी बेटी को···वही तो कहूँ, नौकरी-चाकरी लुगाइयों के बस की बात नहीं। गुलाबो कह रही थी, खाते-पीते परिवार के लोग हैं। लड़का सबसे बड़ा है। पक्का घर,बाग-बगीचा, सभी कुछ तुझे पसंद आएगा, प्रिया।

उसने चाहा था अम्मा को झकझोरकर पूछे, कभी तो ढंग से सोच लिया करो अम्मा, मैं तुम्हें छोड़कर चली जाऊँ और मेरे बाद तुम···

अभी जल्दी क्या है, अम्मा, मुझे सोच तो लेने दो···

अम्मा तिनककर अपनी पुरानी भंगिमा में आ गई थीं—तू कभी खुद से कुछ सोच भी सकेगी? तेरे दिमाग पर तो निमाई काका और काकी माँ का भूत सवार है। देख, प्रिया, उन लोगों के समाज में लड़कियों को नौकरी करते, उन्हें अनब्याही रखकर माँ-बाप का भरण-पोषण करते देखा है—हमारे यहाँ यह पाप है—बेटी की कमाई का आसरा···छिह···! तू कुछ भी कह—हमें अब तेरी परवाह नहीं···गुलाबो यह फोटो दे गई है, देख-परख ले। कल साँझ को ही पुरोहितजी को बुलवाया है; वरिच्छा का सुदिन जितनी जल्दी निकल आए बेहतर···।

कैसा अद्भुत दुस्साहस कर बैठी थी प्रिया—जीवन बीमा निगम के उस दफ्तर में अकेली ही चली गई थी—

चौड़े जबड़ोंवाला दुबला-पतला वह पुरुष सहसा कुछ समझ नहीं पाया था।

आपसे जरूरी बातचीत करनी है—थोड़ा समय देंगे···?

सुना है स्वर्गीय मधुसूदन मिश्र की लड़की से आपके विवाह की बात लगभग तय हो चुकी है?

....

आपने देखा है उस लड़की को?

....

वह मैं ही हूँ।

तु···म···आ···प···?

हाँ, मैं ही···

पिताजी के नहीं रहने के बाद मेरी माँ की दिमागी हालत बहुत ठीक नहीं··· अपने भले-बुरे का विचार मुझे ही करना है, इसलिए···

उसने स्पष्ट अनुभव किया था—

पुरुषत्व के यंत्र का खिंचाव सामने बैठे उस पुरुष के जबड़ों में, उसके ललाट पर, उसकी मुट्ठियों में आकार लेने लगा था—

जानती हूँ, यहाँ तक आने की धृष्टता की है मैंने···आपका सनातनी परिवार सुनेगा तो···लेकिन मेरे पास दूसरा कोई भी उपाय नहीं था···मेरी दो प्रार्थनाएँ हैं—ब्याह के बाद अम्मा मेरे साथ रहेंगी और मैं घर में नहीं बैठूँगी, नौकरी करूँगी··· ।

....

अच्छा चलूँ, आपका बहुत समय लिया···पुरोहितजी आज शाम आपके यहाँ जानेवाले हैं। आपके स्पष्ट विचार जानकर मुझे भी खुशी होगी··· ।

गुलाबो मौसी के वर राजा को निरुत्तर छोड़कर वह कमरे से बाहर निकल आई थी—

परिणाम उसने उसी क्षण पा लिया था—भोजपुर की लड़की जात···और इतनी बड़ी जुर्रत··· !

रमाकांत द्विवेदी के पिता ने पुरोहितजी की मार्फत सूचना भिजवाई थी—ऐसी कुलच्छनी लड़की को हमारे मत्थे मढ़ना चाहती थीं—माँ-बेटी दोनों के चरित्र एक जैसे हैं···देखते हैं कौन माई का लाल उस दरवाजे अपने बेटे की बारात लेकर जाएगा—इस बेइज्जती का बदला···

अम्मा सकते में आ गई थीं। गुलाबो मौसी ने हाथ-मुँह नचाकर प्रिया के दिवंगत पिता को कोसना शुरू कर दिया था—तू सीधी-सादी ठहरी, दिदिया, तुझे नहीं पता···मधुसूदन जीजा के मन में कम दाँव-पेच थोड़ा ही था। न जाने उस बंगालिन ने उनपर कौन सा जादू···और उसका वह जनखा सा मरद चुप बैठा रहता था—दोनों के बीच हँसी-ठिठोली···यह सारी करतूत उसी जादूगरनी की है। कामरूप कामाख्या का जादू तेरे मरद पर उतारकर उसकी बलि ले ली। अब तेरी बारी है··· ।

क्रोध के प्रबल आवेश में प्रिया के दिमाग की शिराएँ सुन्न होकर रह गई थीं—खबरदार, मौसी···आगे एक शब्द भी मुँह से निकाला तो मुझसे बुरा कोई नहीं होगा··· । एक घंटे बाद आपकी गाड़ी है—बेहतर होगा कि आप अभी ही···

और अम्मा, मुझे जीवित देखना चाहती हो···तो चुपचाप मेरे साथ राँची चलने की तैयारी करो। हम एक हफ्ते के भीतर बनारस छोड़ देंगे··· ।

घर छोड़ना क्या इतना सहज होता है? दीवारों पर गढ़ी एक-एक कील स्मृतियों की धारदार चुभन की शक्ल लेती उसके मन को दुस्सह यंत्रणा से खरोंच देने के लिए उसके ऐन सामने थी—सामनेवाली बड़ी कील पर प्लास्टिक के तार से बँधी बाबूजी की तसवीर थी—

प्रिया, तेरे लिए कुछ नहीं कर पाने की पीड़ा बराबर मन को कचोटती रहेगी, मेरी आत्मा को शांति नहीं है, बेटे··· ।

सारा सामान बँधकर तैयार था—जाने से पहले काकी माँ की चरण-धूलि लेने के लिए···वह उनके घर गई थी—

श्वास-रोग से जकड़ी काकी माँ···कैसी कातर हो उठी थीं—

जा रही है, बिटिया, अपनी···इस काकी माँ को छोड़कर···लेकिन जाना तो पड़ेगा ही···जा, तेरा जीवन नया निर्माण पाएगा। हम बूढ़ों का क्या है—इस मोह-माया को तो समेटना ही होगा न··· ।

उसे असमंजस में पाकर काकी माँ ने ही इशारा किया था—

तेरे काकाजी की डायरी में राँची का पता लिखा हुआ है—बिटिया, तू जा···ठाकुरजी का नाम लेकर अपना नया जीवन शुरू कर···तापस दो महीने बाद आएगा न···हम उसके साथ तुझे देखने आएँगे, फिर तेरी अम्मा से···उसके पाँव छूते ही काकी माँ ने कितनी ममता से उसे अपनी गोद में भर लिया था—तेरी तपस्या पूरी हो, मेरी बच्ची···जा मेरी लखकी बेटी··· ।

निमाई काका···गाड़ी के छूटने तक खिड़की से लगे हिदायतें देते रहे थे—नई जगह है, अनजान लोग··· । बहुत सँभलकर रहना, बेटी। घर के काम-काज के लिए किसी महरी को ही रखना, नौकर नहीं··· । अपना और बहू का खयाल रखना··· ।

प्रिया ने गौर किया था, चलते वक्त अम्मा आवश्यकता से अधिक शांत थीं—

प्रिया, अपने काकाजी से कहो···जो हुआ, उसे भूल जाएँ···हमें माफी दे दें।

अरे बहू, कैसी बात करती हो···ईश्वर ने मुझे कोई छोटा भाई नहीं दिया···तुम लोगों को पाकर मेरे सारे अभाव दूर हो गए न···क्या कहूँ, वह बीच राह में धोखा देकर चला गया, नहीं तो आज···

अम्मा ने काकी माँ को बार-बार बुलवा भेजा था—

दीदीजी से कहिएगा एक बार वहाँ जरूर आएँ। रामजी जानते हैं, मेरे मन में उनके लिए कोई गलत बात नहीं। वहाँ मेरा मन नहीं लगेगा, न गंगाजी के दर्शन होंगे, न ही बाबा विश्वनाथ के।

निमाई काका ने आश्वासन दिया था—कुछ दिनों तक वहाँ रह ले··· । यहाँ इसके

लायक कोई प्रबंध हो जाए, तो हम भी यही चाहेंगे···ठीक है न, बेटे··· ।

किसनी ने सारा काम समेट लिया था—वह कब चुपके से चाय की प्याली रखकर फर्श पर बैठी झपकियाँ लेने लगी थी, उसे पता तक नहीं चला था—

दीदीजी···

आज आप इतनी उदास काहे हैं···? एक बात पूछें, चाचीजी की याद आ रही है न···?

प्रिया ने किसनी की बात टाल दी थी—तुझे नींद आ रही है न, किसनी, जा खाना खा ले और सो जा।

और आप, आपका खाना यहीं ला दें?

नहीं, भूख लगेगी तो मैं खुद ही निकालकर···

अम्मा ठीक थीं···तब से किसनी उसके साथ थी—उसके घर की एक सदस्या जैसी···चाचीजी की तो हमें भी बड़ी याद आती है, दीदी। उनके साथ सनीचरा हाट से सब्जी ले आते थे···काली मंदिर, हनुमान मंदिर···दुर्गाबाड़ी सब जगह वे हमें ही साथ लेकर···न जाने यक-ब-यक क्या हो गया···ऐसे उनका दिमाग क्यों फिर गया था, दीदी···?

श्रीमती श्रीवास्तव ने पूरे परिसर में ढिंढोरा पीट दिया था—डॉ. प्रियाश्री की माँ नीम-पगली हैं··· ।

इंद्राणीजी, आपको पता है···कल मैंने अपनी आँखों से देखा···तुलसी के पौधे के सामने खड़ी जोर-जोर से न जाने क्या बड़बड़ा रही थीं। मैंने नमस्ते की तो ऐसे घूरकर देखने लगीं, जैसे पास जाने पर मार बैठेंगी··· । मेरी तो हिम्मत नहीं हुई··· ।

उन्हीं दिनों, पिताजी के पुराने मुवक्किल प्रिया के विशेषज्ञ महोदय पहुँचे थे—

आपसे एक निवेदन करना चाहता हूँ। मिश्रजी का ऋण इस जन्म में तो चुका पाना मेरे लिए मुश्किल है···मैं आप लोगों की कुछ मदद करना चाहता हूँ भाभीजी···मेरे जिस बेटे के प्राण आपके पति ने बचाए थे, वह कनाडा में चिकित्सक है···यदि आपकी इच्छा हो तो प्रिया और हरीश···

न जाने अम्मा पर एकाएक कौन सी सनक सवार हो गई थीं—हमारी चौखट पर कोई भलामानस टिक नहीं सकता···आप कैसे चले आए यहाँ···? आपको पता नहीं···मेरी कमासुत बेटी जान लेगी तो आपको भी अपमानित करके···आप जाइए···चले जाइए··· ।

अम्मा, यह क्या कर रही हो···? फर्श पर बेतहाशा सिर पटकती···दोनों मुट्ठियों से अपने सिर के बाल नोचती अम्मा को उसने बड़ी मुश्किल से काबू में किया था।

सर, इनकी वजह से आपको दुःख पहुँचा···दरअसल बाबूजी के बाद···

कोई बात नहीं, बेटी! मुझे नहीं पता था कि इनकी दिमागी हालत···फिर भी, तुम मेरे प्रस्ताव पर गौर करना···मैं दोबारा आऊँगा··· ।

तापस ने भी यही कहा था—प्रिया, अपने आपसे बचना सबसे कठिन होता है··· ।

जानता हूँ, मेरी बात का उत्तर आनेवाले कल की तह में छिपा हुआ है···मुझे उसी 'कल' की प्रतीक्षा रहेगी···मैं लौटकर आऊँगा···

काकी माँ ने पत्र लिखा था—मेरी देह मेरा साथ नहीं दे रही है, प्रिया···सोचा था, आँखें मूँदने से पहले तापस का घर-बार बसाकर निश्चिंत हो जाऊँगी। तेरे बूढ़े काकाजी को भी दोनों जून के भोजन का आसरा हो जाएगा, विधाता को न जाने क्या मंजूर है···? बहू की दिमागी हालत जब तक ठीक नहीं हो जाती—तब तक तो···

तू घबराना नहीं, बेटी···मेरा आशीर्वाद तेरे साथ है। तापस को भेज रही हूँ···। तेरी खोज-खबर मिल जाएगी तो मन को शांति होगी···। तेरे काकाजी तुझे ढेर सारा आशीष दे रहे हैं।

तापस, किस भैरवी मुहूर्त में तुम्हारा आना हुआ था···। होटल में सामान रखकर विभाग के सामने तुम खड़े थे—

प्रिया···!

अरे तुम···पहले से कोई सूचना भी नहीं···! इस तरह अचानक···! और काकाजी, काकी माँ···?

पिताजी अपने मुवक्किलों की दफा सुधारने में व्यस्त हैं पूर्ववत्। माँ का स्वास्थ्य साथ नहीं दे रहा है। हाँ, उन्होंने तुम्हारे लिए यह संदेशा···।

बँगला भाषा में लिखे गए पत्र की सारी पंक्तियाँ प्रिया को सम्मोहन के सूत्र में पिरोती चली जा रही थीं—

अब, यहीं खड़ी रहोगी या कहीं चलकर—दो बातें···! मुझे आज ही लौट जाना है, प्रिया···!

मैं अभी आई···

उसने आकस्मिक अवकाश का आवेदन-पत्र लिखा था और विभाग की चाबियाँ चपरासी को थमाकर बाहर चली आई थी।

यहाँ आस-पास कोई नदी या कोई झरना···नहीं है···?

उसे हँसी आ गई थी···तुम्हें याद है, तापस, बचपन में हम दोनों नाव-नाव खेला करते थे। तुम्हारी नाव बराबर आगे निकल जाती थी। आज भी स्थिति वही है···तुम···कितनी दूर···और मैं यहाँ···

क्या सोचने लगी, प्रिया?

अच्छा बताओ तो रजरप्पा का छिन्नमस्ता मंदिर यहाँ से कितनी दूर होगा?

लेकिन वहाँ···

हाँ प्रिया, वहीं···तुम चाचीजी को समझाकर जल्दी चली आओ···मैं इसी सड़क पर तुम्हारा इंतजार कर रहा हूँ।

अम्मा को किसनी के जिम्मे छोड़कर उसने ताकीद की थी, कोई पूछे तो कुछ भी

बताने की जरूरत नहीं, किसनी, मैं शाम तक लौट आऊँगी···।

पूरे वर्ष भर के बाद···तापस, तुम एकदम नहीं बदले न···

और प्रिया तुम···तुम इतनी दुर्बल क्यों हो गई हो···? आँखों के नीचे ये स्याह धारियाँ···

बी.ए. में मनोविज्ञान भी तो तुम्हारा विषय था, तापस···इतने पर भी मेरे मन की बात···

दशाश्वमेध घाट की सीढ़ियों पर बैठकर एक बार तापस ने परिहास किया था—

मैं तो मनोविज्ञान का मात्र विद्यार्थी रहा हूँ, लेकिन तुम्हारे मन की परत-दर-परत छिपी गूढ़ लिपियों को पढ़ पाना किसी मनोविज्ञानी महापंडित के वश की बात नहीं है, प्रिया···! एक बात पूछूँ, जीवन के कितने थोड़े से वसंत पार किए हैं तुमने, कौन कहेगा कि तुम महाविद्यालय में पढ़नेवाली स्नातक की छात्रा हो···तुम्हारे सोचने-विचारने के ढंग से तो ऐसा लगता है, जैसे वैदिक युग की महापंडिता मैत्रेयी देवी ने मुझे पाठ पढ़ाने के लिए पुनर्जन्म लिया हो!

उसने आँखें तरेरकर मना किया था—जाओ भी, तुम तो हर क्षण परिहास की मुद्रा में रहते हो···

नहीं, प्रिया, इस समय मैं एकदम संजीदा हूँ। सच, बचपन से अब तक तुम्हारे भीतर जो भी बदलाव आए हैं, उनका मुझसे बड़ा साक्षी और कौन होगा? पहाड़ी नदी की आखिरी ढलान पर मंदिर से और आगे···तुम बढ़ते ही चले जा रहे थे—

तापस, रुको तो···इतनी दूर किधर···

घने आवेश से लरजता हुआ उसका स्वर—

मुझे टोको मत, प्रिया···चुपचाप मेरा अनुसरण करो···!

मौन अनुगता बनी प्रिया के पैरों में कैसा अथाह सुख सिमट आया था—

आओ···यहाँ बैठें···बस, थोड़ी देर···प्रिया···मुझे तुमसे बहुत सारी बातें कहनी हैं···

चाची को बिना बताए तुम्हें यहाँ लाकर मैंने अपराध किया है—जानता हूँ प्रिया···लेकिन मेरे पास दूसरी कोई युक्ति नहीं थी; यही सोचकर तो यहाँ आया···विदेश जाने से पहले···

ऐसी आँखों से मुझे मत देखो, प्रिया! हमारे तप की सीमा यहीं तक तो नहीं है···उमड़ती हुई इस पहाड़ी नदी को साक्षी मानकर···मैं अपने मन का एक अधूरा पृष्ठ तुम्हारे सामने खोलना चाहता था—

अपने संकोच-बोध में जकड़ी किसी प्रतिमा सी स्थिर बैठी रह गई थी वह···

हठात् तापस की आँखों का वेदना-विकल भाव सारी सीमाओं का अतिक्रमण कर बैठा था—महानद सा आलोड़ित उसका व्यक्तित्व···

इस जन्म में तुम्हारे सिवा मेरी कोई दूसरी गति नहीं, प्रिया···मृत्यु भी आए तो मैं उससे थोड़ी देर की मोहलत माँगकर सबसे पहले तुम्हारे पास पहुँचूँगा···

उसके अधरों का स्फुरण ठिठक गया था—

उसका रोम-रोम दृष्टि की निष्पलकता का पर्याय बन गया था। श्वासों की बागडोर थामकर वह किस अनंत राग की महागाथा सुन रही थी···

तापस···मैं तुम्हें···

मैं भी···

....

मेरी प्रतीक्षा करोगी न···?

लाज से भारी उसकी पलकें पहली बार भरपूर खुली थीं—भावावेग से उमगती तापस की अपलक आँखों में प्रिया थी, अपने समूचे अस्तित्व के साथ केवल वही तो थी···

मौन संभाषण के उस मुहूर्त को क्या सहज विस्मृति दी जा सकती है? कोई पुरोहित नहीं था। सांध्य किरणों की आरक्त आभा से जुड़ी लहरों की गुनगुनाहट मांगलिक ऋचाओं की स्नेह-ग्रंथि बाँधने के लिए उत्सुक थी। अस्त हो रहे सूर्य का लाल वृत्त पश्चिमी आकाश पर सौभाग्य चिह्न बनकर टँक चुका था। जन्म-जन्मांतर के संबंध को प्रामाणिकता की मुहर देनेवाली दो हथेलियाँ आपस में जुड़ी बार-बार एक ही सौंगध खा रही थीं—प्रतीक्षा···अनवरत प्रतीक्षा!

चाइगो, आमि तोमारे चाह···

एइ कथाटि सदाइ मने बलते जन पार···

ऊसर में केवड़े की सुगंध बनकर फूटनेवाली कोई एक तपश्चर्या मनःस्ताप से मुक्ति दिलाने के लिए जब एक आकृति बनकर सामने आती है—तब ऐसे अयाचित क्षण वरदान बनकर खिलते हैं···

तापस, तुमने जाने से पहले यह क्यों कहा था—कोई भी ऐसी वस्तु नहीं, जो मनुष्य की इच्छा-शक्ति से परे हो···शर्त यही है कि आस्था की लौ निष्कंप होनी चाहिए···।

उसने पीछे से पुकारकर पूछ लेना चाहा था—

सच बताओ, तापस···शत योजन की दूरी का यह अभिशाप किसलिए···? कहीं तुम्हारी अपनी आस्था में कोई दरार तो नहीं आ गई···? या अपने आपको शास्ति देने के लिए तुम्हारे पास इसके सिवा दूसरा कोई विकल्प नहीं था?

चाची का कष्ट बढ़े, वे पीड़ा का अनुभव करें, ऐसा कोई भी काम हमें नहीं करना है···उनके पूरी तरह स्वस्थ हो जाने तक···तुम परेशान नहीं होना···प्रिया··· दो वर्षों की बात है···जानता हूँ···यहाँ से दूर जाकर एक क्षण भी···हर अँधेरे का एक प्रभात होता है, पगली···। तुम अपना और चाचीजी का ध्यान रखना···।

अँधेरा और भी घना हो गया था···। तापस के चले जाने के बाद दूसरे दिन ही अम्मा को जबरदस्त दौरा पड़ा था, नहीं···मुझे मर जाना है···देखो···देखो वह मुझे मारने के लिए

आया है···अरे···कोई रोको उसे···बचाओ···

क्वार्टर के सामने, अगल-बगल के सभी लोग जुट आए थे। अम्मा ने भीतर से अपने कमरे की सिटकिनी चढ़ा रखी थी। वह दहशत से काँप उठी थी। कहीं ऐसा न हो कि अम्मा अपने आपको···। जितने लोग, उतनी तरह की हिदायतें—

दरवाजा तोड़ दिया जाए···

तुरंत किसी डॉक्टर को बुलाया जाए···।

कहीं ऐसा न हो कि प्रिया की माँ···

प्रिया, कमरे में माचिस या किरासन तेल तो नहीं···?

अम्मा ने खुद ही दरवाजा खोल दिया था—

आप लोग यहाँ किसलिए इकट्ठे हुए हैं—कोई नेवता भेजा गया था? किसी ने बुलाया था···हम माँ-बेटी यहाँ अकेली रहती हैं। यह कोई बखत है किसी के घर में जाने का···?

अम्मा, तुम्हारी तबीयत ठीक नहीं है, चलो···भीतर चलो···

क्यों, क्या हुआ है हमारी तबीयत को···? तू भी यही चाहती है न···हम बीमार होकर बिस्तर पकड़ लें···घिसट-घिसटकर अपने प्राण त्याग दें···और तू···?

दूसरे दिन श्रीमती श्रीवास्तव ने सारे प्राध्यापकों के सामने उसे जलील किया था—

रोज एक नया हंगामा···रोज एक नई मुसीबत···पूरा माहौल अशांत होकर रह गया है···। कब कौन सा उपद्रव कर देंगी, इसकी अम्मा का कोई ठिकाना नहीं···।

इंद्राणी दी ने सुझाव दिया था—तुम्हें किस बात का असमंजस है, प्रिया···यह तो साफ-साफ मनोचिकित्सा का मामला है। मेरे एक परिचित हैं डॉ. शर्मा···तुम चाहो तो···।

उसकी सारी बातें ध्यान से सुनने के बाद डॉक्टर शर्मा ने राय दी थी। उन्हें देखना जरूरी है, उनसे बातें करना, उनके हाव-भाव को थाहना···कब, किस बात पर उनकी उत्तेजना बढ़ जाती है, दौरा चढ़ने के लिए कौन सी विशेष दशा मुख्य कारण बनती है···।

सबसे बड़ी परेशानी यही थी···किसी भी पराए मर्द को घर में देखना अम्मा को कतई सह्य नहीं था···। डॉ. शर्मा ने युक्ति निकाली थी। उन्होंने अपना परिचय पिताजी के पुराने मित्र के रूप में दिया था—

भाभीजी, आप किसी बड़ी चिंता में तो नहीं डूबी हैं न···। हमें बताएँ··· शायद हम···।

अम्मा छत की कड़ियों को देखती चुपचाप बैठी रह गई थीं—अच्छा, प्रिया के ब्याह के विषय में आपने कुछ सोचा है? कोई योजना बनाई है?

अम्मा की आँखों का रंग बदलने लगा था। बुझी हुई पुतलियों में उन्माद की धारदार लकीरें—आप इसके बाबूजी के संघतिया हैं न, जाइए उन्हीं से पूछिए··· काशीवास की हमारी इच्छा थी, हम इसे लेकर यहाँ पत्थर बने पड़े हैं—

प्रिया बड़ी हो चुकी है, भाभीजी, काफी समझदार भी···आप उसकी चिंता छोड़कर···

हम समझ गए···आप इस लड़की के सिखाने-समझाने से यहाँ आए हैं···जरूर आप लोगों की कोई मिली-भगत···यह समझती है घर इसका, नौकरी इसकी, यह जो चाहेगी, वही होगा···हमारी कमासुत बेटी ठहरी न···! लेकिन हम कहे देते हैं, इसकी मनमानी नहीं चलेगी···हम अपनी जान दे देंगे···देखें हमें कौन रोकता है···

फिर वही आक्रामक रूप···फिर वैसी ही उन्माद भरी चेष्टाएँ···डॉ. शर्मा पर अचानक फूलदान फेंककर वे चीख पड़ी थीं—जाइए···हमारे घर से अभी निकल जाइए···आप उनके दोस्त नहीं, हमारे दुश्मन हैं···।

फुरती से किनारे मुड़कर उन्होंने अपना बचाव कर लिया था···

प्रियाजी, आपकी माँ···शोक-संताप की जड़ता के कारण इस दशा में पहुँची हैं···भावनाओं के लगातार दमित होने से ऐसी दशा उत्पन्न होती है—एपिलेप्टिफॉर्म हिस्टीरिया···वैसे भी इनके क्षीण स्वास्थ्य को देखते हुए इस तरह के दौरे की जल्दी-जल्दी आवृत्ति ठीक नहीं! मैं आपको परामर्श दूँगा कि आप इन्हें हमारे मनोचिकित्सा संस्थान में भरती कर दें···!

प्रिया कातर हो उठी थी—

क्या घर में रखकर ही अम्मा का इलाज संभव नहीं···?

इनके लिए वातावरण का बदलाव बहुत जरूरी है, आपके असुरक्षित भविष्य की चिंता भी इनका एक मुख्य कारण है—आपसे दूर रहकर शायद इनके मन में यह विश्वास जमे कि आप अकेली अपनी देखभाल ठीक तरह से कर सकती हैं···।

वहाँ महिलाओं के वार्ड में इनकी अच्छी-से-अच्छी व्यवस्था···।

निमाई काकाजी उसका तार पाकर भागे-भागे आए थे···क्या डॉक्टर साहब···बहू को अस्पताल में भरती करना ही पड़ेगा···? घर में रखकर···

डॉ. शर्मा ने हथियार डाल दिए थे—आप लोगों की जिद है तो यही सही···लेकिन···मनोचिकित्सा की पद्धति इतनी भयावह या जटिल नहीं रह गई है, जितना आप लोग सोच रहे हैं। हमारी परिचारिकाएँ पूरे समय इनकी देखभाल करेंगी। उनकी सेवा, उनका मधुर व्यवहार···मैं समझता हूँ, इन्हें घर से ज्यादा देखभाल वहाँ मिलेगी···यहाँ तो प्रियाजी के कॉलेज चले जाने के बाद सारा-सारा दिन अकेली पड़ी रहकर वे···

निमाई काका को देखते ही अम्मा ने भागकर अपने कमरे का दरवाजा बंद कर लिया था—

प्रिया, इनसे कह दो, ये चले जाएँ यहाँ से···!

अम्मा होश में आओ···। काकाजी उतनी दूर से तुम्हें देखने के लिए आए हैं।

क्या हुआ है हमें···? मर रहे हैं हम, पागल हो गए हैं···? इन्हें तो खुशी होगी न···ये लोग तो यही चाहते थे···

बंद दरवाजे पर सिर पीट-पीटकर बाबूजी के लिए शोक मनाती लहूलुहान चेहरा लिये माँ ने बड़ी मुश्किल से दरवाजा खोला था—संज्ञाशून्यता की उसी दशा में केंद्रीय मनोचिकित्सा संस्थान की गाड़ी में उन्हें ले जाया गया था···

विधि का विधान···थके हुए कदमों से उसके क्वार्टर की सीढ़ियाँ चढ़ते निमाई काका चिंतातुर हो उठे थे—

तेरी काकी माँ का स्वास्थ्य ठीक नहीं है, बेटी···। रात-बिरात कब दम फूलने लगेगा, कोई ठिकाना नहीं। यहाँ बहू की ऐसी हालत और तू अकेली···

आप जाइए, काकाजी···अब तो मुझे अकेली रहने की आदत हो गई है। काकी माँ की देख-रेख के लिए आपका वहाँ होना जरूरी है।

तापस की चिट्ठी आई थी—इनदिनों वह हार्वर्ड विश्वविद्यालय में है। उसके भाषा-वैज्ञानिक शोध का यह पहला चरण है···! उसने तुम्हें भी याद किया है, बेटी···!

काकाजी के चले जाने के बाद एकदम सूने पड़े उस घर में प्रिया की कैसी दशा हो उठी थी—

अम्मा की तेज चीखें उसके मन को मथ रही थीं—हम यहाँ नहीं रहेंगे···हमें अपने साथ ले चल, प्रिया···तू मेरी कोख-जाई बेटी है न···तूने मुझे यहाँ···इस जेलखाने में बंद करवा दिया, ताकि तू और वह छोकरा···रुक···मैं कहती हूँ रुक जा···प्रिया···

बाबूजी की तसवीर के आगे सिर पटककर बिलखती हुई अपनी अभिशप्त नियति का संताप झेलती वह जड़ सी हो गई थी—

तापस, यह साधना कितनी कठिन है, जिंदगी के इस सुर का तुम्हें कभी अहसास भी होता होगा···? मृत्यु की पीड़ा इस पीड़ा से भी अधिक मर्मांतक तो नहीं ही होती होगी···!

हर दूसरे-तीसरे दिन अम्मा से मिलने जाती। फल, मिठाइयाँ···उनकी पसंद की सब्जी···सत्तू भरी रोटी···! वे कैसी सूनी-सूनी आँखों से चुपचाप उसे निहारती रहतीं—

अम्मा···वे मुँह फेरकर अपनी कोठरी में चली जातीं···

प्रिया को दुस्सह यंत्रणा होती थी—

क्या अम्मा ने मेरा भी परिहार···

डॉ. शर्मा ने उसे दिलासा दी थी···आप घबराएँ नहीं, धीरे- धीरे सब ठीक हो जाएगा। मुझे लग रहा है वे सामान्यता की ओर लौट रही हैं। और देखिए···बुरा नहीं मानेंगी···आपके इतनी जल्दी-जल्दी आने से इनके इलाज में बाधा पहुँच सकती है—बेहतर है, आप किसी को भेजकर या फिर फोन से···!

अम्मा ने कैसी अजनबी आँखों से उसे देखा था—खाने की मेज पर अकेली बैठी तो दीवारों पर, फर्श पर, चारों तरफ वे ही आँखें···जीवन भर की संचित वेदना का करुणा विकल संधान करती उन आँखों का दाह असह्य था।

अम्मा, मैं पागल हो जाऊँगी। मुझे ऐसे मत देखो··· !

निमाई काका की छोटी सी चिट्ठी आई थी—

तेरी काकी माँ इस बूढ़े को निस्सहाय छोड़कर चली गईं, प्रिया···तेरे और तापस के लिए घुलती रहीं—तापस को किस मुँह से यह संवाद भेजूँ, लेकिन बताना तो पड़ेगा न··· ! तू धीरज धरना मेरी बच्ची···भगवान् कभी-कभी कठोर-से-कठोरतम अग्निपरीक्षा लेने की ठान लेता है। उसकी मरजी के आगे···

काकी माँ··· !

प्रिया का दुःख पथराए हुए मौन में बदल गया था··· ।

अम्मा, तुम्हें पता है काकी माँ नहीं रहीं··· !

अपनी शय्या पर अधलेटी···अम्मा ने कितने संयत भाव से वह बुरी खबर सुनी थी—

मैं जाऊँ अम्मा··· !

उन्होंने हाथ के इशारे से सहमति दे दी थी—दस दिनों के बाद डॉ. शर्मा अचानक उसके क्वार्टर में आए थे···

अरे आप···क्या बात है, डॉक्टर साहब? कहीं अम्मा···?

आप घबराएँ नहीं··· । वे बिलकुल ठीक हैं। आपसे एक आवश्यक जानकारी लेनी थी, इसीलिए···यह बताएँ···यह तापस कौन है?

पिछले छह वर्षों में भूलकर भी जिसका नाम अम्मा की जबान पर नहीं आया, उसके बारे में···

हाँ···वे कल मुझे पकड़कर रो रही थीं—मेरा तापस अकेला हो गया···डॉक्टर साहब, दीदी के नहीं रहने के बाद प्रिया के काकाजी की देखभाल···ईश्वर ने ऐसा अनर्थ क्यों किया?

उस दिन, पहली बार प्रिया अपने आँसुओं को सँभाल सकने में असमर्थ हो गई थी।

सारी बातें सुनकर डॉ. शर्मा ने उसे दोबारा आश्वासन दिया था—

हम आशा रखें···ऐसे मनोरोगी किसी मानसिक आघात से संतुलन खो बैठते हैं। यदि दोबारा वैसे ही किसी आघात का अहसास उन्हें हो सके तो उनके संतुलित होने की बहुत कुछ संभावना होती है। जाते-जाते उन्होंने कहा था—

मुझे तापस के बचपन की एक तसवीर चाहिए··· ।

एलबम में लगी वह तसवीर···तापस और प्रिया कागज की डोंगियों को बरसाती पानी की धारा में छोड़ते हुए।

बाबूजी ने चुपके से कैमरे का बटन दबा दिया था—

नीली-नीली आँखों पर झुक आए बालों की लटें सँवारता खिलौनानुमा डोंगी पकड़कर मुसकराता तापस··· !

पिताजी के सिरहाने बैठकर उसने अंतिम प्रार्थना की थी—उस प्रार्थना के अस्वीकार की दशा में उसका मन सारे धार्मिक विधि-विधानों के प्रति खुली बगावत कर बैठा था—

काकी माँ···आप कहती थीं ठाकुरजी के चरणों में सबकुछ समर्पित कर देना चाहिए···। आपके ठाकुरजी कितने अन्यायी हैं, कितने निठुर···अम्मा विक्षिप्तता की दशा में मनोचिकित्सा संस्थान की ऊँची दीवारों के पीछे सिसकती पड़ी हैं··· अपनी आकांक्षाओं की खाली झोली लिये आप मुझसे इतनी दूर चली गईं कि···जीवन भर आपकी ममतामयी गोद के लिए तड़पने के सिवा मुझे क्या मिला···? निमाई काकाजी के जलते हुए आँसू···तापस का आत्म-निर्वासन···इतना कठोर दंड दुनिया के इतने साधारण प्राणियों के लिए ही क्यों···? नहीं, मैं नहीं मानती···ईश्वर का अस्तित्व कम-से-कम मेरे लिए तो नहीं है···।

डॉ. शर्मा के जाने के बाद सोनेवाले कमरे की बत्ती जलाने चली तो पड़ोस की चित्रा दी के घर से सांध्य-पूजा के समय बजती शंख-ध्वनि सुनाई पड़ी थी। किस अदृश्य शक्ति ने उसे खींचकर पूरबवाली खिड़की के पास पहुँचा दिया था। गरद की साड़ी पहने खुले बालवाली वे स्थूलकाय महिला···आरती की थाली लेकर घर की परिक्रमा कर रही थीं···

उसे लगा था···चित्रा दी की माँ का रूप धरकर उसकी अपनी काकी माँ ही सहसा सामने खड़ी हो गई हों—पूजा करनी चाहिए बिटिया, मन को शांति मिलती है···आत्मा की शुद्धि होती है। तू तो संस्कृत की पंडिता है, नहीं जानती···परमेश्वरी माँ का ध्यान करने से मनोबल ऊँचा होता है, कार्य सिद्ध होते हैं!

वह कैसी यंत्रचालित सी अम्मा के पूजावाले स्थान की ओर मुड़ गई थीं—काकी माँ···आप जहाँ कहीं भी हों···मुझे शक्ति दें···।

उसके माथे पर वह शीतल छुअन कैसी थी—कैसा अलौकिक था वह अनुभव···तूने तप किया है, प्रिया···साधारण तप नहीं···जीवन के नए निर्माण का तप···जो हारकर बैठते नहीं, उनकी जय सुनिश्चित है। मेरी बच्ची, तेरा जीवन पूर्ण होगा···अपनी काकी माँ की बात का विश्वास कर, प्रिया···।

उस रात उसके स्तब्ध मौन को बाँटने के लिए एक बार फिर तापस की स्मृतियाँ उसके साथ थीं···

चाँदनी में नहाए अहाते के पूरबी कोने में अमलतास के नीचे वह कैसी विचित्र सी भंगिमा बनाकर बैठा था—

तापस, क्या बात है, तुम्हारी तबीयत तो ठीक है न···?

हाँ···मेरे लिए एक प्याली चाय ले आओ···और तुम मेरे सामने बैठो···प्रिया···।

जानती हो प्रकृति कभी निष्ठुर नहीं होती···वह अशेष दयामयी है—पैरों के नीचे

बिछी इस दूब को देख रही हो न···इससे पूछो, ताप को झेलना सुकर होता है या दुष्कर···? अपनी पलकों पर अटके आँसू समेटकर यह मुसकरा देगा, ताप वरेण्य है। यदि ऐसा न हो तो पावस की मरजाद ही नहीं रहे।

प्रिया, न जाने क्यों···कभी-कभी मुझे ऐसा लगता है कि हिमालय की किसी घनी तराई में तप करनेवाला मैं एक यती था···आत्म-साधना की कठोर मुद्राओं में ढलता हुआ अपने भीतर छिपे बोधिसत्व की खोज में सतत तन्मय···तुम्हारी ये आँखें स्मृति-दीप बनीं तब भी मेरे मन के किसी कोने में जगमगाती रहती थीं—अजपा जप की तरह क्या वह तुम ही नहीं थीं—जो मेरे हर अनुभव में ढलकर इस माटी की महिमा से जुड़ने का आमंत्रण देती मेरे साथ-साथ चल रही थीं···

बोलो प्रिया···मेरे मन में बहुत बड़ी गुत्थी बनकर वह क्या है, जो मुझे हमेशा मथित करती आई है? योग तो बुद्धि से उपजा हुआ चरम यथार्थ माना जाता है न, तो क्या तुम हृदय की पावनतम अनुभूति नहीं हो···मैं तुम्हें प्रिया नहीं कहूँ—भक्ति कहकर पुकारूँ तो···नीरव भक्ति···।

हटो भी, कैसी बावली सी बातें कर रहे हो···? आज तुम्हें क्या हो गया है तापस? तुम अपने होश में तो हो न···?

अपने देश की माटी छोड़कर जा रहा हूँ, कौन जाने···वहाँ क्या हो···? मैं जानता हूँ तुम कहोगी—अदृष्ट की रेखाएँ कोई नहीं पढ़ सकता···लेकिन कर्म की रेखाएँ खींचना तो अपने वश में है न···! और मैं कठोर कर्म में विश्वास रखता हूँ। मुझे नियति से लड़ना होगा। मैं हर पराभव की अँधेरी कोख में नवीन विजय की अनुगूँज पैदा करना चाहता हूँ। विश्वास रखो, प्रिया···इन बेड़ियों को टूटना ही है। बस तुम मेरा साथ दो···बोलो, दे सकोगी न···?

भावावेश से आरक्त तापस का मुख उस क्षण कैसा हो उठा था—सचमुच कोई काषायधारी अपने काषाय वस्त्रों को किसी वृक्ष की टहनियों पर झुलाकर 'घर' की ओर लौटने की विकलता से भरा लंबे-लंबे डग भरता सृष्टि की शाश्वत पुलक को अपनी अंजलि में समेटने के लिए उसके सामने याचनाबद्ध खड़ा था—उसका मन हुआ था—अमलतास के सारे फूल तापस की खुली हथेलियों पर उड़ेल दे···यती···यह स्मृति-दीप जलता रहेगा--प्रभात के आने तक···।

नैनीताल से लौटकर इंद्राणी दी उसके लिए कुछ उपहार लाई थीं—अम्मा के स्वास्थ्य की जानकारी लेने के लिए वे उसके यहाँ आई थीं।

उसने थोड़ी अन्यमनस्कता के साथ किसनी को चाय बनाने का आदेश दिया था—

बैठिए न इंद्राणी दी···

नहीं, प्रिया, चाय रहने दो···घर में सभी थके-माँदे बैठे होंगे···। राजेश को अभी आधे घंटे बाद लखनऊ जाना है। जाने से पहले वह एक बार तुम्हारे पास आना चाहता है।

बोलो न प्रिया, क्या तुम···?

एक बार फिर प्रिया ने उसी पुराने रक्षा-कवच का आह्वान किया था···मौन···चिर मौन···।

इंद्राणी दी जैसी विशुद्ध घर-बारी महिला को वह और किस तरह परितोष दे सकती थी···!

उन्हें फाटक तक विदा करके वापस लौटी तो मन एक अजीब सी झुँझलाहट से भर आया था। उसे लगा था, वह अधिक देर तक अकेली कमरे में बैठी रही तो अम्मा की तरह अपने सिर के बाल नोच डालेगी। अपने ही नाखूनों से अपने चेहरे को लहूलुहान कर डालेगी···।

हाँफती-दौड़ती किसनी ने आकर जो कुछ कहा था, उसे सुनकर वह अवाक् सी अपने स्थान पर जड़ हो गई थी—

नीले चारखाने की शांतिपुरी साड़ी पहने अम्मा उसके ऐन पीछे खड़ी थीं—प्रिया···कैसी है, बेटी···?

आश्चर्य से विस्फारित उसकी आँखों ने चौखट पर दोनों भुजाएँ उठाए चिर प्रफुल्ल मुसकान से भरी किस छाया-मूर्ति को देख लिया था—

अम्मा हँस पड़ी थीं—

तू इतनी परेशान क्यों हो रही है, प्रिया···?

आ बेटा···तापस···भीतर तो आ···। तुम दोनों तो ऐसे खड़े हो जैसे···।

डॉ. शर्मा ने मुसकराते हुए उसके कंधे पर हाथ रख दिया था—

दरअसल, पहले ही यह सुखद समाचार देना चाहता था, लेकिन भाभीजी ने कहा—

तापस को बुलाइए···उसके बिना हमारा यह नया जन्म अधूरा रहेगा···।

क्या अम्मा सचमुच वही अम्मा थीं—

प्रिया को लगा, उसके पाँव संतुलन खोते जा रहे थे···तो क्या सचमुच काकी माँ की आत्मा···?

वह कुछ कहती या कुछ और सोचती इसके पहले तापस ने स्वयं आगे बढ़कर उसे उबार लिया था—

बाबूजी का पत्र पाकर अपना शोध अधूरा छोड़ आया हूँ प्रिया···माँ के नहीं रहने के बाद उन्हें अकेला छोड़ना अब संभव नहीं···! पता है, मेरी नियुक्ति बनारस हिंदू विश्वविद्यालय में प्राध्यापक पद पर हो चुकी है।

बाबूजी के पास डॉ. शर्मा का पत्र पहुँचा था—हमारी प्रार्थना ईश्वर ने सुन ली, प्रिया। चाचीजी बराबर मुझे याद करती थीं, मुझे अपने पास पाना चाहती थीं, इसलिए मैंने सोचा कि वहाँ पद-भार ग्रहण करने से पहले···एक बार···

अम्मा···अरे अम्मा···किधर चली गईं?

किसनी ने चाय की प्यालियाँ सबको थमाते हुए उत्साह से उमगकर बताया था—

चाचीजी आपके और अपने कपड़े सहेज रही हैं···दीदी आइए···देखिए न··· !

अम्मा, यह आते-आते···क्या करने लगीं तुम···?

ममता की कैसी अद्‌भुत हिलोर थी उन आँखों में—

देखती नहीं, हमारा बेटा हमें लिवाने के लिए आया है। तेरे काकाजी दो दिन से वहाँ अकेले पड़े हैं न···उनकी रसोई-पानी का बंदोबस्त···नहीं···नहीं···हमें आज इसी वक्त जाना होगा··· !

अमलतास के फूलों की समस्त आभा-नेह से भीगी उसकी आँखों में नहीं उतर आई थी···? ठहरा हुआ वह काल-खंड स्मृति-पत्र में भरे जल का अशेष पारावार उड़ेलने के लिए प्रतिबद्ध हो उठा था—

क्या सचमुच तापस की आस्था अमृत पीकर आई थी···या अपनी नीरवता में अद्वितीय शक्ति सहेजने का उपक्रम करती प्रिया की यातनाएँ साँझ की उस आरक्त आभा को नई भोर में रूपांतरित हो जाने की शास्ति देने चली थीं—

पूजा की वेदी पर जलती दीपशिखा सी हुलास में उमगती अम्मा की वह आकृति···

कल एकादशी है, अब तो वहाँ चलकर गंगास्नान के बाद ही··· !

अम्मा को सहारा देकर उनके साथ-साथ आगे बढ़ता तापस···और उसके प्राणों में गुँथी आस्था की अक्षय जयध्वनि का नीरव संचार बनी प्रिया···

उसे लगा था—

दूर पहाड़ों के पीछे ओझल हो रहे सूर्य के पास टिके सांध्य तारे की शक्ल में काकी माँ मुसकराती हुई उसे दुलारने के लिए अपनी दोनों बाँहें पसार रही हैं—

चिंता नेइ

हबे, प्रभात हबे···।

□

रामो गति देहु सुमति···

हवन में पड़ी कसैली लकड़ी के धुएँ से आँखों में कड़वाहट भर आई थी या भीतर उबलते आँसुओं की जलन पुतलियों के लिए असह्य हो रही थी, ठीक-ठीक ज्ञात नहीं हो सका; लेकिन 'देवीस्तोत्र' के सूक्तों के बीच, आवेश से लालभभूका हुआ जो चेहरा पूजा के ध्यान को गहरी अन्यमनस्कता में बदलने के लिए देवी दुर्गा की मूर्ति को पीछे हटाकर बार-बार सामने आ रहा था, उसकी एक मुद्रा मेरी आस्था पर आक्रोश की घनी चोट करती हुई मेरे भीतर आज भी उतनी ही विकलता से करवटें बदल रही है।

तुम्हारा नाम क्या है···?

....

किस गाँव से आई हो···?

क्या तकलीफ है तुम्हें···?

प्रश्न-ही-प्रश्न···! कोई उत्तर नहीं!

मनोचिकित्सा विभाग के अध्यक्ष डॉ. शर्मा ने धीरे से कहा था—

बड़ा उलझा हुआ केस है बेचारी का। पहले वार्ड से बाहर चलें, मैं आपको सारी बातें विस्तार से बताऊँगा!

फिर नर्स से बोले थे—सिस्टर, इसे भीतर ले जाइए!

मेरे पाँव जैसे किसी अज्ञात बेड़ी से जकड़ दिए गए हों—उस महिला मनोचिकित्सा खंड के लंबे-चौड़े कमरे से निकलते हुए मैंने अनुमान लगाया था—उस रोगिणी की दिपती हुई बड़ी-बड़ी आँखें दूर तक मेरा पीछा कर रही थीं। बरामदे पर पहुँचकर डॉ. शर्मा और मैं सीढ़ियों से नीचे उतरने ही वाले थे कि कमरे से एक चीत्कार सुनाई पड़ा था—

हमरा के मत रोक। हम घरे जाइब!

अपने जनपद की बोली सुनकर मेरे रोम-रोम में एक अव्यक्त उत्कंठा उमग आई थी। डॉ. शर्मा की उदासीनता के बावजूद जमीन में लोटकर बेतहाशा बिलखती उस युवा

रोगिणी को मैंने अपनी अँकवार में समेट लिया था ।

आप नहीं जानतीं, वाणीजी, इस वक्त यह दौरे की हालत में है । मुझे डर है, आपके सहानुभूति दिखाने से···

डॉ. शर्मा की बातों के जवाब में उसने अपनी लाल-लाल आँखें उनकी ओर उठाई थीं । उन आँखों में नफरत की गहरी छाप थी—

हम मरि जाइब, हम एहिजा ना रहब··· ।

उसने लपककर मेरे पाँव पकड़ लिये थे और अस्पताल से बाहर ले जाने के लिए मेरी चिरौरी करने लगी थी ।

मुख्य द्वार तक उसकी चीखों ने मेरा पीछा किया था ।

डॉ. शर्मा से उसकी बाबत सबकुछ सुन लेने के बाद कुछ भी समझना शेष नहीं रह गया था ।

चंपावती नाम के अनुरूप चंपे के रंग की कोमल कायावाली एक अबोध बालिका···तिवारीपुर के सुखदेव साहू की चौथी संतान··· ।

क्या जन्म से ही असामान्यता के लक्षण थे उसमें···? मैंने सुखदेव साहू की पत्नी से सबकुछ जानने के लिए उन्हें कुरेदा था ।

ना बचिया, झूठ न बोलब, हमार चारों लड़किन में सबसे सुन्नर, सबसे अकिलवान इहै बेटी रहे···ठाकुरजी के अइसन कोप भइल कि···

सुखदेव साहू की माँ ने घूरकर मुझे देखा था, फिर पूछाताछी कवना बात के···तू खबर छपवइबू का, केकरा के डामिल-फाँसी दिलवइबू···

मेरा मन हुआ था—कंजी आँखोंवाली उस बूढ़ी औरत को झकझोरकर कहूँ—हाँ, मैं भोजपुरिया गाँवों के उन तमाम अंधे कानूनों की डामिल-फाँसी चाहती हूँ, जिनकी गिरफ्त में फूल से जीवन तहस-नहस हो जाते हैं, मैं उस व्यवस्था के विरोध में धारदार हथियार बनकर खड़ी होना चाहती हूँ, जिसकी भोथरी रेती से न जाने कितनी अबोध बालिकाएँ आए दिन जिबह कर दी जाती हैं ।

मेरे शहर की मानसिक आरोग्यशाला में डाल दी गई चंपावती की, उसके पिता ने, उसके घर के दूसरे सदस्यों ने दोबारा खोज-खबर तक नहीं ली । उसका कसूर क्या था?

मेरी अस्सी वर्षीया दादी ने दो टूक निष्कर्ष दिया था—ओकर कसूर बा तिरिया जन्म···दोसर कुच्छ ना ।

उनके पोपले गले से भूले-बिसरे गीत की कड़ियाँ, आँसुओं में नहाए नारी जन्म की शाश्वत वेदना को आकार देने के लिए निस्तब्ध कमरे में गूँजने लगी थीं—

माई के कोखिए सुंदर धिया रे जमली
सगरे अजोध्या रे अन्हार··· !

क्यों? सुंदर पुत्री के जन्म लेने मात्र से सारे नगर में अंधकार क्यों?

चंपावती ने प्राणपण से विरोध किया था—सरूप भइया को गेहूँ की रोटी, अरवा चावल का भात और हमारे लिए मकई का टिक्कड़···हम ऐसा खाना नहीं खाएँगे अम्मा, कहे देती है। सुरसती दिदिया, तुम भी मत खाना···

हमारी अरज मान ले बचिया, जल्दी से खा ले···! दादी सुन लेगी, तो बाबूजी से कहकर···

बाबू, बाबू, देखो न, चंपिया हमारी रोटी छीन रही है ।

क्या कहा रोटी चाहिए, मालपुआ नहीं···? बड़ी आई है पटरानी बनकर, खेतिहर की बेटी और घमंड सातवें आसमान का···ठहर, अभी तेरा झोंटा पकड़कर···

चंपावती मार खाकर भी रोई नहीं। उलटे उसने एक नया रास्ता अख्तियार किया—हम बाबू का कलेवा दुकान पर नहीं ले जाएँगे!

जा, चल जा हमार रानी बेटी··· ।

नहीं, अम्मा, सरूप और किशन दिन भर बड़का टोले के लड़कों के साथ कंचे खेलते रहते हैं। तुम उनसे कहो न···!

एह चंपिया के जीभ सिरिपालपुरवाला बढ़वा दरजी के कईंची अस चलता । आवे द सुखदेव के···

चंपावती ने मार खा-खाकर भोथरी हो गई पीठ पर से कपड़ा उलट दिया था—बाबू से पिटवाकर पेट नहीं भरता तो पहले तू ही मार ले दादी, लेकिन कान खोलकर सुन ले, हमने एक बार जो कह दिया, सो कह दिया···

□

उस दिन चंपावती एकदम शांत बैठी थी । सीधे पल्ले के आँचल में चिकित्सालय के जंगली फूलों के गुच्छे तोड़कर उसने मेरे लिए सहेज रखे थे ।

अब कैसी तबीयत है, चंपा···?

अरे, इतने सुंदर फूल···!

उसने धीरे से सारे फूल सीढ़ियों पर बिखरा दिए थे···!

तुम कुछ बोलोगी नहीं? अच्छा, यह बताओ···क्या सचमुच कभी तुम्हारा मन नहीं होता कि तुम खूब हँसो, खूब गाओ, अपने मन की बात मुझसे मत छिपाओ; बोलो चंपा, कुछ तो बताओ···!

उस दिन पहली बार घने बादलों की तरह उमड़ती हुई यादों के कतरे चंपावती की उदास आँखों में उमड़ आए थे। एक जीवन अपने असमय चुक जाने की अथाह व्यथा-कथा लिये मेरे सम्मुख था और मैं अपने आपको अभियोगी मानकर निरर्थक निःश्वासों में न जाने कौन सा उपचार ढूँढ़ने चली थी! दरके हुए शीशे की तरह सैकड़ों खंडों में बँटी

मेरी पारदर्शी चेतना चंपावती की मनोदशा के सारे अंश सहेजने के लिए प्रतिबद्ध थी।

गाँव की प्राथमिक पाठशाला में छोटे चौकीनुमा आसन पर झबरीली मूँछोंवाले विभीषण पंडित विराजमान हैं और सामने अहाते में टाट के टुकड़ों पर तिवारीपुर के तीनों टोलों से निकलकर आए नवरत्नों की पाँत बिछी है।

रामो गति दू देहू सुमति···

निचले होंठ के दाहिने छोर पर औकात से बाहर तंबाकू की मात्रा दबाए विभीषण पंडितजी कफ की छरछराहट के बीच बालपोथी के पहले पाठ का उच्चारण कर रहे हैं। सरूप, किसना, बालगोविंद, परभू, रमुआ, गुदड़ी, हीरा, सुदामा—सबको एक-एक करके पाठ दोहराना है, जो नहीं याद करके आया है, उसकी पीठ पर बेंत की मार पड़ेगी।

सरूप की आँखों से बहते आँसुओं में काजल की मोटी लकीर भी शामिल है। वह लाख कोशिश करे, संस्कृत के श्लोक का एक भी अक्षर उसके जेहन में नहीं समा सकता। किशना पंडितजी की नजर बचाकर टोपी और थैला समेटता हुआ अहाते से बाहर भाग जाना चाहता है।

चंपा खेतों की मुँडेर पर खड़ी देख लेती है। उसके पैरों में रहरेठे की खूँट चुभ रही है। उसकी ओढ़नी का एक छोर माटी में घिसटता जा रहा है, फिर भी कोई परवाह नहीं। आज वह गुरुजी के सामने साबित करके रहेगी—कौन बेहतर है, वह या···

पंडित विभीषण शास्त्री चंपावती के कंठ से इतना साफ उच्चारण सुनकर विस्मय-विमुग्ध हैं—त्वमेव माता च पिता त्वमेव···

नन्ही चंपा की आँखें मुँदी हैं, उसके हाथ प्रार्थना की मुद्रा में जुड़े हुए हैं।

त्वमेव बंधुश्च सखा त्वमेव···!

गुरुजी की आँखों में अपने लिए प्रशंसा का भाव पाकर वह एक नए उल्लास से भर उठती है—

त्वमेव विद्या द्रविणं त्वमेव

त्वमेव सर्वं मम देव-देव!

अपने झुके हुए माथे पर एक अप्रत्याशित चोट पाकर वह सहम जाती है—

का हो बिभखन, सबसे बेसी सीधा हमरा घर से पावेल आ हमरे छोकरिया के बहकावत बाड! कहाउत बा कि···

विभीषण पंडित हकलाते हुए सफाई देना चाहते हैं—

जनेऊ की सौगंध जजमानिन, हमने चंपिया को कभी पाठशाला के भीतर नहीं घुसने दिया, फिर भी इसने एक पाठ याद करके सुना दिया, तो कौन सी गलती कर दी? शहर में जाकर देखो, इसकी उमिर की लड़कियाँ इस्कूल जाती हैं, पढ़-लिखकर···

आपन गियान अपना झोरी में रखीं पंडिज्जी, बनिया, सहुकार के बेटी इजलास पर चढ़ी कि सूप, दउरा, चलनी, जाँता सम्हारी··· !

चल रे चंपिया, घरे चल!

मुझे खुशी हुई थी—चंपावती ने मुझसे सादे कागजवाली कॉपी माँगी थी और रंग-बिरंगी पेंसिलों का एक डिब्बा।

डॉ. शर्मा भी उत्साहित थे—आपकी चंपा का मन बदल रहा है। ये लक्षण बड़े अच्छे हैं। जाइए, जाकर देखिए···उसने आपको भेंट में देने के लिए कोई चीज तैयार की है।

उसने अपने बिस्तर के नीचे से सादे कागज का एक बडा टुकड़ा निकालकर लजाते हुए फैला दिया था। विक्षिप्तता की अंतिम हद तक पहुँच चुके उस कल्पनाशील मन की समस्त अंतरंगता मेरे सामने खुली हुई थी—

गहरे नीले रंग की पेंसिलों से आकाश का उन्मुक्त विस्तार खींचा गया था, बीचोंबीच पंख पसारकर उड़ते हुए लंबी चोंचवाले पक्षियों के अनेक जोड़े··· ! नीचे दूर-दूर तक फैली घास, हरियाली और उसकी पृष्ठभूमि में घरौंदानुमा एक मकान···खिड़की से झाँकती एक लड़की की उदास मुखाकृति और सामने तालाब में पीले कमल के फूलों का निखरापन···

मैंने उसकी आँखों में झाँककर देखा था—उस चित्र की अधूरी कथा का शेषांश सूखे हुए आँसुओं की लकीर बनकर वहाँ हमेशा के लिए स्थायित्व पा चुका था—

दीदी, मुझे मुक्ति दिलवा दो··· ! उफ्, एक बंधन से निकलकर यह दूसरा कितना बड़ा बंधन···ऐसा तो मैंने नहीं चाहा था··· !

तुम अपने घर कभी नहीं जाना चाहतीं, चंपा?

तुम्हें अपनी अम्मा, अपने बाबूजी या किसी की भी कभी कोई याद नहीं आती···?

....

मौन···निरंतर एक मौन··· !

क्या कारण था कि मुझसे इतनी अंतरंगता के बावजूद वह अपने आपको मेरे सामने खोल नहीं पाती थी?

उसी कमरे में रहनेवाली उसकी एक हमउम्र रोगिणी ने बताया था—

आप जो कागज और रंग की डिबिया इसे दे गई हैं, अब तो यह दिन भर उसी में उलझी रहती है और हाँ, दीदीजी, इसने छोटे-छोटे कागज के टुकड़ों पर जाने क्या-क्या लिखकर रखा है।

फिर चंपावती से बोली—चंपावती, लजाती क्यों है, अपने लिखे हुए कागज लाकर दिखा न··· !

डॉ. शर्मा ने भी बताया था कि चंपा धीरे-धीरे सहजता की ओर बढ़ रही थी।

उन्होंने आश्वासन दिया था—

यही स्थिति रही तो छह महीनों में वह बहुत कुछ सामान्य हो सकती है।

वार्ड की सेविका ने भी सहमति जताई थी—हाँ, पहले तो यह दिन-दिन भर भूखी-प्यासी बैठी रहती थी, रात में इसे एकदम नींद नहीं आती थी—मुँह में आँचल दबाकर रोने लगती थी तो सारा वार्ड इसकी रुलाई सुनकर जाग जाता था—अब वैसी बात नहीं है। भगवान् करें बेचारी···आप इसकी कोई लगती हैं क्या, दीदीजी···!

मैंने एक दिन चंपा से यूँ ही पूछ लिया था—

तुम अपनी अम्मा को देखना चाहती हो, चंपा। उसने तुम्हारा हाल-चाल जानने की गरज से मेरे पास चिट्ठी लिखी है।

उस दिन उसके मुँह से बहुत दिनों के बाद कुछ शब्द सुनाई पड़े थे—

अम्मा को बुलवा दीजिए···।

······

मेरे पोस्टकार्ड के जवाब में सुखदेव साहू स्वयं आ गए थे—चंपावती की अम्मा इस बख्त कैसे आती—सरूप की बहू के पाँव भारी है। हमने सोचा हमीं चलकर···।

पूरे साल भर बाद चंपावती के घर से कोई उसकी खोज-खबर लेने आया है, यह जानने के बाद उसके कमरे की सभी स्त्रियाँ बाहरी बरामदे पर इकट्ठी हो गई थीं। शिव के गणों सी विविध मुखाकृतियाँ बनाकर वे अपनी उत्कंठा जता रही थीं—चंपा चली जाएगी···

हाँ···अब वह यहाँ नहीं रहेगी···

देखती नहीं···उसका बाप उसे लेने आया है···

घबराती क्यों है, तेरे घर से भी कोई-न-कोई जरूर आएगा!

चल हठ झूठी, खा तो मेरे सिर की कसम···

पकड़ मेरी उँगली···

ढेर सारी असहज भाव-भंगिमाओं के बीच शांत भाव से खड़ी चंपा के चेहरे पर कहीं कोई उद्विग्नता नहीं थी—क्या उसने अपने पिता को सचमुच नहीं पहचाना था? क्या उसकी मनोभूमि ने अतीत के उस कसैले सत्य से और समझौता नहीं करने का संकल्प ले लिया था, या उसका वह आचरण उसके असहज मन की सबसे परिपक्व सहजता का प्रमाण था?

डॉ. शर्मा ने आगंतुकोंवाले कमरे में चंपा को बुलवा लिया था—

इन्हें पहचानती हो न, चंपा?

☐

हम तुम्हारे बाबू हैं, बचिया।

चंपावती की घोर अपरिचय भरी आँखों का भाव समझकर सुखदेव साहू का गला रुँध आया था···।

कुछ बोलेगी नहीं, बचिया?

....

अच्छा, यह ले, तेरी अम्मा ने तेरे लिए नई साड़ी और खाने-पीने की चीज-बतुस भेजी हैं···

....

चंपा के चेहरे की खामोशी एक भयावह पथराएपन में तब्दील होती चली जा रही थी। वह बेहोश होकर गिर पड़ती या उसपर पहलेवाला दौरा पड़ जाता, इसके पहले डॉ. शर्मा और अस्पताल की सेविका ने उसे सँभाल लिया था।

सुखदेव साहू का मलाल डॉ. शर्मा के सामने गहरी शिकायत के रूप में फूटा था—

हमारी चंपिया अच्छी-भली थी, आप लोगों ने बिजली की सेंक देकर उसका दिमाग एकदम सुन्न कर दिया, डागडर साहेब! अब तो अइसा हाल है कि यह हमको भी नहीं पहचानती···

सदैव प्रसन्नचित्त रहनेवाले डॉ. शर्मा को उस दिन पहली बार क्रोध के आवेश में जोर-जोर से बोलते सुनकर जनाने वार्ड के सभी कर्मचारी चौंक गए थे—

आप और आपके परिवार के दकियानूसी व्यवहार ने इस बच्ची का जीवन बरबाद कर दिया और अब उलटे हम पर आरोप लगाते आपको शर्म नहीं आती···?

जिस दिमागी हालत में यह यहाँ लाई गई थी, उससे साफ जाहिर था कि आपका घर इसके लिए एक कैदखाना था। इसकी छोटी-बड़ी हर इच्छा को आप लोगों ने आखिरी सीमा तक कुचला और फिर चलती-फिरती लाश बनाकर यहाँ दाखिल कर दिया—एक बात ध्यान में रहे···सुखदेव साहूजी, हम अपने रोगियों को उनके मनोनुकूल माहौल देने की कोशिश करते हैं, उनकी सोई हुई सुख-शांति को वापस लाने का प्रयत्न भी करते हैं—दिमाग के सारे कल-पुरजे दुरुस्त करके हू-ब-हू पहलेवाली स्थिति प्रदान करना हमारे वश की बात नहीं! आप यंत्रणाएँ देकर किसी अच्छे-भले जीवन को तहस-नहस कर दें और हम मसीहा बनकर उसका कायाकल्प कर दें—हमसे इतनी बड़ी उम्मीद पालने का कोई भी हक आपको नहीं है, समझे आप···!

सुखदेव साहू उसी शाम गाँव लौट गए थे। चंपा पर भयंकर दौरा पड़ा था—चीख-चीखकर उसने सारे कमरे को सिर पर उठा लिया था—

हम कहीं ना जाइब···हम एहिजे रहब···!

नींद की दवा के प्रभाव से किसी तरह रात के पिछले पहर में वह तनिक शांत हो पाई थी!

लगभग एक महीने बाद चंपा की माँ की एक छोटी सी चिट्ठी मुझे मिली थी। किसी स्कूली बच्चे से लिखवाए गए टेढ़े-मेढ़े हरफ···, यकीनन सुखदेव साहू को उस पत्र की कोई जानकारी नहीं होगी, तभी तो···

बचिया को मालूम कि इहाँ चंपिया के लिए किसी को कोई सोग नहीं है। पर हम क्या करें, माई का करेजा ठहरी, कोंहार के आँवे जैसा दिन-रात धधकता रहता है। ठाकुरजी से यही विनती है कि हमारी चंपिया सुधर जाए। हमारी साँस रहते उसका कोई उपाय हो जाए, चंपिया के बाप जब से लौटे हैं—उनके मिजाज का मेल नहीं मिलता। कह रहे थे कि अस्पताल में उसको रखना गोएँठा में घी सुखाने के बराबर है—लेकिन बचिया, हमारी आत्मा कहती है कि वह एक-न-एक दिन जरूर ठीक हो जाएगी!

कुम्हार के आँवे की तरह सुलगती चंपा की माँ के पत्र का कोई भी जवाब देने की मन:स्थिति में मैं नहीं थी।

डॉ. शर्मा ने अफसोस जाहिर करते हुए बताया था—

उस मरीज का दिमाग फिर दो साल पुरानी स्थिति में लौट गया है। दरअसल, बदले हुए माहौल में इतना लंबा वक्त गुजार चुकने के बाद उसकी मानसिकता में एक ठहराव आ गया था। अपने पिता को देखकर अतीत के वे सारे यातनादायी हिस्से फिर से उसके जेहन में जीवित हो गए और वह···

दिखा तो सही, तूने अपनी ओढ़नी के छोर में क्या छिपा रखा है···कुछ भी तो नहीं, बाबू···! कुछ भी तो नहीं, तो फिर यह क्या है···?

सगरे गाँव में एकेगो जोगिन मीरा अवतार ले ले बाड़ी सुखदेव, हमार बात मान, जल्दी कवनो लड़िका देखि के एकरा के पार-घाट लगाव, नाहीं त मुँह पर कारिख लागले चाहता···।

हाँ, हाँ···हम मीराबाई बनेंगे, हमने कोई गलत काम नहीं किया है—हम तो छोटे गुरुजी को अपनी लिखी चीज दिखाने जा रहे थे···!

छोटे गुरुजी यानी शहर से आया हुआ मुखियाजी का जवान-जहान छोकरा रामप्रताप···तुझे उससे क्या काम है कलमुँही···?

वे हमारी कविताओं को दुरुस्त कर देंगे, उन्होंने कहा था—वे हमें ढेर सारी किताबें भी देंगे···।

....

नहीं बाबू, तुम्हारे पाँव पकड़ती हूँ, मेरी पुस्तिका मत फाड़ो···!

....

उन लोगों ने तुम्हारी पुरानी कविताओं को जला दिया? कोई बात नहीं, मैं कल ही बक्सर जा रहा हूँ, तुम्हारे लिए सुंदर जिल्दवाली एक नई पुस्तिका ला दूँगा! तुम फिर से

ढेर-सारी नई कविताएँ लिख सकोगी··· !

कान खोलकर सुन लो रामप्रताप··· ! चंपावती को तुमने बहकाने की कोशिश की तो इस गाँव से तुम्हारा बोरिया-बिस्तर हमेशा के लिए बँधवा दिया जाएगा। हमें तुम्हारे बाप की मुखियागिरी का कोई डर नहीं है, समझे!

चंपावती की दादी ने उसके लिए सबसे माकूल सजा तजवीज की थी—

दालान से आगे इह मुँहझौंसी के गोड़ ना उठे पावे··· ! लाज-लेहात बचावे के बात एकर कवनो इंतिजाम कर, सुखदेव!

चंपावती ने स्वेच्छा से अपने लिए दंड की युक्ति निकाली थी—वह खाएगी नहीं, पानी तक नहीं पिएगी···अपनी कोठरी में बंद होकर अपने प्राण त्याग देगी··· !

कच्चे मोतियाबिंद से भरी दादी की आँखों में हर क्षण तैरता शताब्दियों पुराना शंकालु भाव···बाबू की कोड़े जैसी जबान का दर्प और अम्मा की बेपनाह सिसकियाँ—

तू अपना ध्यान पूजा-पाठ में लगा, बचिया···देवी दुर्गा से विनती कर—वही तुझे सुमति देंगी। तेरी सुगति हो, इससे बढ़कर हमारी और क्या चाह···

नवरात्र का वह आखिरी दिन था। आठ दिनों तक भूखी-प्यासी चंपावती के प्रबल हठ ने सहसा एक नया मोड़ लिया था। नहीं, वह हारेगी नहीं, वह किसी के सामने घुटने नहीं टेकेगी···महिषासुरमर्दिनी की तरह अपने हाथों में खप्पर लेकर वह अकेली ही सबसे लड़ेगी···किससे···किन-किन लोगों से···

दादी से···? बाबू से, सरूप और किशन से···?

उसने आँखें फाड़-फाड़कर अपने चारों ओर देखने की कोशिश की थी—

यह क्या—

दादी की कंजी आँखोंवाली लपलपाती शंका शत-सहस्र रूपों में विभक्त होती जा रही है—

सुखदेव साहू की पुरुष-वृत्ति का फैलाव सारे गाँव की चेतना को ग्रसित करता जा रहा है—चंपावती अकेली है और सारा गाँव उसके सामने विरोध की मुद्रा में खड़ा है, प्रतिपक्षियों की शक्ति उनकी सदियों पुरानी रूढ़ियाँ हैं और अपनी सही मुक्ति के लिए किसी नई दिशा का संधान करती चंपावती अकेली है, निपट अकेली··· !

अपनी सहायता के लिए वह किसे पुकारे···? क्या रामस्वरूप को···?

छोटे गुरुजी, आपने कहा था—किसी भी अन्याय के आगे झुको नहीं—अपने मन के सच को सही पहचान देनी हो तो बुराइयों का डटकर मुकाबला करो···चंपा, कुशल तैराक पानी की सतह पर बिछी गंदगी की परवाह नहीं करते—उनकी बाँहों में इतना दम-खम होता है कि काई अपने-आप फट जाती है, सिवार के रेशे बिखर जाते हैं···इन जकड़े हुए गँवई कानूनों की क्या बिसात कि ये तुम्हारे आगे आएँ··· अपनी पहचान

स्थापित करनी हो तो मजबूती से लड़ो, चंपा! इन जर्जर कपाटों की चरमराहट की आवाज सुन रही हो न···इन्हें टूटना ही है···

हाँ, चंपावती ने यातनाओं की अँधेरी कोठरी से मुक्ति की प्राणपण चेष्टा की थी—

छोटे गुरुजी, आपकी शरण हूँ···हमें अपने साथ शहर ले चलिए···न···आपके हाथ जोड़ती हूँ, जनम भर आपकी दासी बनकर···

चंपावती को रास्ता दिखानेवाले पुरुष ने कैसी कायरता का परिचय दिया था—

यह नहीं हो सकता, चंपा, कभी नहीं···! तुम तो जानती हो, मेरे बाबूजी की सारी आशाएँ मुझे लेकर···ही···मैं तुम्हें चाहता हूँ, बेहद चाहता हूँ; लेकिन मैं ऐसा नहीं कर सकता। चंपा, मुझे माफ कर दो···!

लेकिन छोटे गुरुजी, आप नहीं जानते···दादी और बाबू हमारी जिंदगी बरबाद करने पर तुले बैठे हैं। बड़का राजपुर का एक लड़का भी तलाश कर लिया गया है। गुड़ के आढ़तिए हैं वे लोग। लड़का विद्या के नाम पर काला अच्छर भैंस बराबर है। क्या आप बरदाश्त करेंगे, छोटे गुरुजी कि आपकी चंपावती के ब्याह का नहीं, जीते-जी उसके मरने का साज सजाया जाए? चुप क्यों हैं, कुछ तो बोलिए, मुझे रास्ता बताइए न, छोटे गुरुजी···?

माँ भवानी ही तुम्हें राह दिखा सकती हैं, चंपा; अब स्थिति मेरे वश के बाहर की हो गई है।

माँ भवानी ने उसे निर्देश दिया था या उसके भीतर अपने घर के आदिम संस्कारों के विरुद्ध मुष्टिबद्ध होने की शक्ति स्वत: स्फूर्त हुई थी—

अम्मा, बड़का राजपुरवालों को खबर करवा दो, यह ब्याह नहीं होगा।

बचिया, तू अपने होश में तो है न···वरिच्छा हो चुकी है—तिलक की रसम परसों है और बारात आज के नौवें दिन···धीरज धर बेटी, तिरिया के कपाल में सारे लेख विधाता पहले ही लिख देता है, जिनगी भर उसी हिसाब से चलो, इसमें कहीं किसी कतर-ब्योंत की गुंजाइश नहीं!

बड़का राजपुर के आढ़तिए शिवप्रसाद को एक गुमनाम चिट्ठी मिली थी—यह ब्याह आपके लिए दुर्भाग्य का सूचक होगा। बेटा और बहू दोनों आजीवन दुखी रहेंगे···क्या आप पसंद करेंगे कि आपकी बहू अपना मन नैहर के किसी गाछ-बिरिछ को सौंपकर केवल देह से इस गाँव में आए? वक्त रहते फैसला कर लें, तो दो-दो जिंदगियाँ बच सकती हैं।

शिवप्रसादजी की जोरदार डपट खाकर सिटपिटाए हुए सुखदेव साहू अपने गाँव लौट आए थे···उस गुमनाम चिट्ठी की सुडौल इबारत को पहचानने में उन्हें तनिक भी देर नहीं लगी थी—

काठ की ओखली में पड़े वजनी मूसल से उन्होंने निशाना साधकर चोट की थी···

खून से तर-ब-तर चंपावती की बिखरी हुई देह को अपनी कमजोर बाँहों में समेटती उसकी अम्मा का बिलखना सुनकर सारा गाँव सुखदेव साहू के दालान में इकट्ठा हो गया था—

ऐसा कसाई बाप किसी ने नहीं देखा!

....

मारकर क्या उसकी जान ले लोगे, साहू···

....

तुम जेहल जाओगे सो अलग, सारा गाँव अदालत और गवाही के चक्कर में तबाह हो जाएगा···

देखता हूँ कौन माई का लाल पुलिस को खबर करने जाता है···हमारी जाई है, हम उसे मारें, चाहे रखें···किसी को इससे क्या···?

गाँव का बूढ़ा कंपाउंडर रात के झुटपुटे में मरहम-पट्टी कर गया था—घाव गहरा है चंपिया की अम्मा, सावधानी की जरूरत है। जरा सा जोर पड़ते ही जख्म के खुल जाने का डर होगा···!

माथे के उस घाव को भरने में पूरे दो महीने लगे थे, लेकिन उन दो महीनों में शरीर की अस्वस्थता ने चंपावती को जिस असाध्य मनोरोग की दहलीज पर खड़ा कर दिया था, उसे परखने की जरूरत शायद किसी को भी नहीं थी—

ले···यह गरम दूध पी ले, बचिया···!

चंपावती की करुणा भरी हँसी की भयावहता का मर्म क्या उसकी माँ समझ पाती थीं—

बचपन में एक बार गन्ने के रस से भरी कटोरी मुँह से लगा ली थी, तुम लोगों ने कितनी जली-कटी बातें सुनाई थीं—आज यह दुलार किसलिए अम्मा?

चंपिया, आजी दुर्गा भवानी के बिसरजन होखे के बा, चल आरती ले ले···

चंपावती की अविश्वास भरी आँखों में क्षोभ दहक उठा था—हाँ, मेरे जीवन के विसर्जन में जिसे सच्चा सुख मिला है, वह यही है, यही···उसने दूध से भरा कटोरा दादी के मुँह पर उलट दिया था।

अपने पुरातनपंथी सोच के पैमाने में चंपा की उमगती हुई आकांक्षाओं को जकड़कर रख देनेवाली दादी की हतप्रभता अपने बचाव के लिए कोई नया निदान ढूँढ़ सके, इसके पहले एक अघटनीय घटना घटी थी—चंपावती के दुर्बल शरीर में न जाने किस बलातिरेक का विद्युत् गति से संचार होने लगा था! अंगारों की तरह दहकती आँखों से उसने अपने चारों तरफ की एक-एक चीज को घूरकर देखा था—चारपाई पर बिछी अधमैली चादर,

फटे कोनोंवाला चिपटा सा तकिया, ताख पर रखी गौरी-गणेश की मूर्तियाँ—अम्मा ने नसीहत दी थी—भगवान् का ध्यान करो बचिया, तुम्हारा मन वे ही शांत करेंगे…!

चौखट पर खड़ी दादी उसकी दशा देखकर गुहार करने लगी थीं—अरे केहू बा, दउर लोग, चंपिया, होस-हवास में नइखे ए बबुआ…

चंपावती होश-हवास में नहीं रही, वह नीम-पागल हो गई! कानोकान यह खबर पूरे गाँव में बवंडर बनकर फैल गई थी, देवीथान जाने के बदले टोलेवालों का मजमा सुखदेव साहू के अहाते में एकत्र होने लगा था।

दादी की धारणा थी कि चंपिया के माथे पर देवी सवार हो गई है। चिरकूट ओझा को बुलवाकर जबरदस्त ओझाई करवानी होगी, तभी…

डॉ. शर्मा ने बताया था—पहली बार जब इस लड़की को भरती कराने के लिए लाया गया था, तब यह बार-बार उठकर बाहरी दरवाजे की ओर भागती थी—अपनी अम्मा को पुकारकर रोने लगती थी—हम पगली नहीं हैं। हमें कुछ नहीं हुआ है। हमें यहाँ से घर जाने दीजिए…

चिकित्सकों और परिचारिकाओं ने उसे बहलाने की कोशिश की थी—

लेकिन तुमसे किसने कहा कि यह पागलखाना है और यहाँ तुम्हें…

हाँ-हाँ,…हमें सब पता है—सरूप और किशन खूब हँस रहे थे, वे ताली पीट रहे थे…चंपिया पगली हो गई है।…इसको बिजली की टोपी पहनाएँगे…इसे बरफ पर लिटाएँगे…!

बार-बार आश्वासन दिए जाने के बावजूद उस अपरिचित परिवेश में चंपा को अपनी सुरक्षा का कतई भरोसा नहीं था। उन्हीं दिनों…सारी दुनिया के प्रति अविश्वास और आशंका से सतत उद्वेलित उसकी मानसिकता ने जब अपनी नियति के विरुद्ध जेहाद छेड़ा था, तभी घने कोहरे को भेदती एक नई किरण उसके सामने सहसा आ खड़ी हुई थी—

मेरा नाम रामस्वरूप है। मैं भोजपुर जिले के सुखदेव साहू की बेटी कुमारी चंपावती से एक बार मिलना चाहता हूँ—

लेकिन मिलनेवालों की सूची में आपका नाम तो…

मैं आपसे प्रार्थना करता हूँ एक बार, बस, एक बार मुझे उससे मिल लेने दीजिए…।

माफ कीजिए…अस्पताल के उसूलों के खिलाफ मैं किस तरह…

लंबी यात्रा से थके-माँदे उसके चेहरे पर हताशा की गहरी रेखाएँ खिंच गईं थीं—ठीक है, कम-से-कम मेरी यह चिट्ठी तो उस तक पहुँचा दें…! और जवाब के लिए मेरे पते का यह लिफाफा भी…!

डॉ. शर्मा के हाथों से वह पत्र लेकर उसने उसका एक-एक हरफ गौर से पढ़ा था…

चंपा, मैं अपने आपको सबसे बड़ा अपराधी मान रहा हूँ। सच, यदि उस दिन मैंने तुम्हारा प्रस्ताव मानने का साहस जुटा लिया होता तो इतना बड़ा अनर्थ नहीं घटित होता। उस सड़ी हुई परंपरा का एक हिस्सा बन चुकने के बाद अंततः मेरे लिए प्रायश्चित की कोई दूसरी दिशा दिखाई नहीं देती। तुम्हारी कोमल भावनाओं की सौगंध, चंपा, मैं तुम्हारे लौटने का इंतजार करूँगा। तुम्हारी खोई हुई सहजता तुम्हें फिर वापस मिल जाएगी। उस दिन की विकल प्रतीक्षा में, तुम्हारा ही···

□

मैंने डॉ. शर्मा से चंपा पर रामस्वरूप के उस पत्र की प्रतिक्रिया जाननी चाही थी—

महिला प्रकोष्ठ की मुख्य परिचारिका ने वह चिट्ठी उसे सौंपते हुए पूछा था—तुम रामस्वरूप नाम के आदमी को जानती हो···? आकाश का अथाह सूनापन उसकी असहज रूप से स्थिर पुतलियों में उतर आया था।

वह तुमसे मिलने के लिए आया था, उसने यह चिट्ठी तुम्हें दी है।

चंपावती ने उस चिट्ठी को देखा तक नहीं···वह अपने भीतर की नीम-खामोशी से उलझी हुई धीरे-धीरे अपने कमरे में लौट गई थी···!

□

आज जब चंपावती के नहीं होने की खबर डॉ. शर्मा ने मुझे दी है, तब मेरी चेतना सहजता से असहजता की अकाट्य दूरी को एक पल में तय करके सहसा निःशेष हो जानेवाली उस भोली-भाली बालिका की करुणा भरी आँखों का अभियोग झेलने में असमर्थ हो रही है। दो महीने पहले मैं उसे देखकर लौटी थी, फिर अचानक यह हादसा किस तरह हुआ ···?

सुखदेव साहू के गाँव से आने के बाद मैंने चंपा में एक परिवर्तन का अनुमान लगाया था। मेरे दिए हुए कागज और रंगीन पेंसिलें अछूती पड़ी रहती थीं। करीब-करीब ठीक हो चली उसकी समवयस्का रोगिणी सोनाबाई ने बताया था—

यह रात-रात भर सोती नहीं, न जाने क्या बड़बड़ाती रहती है! पूछने पर कुछ बताती भी नहीं। पहले से ज्यादा गुम-सुम हो गई है।

चंपा ने प्रतिकार का कैसा असहज उपचार ढूँढ़ा था। दो वर्ष पहले अपनी बंद कोठरी में अन्न-जल ग्रहण किए बिना प्राण-त्याग करनेवाली हठधर्मिता एक बार फिर उसकी असहज मनःस्थिति का सहजक्रम बन बैठी थी···!

उसके दुर्बल होते चले जाने पर सबको स्वाभाविक चिंता हुई थी। अस्पताल की ओर से सुखदेव साहू को सूचना भिजवाई गई थी, लेकिन वहाँ से कोई नहीं आया।

आखिरी दिन वह आपके दिए हुए कागज और पेंसिलों के साथ बड़ी देर तक खेल करती रही थी। उसके तकिए के नीचे से यह पुस्तिका मिली है, दीदीजी···

चंपावती की असहनीय मानसिक यंत्रणा का प्रमाण मेरे हाथों में है।

विभिन्न मनोरोगियों की अलग-अलग मनोदशाओं का आकलन करके मनोचिकित्सा की व्यापकता पर अपना आलेख पूरा करूँ, इसके पहले चंपा की इबारतों का मर्म समझना मेरे लिए सबसे महत्त्वपूर्ण हो गया है। मोती से सुडौल अक्षरों की कसीदाकारी करनेवाली उसकी उँगलियों में भी विकृति आ गई थी क्या? या उसका शब्द-ज्ञान अंतिम क्षणों में पूरी तरह निःशेष हो गया था? रंग-बिरंगी लकीरों के बीच छिपाकर यह कौन सा संदेश उसने मुझ तक पहुँचाने की कोशिश की थी?

सोनाबाई ने उसके मौन की भाषा को पहचान लिया था। उसकी आखिरी बार मुँद रही आँखों में मेरे लिए विकलता थी। शायद वह मुझसे कुछ कहना चाहती थी। मुझे लगा—चिर सामान्यता के उस छोर को छूकर एक बार फिर से उसकी दूध सी उजली हँसी को नया जीवन मिल गया है। हलके पीले रंग की जो पुस्तिका मैंने उसे दी थी, उसके सारे पृष्ठ रंग-बिरंगी बेशुमार धारियों से अँटे पड़े थे…!

यह क्या? पुस्तिका का अंतिम पृष्ठ जैसे उसके जीवन की संपूर्ण यातना-कथा का निचोड़ बना मेरे सामने खुल गया था—

रा…मो…गति…देहु सुमति…!

दुर्गा शतनाम की तरह उसने समूचे पन्ने पर इसी एक वाक्य की अनेक बार आवृत्तियाँ की थीं! नहीं, कोरा वाक्य नहीं, यह चंपा के विकृत जीवन का सबसे सार्थक सत्य था। राम में गति पाने से पहले कौन जाने, उसने किस-किस के लिए सुमति की प्रार्थना की होगी—क्या अपने लिए भी…? हरगिज नहीं…!

□

निष्कृति

महीन चुन्नटों के साथ करीने से बँधी शांतिपुरी धोती, नफीस मलमल का ढीली-ढाली बाँहोंवाला हलका कामदार कुरता, कविनुमा खिचड़ी बालों पर मेहँदी की लाली, मोटे फ्रेम के चश्मे से झाँकती पैनी आँखों और होंठों पर हमेशा के लिए विराजमान हलकी किंतु विशिष्ट मुसकराहट···अलग-अलग संदर्भों में इस मुसकराहट के अलग-अलग रंग सहज ही पहचाने जा सकते हैं।

हमारे गाँव के बलदेव काका ने परिचय दिया था, ''बेटे, ये विमलादत्त पांडेयजी हैं···बड़का राजपुर के सबसे प्रतिष्ठित आदमी, अपने गाँव के सिरमौर! इन्हीं की बड़ी साली का लड़का है···सावित्री के लिए···''

सुबोध भैया ने झुककर आगंतुक का अभिवादन किया था। पैर छूने के लिए बढ़े हुए उनके दोनों हाथों को बीच में ही खींचकर उन्हें अपने निकट समेटते हुए विमलादत्तजी ने बड़ी मीठी मुसकान उड़ेली थी, ''रहने भी दो बेटे, जैसा मेरा भूषण वैसे ही तुम। आओ, पास बैठो···''

सुबोध भैया की दृष्टि उनके दोनों हाथों की उँगलियों में सजी रंग-बिरंगी अँगूठियों पर टिकी रह गई थी—मूँगा, मोती, पुखराज—ग्रहों की विपरीतता से निपटने के लिए जुटाए गए कितने ही अस्त्र! विमलादत्तजी के भरे-भरे गालों पर चढ़ी संपन्नता की चिकनाहट इस बात का सबूत थी कि ये अस्त्र उनकी असीम सफलता के प्रयोजन, उनके सयत्न जोड़े गए वैभव के रक्षाकवच बने हुए हैं।

सुबोध भैया थोड़ी देर तक संभ्रम में पड़े रहे थे कि बातचीत किस तरह शुरू की जाए?

बलदेव काका ने इनका नाम-पता महीनों पहले लिख भेजा था, ''सावित्री के लिए जिस तरह के घर-वर की तुम्हें तलाश है, वह बड़का राजपुर में है, बेटा···! वर के

माता-पिता नहीं हैं। वह अपने सगे मौसा के यहाँ रह रहा है। तुमने उनका नाम जरूर सुना होगा—श्री विमलादत्त पांडेय। लंबा-चौड़ा कारोबार है। कृषि-विभाग की ठेकेदारी सँभालते हैं। बड़े-बड़े नेताओं और ऊँचे पदाधिकारियों से उनकी आमदरफ्त है। भूषण भी उनके व्यवसाय की देखभाल करता है।''

सुबोध भैया अपने कार्यालय से छुट्टी लेकर बड़का राजपुर जाने ही वाले थे कि अप्रत्याशित ढंग से विमलादत्तजी स्वयं ही पटना आ गए थे। भैया ने पेड़े और नमकीन की तश्तरी सकुचाते हुए सामने रखी थी, ''घर खोजने में दिक्कत तो नहीं हुई?''

विमलादत्त पांडेय के होंठों की गर्वदीप्त मुसकान थोड़ी और गहरी हो गई थी, ''पटना का कोना-कोना मेरा देखा हुआ है न, मेरे विभाग के पदाधिकारी गलत नहीं कहते—मेरा शरीर गाँव में रहता है और मन पटना में···। वे लोग विनोद किया करते हैं—और आपकी आत्मा कहाँ रहती है पांडेयजी, जरूर मॉडले की इरावती नदी के तट पर···

''लेकिन उस तट को छोड़े हुए तो एक जमाना बीत गया। जीवन के वे सुनहले दिन अब कहाँ···? अब तो मजदूरों की तरह लगातार खटने पर सुबह-शाम की दाल-रोटी का ठिकाना बँधता है।''

बलदेव काका ने पहले ही बता दिया था—विमलादत्त पांडेय के पूर्वज बहुत पहले रोजगार की खोज में हिंदुस्तान से बाहर निकले थे और बर्मा में उनका स्थायी निवास हो गया था। विमलादत्त और भूषण के पिता मधुसूदन पांडेय—दोनों चचेरे भाई थे। वहाँ इन लोगों का सोने-चाँदी का लंबा-चौड़ा कारोबार था, कई स्टीमर चलते थे। दोनों हाथों से पैसा बटोरनेवाली स्थिति थी।

फिर बर्मा सरकार के जारी किए गए अधिनियम के तहत पांडेय परिवार की संपत्ति जब्त कर ली गई थी और इन लोगों को बदतर स्थिति में हिंदुस्तान वापस आना पड़ा था। यहाँ इन्हें जो मुआवजा मिला, वह नहीं के बराबर था।···विमलादत्त व्यवसाय-कुशल आदमी थे। उन्होंने अपनी कुल संचित पूँजी का सदुपयोग करते हुए कृषि-विभाग में आवश्यक उपकरणों की संपूर्ण आपूर्ति का व्यवसाय प्रारंभ किया और अब स्थिति यह है कि राजधानी तथा आस-पास के सभी इलाकों में मँजे हुए ठेकेदार के रूप में विमलादत्तजी का नाम सर्वोपरि है। चार-पाँच वर्षों में ही अपनी चतुराई से इन्होंने ऐसा दबदबा बना लिया है कि क्षेत्रीय पदाधिकारियों की तो बात ही छोड़ दी जाए, मंत्री और उच्च पदाधिकारीगण भी इनकी दुआ-सलामी किया करते हैं।

काका ने लंबी साँस लेकर कहा था, ''सब पैसे की माया है, बेटे! तुम्हारे पास पूँजी है, तो तुम ललाट के चंदन हो, नहीं तो पैरों की धूल भी नहीं।''

सुबोध भैया ने उसी वक्त अपनी आशंका व्यक्त की थी, ''लेकिन इतनी बड़ी

हैसियतवाले आदमी के यहाँ हमारी पैठ किस तरह हो सकती है, काका? सुना है, उनकी देहरी पर बड़े-बड़े अफसरों की उठ-बैठ होती है। हम जैसे मामूली···''

बलदेव काका ने उन्हें राहत दी थी, ''लड़के के विवाह के मामले में विमलादत्तजी की पत्नी का मत ही पहला और आखिरी मत होगा, बेटे! श्यामा देवी बड़ी सीधी-सादी महिला हैं। उन्होंने भूषण को बेटे से भी बढ़कर माना है। मेरी भतीजी सुमित्रा बड़का राजपुर में ही ब्याही हुई है न! उसके मुँह से सावित्री बचिया की सराहना सुन-सुनकर श्यामा देवी ने ठान लिया है कि भूषण का ब्याह वे तुम्हारे यहाँ ही करेंगी।''

काका ने हँसकर अपनी बात पूरी की थी, ''घर की तिरिया हठ पकड़ ले तो अनहोनी भी होनी बन सकती है, बेटे।''

''लेकिन दान-दहेज की बात भी तो उठेगी न, काका! विमलादत्तजी अपनी हैसियत के अनुरूप ही हो···''

सुबोध भैया की मायूसी को ताड़ते हुए बलदेव काका ने उनकी पीठ पर हाथ रखकर सांत्वना भरी थपकी दी थी, ''वह तो है ही···। बेटी के बाप-भाई इस सोच से कभी नहीं उबर सकते। सुबोध, तुम धरनीधर भाई के कमासुत बेटे हो। उनका छूटा हुआ फर्ज तुम्हें ही पूरा करना है न···! यह तो कहो कि उन्होंने अपनी कमाई से पटना में यह पुख्ता मकान खड़ा कर दिया। उन जैसा दरियादिल आदमी कौन होगा भला···! पैसे को ठीकरा समझते रहे। उन्हीं के पुण्य प्रताप से तुम इतनी कम वय में इतना अच्छा पद पा सके हो, बेटा! माँ-बाप के अधूरे सपने उनकी संतान की काया में हू-ब-हू उतर आते हैं। धरनीधर भाई कहा करते थे—परिवार का बोझ बचपन में ही इन कंधों पर आ गया था, बलदेव भाई! इसीलिए शहर में रहकर ऊँची पढ़ाई करने का सपना, सपना ही रह गया। दो-दो विधवा काकियाँ, उनके दुधमुँहे बच्चे, सगे भाई-बहनों की परवरिश और सबके अन्न-वस्त्र की चिंता···। बाबूजी ने मैट्रिक तक पढ़ाकर ही भरपाई कर दी। बाबूजी की बात भी गलत नहीं थी। कहते थे—मेरी पीढ़ी के सब सवाँग अकाल मरन गति पाकर चले गए। धरनी बबुआ, दोनों छोटे भाइयों का दाह-संस्कार इन्हीं हाथों से किया···। हम भी अधिक दिनों तक नहीं रहेंगे। तुमसे एक ही बात का निहोरा है, धरनी, अपनी काकियों को माँ से बढ़कर आदर देना। इनके बाल-गोपालों को कोई क्लेश न पहुँचे। मेरे स्वर्गवासी भाइयों ने मुझसे वचन लिया था।

''उसी वचन को निबाहने के लिए धरनीधर भाई ने सत्रह वर्ष की वय में ही गृहस्थी का जुआ अपने कंधों पर डाल लिया था। उन्होंने सगी और चचेरी बहनों को मिलाकर सात लड़कियों का ब्याह किया था, बेटे···! गाँव भर में उनकी नेकनामी और सीधेपन की आज भी चर्चा है। अपनी देह के कपड़े फटे हैं, इसकी परवाह शायद ही उन्होंने कभी की हो।···सम्मिलित परिवार के कर्ता-धर्ता के रूप में उन्होंने जो मिसाल

छोड़ी है, उसका जोड़ नहीं मिल सकता।···तुम्हारे ऊपर तो उनका एक ही दाय है न, बड़ा भाई पिता समान होता है, जैसे भी हो, यह भार तो तुम्हें उठाना ही है, बेटे···!''

सुबोध भैया की आँखों में गरम भाप के कण बनकर अतीत के कई रेशे एक साथ उभर आए थे—सावित्री कितनी नन्ही सी थी···गोल-मटोल गुड़िया सी···! रक्षाबंधन के दिन उसने मचल-मचलकर सारे घर में कोहराम मचा दिया था, ''बाबूजी, हमें रेशमी फ्रॉक और घुँघरूवाली पाजेब चाहिए, तभी हम भैया को राखी बाँधेंगे।''

तब वह गाँव के स्कूल में मैट्रिक के छात्र थे। दमे और पेचिश ने बाबूजी को उन दिनों बेदम कर रखा था। उन्होंने अपने दुर्बल हाथ बढ़ाकर सावित्री को पास खींचते हुए उसे फुसलाना चाहा था, ''मेरी सोनामुनी, मेरी गुड़िया बेटी, तू अच्छी लड़की है न, जिद मत कर! जरा तबीयत सुधर जाए तो पटना चलकर तेरी हर फरमाइश पूरी कर देंगे।''

सावित्री ने तुनककर बाबूजी को परे धकेल दिया था, ''आपको तो कभी फुरसत नहीं होगी। भैया की फरमाइश कैसे पूरी हो जाती है, उनके जूते-कपड़े कैसे खरीदे जाते हैं?''

सुबोध भैया ने आगे बढ़कर सावित्री को एक जोरदार तमाचा जड़ दिया था, ''जबान बहुत चलने लगी है। आप डाँटते नहीं न, इसीलिए यह बिलकुल बिगड़ गई है, बाबूजी!''

बड़े भाई से मार खाकर सावित्री सुबकती कमला काकी की गोद में दुबक गई थी।

बाबूजी अचानक कातर हो उठे थे, ''तूने तो अपनी माँ को देखा है, उसका दुलार पाया है, लेकिन यह लड़की तो इतना भी नहीं जानती कि इसकी माँ कैसी थी? एक साल की थी न···तभी तो···। तुम दोनों के माँ-बाप का सारा दाय मैंने निबाहा बेटे···! कभी-कभी तो ऐसा लगता है कि तुम्हारी अम्मा की आत्मा मेरी देह में समा गई है! वह मेरे भीतर बैठी मुझे ताड़ना देती रहती है—देखो, मेरे बच्चों को फूल की छड़ी से भी मत छूना!···आज तुमने सावित्री को मारा न, उसकी आँखों में मुझे तेरी अम्मा का बिसूरता हुआ चेहरा दिखाई पड़ा।···आज तो मैं जिंदा हूँ बेटे···कल नहीं रहूँ तब···? तुम अपनी बहन को सँभालोगे नहीं, इसके साथ इसी तरह मारपीट करोगे क्या? तब जानते हो, क्या होगा? ऊपर बैठी तुम्हारी अम्मा खून के आँसू रोएगी और मैं कुछ नहीं कर सकूँगा!''

अम्मा की अंतिम विदाई का दिन आज भी जलती हुई लकीर बनकर सुबोध भैया के मन पर खिंचा हुआ है।···दर्द से छटपटाती अम्मा की घुटी-घुटी चीखें सुनकर उस रोज सारा घर उनकी खाट के पास सिमट आया था। बाबूजी गाँव के पंचायती अस्पताल के डॉक्टर को बुलाने के लिए भागे थे। उसने अम्मा को तुरंत पटना ले जाने की सलाह दी थी। उनके पेट का अल्सर फट चुका था। बड़े-बड़े डॉक्टर भी कुछ नहीं कर पाए थे। एक साल की सावित्री को गोद में लिये कमला काकी ने रोते हुए सुबोध भैया को

बाँहों में समेटकर अम्मा के सिरहाने खड़ा कर दिया था। अम्मा की निस्तेज होती चली जा रही आँखों में एक व्याकुल खोज थी। सुबोध भैया को देखकर उन पुतलियों की डूबती हुई चमक थोड़ी देर के लिए ठहर गई थी। छीजते चले जा रहे प्राणों को आँखों में समेटकर उन्होंने एकटक अपने बेटे को देखा था और बड़ी मुश्किल से अपनी अंतिम बात समझाने के लिए उनकी जबान खुल पाई थी, ''दोनों भाई···बहन···मे···ल···से···''

अम्मा वाक्य पूरा नहीं कर पाई थीं। उनकी आँखों में उमड़ती चली आ रही सफेदी को देखकर सुबोध भैया चीख उठे थे। पटना अस्पताल के सूने बरामदे में बार-बार गूँजती हुई वह चीख आज भी उन्हें चिहुँका देती है।

बाबूजी की सीख उनके साथ-साथ चलती रही। सावित्री कोई भी गलती करे, कैसी भी जिद करे, उन्होंने कभी उसे प्रताड़ित करने का साहस नहीं किया। अम्मा और बाबूजी की दो जोड़ी आँखें उनके साथ-साथ चलती उन्हें बराबर बरजती रहीं।···कमला काकी के अतिरिक्त दुलार ने सावित्री को परले दरजे की जिद्दी बनाकर रख दिया, वह कुछ नहीं कर सके। उसकी बेढंगी आदतों को देखकर कभी काकी से कुछ कहते भी, तो वह निःशब्द रुदन करने लगतीं, ''तुम्हीं लोगों के लिए तो इस घर में पड़ी हूँ बचवा, सब चले गए···रामजी ने मेरे कपाल में न जाने कितना भोग लिखा है? यह लड़की अपने घर चली जाती, तुम्हारे रोटी-पानी का बंदोबस्त करनेवाली कोई आ जाती, तो मैं भी बाबा बिसनाथ की नगरी में बास ले लेती!''

सुबोध भैया की बड़ी इच्छा थी कि सावित्री मैट्रिक से आगे पढ़ ले। उन्होंने काकी के सामने कई बार इशारा भी किया था, ''जब मैं पटना में रहकर पढ़ रहा हूँ, तब सावित्री को वहाँ छात्रावास में रखने में क्या हर्ज है?''

काकी ने दो टूक मनाही कर दी थी, ''गाँववाले इसे ठीक नहीं समझेंगे, बचवा! शहर में लड़की को अकेले छोड़ देना कितना खराब है, सोचो तो···!''

अपनी बात को समर्थन दिलवाने के लिए उन्होंने बलदेव काका को बुला लिया था, ''आप काकी को पटना जाने के लिए राजी करा दें, काका, मैं किराएदारों से कहकर मकान खाली करवा लूँगा। हम सब साथ रह लेंगे।''

काकी ने दोबारा एतराज किया था, ''पुरखे-पुरनियों का घर एकदम सूना हो जाएगा, यहाँ संझा-बाती करनेवाला भी तो कोई चाहिए न! सुबोध बचवा सावित्री को पढ़ाने की इतनी ही लगन रखता है तो वह जो चाहे करे, लेकिन हम परान रहते यह देहरी छोड़कर नहीं जा सकते।''

सुबोध भैया निरुत्तर रह गए थे। उनके बाबूजी ने उनसे कहा था, ''कमला भौजी का कोई नहीं है। जन्म की इस अभागी को कभी कोई कचोट नहीं पहुँचे।''

अपने ऊपर हावी होते चले जा रहे अतीत को सुबोध भैया ने एक झटके से किनारे

कर दिया था। विमलादत्तजी क्या सोचते होंगे, कैसा चुप्पा आदमी है। उन्हें अपनी ओर से बातचीत की पहल करनी चाहिए थी न! वह थोड़ा सकुचाते हुए उठ खड़े हुए थे, ''आपके लिए चाय···''

रसोईघर में आकर नौकर को अच्छी चाय बनाने की ताकीद करते हुए वह मन-ही-मन बातचीत की शुरुआत का क्रम बिठाने लगे थे। विमलादत्तजी धोती का छोर सँभाले उनके पीछे-पीछे कब रसोईघर में दाखिल हो गए, उन्हें पता भी नहीं चल सका था, ''तुम्हारे पिता ने घर तो बहुत अच्छा बनाया है भई, पटना में इतना बड़ा मकान बना लेना अब उतना आसान नहीं है!''

सुबोध भैया ने विनम्र भाव से उत्तर दिया था, ''इस मकान को बने हुए पंद्रह वर्ष से भी ऊपर हो गए। बाबूजी रेलवे की नौकरी से अवकाश पाकर इसे पूरा करने में जुट गए थे।''

''···ऊपरी आमदनी अच्छी रही होगी।'' कहकर विमलादत्तजी थोड़ा सा हँसे थे।

सुबोध भैया को एक क्षण के लिए लगा था, उनकी हँसी में व्यंग्य का पैनापन है। उन्हें एक अंग्रेज लेखक की पंक्ति याद हो आई—एकदम नपी-तुली, बँधी हँसी हँसनेवाले अत्यंत कृपण और लोलुप स्वभाव के होते हैं।

'कोई जरूरी नहीं है···' उन्होंने विमलादत्तजी को चाय की प्याली पकड़ाते हुए उस पंक्ति को बरबस झुठला देना चाहा— 'और यह कृपणता करेंगे भी तो किसके लिए···?'

काका की भतीजी ने खबर भिजवाई थी—भूषण और उसके मौसा को देखकर कोई यह नहीं कह सकता कि दोनों बाप-बेटे नहीं हैं।

विमलादत्त चाय की प्याली मेज पर रखते हुए कह उठे थे, ''बलदेव तिवारी ने तुम्हारे विषय में सबकुछ बताया है।···मेरा भूषण इस वर्ष चौबीस वर्ष का हो जाएगा। उसकी मौसी अब और देर करना नहीं चाहतीं। सुना है, तुम्हारी बहन···''

सुबोध भैया अचरज में डूबे थोड़ी देर के लिए निर्वाक् रह गए थे—कैसी महानुभावता है इनकी···? वर-पक्ष स्वयं अनुकूलता का संकेत दे···

विमलादत्त की मधुर वाक्‌पटुता ने उनसे सबकुछ कहलवा लिया था—सावित्री मैट्रिक से आगे नहीं पढ़ पाई···उनके पास पटना के इस मकान को छोड़कर और कोई स्थावर संपत्ति भी नहीं है। खेत का बहुत बड़ा हिस्सा पहले ही चचेरी बहनों के ब्याह में और बाबूजी की बीमारी में रेहन हो चुका था। जो थोड़ी-बहुत जमीन बची भी है, उसमें बड़ी काकी के दोनों लड़कों का भी हिस्सा है आदि··· आदि···!

विदा लेते हुए विमलादत्त ने सुबोध भैया को आमंत्रण दिया था, ''कभी बड़का राजपुर आओ, बेटे।''

सुबोध भैया ने कृत-कृत्य भाव से उन्हें प्रणाम करते हुए सिर हिला दिया था।··· उन्होंने तुरंत बलदेव काका को पत्र दिया था, ''बड़का राजपुर के विमलादत्तजी अपने व्यापार के काम से पटना आए थे। थोड़ी देर के लिए मेरे यहाँ भी रुके थे। आपने ठीक ही कहा था—इतनी बड़ी हैसियतवाला आदमी इतना सरल हो सकता है, इसकी तो मैं कल्पना भी नहीं कर सकता। उन्होंने स्वयं ही विवाह की बात उठाई। मेरा मन कहता है कि सावित्री का विवाह बड़का राजपुर में ही होगा, काका! विमलादत्तजी के यहाँ वह सुखी रह सकेगी। न हो, तो आप एक बार बड़का राजपुर चले जाएँ।···हमें यह थाह मिल जाती कि देन-लेन का हिसाब क्या बैठेगा, तब हमारी आशा बँधती··· ।''

बलदेव काका के पूछने पर विमलादत्त के साथी विपुजन चौधरी एम.एल.ए. ने कहा था, ''आपका यह सवाल तो वैसा ही हुआ, तिवारीजी, जैसे कोई समुद्र में दो-चार घड़े पानी डालकर सामर्थ्य बढ़ाना चाहे। विमलादत्तजी राजा आदमी हैं, इनके सामने लेन-देन की बात उठाकर इनकी हैसियत पर छींटा नहीं डालिए!''

श्यामा देवी ने किवाड़ की ओट में खड़े होकर कहा था, ''शिवपूजनजी, अगुआ महाराज से कह दें—हम लड़की देखने जाएँगे। सबकुछ जँच जाए, तब बात बढ़ेगी।

□

कमला काकी ने रच-रचकर सावित्री के बाल धोए थे। लंबे बालों की ढीली सी एक चोटी बाँधती हुई वे उसे सीख देती गई थीं, ''सिर झुकाए बैठी रहना बचिया, वे लोग कुछ पूछें तो बहुत धीरे से जवाब देना, घबराना नहीं।''

उन्होंने अम्मा की लंबी एकलड़ी जंजीर उसके गले में डाल दी थी। उनकी आँखों में अम्मा की अधूरी साध झिलमिला उठी थी। बीमारी के दौरान वे अकसर अपने गहनों की संदूकची खोलकर बैठ जातीं और चुपचाप सारे गहनों को दो हिस्सों में इधर-से-उधर करती रहती थीं।···कमला काकी को उन्होंने बताया था, ''··· भारी गहने सावित्री को देने हैं, दीदी, बेटी जात है न, दूसरे के यहाँ चली जाएगी।···कुछ गहने सुबोध की बहू को भी देने होंगे न, नहीं तो कहेगी, सास महाकंजूस है··· ।''

कमला काकी की आँखों से आँसुओं के कुछ कतरे टपक गए थे, ''यह एकलड़ी तेरी अम्मा की निशानी है, बचिया, तेरे लिए···''

सुबोध भैया ने आगे बढ़कर विमलादत्त पांडेय और उनकी पत्नी की अगवानी की थी। दूसरी महिला का परिचय विमलादत्तजी ने ही दिया था, ''यह कल्याणी है, मेरी बहन··· । मामा की लड़की है, लेकिन मेरे लिए सगी बहन से बढ़कर है।''

सुबोध भैया ने अनुमान लगा लिया था कि उस महिला को सबसे ज्यादा महत्त्व देना अपेक्षित ही नहीं, अनिवार्य भी होगा।···कमला काकी श्यामा देवी और उनकी ननद को अपने भीतर लिवा ले गई थीं।

सावित्री को उन्होंने फुसफुसाकर आदेश दिया था, ''यह तुम्हारी सास है, बचिया, इनके पैर छू लो।''

गोरी चिट्टी, स्थूलकाय और खूब हँसमुख श्यामा देवी ने बड़े सरल भाव से बातचीत शुरू की थी, ''यह भूषण की बुआ हैं, बेटी, इन्हें भी···''

उन्होंने सावित्री को अपने पास बिठा लिया था। दो-चार इधर-उधर की बातें पूछने के बाद उन्होंने हँसकर काकी से कहा था, ''हमारा लड़का खूब गोरा-चिट्टा है, बहन, हम तो पहले ही जानते थे, उसकी बहू का रंग जरूर उससे मद्धिम होगा।''

अब तक चुपचाप बैठी सावित्री को बड़े गौर से देखती कल्याणी देवी ने पहली बार मुँह खोला था, ''भूषण के रंग-रूप से इसकी कोई तुलना···''

बाहर से विमलादत्तजी ने बहन को आवाज दी थी। कल्याणी देवी के दालान में जाने के बाद श्यामा देवी ने सावित्री की ओर झुकते हुए धीरे से कहा था, ''इनकी बात का बुरा मत मानना, बेटी, भाई के ज्यादा दुलार से थोड़ी मुँहफट हो गई हैं, कब क्या बोलना चाहिए···''

दालान के एक कोने में खड़ी कल्याणी देवी फुसफुसाती हुई विमलादत्तजी को कुछ बता रही थीं। विमलादत्तजी के हाव-भाव से ही जाहिर हो रहा था कि कोई असमंजसवाली बात चल रही है।

सुबोध भैया एक वाक्य भर सुन सके थे, ''हमारे यहाँ लड़की को देख लेने के बाद कोई टालमटोल नहीं चल सकती।''

उन लोगों के निर्णय की प्रतीक्षा में पूरा घर जड़ हो गया था। कमला काकी परिस्थिति की असहजता को भाँपती हुई घबरा गई थीं। कल्याणी देवी की तेज-तर्रार नजरों और उनके चेहरे पर छपी उदासीनता को पहचानने में उन्हें तनिक देर नहीं लगी थी। विमलादत्त की मुँहबोली बहन ने सावित्री को पसंद नहीं किया, यह बात तो बिलकुल साफ हो गई थी। फिर भी श्यामा देवी के कोमल व्यवहार से उनका ढाँढ़स बँधा था। उन्होंने आँचल का छोर हाथों में लेकर श्यामा देवी की चिरौरी की थी, ''आदमी का रूप-रंग तो भगवान् का दिया होता है, बहनजी! हम आपको विश्वास दिलाते हैं, हमारी बिटिया अपनी सेवा से आपका मन जीत लेगी।''

श्यामा देवी ने हँसकर सावित्री की पीठ पर बड़ी कोमलता से अपना दाहिना हाथ रख दिया था, ''हमारे जमाने में यह देखने-दिखाने का चलन भी कहाँ था, बहन! बहुत हुआ तो नाऊ-बाभन आकर देख गए। लड़की के रूप-गुण का पता मिल जाए इतने भर से ही मतलब रहता था।···कोई कुछ भी कहे, आपकी लड़की हमें पसंद है और···''

श्यामा देवी अपनी बात पूरी भी नहीं कर पाई थीं कि दालान से विमलादत्तजी ने उन्हें बाहर बुलवा लिया था। बलदेव काका ने बाद में बताया था, ''विमलादत्तजी और

उनकी बहन इस सोच में थे कि गाँव लौटकर बात-विचार कर लिया जाए, तब मुँह-दिखाई का नेग किसी दूसरे दिन किया जाए।''...लेकिन श्यामा देवी अड़ गई थीं, ''लड़की को खाली हाथ देखना ठीक नहीं है। हम बिना कुछ कहे वापस लौट जाएँ तो इन लोगों के मन पर क्या बीतेगी?''

विमलादत्त ने अपनी बहन से संकेत पाकर उन्हें समझाना चाहा था, ''हमें भूषण की पसंद-नापसंद भी तो जान लेनी होगी न! आजकल के लड़कों का...''

श्यामा देवी ने तुरंत प्रतिवाद किया था, ''मेरा भूषण दूसरे लड़कों जैसा नहीं है। उसका भला-बुरा हमें सोचना है।...हाँ, आप दोनों का मनशा कुछ दूसरा हो, तब कोई बात नहीं... !''

वह अचानक कल्याणी देवी की ओर मुड़ गई थीं, ''तुमने इन्हें कोई उलटी राय दी हो तो साफ-साफ कह दो बबुनी, टाल-मटोलवाली बात नहीं। घर जाकर मनाही की खबर भेजने से बेहतर होगा कि अभी ही इन्हें सच-सच बता दिया जाए। ये बेचारे आसरा लगाए बैठे रहेंगे। आखिर किसलिए...?''

बलदेव काका ने भी विमलादत्त के निकट जाकर कहा था, ''भूषण की मौसी ठीक कहती हैं, पांडेयजी, आपका जो भी फैसला होगा, हमारे सिरमाथे होगा। आपने लड़की देखकर 'ना' कह दी, इसका भी कोई अफसोस हमें नहीं होगा। ब्याह-रिश्ते-नाते तो भवितव्यता की बात होती है न, इस पर कोई जोर-जबरदस्ती नहीं चल सकती।''

विमलादत्त ने कुछ कहने के लिए मुँह खोला था, तब तक श्यामा देवी ने तनिक चुभनेवाली बात कह डाली थी, ''कल्याणी बबुनी को भगवान् ने लड़की दी ही नहीं, इसलिए लड़कीवालों के दुःख-दर्द की थाह उन्हें नहीं हो सकती, पर हमें तो है न! हम ऐसे काठ-पत्थर का कलेजा लिये वापस नहीं लौट सकते!''

बलदेव काका ने बताया था कि संतान के नाम पर श्यामा देवी की एक बेटी थी। ब्याह के साल भर बाद ही प्रसव-वेदना में वह...उसकी ससुरालवालों ने सारा क्रिया-कर्म निपटा चुकने के बाद बड़का राजपुर में संदेश भेजा था।

बलदेव काका, सुबोध भैया और काकी—सब लोग विचित्र कशमकश की स्थिति में थे। कल्याणी देवी बिफरे क्रोध में बौखलाती हुई बुत सी खड़ी थीं और श्यामा देवी भीतर सावित्री के पास जा चुकी थीं।

सुबोध भैया ने स्थिति को सँभालने के लिए कल्याणी देवी से अंदर चलने की अनुनय की थी। भावज के हटते ही वह विमलादत्त पर बिफर उठी थीं, ''तुमने हमारा अपमान करने के लिए यहाँ बुलाया, भैया! हमें क्या पता था कि भौजी पहले ही सबकुछ तय कर चुकी हैं। हम नाहक मुँह खोलने गए, जब हमारी कोई कीमत नहीं...''

श्यामा देवी ने इशारे में ही काकी को अपने घर की स्थिति समझा दी थी, ''अगरपुरा

में ब्याही गई हैं, महीने-पखवारे में एक बार हमारे यहाँ इनका पधारना जरूरी होता है, बहन!···घर की बात है, लेकिन क्या कहें, हर बात में बेवजह इनका दखल हमें एकदम नहीं रुचता। इनका बस चलता तो हमें लौंडी बनाकर रख देतीं, वह तो हमीं हैं कि निभाती जा रही हैं।''

विमलादत्त ने सुबोध भैया को समझाया था, ''कल्याणी का मन दुखाकर आज कोई नेग करना ठीक नहीं होगा न, हम घर जाकर तुम्हें खबर करेंगे।''

श्यामा देवी ने कमला काकी को अभय दिया था, ''यह ब्याह तो होकर रहेगा, बहन, आप सुबोध को हमारे यहाँ भेजती रहेंगी।''

जाते वक्त उन्होंने सुबोध भैया से कहा था, ''एक बार भूषण से भी मिल लेना, बेटा! और कोई बात नहीं है, लेकिन हमें अपनी इन ननदरानी की ओर से खटका जरूर है। रामायण की सारी कहानी एक मंथरा के चलते ही उलट-पुलट गई थी न···!''

सुबोध भैया के आँगन में ढोलक की थाप पर लहराते गीतों का क्रम भी तो अचानक ही उलट गया था न! कमला काकी धरती पर थहराई सी बैठी आँसुओं के वेग से थर-थर काँपने लगी थीं! उनकी हृदय-विदारक रुलाई सुनकर वहाँ इकट्ठी औरतें चुपचाप अपनी आँखें पोंछने लगी थीं। गाँव की स्त्रियों के धीमे शोर-गुल को सुनकर सावित्री अपनी कोठरी से निकल आई थी, ''क्या हो गया काकी को···?'' उसने लगभग झकझोरते हुए काकी को अपनी बाँहों में समेट लिया था, ''क्यों रो रही हो, काकी? तुम्हें मेरी सौगंध है, कुछ तो कहो···?''

आँसुओं में डूबी काकी ने घायल हिरनी की तरह कातर आँखें उठाकर उसे भरपूर निहारने की कोशिश की, ''आज तिलक जानेवाला था। बचिया के बाल खुलते, उसे लगन का उबटन लगाया जाता। आँखों में काजल, बालों में तेल डालकर पाँच सुहागिनें उसकी रक्षा के लिए देवता-पितरों को नेवता देतीं···''

वह दोबारा फूट-फूटकर रोने लगी थीं। साँझ धीरे-धीरे गहराने लगी थी। भीतरी ओसारे की दीवार से पीठ टिकाए सूने पड़े आँगन को अपनी सूजी आँखों से एकटक निहारती काकी मर्माहत सी बैठी थीं। आँगन में बिछी दरी ज्यों-कीं-त्यों थी। उसके एक किनारे ढोलक लुढ़की पड़ी थी। पान की तश्तरी में पड़ी गिलौरियाँ सूख गई थीं। भीतर ठाकुरजी की कोठरी में तिलक का सारा सामान बिखरा पड़ा था। स्टील के बरतन-बासन, चाँदी की कटोरी में पान, कसैली, नारियल। दूल्हे के लिए पीली धोती और जनेऊ···सब पर अच्छत छिड़के हुए थे।

सुबोध भैया की दशा तो और भी विचित्र थी। विमलादत्तजी के पत्र की महज चार पंक्तियों ने उन्हें इतना असहज बना दिया था कि अपनी कोठरी में अकेले बंद होकर देर तक अपनी दोनों मुट्ठियों से वह अपने बाल नोचते रहे थे। निमंत्रण-पत्र बँट गए थे।

शहनाई, बैंड, पंडाल, बिजली, मेज-कुरसी—यहाँ तक कि मिठाइयों और खाने-नाश्ते की हर चीज का बयाना दिया जा चुका था।

सुबोध भैया पिंजड़े में बंद घायल शेर की तरह देर तक घर के भीतर ही चक्कर काटते रहे थे। बाहर ओसारे में बलदेव काका टोलेवालों के सवालों का जवाब देते-देते परेशान हो रहे थे—

''···अँधेर हो गया है, क्या काका···? हमारे रहते सुबोध भैया की इज्जत इस तरह नीलाम हो जाएगी और हम अपाहिज बने देखते रहेंगे···?''

''···विमलादत्तजी राजा-महाराजा होंगे तो अपने घर के···! बारात नहीं लाएँगे···! कोई आसान बात है क्या?···हम कहते हैं, वे लोग ऐसे नहीं मानते तो लाठी के जोर पर तिलक चढ़ेगा। चलिए, सब लोग अभी बड़का राजपुर चलें!''

बलदेव काका ने अपने भतीजे सुमेसर को शांत किया था, ''शादी-ब्याह का मामला है, बबुआ, अखाड़े में जोर लगाना होता तो मैं तुम्हें सबसे आगे कर देता। उस घर में अपनी बेटी देनी है, जिंदगी भर माथा निहुराकर रहना है। उन लोगों से जोर-जबरदस्ती करके तुम क्या बचिया का जीवन सुखी बना पाओगे? आगे सबकुछ उसे ही तो झेलना होगा न!''

बलदेव काका ने सुबोध भैया की ओर मुड़कर उन्हें तसल्ली दी थी, ''तुम धीरज से काम लो, बेटा, ठाकुरजी ने सावित्री का लगन जहाँ जोड़ा होगा, वहाँ आदमी के रोक लगाने से कुछ नहीं होगा, विधि का विधान होकर रहेगा।''

''लेकिन हमें विमलादत्तजी से यह उम्मीद नहीं थी, काका···!''

सुबोध भैया ने बहुत धीमी आवाज में कहा था। उनकी मर्माहत चेतना अभी भी इस सत्य को ग्रहण करने से इनकार कर रही थी कि उनकी सावित्री का ब्याह इस तरह टूट गया था।

लेकिन उस पत्र का क्या करते, जो उनके कुरते की ऊपरी जेब में रखा हुआ था, जिसके अक्षर जलती हुई चिनगारियों की तरह उनके शुभ उत्सव को एक पल में दग्ध कर चुके थे, अग्नि-रेखाओं की तरह जलती हुई उन पंक्तियों ने उनका सारा सुख-चैन जला दिया था—

''सुबोध बेटा!''

इस संबोधन का विषैलापन वे झेल नहीं पा रहे थे।

''अत्यंत खेद के साथ सूचित कर रहा हूँ कि भूषण को यह संबंध पसंद नहीं है। आजकल के लड़कों पर माता-पिता का वश नहीं है। तुम्हें जो कष्ट होगा, उसके लिए हम माफी चाहते हैं।''

क्रोध के आवेश में सुबोध भैया की मुट्ठियाँ बँध गई थीं। उनकी आहत चेतना

विमलादत्तजी से ढेर सारे सवालों का जवाब लेने के लिए उद्विग्न हो रही थी। भूषण की पसंदगी-नापसंदगी की बात सबकुछ तय हो जाने के बाद क्यों उठी?···यह सवाल तो बहुत पहले ही निपटाया जाना चाहिए था।

विमलादत्तजी की पत्नी ने क्यों कहा था, 'भूषण हमारी मरजी के खिलाफ कभी नहीं जा सकता।'

कल्याणी देवी ने सावित्री के साँवले रंग की आलोचना की थी, हमने उस वक्त भी कहा था—सोच-समझकर फैसला करें···, तब विमलादत्तजी ने यह तर्क क्यों दिया था कि वे खानदानी आदमी हैं, लड़की देखकर मनाही करने का कुसंस्कार कभी नहीं दिखा सकते।···आज वह खानदानी संस्कार कहाँ गया···?

उनका मन हो रहा था, तुरंत उठकर बड़का राजपुर जाएँ और गाँव के सारे लोगों को बटोरकर चीखते हुए विमलादत्तजी की कलई खोल दें—सुनें सब लोग, शराफत और आदर्श का ढोंग रचानेवाला यह आदमी भीतर से कितना खोखला है, कितना गिरा हुआ···

ब्याह का दिन और दूसरी बातें तय करने के सिलसिले में सुबोध भैया कई बार बड़का राजपुर जा चुके थे। पिछली बार जब वह विमलादत्तजी के यहाँ से लौट रहे थे, तब उनके बचपन के मित्र सुदर्शन चौबे अचानक मिल गए थे। कलकत्ता से कई वर्षों के बाद गाँव लौटे थे। सुबोध भैया को देखते ही हुलास से उमगते हुए बड़े आग्रह से वे उन्हें अपने घर ले गए थे।···सावित्री के विवाह का प्रसंग विमलादत्तजी के यहाँ चल रहा है, यह सुनकर सुदर्शन अचानक चुप हो गए थे। बहुत कुरेदे जाने पर उन्होंने कहा था, "यह आदमी जरूरत से ज्यादा मीठा बोलनेवाला है, भाई! चतुर बनिए की जीभ पर चाशनी धुली होती है, लेकिन उसका दिमाग हर वक्त अपने नफे की चिंता में अटका रहता है। मौका पाकर डंडी मारनेवाले, दिन-रात जोड़-तोड़ की तुंबापलटी करनेवाले इन लोगों के बीच तुम कहाँ से फँस गए?"

सुबोध भैया ने मित्र की गलतफहमी दूर करने की कोशिश की थी, "विमलादत्तजी व्यवसायी हैं, लेकिन उनका मन बड़ा सरल है, भाई, सब धान बाइस पसेरी ही मत समझो··· !" उन्होंने हँसते हुए सावित्री का विवाह तय होने की सारी कहानी सुना डाली थी, "आज के युग में ऐसा कहीं सुना जाता है कि लड़केवाले खुद ही ब्याह की बात चलाएँ··· । यह तो इन लोगों की महानता है। भाई, उनकी बहन ने सावित्री के साँवले रंग पर एतराज किया था, लेकिन विमलादत्तजी की पत्नी ने सारी परिस्थिति सँभाल ली।···बड़ी उदार महिला हैं। उन्हें देखकर मेरा मन भी आश्वस्त हो गया। सावित्री को उनके यहाँ कोई तकलीफ नहीं होगी।···तुम्हें जानकर अचरज होगा, भाई, लेन-देन के नाम पर इन लोगों ने एक बार भी जो मुँह खोला हो। विमलादत्तजी की एक ही माँग है—बारात में

बड़े-बड़े पदाधिकारी, एम.एल.ए., मंत्री आदि आएँगे। उनके स्वागत में कोई कमी नहीं होनी चाहिए।''

सुबोध भैया ने पैसे का मुँह नहीं देखा था। पटना के सबसे बढ़िया पंडाल और उसकी सुंदर सजावट के साथ-साथ मेहमानों के ठहरने की बेहतरीन जगह का इंतजाम किया था। एक महीने से रात-दिन इसी धुन में खटते हुए सुबोध भैया को देखकर बलदेव काका चुपके से अपनी आँखें पोंछ लेते, ''आज धरनीधर भाई होते, तब अपना भाग सराहते!···बेटा उनका नाम रखने के लिए क्या कुछ नहीं कर रहा है!''

सावित्री की पसंद-नापसंद का ध्यान रखते हुए उन्होंने एक महीना पहले ही साड़ियों और जेवरों की खरीददारी कर ली थी। कमला काकी ने दबे स्वर में प्रतिवाद भी किया था, ''गले की दो-दो सिकड़ियों का क्या होगा, बेटा, और अँगूठियाँ चार-चार क्यों? समधीजी अपनी ओर से भी तो जेवर चढ़ाएँगे न··· !''

वे किसी की कोई बात सुनने के लिए तैयार नहीं थे। इसी दिन की तो उन्होंने इतने लंबे अरसे से प्रतीक्षा की थी। उनके पास जो कुछ है, वह सब लुटाकर बहन का सुख खरीद सकें, तो उन जैसा भाग्यवान कोई नहीं होगा।

सुबोध भैया के सपने पंख पसारकर अपनी बहन के सुख-सौभाग्य का आकाश-कुसुम तोड़ने चले थे। विमलादत्तजी के उस पत्र ने कितनी बेरहमी से शब्दों के पैने प्रहार किए थे। वास्तविकता की कठोर चट्टान पर गिरे अपने खंड-खंड मन की असहजता को किसी भी तरह सहेज नहीं सकने की स्थिति में वह रह-रहकर विकल होते जा रहे थे।

किसी दर्दनाक मौत के बाद की सी भयंकर चुप्पी पूरे घर पर सहसा छा गई थी। कई दिनों तक सब लोग नीम-तंद्रा की स्थिति में थे। न नहाने-खाने का ध्यान, न घर की बिखरी चीजें समेटने का होश···। कमला काकी के ठाकुरजी बगैर नहाए-धोए खामोश पड़े रहे थे। सुबोध भैया दिन-दिन भर अपने कमरे में बेचैनी से करवट बदलते रहते और काकी कभी रोती, कभी सावित्री को गोद में बिठाकर उसकी पीठ पर हाथ फेरती बावली सी हो उठी थीं।

सावित्री ने ही जबान खोली थी, ''काकी, भैया से कहो, उन लोगों की चीजें वापस कर आएँ! और तुम इस तरह रोओ नहीं, नहीं तो मैं···''

उसकी आँखों में वह आत्महंता उन्माद देखकर सुबोध भैया एकबारगी स्तब्ध रह गए थे। उसी क्षण उन्होंने तय किया था--अब सावित्री के लिए उन्हें सहज हो जाना पड़ेगा। अपने दुःख के आवेग में वे इस तरह बह गए थे कि सावित्री का तनिक भी ध्यान उन्हें नहीं रहा था। सचमुच, सावित्री के हृदय की कचोट को कभी उन्होंने समझने की कोशिश नहीं की। यह निर्दोष बच्ची किस आग में झुलस रही है, कौन जानता है?

□

पिछले छह महीनों से घर में यह प्रसंग चल रहा था। सावित्री ने कितनी उत्कंठा से छिप-छिपकर अपनी होनेवाली ससुराल, सास-ससुर और पति के बारे में सारी बातें सुनी थीं। इन दिनों उसकी मन:स्थिति कैसी बदल गई थी! घर के कामों में लगी वह अनायास मुसकरा उठती। सुबोध भैया ने कई बार देखा था—उन्हें खाना खिलाती पास बैठी सावित्री उनके मुँह की ओर एकटक देखती रहती थी। कई बार उन्होंने टोका भी था, कुछ पूछना चाहती है सवि?"

"नहीं, भैया…" वह तुरंत लजाकर सिर नीचे झुका लेती थी।

काकी ने चुपके से कहा था, "लड़के की एक फोटो माँग लेते, बेटा, टोले भर की लड़कियाँ पूछती हैं।"

वे समझ गए थे कि काकी का इशारा किस ओर था! भूषण की तसवीर देते हुए उन्होंने रसोईघर में बैठी सावित्री को सुनाने के लिए जान-बूझकर आवाज ऊँची कर ली थी, "लड़का तो लाखों में एक है, काकी, तुम जो गीत गाती हो न…पूरब, पश्चिम, उत्तर, दक्खिन, सब तरफ ढूँढ़ लो, ऐसा दूल्हा कहीं नहीं मिलेगा…बिलकुल वैसा ही रंग-रूप है हमारे दूल्हे राजा का…! अपनी सावित्री सचमुच उसके सामने कुछ भी नहीं है।"

सुबोध भैया ने अपनी बात का असर जानने के लिए रसोई की चौखट से झाँका था। सावित्री चूल्हे के पास बैठी घुटनों में मुँह समेटकर लजा गई थी।

वह उस दिन विनोद की मुद्रा में थे, "सवि, आ तुझे तेरे दूल्हे की तसवीर दिखाएँ।…नहीं देखेगी? अच्छा सुन तो ले…! उसके सामने तू कैसी लगेगी, बता दें!…एकदम काली माई!" सावित्री दौड़कर सुबोध भैया की छाती में झूठ-मूठ मुक्के मारती उनसे लिपट गई थी, "हमसे मजाक मत करो, भैया, अच्छा नहीं होगा, हाँ…हम कहीं नहीं जाएँगे।"

सावित्री की आँखों में आँसू देखकर वे सहसा शिथिल हो गए थे, "मेरी सवि, मेरी बच्ची!"

उन्होंने नन्ही बच्ची की तरह उसे गले से लगा लिया था, "तुझे हमने बहुत मारा है, सवि, बहुत तंग किया है न!…वे लोग राजा हैं, वहाँ तू राजरानी बनकर रहेगी…! हमें भूल जाएगी न…?"

भाई-बहन का वह मिलन देखकर काकी की आँखें बरस पड़ी थीं।

□

कैसे दिवास्वप्न दिखाए गए थे उन्हें! सबकुछ कपूर की तरह पलक झपकते हवा हो गया। सुबोध भैया ने तय किया था कि विमलादत्तजी की सारी चीजें वापस कर

आएँगे—सावित्री को अँगूठी, बनारसी साड़ी और पाँच सौ एक रुपए मिले थे।

और वह तसवीर···? सावित्री से वह तसवीर माँगने का साहस वे किसी तरह नहीं जुटा पाए थे। साड़ी और अँगूठी को सहेजकर जब वह घर से निकलने लगे थे, तब सावित्री ने स्वयं ही आगे बढ़कर चुपचाप भूषण की तसवीरवाला वह लिफाफा उन्हें थमा दिया था।

उस क्षण सुबोध भैया को लगा था, उस लिफाफे में किसी जीते-जागते व्यक्ति की तसवीर नहीं, बल्कि सावित्री के अधूरे सपनों की राख अपने अंतिम विसर्जन के लिए प्रतीक्षारत हो!

सावित्री की आँखें गुम-सुम थीं। सुबोध भैया के मन में भीषण हाहाकार उमड़ने लगा था। बहन की इस दशा की सारी जिम्मेदारी उनपर है। कैसी विडंबना हुई···? सुदर्शन चौबे ने उन्हें समझाने की कम कोशिश नहीं की थी, लेकिन विमलादत्तजी ने न जाने किसी वशीकरण मंत्र का प्रभाव उनपर डाल दिया था!

□

बड़का राजपुर पहुँचकर वे सबसे पहले सुदर्शन चौबे के यहाँ गए थे। मित्र को देखकर उनकी आँखें अनायास छलछला गई थीं। सुदर्शन चौबे अपनी दाहिनी बाँह से उन्हें घेरते हुए चुपचाप भीतर लिवा ले गए थे। थोड़ी देर तक उन्हें प्रकृतिस्थ होने का अवसर देकर सुदर्शन चौबे ने अपनी बात कही थी, "जो कुछ हुआ, उसका अफसोस मत करो, भाई! मुझे इस बात का पहले ही डर था। तुम्हें शायद नहीं मालूम, विमलादत्तजी पहले भी दो-दो बार लड़कीवालों को इसी तरह धोखा दे चुके हैं। निमेज के कालिका ओझा ने अपना छेका लौटा लिया था। ऐन वक्त पर इन्होंने माँग रखी थी कि कालिका ओझा की शहरवाली जमीन इनके नाम कर दी जाए। इसी तरह बीरमपुरवालों से दहेज में अचानक ही ट्रैक्टर की माँग कर बैठे थे। उन लोगों ने तो इन्हें मुँह पर लताड़ दी थी—ट्रैक्टर नहीं, हम आपको हाथी देंगे। ···वे इनके मुँह पर थूककर चले गए थे। तुम्हारे प्रसंग में विमलादत्तजी की दाल इसलिए नहीं गल पाई थी कि उनकी पत्नी ने आंदोलन का रुख अख्तियार कर लिया था। तुम्हें एक बात और बता दूँ कि कल्याणी देवी, जो इनकी पुरानी मंत्राणी हैं, भी इस बार अपना जोर नहीं चला सकी थीं। सावित्री को अपनी बहू बनाने के लिए श्यामा देवी ने कल्याणी देवी से जबरदस्त रार मोल ली थी और पिछले कुछ दिनों से विमलादत्तजी का घर कुरुक्षेत्र बना हुआ था।"

सुबोध भैया ने कहा था, "लेकिन हम तो उनकी हर इच्छा पूरी करने के लिए तैयार थे, भाई! उन्होंने कभी लेन-देन के बारे में मुँह खोलकर कुछ कहा ही नहीं।"

सुदर्शन चौबे की पत्नी सुधा ने किवाड़ की ओट से सच्चाई बयान की थी, "विमलादत्तजी गिद्ध की तरह आपके पटनावाले मकान पर दीठ गड़ाए बैठे थे, देवरजी!

उन्होंने ऐन वक्त पर प्रस्ताव रखना चाहा था, लेकिन श्यामा देवी अड़ गई थीं—भगवान् का दिया सबकुछ है··· । लड़कीवालों का सबकुछ हड़प जाने की नीयत रखकर हमारी बढ़ती नहीं हो सकती। ऐसे ही पिछले जन्म का भोग इस जन्म में निपूते रहकर चुका रहे हैं। उन्होंने विमलादत्तजी को खूब लताड़ा था—लड़केवाले हो, तो अपनी मरजाद समझकर चलो। तुमसे तो काबुली पठान अच्छे! वे कर्ज लेनेवालों को मूल चुकाने की मोहलत भी देते हैं। वहाँ सारी तैयारी हो गई होगी, तब यह फरमान सुनाने चले हैं···साहस था, तो पहले ही कहा होता! चोरों की तरह छिपकर सेंध लगाते लाज नहीं आती? यह भी नहीं सोचा कि लड़की के भाई पर क्या बीतेगी? उसे बेघर-बार का करके तुम चैन से रह सकोगे क्या? विमलादत्तजी बहन के उकसावे में आकर अपनी पत्नी के साथ मार-पीट पर भी उतारू हो गए थे।''

सुबोध भैया की आँखों के सामने छाया हुआ सम्मोहन-जाल कट चुका था। विमलादत्तजी की हर मुसकान उनके पाखंड का ठोस प्रमाण छोड़ती गई थी। बहन के सुखद भविष्य का सम्मोहक स्वप्न उनके पूरे वजूद पर तंद्रा का झीना आवरण बनकर लिपटा हुआ था। तब उस प्रमाण को थाहने की शक्ति ही उनमें कहाँ थी! सुदर्शन चौबे के दालान में बैठे सुबोध भैया के मन में घटना-चक्र की सारी कीलें गहराई तक चुभती चली गई थीं। पटना के उनके मकान को देखकर विमलादत्तजी की मुद्रा क्या उस सूदखोर बनिए की सी नहीं थी, जो नीलामी से पहले अपने आसामी की मिल्कीयत को अच्छी तरह ठोक-बजाकर परख लेना चाहता है?···लेन-देन का प्रस्ताव रखने पर उन्होंने क्या कहा था, ''तुम्हारी इकलौती बहन है, तुम जो भी दोगे, कम ही होगा, बेटा···! हम और क्या कहें···?''

सुदर्शन चौबे ने असहज गंभीरता में खोते चले जा रहे मित्र को झकझोरा था, ''किस सोच में डूब गए, भाई? क्या अब भी तुम्हें विश्वास नहीं होता कि भगवान् जो कुछ करता है, ठीक ही करता है? जरा समझो, श्यामा देवी के धरना देने से विमलादत्तजी मान भी गए होते और यह विवाह हो गया होता, तो क्या गारंटी थी कि सावित्री बहन को ये लोग सुखी ही रखते? विमलादत्तजी के चरित्र का एक दूसरा पक्ष भी है, वह तुम नहीं जानते। अच्छा है, अपनी भौजाई से वह भी सुन लो!''

सुधा भाभी ने समर्थन में सिर हिलाते हुए कहा था, ''दूर के ढोल सुहावने होते हैं, देवरजी! कहने को ये बड़े लोग हैं, लेकिन इनके घर का राई-रत्ती हाल सुन लीजिए तो पता चलेगा कि मुलम्मे के भीतर कितनी खोट हो सकती है! विमलादत्तजी के लिए पत्नी से बढ़कर उनकी बहन है। श्यामा देवी अपने मुँह से कहती हैं—सगी बहन को तो तीज-त्योहार में भी मुँह पुछाई नहीं होती और इधर कहाँ-कहाँ का रिश्ता जोड़कर बहन बनाने की साध पूरी की जा रही है। दिन-रात चोंचले किए जा रहे हैं··· । ऐसी ननद से

तो सौत भली! कल्याणी देवी का आदमी कभी तो उनके साथ आता हो, हर दूसरे-तीसरे महीने, पंद्रह-बीस दिन रहकर जब वे अपनी ससुराल विदा होने लगती हैं, तब विमलादत्तजी बहन के बिछोह में दिन-दिन भर रोते रह जाते हैं! श्यामा देवी के लिए जिस तरह की साड़ी खरीदी जाएगी, उसी तरह की कल्याणी देवी के लिए भी···सावित्री ननदजी इस घर में आकर घुट जातीं, देवरजी···! उनका निबाह नहीं हो पाता। इन लोगों के यहाँ बड़ा पाखंड है। दूषित कमाई का खाद देकर विमलादत्तजी ने दूषित बुद्धि की फसल खड़ी की है। कौन जाने लड़के का स्वभाव भी···।''

सुबोध भैया लंबी उसाँस भरते हुए उठ खड़े हुए थे, ''एक बुरा सपना देख लिया था, भौजी, उस सपने का नामो-निशान मिटाने जा रहा हूँ।''

उनके साथ सुदर्शन चौबे भी विमलादत्तजी के यहाँ गए थे।

सुबोध भैया को देखते ही विमलादत्तजी स्वयं अगवानी करने के लिए जल्दी-जल्दी दो-तीन सीढ़ियाँ उतर आए थे, ''आओ-आओ, बेटे!''

सुबोध भैया का मन हुआ था कि कंधे पर पड़ी बिच्छुओं के डंक सी यंत्रणा देती विमलादत्तजी की दाहिनी हथेली को झटककर परे हटा दें, उनकी दी हुई साड़ी, अँगूठी और रुपए उन्हें लौटाते हुए चीखकर कहें—अच्छा हुआ कि तुम्हारी काली कमाई से खरीदी गई ये चीजें मेरी बहन का श्रृंगार नहीं बन सकीं।···उसकी पवित्रता कलंकित होते-होते बच गई। विमलादत्तजी ने ओसारे पर रखी खाट बिछाते हुए उन्हें जबरन उसपर बिठा दिया था।

''सावित्री को हमने अपनी बेटी मान लिया था, बेटे! भूषण ने हमारे मुँह पर कालिख पोत दी, नहीं तो आज इस घर की रौनक कुछ दूसरी होती! मैं समझ रहा हूँ, तुम मेरे खिलाफ बहुत कुछ सोच रहे होगे···! मुझे अब कुछ भी सफाई नहीं देनी है, बेटा! कल्याणी ठीक ही कहती है—बूढ़ा सुग्गा पोस नहीं मानता न! भूषण को हमने कितने जतन से पाला-पोसा, आज वह हमारी सारी उम्मीदों पर पानी फेरकर चला गया।···अपने-पराए का भेद अब उसकी समझ में आ गया, बेटा! हम उसका विवाह काली और अनपढ़ लड़की से कर रहे थे, उसका अहित कर रहे थे। जरा सोचो, इस बुढ़ापे में वह हमारे ऊपर कितना बड़ा लांछन लगाकर गया है? उसकी मौसी तो उसी दिन से बिलख रही है।···आज हमारे घर में शहनाई बजती, रोशनचौकी सजती, हम बारात लेकर निकलते। पराए लड़के पर इतनी आस लगाना हमारी ही बड़ी भूल थी, सुबोध बेटा!''

सुबोध भैया की आवाज में रूखापन था, ''लेकिन भूषणजी को एतराज था, यह आपने पहले क्यों नहीं बताया?''

''पहले कुछ हुआ होता, तब तो···! ऐन तिलक के दिन उसने अपनी मौसी से कह

दिया कि वह विवाह नहीं करेगा! पहले तो हमने भी सोचा, बचपना कर रहा है, समझाने-बुझाने से मान जाएगा; लेकिन वह अपनी अटैची लेकर घर छोड़ने के लिए तैयार हो गया। मैंने हाथ जोड़े, उसकी मौसी ने उसके पैर पकड़ लिये, लेकिन वह कुछ भी सुनने के लिए तैयार नहीं था। फिर मैं क्या करता बेटे···? सच मानो, सावित्री को मैंने अपनी बेटी की तरह स्वीकारा था, उसे धरबोध कर ब्याह करा देने में भी तो मेरी शांति नहीं थी न, वह निर्दोष बच्ची अकेली कमरे में पड़ी बिलखती रहे, उसका तकिया आँसुओं से भीगता रहे और बुढ़ापे में यह पाप उठाने के लिए मैं जिंदा रहूँ? ऐसी दुर्दशा देखने से बेहतर तो यही था कि तुम्हें वक्त पर सूचना दे दूँ···!''

विमलादत्तजी दोनों के लिए जलपान का आदेश देने भीतर चले गए थे। सुबोध भैया ने मित्र पर प्रश्नसूचक दृष्टि डाली थी। उनकी स्थिति उस आहत मेमने की सी हो उठी थी, जिसे शेर ने जीवित ही अपनी भयंकर दाढ़ में फँसा रखा हो!

सुदर्शन चौबे ने उनके करीब खिसकते हुए कहा था, ''इस आदमी की बात का कोई भरोसा नहीं, भाई! हमने कलकत्ता के थिएटरों मे एक-से-एक अभिनय देखे हैं। कहीं लगता ही नहीं कि अभिनय हो रहा है। कौन जाने यह भी उसी तरह की उच्च कोटि का एक अभिनय हो! अभी तुम जिस काम के लिए आए हो, उससे छुटकारा पाओ और जल्दी यहाँ से निकल चलो!''

सुबोध भैया को भी यही उचित लगा था। उन्होंने अपने बैग से साड़ी और रुपए निकालकर विमलादत्तजी के सामने रख दिए थे, ''रुपए गिन लीजिए!''

विमलादत्तजी ने बड़ी ही आहत दृष्टि उनपर डाली थी, ''इस तरह मुझे शर्मिंदा मत करो, बेटे! जो कुछ मेरे कुल-खानदान में कभी नहीं हुआ था, वह आज हो रहा है। इस लड़के के चलते ही मेरी इज्जत मिट्टी में मिल गई है, क्या कहूँ···?''

उन्होंने बड़ी कातरता से रुपयों की तरफ से आँखें फेर ली थीं, ''मेरा कोई पुत्र होता, तो वह तुम्हारी उम्र का होता, बेटे! मेरा धर्म यह नहीं है कि अपने बच्चों को दी हुई चीज वापस लूँ। इसे लौटाकर मुझे और नीचा मत करो···मेरी ओर से सावित्री बेटी के लिए···''

धर्मसंकट में पड़े सुबोध भैया को सुदर्शन चौबे ने उबारा था, ''सावित्री बहन की अमानत बनकर ये चीजें आपके पास ही रहें, पांडेयजी! उसके विवाह का निमंत्रण हम आपको जरूर देंगे, तब अपने हाथों से आप···''

सुबोध भैया यंत्रचालित से सुदर्शन चौबे के साथ ओसारे से नीचे उतर आए थे।

मित्र के बार-बार समझाने पर सुबोध भैया का मन आश्वस्त हुआ था, ''अभी दो महीने लगन के बाकी हैं। तुम दूसरी जगह कोशिश करो! मैं भी आस-पास के गाँवों में पता लगाता हूँ। भगवान् ने चाहा तो हम इसी लगन में सावित्री का ब्याह करके दिखा देंगे!''

सुबोध भैया ने अपने मन की एक उत्कंठा उनके सामने जाहिर की थी—"एक बार भूषण या श्यामा देवी से मिल पाता तो स्थिति कुछ साफ होती। संबंध टूटने का उतना दु:ख अब मुझे नहीं रहा, लेकिन इस इनकार के पीछे किसकी साजिश है, यह जान पाता तो··· !"

सुदर्शन चौबे ने उन्हें समझा-बुझाकर विदा किया था, "कलकत्ता जाने से पहले सारी बातें स्पष्ट करके जाऊँगा, भाई! होनी हो चुकी, अब तुम झूठ-मूठ के पचड़े में अपना दिमाग मत खपाओ। यह तो तय हो चुका कि इनके यहाँ ब्याह हरगिज नहीं करना है।"

···सुदर्शन चौबे के पत्र ने सुबोध भैया को दोबारा निर्णय-अनिर्णय की स्थिति में डाल दिया था, मैंने तुमसे कहा था न, यह आदमी अपने जीवंत अभिनय से बड़े-बड़े अभिनेताओं को भी झुठला देनेवाला है···लो, आगे की कथा भी जान लो···श्यामा देवी विमलादत्तजी से लड़-झगड़कर अपने नैहर चली गई हैं। जाने से पहले उन्होंने तुम्हारी भावज के सामने अपना सारा क्लेश खोलकर रख दिया था—विमलादत्तजी ने तुम्हारा मकान जो हड़पने की योजना बनाई थी, उसका प्रबल विरोध श्यामा देवी ने किया था। उन्होंने ही भूषण को इस शर्त पर ब्याह करने से मना किया था। विमलादत्तजी के पत्र की बात बिलकुल गलत थी। इस वक्त श्यामा देवी की गृहस्थी में कल्याणी देवी का सदल-बल प्रवेश हो चुका है। सुना है, भूषण की जगह कल्याणी देवी के दो आवारा भाइयों को मिलनेवाली है। अब वे कारोबार में विमलादत्तजी का हाथ बटाएँगे। भूषण कहाँ गया, इसकी कोई खबर नहीं। अब तो तुम्हारी उत्कंठा शांत हो गई होगी! सावित्री बहन के लिए तुम प्रयत्नशील रहो। मैंने भी एकाध जगह बात चलाई है।"

सुबोध भैया की दशा उस थके-हारे सिपाही की तरह हो गई थी, जो जीत की आशा में भटकता हुआ शत्रुओं के खेमे में बहुत दूर तक चला आया हो और जीत के बदले जिसे शत्रु-पक्ष ने बामशक्कत कैद की सजा दे डाली हो! सावित्री का विवाह-प्रसंग काफी लंबा खिंच गया था। उसकी अंतिम परिणति इतनी अप्रत्याशित होगी, उन्होंने सोचा भी नहीं था। ऐसा भी नहीं था कि वह प्रसंग टूटने के बाद वे चुप बैठे रहे थे। आस-पास के गाँवों में उनकी तलाश जारी थी। लेकिन वे जहाँ जाते, पहला सवाल उनसे यही पूछा जाता था, "सुना है कि विमलादत्तजी के यहाँ आप लोगों की बातचीत बिलकुल तय हो गई थी, यह संबंध कैसे टूट गया?···ऐन तिलक के दिन लड़केवालों ने इनकार कर दिया, आखिर इसका कोई तो सबब होगा ही?"

बलदेव काका ने लोगों की उत्सुकता शांत करने के लिए दबी जबान में विमलादत्तजी के लालच की बात कह सुनाई थी, लेकिन ऐसा नहीं लगा था कि किसी ने इस बात पर विश्वास किया हो!

दल सागर के श्रीनाथ तिवारी ने तो यहाँ तक कह दिया था, ''अजी, ये सब मनगढ़ंत बातें हैं। विमलादत्तजी ऐसी गलत बात क्यों कहने जाएँगे भला!···हमने तो कुछ दूसरी ही बात सुनी है।''

सुबोध भैया से अलग ले जाकर श्रीनाथ तिवारी ने बलदेव काका से पूछा था, ''क्या यह सच नहीं है कि सुबोध की विधवा काकी और उसके बाबूजी के बीच···। भाई, जो भी हो, विमलादत्तजी खानदानी आदमी ठहरे। इस बात की पूरी जाँच करने के बाद ही तो उन्होंने अपना फैसला बदला होगा।···ऐसी हालत में हम···''

सुबोध भैया ने बड़े टूटे मन से अपनी पराजय स्वीकार कर ली थी, ''सुदर्शन भाई, अपने समाज पर अब मेरी कोई आस्था नहीं रह गई है। दो महीने से लगातार भटक रहा हूँ। लगता है, सारी खोजबीन मरीचिका का भ्रम बनकर रह जाएगी। अब मेरी समझ में आ गया है—लड़की का भाई हूँ न, इसलिए मेरी प्रतिष्ठा- अप्रतिष्ठा का कहीं बूँद भर भी महत्त्व नहीं है। सबकुछ देकर भी यदि सावित्री के हाथ पीले कर सकता, तो मेरी निष्कृति हो जाती। रह-रहकर एक ही विचार मन में आता है, क्या विमलादत्तजी से फिर एक बार मिलूँ? पटना का मकान तो क्या, गाँव की अपने हिस्सेवाली कुल जमीन भी मैं उन्हें दे डालने के लिए तैयार हूँ। बशर्ते···''

सुदर्शन चौबे ने सुबोध भैया के जख्मी मन को उपचार देना चाहा था, ''इतनी जल्दी थक जाओगे तो कैसे काम चलेगा, भाई? विमलादत्तजी के यहाँ दोबारा जाने में मुझे कोई बुद्धिमानी नजर नहीं आती। उनकी लोलुपता को इस तरह विवश होकर प्रश्रय दोगे, तो गाँव-जवार में अनेक विमलादत्त पैदा हो जाएँगे। फिर तो हम सबको अपनी बहन-बेटियों के वैवाहिक अनुष्ठान पूरे करने के क्रम में इसी तरह की सर्वहारा नियति स्वीकारनी होगी न!···मैं तुमसे पूरी सहानुभूति रखता हूँ, लेकिन तुम्हारे इस प्रस्ताव को मेरा कोई समर्थन नहीं मिल सकता। अभी तो इतना ही कहूँगा कि तुम धैर्य रखो!···अँधेरा जब बहुत गहरा हो जाता है, तब रोशनी कहीं-न-कहीं से जरूर जन्म लेती है।''

···और सुबोध भैया की निराश आँखों के सामने रोशनी की एक कंडील सहसा जगमगा उठी थी। उन्हें अपने ऊपर ही अविश्वास हो गया था। अपने घर के सामने साँझ के धुँधलके में वे किसे खड़ा देख रहे हैं? फाटक की कड़ी खोलकर उनके बिलकुल करीब कौन आ खड़ा हुआ है···? भूषण···?

सुबोध भैया कुछ समझ पाते, इसके पहले ही भूषण ने झुककर उनके पैर छू लिये थे। उसकी आँखों में सुबोध भैया की मनःस्थिति को ताड़ते हुए सहसा ही एक अपराध-बोध उभर आया था। वह सकुचाया हुआ सा थोड़ी देर तक चुपचाप खड़ा रहा था। सुबोध भैया उसे देर तक अपलक देखते रहे थे। वह उसकी निर्दोष आकृति में चाहकर भी कोई खोट नहीं निकाल पा रहे थे।···विमलादत्तजी ने इस खूबसूरत चेहरे के विषय में

यही कहा था न, 'उस लड़के की सुंदरता पलाश के फूल की तरह है—दूर से कितनी आकर्षक, लेकिन नजदीक जाओ तो निर्गंध, निरर्थक!'

वे भूषण को अपने साथ घर के भीतर लिवा ले गए थे। थोड़ी देर की बातचीत में ही उन्होंने यह अनुमान लगा लिया था कि लड़का सौम्य और सुरुचिपूर्ण मानसिकतावाला है।

उन्होंने विमलादत्तजी के पत्र का हवाला देते हुए पूछा था, "आपके मौसाजी ने तो यह लिख दिया था कि आप विवाह के लिए तैयार नहीं हैं, फिर···"

"यह सच है कि मैंने विवाह के लिए इनकार कर दिया था। मौसी और मौसाजी के बीच जो मनमुटाव हुआ, उसके कारण ही···मौसी नहीं चाहती थीं कि आप लोगों के सामने कोई गलत प्रस्ताव रखा जाए!"

भूषण के दबे-ढके उत्तर से सुदर्शन चौबेवाली बात की ही पुष्टि हो रही थी। सुबोध भैया उन अपमानजनक क्षणों की क्लांति का स्मरण करते अचानक आक्रोश से भर उठे थे, "लेकिन आप लोगों ने इन सारी बातों की सूचना मुझे क्यों नहीं दी? मैं इतना गया-गुजरा नहीं था कि आपके मौसा की माँग पूरी नहीं कर सकूँ!···मुझे बताए बिना आप लोगों ने एकतरफा निर्णय···"

"वही बताने के लिए तो मैं आपके पास आया हूँ। घर खोजते हुए तीन घंटे से ऊपर हो गए होंगे। मुझे इसी वक्त लौटना भी है।"

सुबोध भैया अपनी उद्विग्नता पर स्वयं ही सकुचा उठे थे—क्या हो गया है उन्हें? यह भी नहीं पूछा कि कहाँ से आ रहे हो? भूख-प्यास तो लगी होगी।

भूषण को बैठे रहने का इशारा करते हुए वे अंदर चले गए थे। बड़का राजपुर में उन्होंने इस लड़के को मुश्किल से दो-तीन बार देखा होगा। कितनी हृष्ट-पुष्ट देह थी! गोरे चेहरे पर स्वास्थ्य की अद्भुत कांति देखकर भैया रीझ गए थे!···दो-तीन महीनों में ही कितना दुबला हो गया है, पहले का सा गोरापन भी चेहरे पर नहीं रह गया है। उनके मन में अपने आप पर ग्लानि उमड़ आई थी। नाहक अपना क्रोध उसपर बरसा गए···। किसी तरह से भी सोचने पर इसका कोई दोष नजर नहीं आता···तब···?

नाश्ते की तश्तरी और फल लेकर कमरे में लौटते वक्त उनका भाव बदला हुआ था। उन्होंने स्नेह भरे आग्रह से उसे जलपान कराया था, "अभी तुम रहते कहाँ हो?"

सुबोध भैया के सवाल का जवाब उसने थोड़ी देर के बाद दिया था, "मौसाजी की बात नहीं मानकर घर से चला आया था न, इसलिए अब उनके घर जाने का तो कोई सवाल ही नहीं है। यहीं पटना में एक दोस्त के साथ रहता हूँ।"

सुबोध भैया की आँखों में एक साथ कई सवाल उभर आए थे। भूषण ने धीरे-धीरे उनकी हर जिज्ञासा का समाधान कर दिया था, "इसके पहले भी कल्याणी बुआ के

बहकावे में आकर मौसाजी ने दो-दो बार इस तरह का नाटक रचा था। इस बार मौसी और मैंने सोच लिया था कि इन लोगों की एक नहीं सुनेंगे। मौसी ने सोचा था, इस तरह हठ करने से हमारी जीत होगी, लेकिन कल्याणी बुआ के सामने उनकी कभी नहीं चल पाई!···मैं बेरोजगार हुआ, इसका मुझे कोई अफसोस नहीं; लेकिन मौसी का घर से निकल जाना अच्छा नहीं हुआ। अब कल्याणी बुआ की चाल पूरी तरह कामयाब हो जाएगी।''

सुबोध भैया के पूछने पर भूषण ने स्वीकारा था, ''इस वक्त मेरे पास कुछ भी नहीं है। मौसाजी से मैंने अपने हिस्से की बात कही थी, लेकिन वे मुझे एक पैसा भी देने के लिए तैयार नहीं हैं। पाँच वर्षों तक मैं उनके लिए मजदूर बनकर दिन-रात खटता रहा, उसका यह पुरस्कार मुझे मिला।''

उनकी गंभीरता देखकर भूषण अचानक हँस पड़ा था, ''आप चिंतित न हों। मौसी ने मुझे पत्र लिखकर विशेष तौर पर एक ही बात कहने के लिए आपके पास भेजा है।''

वे अत्यंत उत्सुक होकर उसे देखने लगे थे।

''मौसी का कहना है कि आज हमारी स्थिति खराब हो गई है, लेकिन एक-न-एक दिन फैसला हमारे हक में होगा। मौसाजी को झुकना होगा। मौसी ने वचन दिया है कि ब्याह आपके यहाँ ही···

भूषण ससंकोच अपनी बात अधूरी छोड़कर फर्श की ओर देखने लगा था।

''मौसी ने वचन दिया है और तुमने···? तुम्हारी अपनी कोई राय?''

उसने उसी सलज्ज मुद्रा में उत्तर दिया था, ''मौसी की राय मेरी राय है।''

लेकिन मैंने तो सुना था···तुमने सावित्री के रंग-रूप पर अच्छा-खासा एतराज किया था। तुम्हारी पसंद के खिलाफ···''

इस बार भूषण ने सुबोध भैया को सधी हुई आँखों से देखते हुए जवाब दिया था, ''वह सब कल्याणी बुआ की साजिश थी। वे नहीं चाहतीं कि इतनी सहजता से ब्याह हो। मेरी गृहस्थी बस जाती तो उनकी महत्त्वाकांक्षा अधूरी नहीं रह जाती क्या? उनके भाई परले दरजे के उद्दंड और कामचोर हैं। उनके निर्विघ्न जीवनयापन का इससे बड़ा समाधान और क्या हो सकता है?''

सुबोध भैया के स्वर में सच्चे शुभचिंतक की आतुरता थी। भूषण के लिए भाई की सी ममता उनके अंत:करण में उभर आई थी, ''अब तुम क्या करोगे?''

''मौसाजी ने चेतावनी दी है कि इस रोजगार में वह मुझे टिकने नहीं देंगे। मैं उनका प्रतिद्वंद्वी बनकर रोजी-रोटी कमाऊँ, यह उन्हें कभी भी सह्य नहीं हो सकता।''

''तुम किसी नौकरी के लिए प्रयास क्यों नहीं करते? चाहो तो मैं···''

भूषण ने अपनी असमर्थता जाहिर की थी, ''नौकरी में बँधे रहना मेरे वश की बात

नहीं है। और दिक्कत यह हो रही है कि अब तक सारे अफसरों से मौसा की ही जान-पहचान थी। मेरा काम सामान की खरीददारी भर करना था। अफसरों से संपर्क का कोई मौका उन्होंने मुझे नहीं दिया। दो महीनों से लगातार कोशिश कर रहा हूँ। जिस अफसर के पास जाता हूँ, मेरी नालायकी का सबूत देने के लिए मौसाजी पहले से ही वहाँ पहुँच जाते हैं। पटना में आपूर्ति का काम मिलने की कोई संभावना नहीं है। यहाँ से बाहर दौड़-धूप करने के लिए पैसों की जरूरत पड़ेगी, वह भी···''

संपन्नता की मखमली गोद से जिसका वजूद एक ठोकर में ही उछालकर गर्द-गुब्बार से भरे फुटपाथ के हवाले कर दिया गया हो, उसकी मानसिकता इतनी संयत नहीं रह सकती, यह सोच सुबोध भैया को आश्चर्यचकित कर रही थी। सामने बैठे भूषण की मजबूर स्थिति के अनुमान मात्र से ही वह द्रवित हो रहे थे। इतना सबकुछ हो जाने पर भी भूषण की जबान पर अपने मौसा का ही नाम था। कहीं कोई आक्रोश नहीं, प्रतिरोध की कोई सुगबुगाहट तक नहीं।

उसके चले जाने के बाद भी वह देर तक विचारमग्न बैठे रहे थे। इस परिवर्तित स्थिति को किस रूप में लें, वह समझ नहीं पा रहे थे।

सुदर्शन चौबे अपने पत्रों द्वारा विमलादत्तजी की ताजा स्थिति का 'आँखों-देखा हाल' बयान करते जा रहे थे, ''भूषण के चले जाने से उनके व्यवसाय में वह मुस्तैदी नहीं रह गई थी। उन्होंने कल्याणी देवी के भाई को साझेदारी में रखा है, लेकिन सारी दौड़-धूप उन्हें खुद ही करनी पड़ रही है। खिसियानी बिल्ली खंभा नोचे वाली बात है···अब सारा दोष तुम्हारे माथे मढ़ रहे हैं। किसी ने उन्हें बता दिया है कि भूषण की तुम्हारे यहाँ खूब आमदरफ्त है और तुम उसे काम दिलाने का प्रयत्न कर रहे हो! उनका खयाल है कि इस तरह तुम उसे फुसलाकर विवाह के लिए···विमलादत्तजी की नीति दो-मुँहे साँप की तरह है भाई, चित और पट दोनों अपनी ही हो, ऐसी मंशा रखनेवाले लोग कभी किसी को सुखी नहीं देख सकते। कल्याणी देवी के भाइयों की शह पाकर अब वे भूषण को खुलेआम अपना शत्रु कहने लगे हैं। कभी-कभी तो ऐसा लगता है कि यह आदमी उतना बुरा नहीं है, जितना इसे बना दिया गया है।''

सावित्री के पत्र से सुबोध भैया को सूचना मिली थी, ''काकी बीमार हो गई हैं। गाँव के डॉक्टर बीमारी की पहचान नहीं कर पा रहे हैं। पेट में बराबर दर्द रहने लगा है।''

सुबोध भैया की जिद के आगे काकी की एक नहीं चल पाई थी, ''पुरखे-पुरनियों के घर में दिया-बाती की ऐसी ही चिंता है तो मैं घर की सारी चाबियाँ बलदेव काका को दे देता हूँ काकी! लेकिन अब तुम्हारा गाँव में रहना नहीं हो सकता।''

काकी की विह्वलता को उनकी आखिरी बात ने संयत कर दिया था, ''तुम और

सावित्री मेरे साथ रहोगी तो लड़केवालों से बातचीत करने की सहूलियत भी होगी। तुम्हारे गाँव में रहने पर कभी लड़की दिखाने की जरूरत पड़े या तुमसे कोई राय-मशविरा करना हो तो मुझे भागकर गाँव आना पड़ेगा। अब मैं भी इस आवा-जाही से थक चुका हूँ।''

काकी और सावित्री के पटना आने के कुछ सप्ताह बाद ही वह घटना घटी थी!···एक शाम सुबोध भैया की गैर-हाजिरी में भूषण अचानक आ गया था। उसके साथ उसकी मौसी भी थीं। दरवाजा सावित्री ने ही खोला था।

''सुबोधजी हैं क्या?'' भूषण के प्रश्न पर जल्दी से सिर हिलाकर वह उलटे पाँव मुड़ गई थी, तभी एक परिचित सी आवाज ने उसके पैर बाँध दिए थे, ''बेटी, क्या तुम्हारी काकीजी भी यहीं हैं?''

उसने क्षण भर के लिए पलटकर देखा था और फिर तेजी से दौड़ती हुई भीतर चली गई थी, ''काकी···काकी···वे···वे···आई हैं।''

''वे कौन री?''

कमला काकी ने खाट से उठने की कोशिश करते हुए पूछा था।

''वही···बड़का राजपुरवाली!'' वह शरमाकर रसोई में चली गई थी।

काकी अस्त-व्यस्त होती बाहरी कमरे की ओर चल पड़ी थीं। सुबोध भैया भी तुरंत आ गए थे।

''अरे आप··· ! मौसीजी!'' उन्होंने जल्दी से भूषण की मौसी के पैर छू लिये थे।

वह असमंजस में पड़े बारी-बारी से भूषण और उसकी मौसी को देखते रहे थे। काकी की कुशल-क्षेम पूछने के बाद मौसी असली बात पर आई थीं, ''तुम्हें अपना समझकर एक बात कहने आई हूँ बेटा! आज ब्याह हो गया होता तो भूषण तुम्हारा बहनोई होता। फिर मुझे इस तरह की फरियाद लेकर आने की जरूरत नहीं पड़ती। लेकिन ब्याह के पहले जैसी परिस्थिति सामने आ गई थी, उसे देखते हुए कोई भी आन-इज्जतवाला आदमी पीछे हट जाता। हमने नहीं चाहा कि तुम लोगों को साँसत में डालनेवाली माँग तुम तक पहुँचे। इसीलिए उस वक्त मनाही करनी पड़ी, लेकिन हमारा मन जानता है बेटे, बहू के रूप में हमने इसी बिटिया का वरन किया है। भूषण के मौसाजी की आँखों पर पट्टी बाँध दी गई है। अपना हित-अहित उनकी समझ में नहीं आ रहा है।···हमने समझाने की कोशिश की तो उलटे हमारा ही वनवास हो गया।···हमें अपनी चिंता नहीं है, लेकिन भूषण को डराया-धमकाया जा रहा है। तुम उसके लिए कुछ कर सकी तो···''

भूषण ने तुरंत प्रतिवाद किया था, ''मौसी, आप यही सब कहने के लिए यहाँ आई थीं क्या? आपने तो कहा था कि काकीजी को देखने जाना है।''

मौसी ने भूषण को चुप करा दिया था, ''तू थोड़ी देर बाहर जाकर बैठ, बेटे, मुझे जरूरी बात कहनी है।''

उन्होंने बिना किसी लाग-लपेट के अपना प्रस्ताव रखा था, ''बेटे ,यदि तुम राजी हो, तो एकदम सादगी से इन दोनों का विवाह हो सकता है। तुमने खर्च के नाम पर जो पैसा जुटाया हो, उससे भूषण की मदद कर सको, तो यह अपने पैरों पर खड़ा हो सकेगा।...मेरे बच्चे में काम करने की लगन है, बेटा! यह मजदूर की तरह खट सकता है। इस वक्त इसके मुँह का आहार छीन लिया गया है, नहीं तो...''

मौसी ने आँखों की नमी को आँचल में सुखाते हुए अपनी बात जारी रखी थी, ''मैं जानती हूँ, अभी वे प्रपंच में पड़े हैं, लेकिन एक दिन उनकी मति बदलेगी।''

सावित्री के विवाह का वही पुराना प्रसंग घूम-फिरकर फिर सामने आ गया था, लेकिन यह पुनरावृत्ति कितने विचित्र और असहज संदर्भों के साथ हुई थी। सावित्री के उत्तरदायित्व से निष्कृति पाने का संकल्प उन्होंने लिया था, लेकिन क्या यह वैसी निष्कृति होगी...?

एक उत्तरदायित्व से मुक्त होकर क्या वे उससे भी गहन-गंभीर दूसरे उत्तरदायित्व के पाश में नहीं बँध जाएँगे? ऐसी विषम परिस्थिति में विवाह करने का अर्थ हुआ—सावित्री के असुरक्षित भविष्य के लाख-लाख खतरे मोल लेना। भूषण की सौम्य आकृति, उसका अत्यंत आकर्षक व्यक्तित्व और सबसे बढ़कर उसकी गंभीर प्रकृति में न जाने कौन सी चुंबकीय शक्ति थी कि वे बार-बार अपने मन का खिंचाव उसी ओर पा रहे थे! यह सच ही था कि वे जितना ही सोचते, वह खिंचाव उतना ही बढ़ता चला जा रहा था।...लेकिन भावुकता में बहकर हठात् कोई निर्णय लेना उनके लिए उचित होगा क्या? भूषण को उन्होंने कितनी दूर तक पहचाना है? विमलादत्तजी के प्रति भी पहले उनकी ऐसी ही धारणा बनी थी, कहीं भूषण भी...

कई दिनों तक लगातार भयंकर ऊहा-पोह में उलझे रहने के बाद भी सुबोध भैया किसी अनुकूल निर्णय तक पहुँच पाने में विफल हुए थे। हारकर उन्होंने सुदर्शन चौबे को तुरंत पटना आने का अनुरोध किया था।

सुदर्शन चौबे अगले सप्ताह ही पटना आ गए थे। रिक्शे से सामान उतरवाते हुए उन्होंने जोरों की हाँक लगाई थी, ''तुम्हारी भावज को भी साथ लाया हूँ भाई! यह शरमा रही थीं, बिन-बुलाए आ गई हैं न! इन्हें खड़े-खड़े नेवता दे डालो न!''

सुदर्शन भाई और सुधा भाभी के आने से घर की खामोशी चहल-पहल में तब्दील हो गई थी। अंतरंग सखी की तरह चुहुल करनेवाली इतनी हँसमुख भावज को पाकर सावित्री मगन थी।

दूसरे दिन दोनों मित्रों में काफी देर तक विचार-विमर्श हुआ था। सुदर्शन भाई

मौसी के प्रस्ताव को सहर्ष स्वीकार करने के पक्ष में दलीलें दे रहे थे, ''तुम कहते हो कि तुमने साठ-सत्तर हजार रुपयों का इंतजाम कर रखा है। इसमें से आधी रकम बारातियों का स्वागत-सत्कार, बैंड-शहनाई और दूसरे आडंबरों में खर्च करने की योजना थी, यही न! मेरी सलाह मानो तो झूठे दिखावे में न पड़कर मंदिर में विवाह संपन्न करने की योजना बनाओ!''

इस प्रस्ताव पर सबसे जोरदार आपत्ति काकी की ओर से हुई थी, ''गाँववाले क्या कहेंगे, दुलहिन और धरनीधर देवरजी की आत्मा कलपेगी नहीं, बेटा! इस तरह तो कंगले भी अपनी लड़कियों का ब्याह नहीं करते!''

सुबोध भैया ने काकी को समझाना चाहा था, ''आप क्या चाहती हैं, काकी! सावित्री का ब्याह इस लड़के से हो या नहीं?''

काकी के हामी भरने पर उन्होंने कहा था, ''तो इस लड़के की परिस्थिति आपके सामने है। क्या आप चाहेंगी कि बाजे-गाजे और खान-पान के पचड़े में सारा पैसा खर्च कर दिया जाए? आप क्यों नहीं समझतीं, भूषण को इस वक्त हमारी मदद की सख्त जरूरत है?''

काकी उठकर अपनी कोठरी में चली गई थीं। उन्होंने सुधा भाभी की मारफत कहलवाया था, ''तुम लोग नए जमाने के हो, जो करोगे, ठीक ही होगा। लेकिन हम तो इतना भर जानते हैं, बबुआ, पुराने रीति-रिवाजों को ऐसे मौके पर तोड़ोगे, तो सब तुम्हारी हँसी उड़ाएँगे! पुख्ता औकातवालों को कोई दोष नहीं देता, चाहे वे कैसा भी अजूबा क्यों न कर डालें!...हमें विमलादत्त का सबसे अधिक सोच है। तुम मंदिर में ब्याह करोगे तो वह तुम्हें जनम दरिद्री समझकर तुम्हारी हँसी उड़ाएगा।''

सुधा भाभी ने एक छोटी सी पोटली सुबोध भैया के हाथों में थमा दी थी, ''काकी ने चिरौरी की है, देवरजी, ये गहने उनके हैं, इन्हें बेचकर उचित रीति में...''

सुबोध भैया ने इशारे से वह पोटली वापस कर दी थी, ''मुझमें सामर्थ्य है, भौजी...! मैं अकेला सारा भार उठा सकता हूँ। काकी से कहो, उनकी इच्छा पूरी होगी!''

□

ब्याह में गाँव से बहुत कम लोग आ पाए थे। बलदेव काका की पत्नी और सावित्री की मुँहबोली सुधा भौजी ने मुहल्ले की औरतों के साथ मिलकर दूल्हे का परिछावन किया था। काकी कन्यादान करके उठीं तो सुधा भाभी ने उन्हें सहारा देकर उनकी कोठरी तक पहुँचाते हुए बीच में ही पूछ लिया था, ''आप खुश हैं न, काकीजी...?''

काकी की आँखों में उछाह की गंगा-जमुना लहरा उठी थी, ''सुबोध बबुआ ने कुल-खानदान की पत रखी, दुलहिन! तुम लोगों ने इतनी मदद की, नहीं तो...''

वर-पक्ष की ओर से मौसी के दोनों भाई और भूषण के कुछ मित्र शामिल हुए थे।

सुबोध भैया और मौसी की सलाह पर भूषण विमलादत्तजी को स्वयं आमंत्रण देने गया था। उन्होंने उसे घर में घुसने तक की इजाजत नहीं दी थी। सुबोध भैया के कार्यालय के मित्रों और उनके संबंधियों ने भूषण को देखकर उन्हें बधाई दी थी।

मंडल के इर्द-गिर्द कुरसियाँ डालकर सारे अतिथि बैठे हुए थे। विवाह की रस्में निपटाई जा रही थीं। सुबोध भैया ऐसी जगह बैठे थे, जहाँ से भूषण का चेहरा साफ-साफ दिखाई पड़ रहा था। वह स्पष्ट अनुभव कर रहे थे···मौर की लड़ियों से ढके भूषण के खूबसूरत चेहरे पर हर क्षण किसी अज्ञात पीड़ा की लकीरें उभरती जा रही थीं। पास बैठी सुधा भाभी के परिहास को सुनकर वह कभी-कभार मुसकरा देता था; लेकिन दूसरे क्षण ही उसकी गंभीरता दोगुनी हो रही थी।

कोहबर की ओर सावित्री और भूषण को ले जाते हुए सुधा भाभी ने सुबोध भैया को आवाज दी थी, ''कहाँ खो गए हैं, देवरजी? बहन-बहनोई को आशीर्वाद दीजिए न···!''

पीले रंग की साड़ी में, सिंदूर से भरी माँग लिये सावित्री उनके पैरों पर झुकी थी।···इस दिन की कितनी विकल प्रतीक्षा की थी उन्होंने···!

हर राखी पर सावित्री उनसे लड़ती आई थी, ''तुम हर बार मामूली सी चीज देकर टरका देते हो, भैया! हम अगली बार तुमसे कोई कीमती उपहार लेकर रहेंगे!''

उन्हें सहसा स्मरण हो आया···इस बार की राखी तो यूँ ही बीत गई थी। सावित्री के लिए कोई मामूली सा उपहार भी कहाँ खरीद सके थे। उन्होंने पास खड़े भूषण को देखा—विवशता की धुँध से घिरा उसका सुंदर चेहरा कितना निष्पाप लग रहा था! उनकी इच्छा हुई, उस चेहरे को अपनी दोनों हथेलियों में थाम लें और कहें, ''सावित्री, देख! इस बार मैंने कैसा अनमोल उपहार तुझे दिया है! अभी इस सूर्य पर ग्रहण की धुँधली सी छाया है, लेकिन इसके भीतर दमकनेवाली दीप्ति अपनी निष्कृति की दिशा ढूँढ़ने के लिए किस कदर उत्कंठित है! मुझे तो उस निष्कृति का महज एक सेतु भर बनना है। क्या मैं इतना भी नहीं कर सकता···?''

□

जीवितोस्मि···!

अजेय शिला-खंडों से अठखेलियाँ करतीं, लरजती हुई लहरों के उद्दाम नाद से दिशाओं को झंकृत करती किसी पहाड़ी नदी के आवेग को चुपके-चुपके बाँधने की कोई एक बड़ी दुरभिसंधि अनायास फलित होती दिखाई पड़े तो सतत बहाव के लिए उद्वेलित उस पहाड़ी नदी की पोर-पोर से किस करुणा का महाराग उमड़ेगा···जानती हो सुमति दी?

अपनी उदास पलकों के भीगेपन को छिपाने की व्यर्थ चेष्टा करती श्रेण्या भाभी ने धीरे से उठकर तिपाई पर रखे हुए फलों की तश्तरी मेरी ओर बढ़ा दी थी—

अच्छा रहने दो, इतनी दूर से आई हो। कुछ तो लो···मैं तुम्हारे लिए चाय···

मेरी इच्छा हुई थी—उनकी कोमल हथेलियों को अपनी मुट्ठी में बाँध लूँ—

सात वर्षों के बाद आपको देखने का संयोग मिला है, आप कहीं नहीं जाएँ।

निहायत सादगी से भरपूर उस छोटी सी बैठक के दाहिने कोने में बड़े एहतियात के साथ रखे गए इसराज ने मुझे सात वर्ष पीछे की दुनिया में खींच लिया था।

अपनी बनारसी साड़ी के भारी-भरकम जरीदार आँचल को माथे तक सहेजती नई-नवेली श्रेण्या भाभी को तीनों टोलों की मुँहबोली ननदों ने घेर रखा था। फूली हुई सरसों के चटकीले रंग पर किसी ने मुट्ठी भर अबीर बिखरा दिया हो···गैसबत्ती की रोशनी में जाजिम के बीचोबीच बैठी भाभी का चेहरा ठीक वैसा ही लगा था।

सुलोचना काकी ने नजर उतारते हुए लड़कियों को बनावटी घुड़की दी थी—

पान के लत्तर अइसन हमार पतोह के जीव हलकान हो रहल बाऽ ! जा लोग···अपना-अपना घरे जाऽ।

काकी की आँखें बचाकर चुलबुली माया ने धीरे से भाभी की उँगलियाँ मरोड़ दी थीं—पान की यह लचीली बेल तब क्या करेगी···जब सतफुट्टे जवान हमारे महेंद्र भइया सामने···

मधुमक्खियों की तरह मँडराती लड़कियों की टोली ने इसरार किया था—

जब तक भाभी कोई गीत नहीं सुना देतीं, हम यहाँ से नहीं टलनेवाली हैं।

हाँ वरुणा, उस कोने में बाजा रखा हुआ है, जरा उठा लाना तो···।

भाभी ने न जाने क्यों इसरार बजाने से इनकार कर दिया था। ढोलक की डोरी को घुटनों में फँसाकर उन्होंने झिझकते हुए सास की ओर देखा था—

गा द दुलहिन, टोला-मुहल्ला के बिटियन के जिद बाऽ।

एक मिनट के लिए पूरे ओसारे में नीम खामोशी उतर आई थी—

काहे को ब्याहे बिदेस रे लखि बाबुल मोरे···

हफ्ते भर पहले ही सुशीला के ससुरालवाले उसकी आशीर्वादी कर गए थे। गीत के बोलों की हूक उसके कलेजे को साल रही थी—

···अम्मा के रोवे से नदिया बहत है, बाबा के रोवे सागर धार···

दालान में बैठे नारायण काका ने पटुका के छोर से आँखों सुखा ली थीं—

प्रभु की माया देखो—दो साल पहले कनिया की अम्मा गुजरी थीं और इस साल माघ महीने में उसके बाबूजी भी···। अब घर में दो भाई है बस···। हमने समधीजी को वचन दिया था, आप निश्चिंत रहें। अच्छत चढ़ाकर हमने आपकी बच्ची को अपने घर की लक्ष्मी मान लिया है। अब आप पीछे हटें तो हटें, हम मुकरनेवाले नहीं! विनय बाबू ऊपरवाली अदालत में एक-न-एक दिन सबकी सुनवाई होनी है। मँगनी के धन से कभी किसी का घर भरा है? हमारे तो एक महेंद्र ही ठहरे। चाहते तो देनदारों की भीड़ लग जाती। लेकिन हमने इस बच्ची को देखते ही फैसला कर लिया था···महेंद्र की सार-सँभाल यदि कोई कर सकती है तो बस यही···

गीत पूरा होने के पहले ही भाभी घुटनों पर सिर रखकर बिलख पड़ी थीं—कमरे में इकट्ठी सभी औरतों ने अपने आँसू पोंछ लिये थे—अब उठऽ दुलहिन, आपन कोठरी में जाके आराम करऽ···।

भाभी ने उसी दिन इसराजवाला रहस्य खोला था—उनके पिताजी इतिहास के अध्यापक होने के साथ-साथ संस्कृतज्ञ भी थे। लेकिन पूरे वाराणसी नगर में उनकी याति प्रसिद्ध इसराज वादक के रूप में अधिक थी। उन्होंने अपनी एकमात्र पुत्री को बड़े मनोयोग से इसराज बजाना सिखाया था—

कभी अपने भीतर कोई अभाव दस्तक देने लगे, कभी मन के आँगन में कोई उदास परछाईं अनायास घिरने लगे या कभी किसी बाहरी चोट से तिलमिलाया हुआ मन विश्रांति की तलाश में बावला हो उठे, तब सुरों की मंदाकिनी में डूबकर देखना श्रेण्या। तुम्हें एक आशातीत सुख की प्राप्ति होगी बेटी। कौड़ी के मोल हीरे जैसी जिंदगी लुटानेवाले भौतिकता का छद्म सहेजते लोगों की भीड़ का एक हिस्सा बनना चाहो, तो दुनिया में साधनों की

कमी नहीं है; लेकिन मन का सुख सहेजने के लिए एक ही पथ है—असुविधाओं के खाई-खंदकों से भरा हुआ—दुस्तर···किंतु चिर-शांतिदायक—सहस्रदल कमल की तरह आत्मा की एक-एक परत को खोलकर शाश्वत आनंद की उत्फुल्लता देनेवाला···ललित कलाओं की साधना का पथ···!

श्रेण्या भाभी ने अपने बड़े भाई से अनुनय की थी—भइया, यदि आप कहें तो बाबूजी का इसराज मैं अपने साथ···!

□

चाय की ट्रे लेकर खड़ी भाभी ने मेरी पीठ पर धीरे से छुआ था—कहाँ खो गई···। आओ, तुम्हें तुम्हारे काकाजी के पास ले चलूँ···।

रोग-शय्या पर अधलेटे नारायण काका की धँसी हुई आँखों में ममता भरी पुरानी पहचान के तरल डोरे उभर आए थे—

सुमति, तू···कैसे आई बच्ची? क्या अकेली ही···?

मैंने जान-बूझकर झूठ का आश्रय लिया था, कलकत्ते के प्रसिद्ध पुस्तक मेले की सूचना मिली थी···गाँव से गनेसी ठाकुर आए थे। उन्होंने बताया कि आपका स्वास्थ्य···

नारायण काका की थरथराती उँगलियों ने सिरहाने रखे गमछे को टटोलना चाहा था—

इस बूढ़े पर तेरी शुरू से ही दया रही बचियाऽ।

याद है, गुरुजी की पाठशाला से लौटकर चबेना फाँकती रहती थी—तो गुड़ की एक बड़ी भेली के साथ आधे से अधिक चबेना हमारे गमछे में उड़ेल देती थी। हम तो तुझे चिढ़ाने के लिए अदृश्य कहा करते थे—लाई-चबेना देहु सुमति···। जा बचिया, सफर से थकी-माँदी आई है, हाथ-मुँह थोकर थोड़ा आराम कर ले।

उस रात भाभी के कमरे में उनके बिलकुल निकट लेटकर मैंने अपने आँसुओं को निर्बाध बह जाने दिया था—

महेंद्र भाई नहीं रहे···यह सूचना आपने क्या जान-बूझकर···

भाभी की स्थिर आँखों में अतीत का कोई सुलगता हुआ पृष्ठ उभर आया था—

अम्माजी भर माँग सिंदूर लिये चाँचर में बँधी बाबूजी के कंधों पर चढ़कर चरित्रवन गई थीं, तो मैंने मन-प्राण से यही आशीष माँगी थी—अम्माजी, आपका सा भाग्य मेरा भी हो। तुम्हारे भाई ने यह सुख भी मुझे नहीं दिया···

महेंद्र भाई गृहस्थी के दायित्व को निबाहने का कितना सुंदर अभिनय कर लेते थे, इसकी जानकारी मुझे बहुत पहले से थी। मेरी छोटी बहन विनती के विवाह में नारायण काका आए थे और बातों-ही-बातों में श्रेण्या भाभी और महेंद्र भइया के जीवन का एक सूत्र मेरे हाथों में थमा गए थे—

महेंद्र की कलकतिया नौकरी ठहरी, लेकिन कनिया ने वहाँ जाने से इनकार कर दिया है। वह गाँव में ही रहकर अपनी अगली परीक्षा की तैयारी कर रही है।

भाभी ने अत्यंत संयत भाषा में छोटा सा पत्र मेरे नाम भेजा था—

वटवृक्ष की जड़ों में दीमक लगते हुए कभी देखा है आपने? बाहर से देखने में कितना शक्तिशाली और भीतर-ही-भीतर एकदम खोखला—ऐसे तने के किसी कोटर में नीड़-निर्माण की कल्पना भी दुस्सह होती है सुमति दी···। बाबूजी के असमय निधन ने मुझे घोर नियतिवादी बना दिया था, लेकिन अब मैं अनुभव कर रही हूँ—आत्म-प्रताड़ना की विवशता सहेजकर मौन के गह्वर में बैठे रहनेवाले व्यक्ति की मानसिकता युद्ध से पहले ही अपने सारे अस्त्र-शस्त्र त्यागकर निचेष्ट आँखें मूँद लेनेवाले सैनिक की तरह होती है। देख रही हूँ, इस जीवन-युद्ध में अपना अस्तित्व प्रमाणित करने के लिए मुझे कर्म की कठोरता का पाठ दुहराना होगा···।

भाभी के सिरहानेवाली मेज पर ईशावास्योपनिषद् श्रीमद्भगवद्गीता, वाल्मीकीय रामायण, विवेकानंद की जीवनी, अरविंद दर्शन की मीमांसा से संबद्ध पुस्तकों की छोटी सी कतार देखकर मुझे तनिक भी कौतूहल नहीं हुआ था। उमड़ती हुई लाज की स्निग्धता में डूबी श्रेण्या भाभी के अद्वितीय सौंदर्य में असाधारण गांभीर्य का सधाव आ चुका था। नीली उपत्यकाओं सी उनकी बड़ी-बड़ी आँखों में संयम की कठोर साधना झिलमिलाने लगी थी, साँझा-बाती के समय जल्दी-जल्दी घर लौटती गायों के गले में बँधी घंटिकाओं सी आतुर हँसी का तार न जाने कब और कैसे छिन्न-भिन्न हो गया था? निःशब्द मुसकान के साथ उन्होंने मुझे आश्वस्त किया था—

क्या सोचने लगी सुमति दी, सो जाइए···सुबह जल्दी उठना भी है न···। भाभी ने करवट बदलकर दोनों हाथ प्रार्थना की मुद्रा में जोड़ लिये थे—कौन सा मंत्र दुहरा रही थीं वे, नित्य शयन के पहले अपने लिए किस अलय की कामना करती होंगी वे? क्या महेंद्र भाई की···?

बरगद सी सीधी तनी देह और चौड़े कंधोंवाले अत्यंत सुदर्शन, श्यामवर्ण महेंद्र भइया।

तिवारीपुर के बड़का टोले से रत्नदेव उच्च विद्यालय की ओर जाने के लिए विद्यार्थियों की जो पाँत कढ़ती, उसमें सबसे आगे महेंद्र भाई होते थे। इम्तिहान छमाही हो या सालाना, जोड़ पहलवानी का हो या रस्साकशी का—महेंद्र भाई ने कभी दूसरे नंबर पर आना नहीं सीखा। गाँव भर के लोगों में मिश्रित प्रतिक्रियाएँ थीं—

सुलोचना देई की कोख की कूबत तो देखो···गिनती में सिरिफ एक पूत पैदा किया—लाख क्या करोड़ में एक···

और इधर हमारे बालगोपाल हैं ससुर, मरियल बछेड़ों जैसे···न देह में पूरा दम-खम है, न दिमाग में वैसी जोत···!

अच्छी संतान भी पुरुब जनम की तपस्या का फल होती है भइया!

नारायण काका पहिले से ही करम के बरियार ठहरे।

पचास बीघा पुश्तैनी खेत, चार-चार हलों की खेती···अनाज से कभी खाली नहीं होनेवाली ऊँची बखरी···और दालान के पश्चिमवर्ती बथान में बँधी दो-दो लगहर गौएँ···!

काका की हिदायत थी, मलकिनी, इतने कमकर-कमकरिन आखिर किसलिए? आप सब झमेला छोड़कर बबुआ की नींद सोने-जागने का अभ्यास रखिए···बाहरी कारोबार के लिए तो हम हैं ही···।

महेंद्र भाई मैट्रिक में थे, तभी से काकी उनके ब्याह के सपने सँजोने लगी थीं—

राम के माथ मऊर भल सोभे

तिलक सजेला लिलार

भले हो आवसु राम चउक चीड़ बइठसु···।

काका ने उनके उमड़ते हुए उछाह की रास खींच दी थी—ब्याह की उमर होने दो मलकिनी, हम नहीं चाहते कि पढ़ाई-लिखाई पूरी होने के पहले महेंदर से कोई मजाक में भी शादी-ब्याह की चर्चा करे···।

नारायण काका को खाँसी का जबरदस्त दौरा पड़ा था। मैं धीरे से उठकर उनके कमरे में चली गई थी—

भाभी को जगाऊँ काका···

उनके दाहिने हाथ की कँपकँपाती उँगलियों में वर्जना का संकेत था—दिन भर हमारी सेवा में जुटी रहती है, उसे थोड़ा सो लेने दे बचियाऽ।

भाभी ने बताया था—काकी की दाह-क्रिया करके लौटे, उसके तीसरे दिन काका के दाहिने अंगों पर फालिज गिरा था, नाक-मुँह से रक्त के थक्के फूट निकले थे—बक्सर के बड़े डॉक्टर ने नींद की दवा देने के बाद बाहर आकर भाभी को बताया था-—खैरियत है कि रक्त बाहर निकल आया, रक्तचाप की तीव्रता में स्राव भीतर की ओर होता तो···भाभी उन दिनों एम.ए. की तैयारी कर रही थीं, काका की अकस्मात् बीमारी ने उन्हें भयंकर ऊहापोह में डाल दिया था। महेंद्र भाई के नाम वह उनकी पहली पाती थी—बाबूजी पर रोग का सांघातिक आक्रमण हुआ है। गाँववाले पचासों बार आपके विषय में पूछ चुके हैं। आपको सूचना देना मैंने अपना कर्तव्य समझा। कम-से-कम एक बार बाबूजी की खातिर···

गाँववाले अवाक् थे, नारायण काका के सपूत को आखिरकार हो क्या गया? अपने कमासुत पूत से कौन बाप आस नहीं रखता···? फिर नारायण काका ने ही ऐसा कौन सा कसूर कर दिया था?

महेंद्र भाई के जिगरी दोस्त अविनाश ने चुपके से खबर दी थी—काका- जी, मेरा नाम मत लीजिएगा। महेंदर को फुसलानेवाला एक नेपाली लड़का है। दोनों छात्रावास की

एक ही कोठरी में! गंगा मइया की सौगंध··· ! उस लड़के की अलमारी से खुखरी, देशी हथियार और गाँजे की पोटली बरामद हुई थी। हमारे वार्डन सर ने उसकी चिरौरी पर पिघलकर लिखित माफीनामा लिया था। फिर भी···

महेंद्र भाई उन दिनों तृतीय वर्ष विज्ञान के छात्र थे। गरमियों की छुट्टी में काकी ने पुचकारकर समझाना चाहा था—

अपना गाँव के लड़िकन संगे मिल-जुल के रहल जाला बबुआ! आन गाँव के संघतिया, ना रहन-सहन आपन ना बोली बेवहार···कहाउत बा कि पानी पिय छान के, साथी कर जान के··· ।

क्रोध के आवेश में महेंद्र भाई ने जलपान की तश्तरी पटक दी थी—

यह सब उसी अविनाश की करतूत है—जरूर उसने मेरे और राम बहादुर के बारे में उलटी सीधी बातें···

उन्होंने आरा वापस लौटते हुए काकी को समझा दिया था—

तुम्हारा महेंदर अब बड़ा हो गया है अम्मा, इतनी छोटी-छोटी बातों को लेकर जी हलकान नहीं करो··· । नारायण काका के कलेजे में आशंकाएँ अरहर की खूँट बनकर चुभने लगी थीं—

पूत कपूत तो क्या धन संचय···

रंग-बिरंगे देसी फूलों से महमहाती ठाकुरबाड़ी, मोजराए हुए आमों से लदी बगीची ,झुके हुए कचनार-पत्तों की सलामी देती—हरे बाँस की कोंपलदार हथेलियों जोड़े दूर से ही स्वागत का मर्मर संगीत सुनाती घनी बँसवारी—नए बीजों की धरोहर बनी सूरज की किरणोंवाली गोटेदार पियरी पहनकर उमगती हुई भू देवी··· ! कौन सहेजेगा इन्हें···?

काकी ने काली मइया के देवालय में, रतनदेव बाबा की डीह पर जाकर मनौती मानी थी···

हे माता, हे बरमदेव, कामरूप कमच्छा के जादू सँगोर लीहीं···हमार बालक नादान बा, कवनो भूल-चूक भइल होखे त!

एक बार महेंद्र भाई उस लड़के को गाँव में भी ले आए थे—

दोनों को एक ही थाली में भोजन करते देख काकी ने कपाल ठोंक लिया था—

न जात की पहचान है—न कुल खानदान की—गाँववालों को जरा सी भनक हो गई तो···

महेंद्र भाई ने काकी को घुड़क दिया था—वह तुम्हारे पुजारीजी से अधिक शुद्ध है अम्मा, सुबह-साँझ स्नान करता है, शिवाला नहीं जाता तो क्या, अपनी कोठरी में ध्यान लगाकर शिवमहिन स्तोत्र का जप करता है। उसके बाबूजी काठमांडू के शिव-भक्तों में नामी-गिरामी रह चुके हैं।

सुलोचना काकी को अपने कानों पर विश्वास नहीं हुआ था। वे धनेसरा फुआ पर बेतहाशा उबल पड़ी थीं—

अपने घरवाले से तो कभी निभाव हुआ नहीं, जब देखो तब दूसरे के हजार अवगुन उकेरती रहती है। धनेसरा ननदजी···गंगाजी में समाकर भी हमारे महेंदर के बारे में ऐसी बात कोई नहीं कढ़ा सकता···आपको हिम्मत कैसे हुई···?

धनेसरा फुआ ने पानी पी-पीकर काकी को कोसा था—

ऐसी कुटेव कच्ची लकड़ी में लगी घुन की तरह होती है भउजी···! हमारी जली जीभ का पतियाव न हो तो कभी खुद अपनी आँख में···

काकी ने अपनी आँखों से देखा था—मशीन से निचोड़ी गई ईख की तरह उनकी देह का सारा सत् छीजता चला गया था—

रामबहादुर और उनका बेटा···?

झिर्रीदार खिड़की से कोठरी के भीतर का दृश्य देखती काकी अचानक अचेत हो गई थीं। आँगन में अनाज फटकती कमकरिनों ने उन्हें दौड़कर उठाया था—

अरे, केहू दउर लोग, बैदजी के बोलाव··· ।

किसी ने महेंद्र भाई की बंद कोठरी पर बदहवासी में धक्के दिए थे··· ।

होश में आने के बाद रौंदे हुए महुए के फूलों सा निर्जीव चेहरा लिये काकी देर तक बिसूरती रही थीं··· । महेंद्र भाई उसी रात रामबहादुर को लेकर शहर लौट गए थे।

भरी खलिहान के चारों ओर खर-पात का अंबार लग गया था। घी से पोख्ता हुई माटी की भारी-भरकम मटकी भंडार-घर के कोने में रूखी-सूखी उदास टिका दी गई थी, काकी रोज सुबह उठकर दही बिलोया करती थीं—

गाय के शुद्ध मक्खन के दाज दोसर ना···बबुआ के दिमागी काम करे के बा···दूध-घीव खाए के सुओग अबहिएँ बा···

घर्र-घर्र घूमती मथानी की ताल पर उनकी चूड़ियों की खनक और सोने की कील जड़े दाँतों की निःशब्द, किंतु बड़ी सुहावनी हँसी के साथ पराती का उमड़ता हुआ सुर—

अपना गोपालजी के दहिया खिला देबो
हीरा लाल-जड़ी चोटी
गोपाल प्यारे माँगसु माखन रोटी··· ।

बँसवारी में बाँस के सूखे पत्ते बुहारती, गोबर-माटी से आँगन लीपती बिलासी और परबतिया आँचल की ओट में मुँह छिपाकर हँस पड़तीं—

एक बहुरिया घर में आ जाए फिर देखना, मलकिनी के गोड़ में जादू की चरखी नहीं बँध जाए तो··· ।

आम की पूरी बगीची रोग-कवलित हो गई थी, मोजराई हुई डाल-की-डाल धुआँती

चली जा रही थी। काका टस-से-मस नहीं होना चाहते थे—

जिंदगी की फूल बगिया में विषकीट ने दाँव लगा लिया···अब कैसा बाग-बगीचा और कैसी बँसवारी···?

सुलोचना काकी ने खाट का आसरा ले लिया था—

गाँव-जवार के हँसी-बबूर के काँट अइसन कलेजा सालता···महेंदर के बाबूजी···अब एह जिनगी में एतना बड़ा दाग से कवनो उबार नइखे···?

घंटों की उधेड़-बुन के बाद काका गले में कुरता डालकर उठ खड़े हुए थे—

हम शहर जा रहे हैं मलकिनी···! खाँसी अधिक बढ़े तो सामता चरण बैदजी को बुलवाकर···महेंद्र भाई के छात्रावास-अधीक्षक ने बड़े धैर्य से काका की बातें सुनी थीं—

इस आयु में ऐसे आकर्षण का होना सामाजिक दृष्टिकोण से उचित नहीं है, और इसे कतई स्वाभाविक भी नहीं कहा जा सकता···। नारायण बाबू···आप विशेष सोच न करें···! देखूँ, यदि मैं आपकी कोई मदद कर पाऊँ···!

महेंद्र भाई के अधीक्षक ऋषिकेश चौधरी ने फरमान जारी किया था, परीक्षा की अनिवार्यता को देखते हुए स्नातक प्रतिष्ठा के छात्रों को अलग-अलग कमरों में रहने की व्यवस्था दी जाती है। यह नियम आज से ही लागू माना जाएगा।

महेंद्र भाई ने खुल्लमखुल्ला आपत्ति की थी—

रामबहादुर और मुझे अलग करने की साजिश साफ जाहिर है सर···, लेकिन हम ऐसा होने नहीं देंगे।

कंधे तक झूलती केशराशिवाले रामबहादुर के गाल कान तक लाल हो गए थे—

मेरे भीतर इतना साहस नहीं है महेंद्र, हमें वार्डन सर की हिदायत मानकर अलग होना ही पड़ेगा।

नारायण काका और सुलोचना काकी ने गहरी आश्वस्ति की साँस भरी थी, काली मइया ने हमारी पत रख ली···ठाकुरजी की दया नहीं होती, तो इतने बड़े कुकरम से बबुआ का उबार होता भला···!

□

नारायण काका की खाँसी क्रमशः थमने लगी थी, अभी तो दोपहर-रात बाकी है, जाओ बचिया, थोड़ी देर···

अब नींद नहीं आएगी काका···

रात की निस्तब्धता ने मेरी उत्कंठाओं के सूत्रधार का रूप ले लिया था—

बाद में महेंद्र भाई की गिनती गाँव के निहायत शरीफ और सच्चरित्र लड़कों में होने लगी थी···फिर ब्याह के बाद अचानक उन्हें क्या हो गया था काका?

काका की बीमार आँखों में आँसुओं की झिलमिलाहट तिर आई थी—

बरफीली खंदक की ओर बेकाबू होकर रपटती देह और कुमारग पर बढ़नेवाले मरद-मानुस का सुभाव, इन दोनों पर मुश्किल से ही किसी का जोर चल पाता है बचिया! महेंदर के लिए हमने सोने-जैसी बहू खोजी थी···हमें क्या पता था कि वह···

महेंद्र भाई कलकत्ते की एक प्रसिद्ध दवा कंपनी के प्रचार प्रतिनिधि का ओहदा पा चुके थे। महीने में बीस दिन अलग-अलग प्रांतों के दौरे···का अत्यंत व्यस्त कार्यक्रम···

सुलोचना काकी ने दुलार भरी डपट दी थी—ऐसा है तो दुलहिन को भी अपने साथ-साथ घुमाया कर···हमारी तरह निपढ़-गँवार थोड़े ही है, दूसरी पढ़ी-लिखी लड़कियों जैसी होती···तो कब का खटवास-पटवास लेकर पड़ जाती, चाहे मान-मनौवल की गरज से अपने नइहर चली जाती···!

हमारे गाँव की सबसे चुलबुली लड़की माया का ब्याह श्रेण्या भाभी के पीहरवाले गाँव में हुआ था, उसने दबी जबान में बात खोली थी—

महेंदर भइया की कनिया जाएँ तो किसके दरवाजे? ठीक ही कहा गया है मितनी, जब तक माँ-बाप तभी तक नइहर की आस···भउजी की बड़ी भावज ऐसी रनचंडिका है कि···आने के पहले हमारी उसकी मुलाकात टोले के एक परोजन में हुई थी—हमने कोई संदेसा देने की बात कही तो बिजूके जैसा मुँह बनाकर दूसरी ओर घूम गई—थैली भर रुपल्ली उलीचकर ब्याह-कारज करवा दिया, यही क्या कम है। सुना है दरवाजे पर हाथी जैसे बैल बँधे हैं, कभी यह भी हुआ कि भतीजे-भतीजियों के लिए चुटकी भर अनाज की सौगात भिजवा दें···। अब हमसे तो नहीं सपरेगा रोज-रोज का फगुआ-दशहरा···! अच्छा है—जहाँ हैं—वहीं बनी रहें।

भाभी की तपती हुई रेती जैसी उचाट जिंदगी में सुलोचना काकी की ममता तरल जल के सोते जैसी थी और नारायण काका का अस्तित्व सघन डालियों से भरपूर नीम वृक्ष जैसा—उन्होंने भाभी के मानसिक अस्वास्थ्य को थाहते हुए सहज दिशा-बोध दिया था—

कनिया अपनी आगे की पढ़ाई जारी रखें···हमसे जो बन पड़ेगा, हम अपनी ओर से कोई कोर-कसर नहीं छोड़ेंगे। बाकी रामजी की मरजी···

इस दुनिया में सबकुछ रामजी की मरजी से ही तो नहीं होता बाबूजी···?

भाभी की आवाज में पहली बार प्रतिवाद का सुर उमड़ा था···

कलकत्ता मुख्यालय से समाचार मिला था—महेंद्र भइया अपने अधिकारियों को कोई भी सूचना दिए बिना कहीं चले गए थे; कंपनी के मुख्य प्रबंधक ने काका के पास चेतावनी भेजी थी, पचास हजार रुपयों की अग्रिम राशि कंपनी की इलाहाबाद और कानपुर शाखा को देनी थी, उस राशि की पहुँच की हमें अब तक कोई सूचना नहीं। आपको बीस दिनों का समय दिया जाता है। यदि महेंद्र नारायण ने निर्धारित अवधि तक उक्त राशि जमा नहीं की या कोई उत्तर नहीं दिया तो हमें विवश होकर उनके विरुद्ध कठोर दंडात्मक काररवाई···

कंपनी की मुहरवाला लिफाफा काका के हाथों से छूटकर नीचे गिर गया था—

बैलों की सानी का प्रबंध देखकर अपनी कोठरी की ओर जाती भाभी की आँखें बूढ़े श्वसुर के अवाक् चेहरे पर अँककर रह गई थीं—

क्या हुआ बाबूजी···?

पूरा पत्र पढ़ लेने के बाद भी भाभी की मुखमुद्रा पूर्ववत् शांत बनी रही थी—

तुम ठीक तो हो बहू···?

नारायण काका की असह्य कातरता को थाहती वे धीरे से हँस पड़ी थीं—चट्टानों पर सिर धुनती तरंग सी अथाह विकलता भरी हँसी—

यह भी आपके रामजी की ही मरजी है बाबूजी··· अब चलिए, कलकत्ते की यात्रा का प्रबंध करें··· ।

रब्बी की जोरदार खेती समेत बीस बीघे का लहलहाता चक अपने चचेरे भाई के नाम लिखते हुए नारायण काका का झुर्रीदार चेहरा आँसुओं से सराबोर हो गया था—

इसी दिन-रात के लिए इतनी बड़ी गिरहस्ती सेंतकर रखी थी शिवपूजन भाई, कनिया की लहलहाती साध पर गाज गिर गई, तब क्या बधार, कैसी मकान-मिल्कीयत··· ।

काका के चचेरे भाई ने रुपए गिनते हुए कसैला मुँह बना लिया था—

इससे तो हमारे रामाशीष और रिपुदमन ही अच्छे, किताबी पढ़ाई में आमिल-फाजिल भले ही नहीं हुए हों—पकिया गिरहस्त बनकर हमारे कुल-खानदान की गाड़ी तो आगे बढ़ा ही ले गए न···दोनों के तीन-तीन बालगोपाल···

उन्होंने झुककर काका के कानों तक अपना मुँह सटा लिया था—

गाँव में इस बात की बड़ी ठिठोली हो रही है बड़कू भाई···पाँच बरिस हुए आपके घर में चिरई का पूत तक नहीं···सच कहें, हमें तो आपकी बहुरिया असगुन की पिटारी लगती है, ऐसा रूप साधारण तिरिया का नहीं होता। जरूर वह कोई चुरइल···

काका अँगोछा फटकारकर उठ खड़े हुए थे···हमारी सावित्री जैसी कनिया के लिए तुमने कोई बात कढ़ाई तो तुम्हारे दरवाजे की ओर जिनगी भर मुँह नहीं करेंगे शिवपूजन···खबरदार जो कभी···

रुपयों की लेन-देन के गवाह बने मुखिया अजायब सिंह की वुर्शी भरी आवाज पिघलते हुए शीशे की धार बनकर उनके कलेजे को चीर गई थी—

खसम के भाग जाने की पीर उस सारंगा सुन्नरी को क्यों होगी भला···नारायण सदाबृज बने चौबीसों घंटे घर में घुसे रहते हैं—इनके होते···

कलकत्ते की उस चार मंजिला इमारत पर चढ़ते हुए काका का दमेवाला रोग उखड़ आया था—भाभी ने उन्हें सहारा देकर गैलरी में पड़ी बेंच पर बिठा दिया था—जरूरी

पूछताछ के बाद दोनों को भीतर जाने की इजाजत मिली थी—

आप महेंद्र के पिताजी हैं···?

....

हमें बहुत अफसोस है···उसने एक साल कितनी मेहनत और ईमानदारी से सबकुछ सँभाला, हम तो चेयरमैन के पास उसकी पदोन्नति की सिफारिश करनेवाले थे···तब तक···

भाभी ने चुपचाप अपने बटुए से पचास हजार रुपए निकालकर प्रबंधक के सामने रख दिए थे···

आपको अभी इसकी रसीद बनवाए देता हूँ···कृपया थोड़ी देर इंतजार करें···

इनकार में सिर हिलाकर भाभी उठ खड़ी हुई थीं—

आइए बाबूजी, चलें···।

दरवाजे के पास पहुँच चुकी भाभी के पाँव एकबारगी ठिठक गए थे—

श्रेण्या, तुमने मुझे, अपने यदुगोपाल काका को नहीं पहचाना···

भाभी को अवाक् देखकर मुख्य प्रबंधक श्री यदुगोपाल सरकार मोटे फ्रेमवाला चश्मा उतारकर उनके एकदम पास आ गए थे—

दशाश्वमेध की सीढ़ियों पर, बाबा विश्वनाथ के मंदिर में कचौड़ी गली के रामसुमेर हलवाई की दुकान पर जो मेरी उँगली थामकर तनिक सी चीज के लिए रूठ जाती थी—यह कौन थी, बता तो···

सारनाथ के मृगया विहार में कुलाँचें भरते मृगछौनों जैसे अतीत के धूप-छाँही टुकड़े भाभी के सामने से एक-एक करके गुजरने लगे थे—

उनके बचपन के प्रतिवेशी निःसंतान यदुगोपाल चक्रवर्ती···दिन भर चमड़े का थैला लिये दुकानों पर दवाइयाँ बाँटते फिरते और साँझ को घर आते ही हाँक लगाने लगते—

अरी बावली, तेरे लिए संकटमोचन का प्रसाद ले आया हूँ···बँदरिया कहीं की, ऐसी उतावली करेगी तो सारे लड्डू चकनाचूर हो जाएँगे!

काका को उनके नाम पर सख्त एतराज था—

श्रेण्या···यह भी कोई नाम हुआ···बोलो तो तीन बार जीभ पलटा खाएगी···तुम्हारे बाप को तो हर उलटी चीज में नाद-ब्रह्म का स्रोत सूझता है न···

बाबूजी ने हँसकर कहा था—मैट्रिक तक देवभाषा का ज्ञान पाया है कि नहीं तुमने···श्रेण्या का अर्थ क्या होता है, जानते हो?

काका बनावटी तैश में मुँह दूसरी ओर घुमा लेते···सारे अर्थ का अनर्थ तब होगा, जब यह ससुराल जाएगी। तुम बिहारी लोग···वर दूँढ़ोगे चमरौधा पहननेवाले पितरों के ग्रामलोक में···वहाँ भोजपुरिया जुबान पर इसके नाम का क्या अंजाम होगा जानते हो···?

यदुनाथ काका ने कोट की जेब से रूमाल निकालकर अपनी आँखें पोंछ ली थीं—

विनय के गुजर जाने के बाद बाबा विश्वनाथ के दर्शन का सुयोग बरसों नहीं मिला था। इस बार फाल्गुनी शिवरात्रि के मौके पर तेरी काकी भी हमारे साथ काशी गई थीं, वहीं तेरे छोटे भाई आशुतोष ने सबकुछ बताया···

सपने में भी नहीं सोचा था कि महेंद्र मेरे बालसखा विनय का जमाई है, मेरी मुँहबोली बिटिया का···

नारायण काका की ओर मुड़कर उन्होंने दोनों हाथ जोड़ दिए थे···इस बच्ची को दंड देकर मैंने अपने आपको दंडित किया है, समधी बाबू आप नहीं जानते···इसकी काकी इसे अपनी कोखजाई संतान से कम नहीं समझती··· !

काका के श्रांत-क्लांत शब्द उनकी चूकती हुई जीवनी-शक्ति का आभास देते नीरव हो चुके थे। इसके आगे की सारी रामकहानी तुझे पता है बचियाऽ और अब कहने-सुनने में रखा भी क्या है···? सब रामजी की मरजी···।

सघन पीड़ा से बोझिल मेरा मन नारायण काका के तकियाकलाम को जीवन का एकांतिक सच मानकर नियति के आगे घुटने टेकने के लिए कतई तैयार नहीं था—

महेंद्र भइया की असहज जीवन-स्थिति, नारायण काका की निविड़ पराजयवादिता और कच्ची आयु में जबरन ओढ़ी गई श्रेण्या भाभी की बोधिसत्त्व अनुभूतियाँ—इनका दाय आखिर किस पर था? क्या सबकुछ राम जी की मरजी के अनुसार ही चल रहा था···? यदि नहीं···तो क्या श्रेण्या भाभी ने अपनी मौन प्रार्थना के बहाने किसी अज्ञात-अनाम शक्ति को अपना एकांतिक साझीदार बना लिया था? कलकत्ते के दो कमरोंवाले उस मकान के खुले बारजे पर गमले में लगी तुलसी के सामने कार्त्तिक पूर्णिमा का अंतिम दीप रखकर तुलसी-विवाह के गीत गुनगुनाती भाभी की निष्ठा मुझे विमूढ़ कर देने के लिए पर्याप्त थी—

नमो नमो तुलसी महारानी···
अक्षय सुख सौभाग्य प्रदायिनी
नमो नमो···

बरामदे से मुझे एकटक अपनी ओर देखते पाकर भाभी ने झुककर दीपाधार उठा लिया था—आरती ले लो सुमति दी···

कार्तिक महीने में अक्षय सौभाग्य की कामना करके तुलसी चौरे पर बिना नागा दिया जलानेवाली स्त्रियाँ अपने सिंदूर की सुरक्षा माँगती होंगी···फिर श्रेण्या भाभी···

तुम्हें आश्चर्य हो रहा है न सुमति दी···मुझे पता है पूजा का यह विधान मेरे लिए नहीं है···फिर भी···

बैठक के कोने में रखे इसराज की शिराएँ किसी गहरी कचोट के स्मरण- मात्र से

झंकृत हो उठी थीं—

फफूँदी लगे हुए फल का आहार स्वास्थ्य की दृष्टि से घोर हानिप्रद होता है न…मेरे जीवन में दांपत्य सुख भी ऐसे ही विषाक्त फल की वर्जना बनकर आया…जानती हो…यदुगोपाल काका का प्रबल आदेश मानकर मैंने भी एक सीमा तक अपने को आश्वस्त कर लिया था—गाँव छोड़ते समय बाबूजी के इसी इसराज को अपना एकमात्र असबाब बनाकर अकेली इतनी दूर चली आई थी…सोचा था…संगीत विद्यालय की अध्यापिका श्रेण्या नारायण के रूप में जीवन के शेष दिन काट पाऊँगी…लेकिन तुम्हारे काकाजी के भाव-विह्वल पत्र मेरे संयम की दहलीज पर बार-बार दस्तक देने के लिए चले आते थे—

बहू…गाँव-जवार जो भी कहे, वह अंतर्यामी गवाह है—हमने तुम्हें महेंद्र का स्थानापन्न माना है, अपने वहशीपन में वह जब से गुम हो गया है, तब से तो तुम्हारे लिए हमारे प्राण और भी अधिक…

यदुगोपाल काका ने भाभी का मन टटोलना चाहा था—खोटे सिक्के से जिंदगी का मोल-भाव…? इतनी बड़ी साजिश के तहत हमारी बच्ची का जीवन बरबाद हुआ; तू इशारा भर करे श्रेण्या…हमारे कार्यालय में ही एक-से-एक सुयोग्य युवक… भाभी की आँखों में कैसी कठोर वर्जना थी…बूढ़े यदुगोपाल चक्रवर्ती अपनी बात अधूरी छोड़कर वहाँ से उठ गए थे।

महेंद्र भाई की अप्रत्याशित वापसी हुई थी…पूरे पाँच वर्ष बाद…

चीकट कंबल के फटे हुए छोर में अपनी लुंज-पुंज काया को समेटने की विफल कोशिश करते हुए वे ओसारे की सीढ़ियों पर बिखर से गए थे…मूर्च्छना के उस अमूर्त्त नाद में श्रेण्या भाभी ने बड़ी मुश्किल से एक कातर अनुहार सुनी थी…

श्रेण्या, हमें बचा लो…बाबूजी अब नहीं… !

उस आधी रात में यदुगोपाल काका ने भागते हुए अपने पारिवारिक चिकित्सक आशीष चौधरी का द्वार खटखटाया था—बेहोशी से उबरने के बाद महेंद्र भाई की मौन स्वीकृति ने चिकित्सक की आशंकाओं को समर्थन दिया था।

इस औघड़पन से बाज आओ जमाई बाबू, नशीली दवाइयों और कुसंगत के प्रभाव से यह जानलेवा रोग तुम्हारी हड्डियों तक में सुराख बना चुका है…

बिटिया, बेहतर हो कि इन्हें हमारे नर्सिंग होम में…

भाभी ने हाथ के इशारे से मनाकर दिया था…

मैं हूँ न काका…आप लोग जाएँ…।

चिरसंचित अनुताप महेंद्र भाई के शरीर की हर शिरा में कभी शेष नहीं होनेवाले आँसुओं की ऐंठन बनकर उबलने लगा था—

लोग ऋषिकेश, हरिद्वार, केदारनाथ, बदरीनाथ जाते हैं—मन की मैल धोने के लिए…मेरे

भीतर बैठे हुए पाप के वासुकी नाग ने मुझे इन सारे तीर्थों की टोह में भटकाया···अनाचार की आँधी सूखे तिनके की तरह मुझे यहाँ-से-वहाँ भरमाती रही···रामबहादुर···ओह···मेरे जीवन की गहन कालिमा का प्रतीक···हड्डियों के ढाँचे जैसी देह को भरसक किसी भी उद्वेलन से बचाती हुई श्रेण्या भाभी ने उपचार में कोई कमी नहीं रख छोड़ी थी···

बेहतर हो कि आप पिछली सारी बातें भूल जाएँ···सुना नहीं डॉक्टर ने आराम···

कैसे भूल जाऊँ···पूरे तीन वर्ष···जानती हो श्रेण्या···वहशत की उस आग में मैंने रात-दिन तिल-तिल करके अपने आपको जलाया···क्षणिक उत्तेजना के लिए लपलपाती जिह्वावाले कालसर्प-सरीखे उन दाहक-द्रव्यों का सेवन···

भाभी ने परिहास की क्षीण चेष्टा की थी···इस गौरा को ऐसे ही शिव की तलाश थी, सो पूरी···

महेंद्र भाई ने उत्तेजित होकर उठ बैठने की कोशिश की थी—नहीं, ऐसे न कहो···शायद यह मेरा प्रारब्ध था···जो मुझे जीवित यहाँ तक ले आया···जानती हो···मैं पहले गाँव जाना चाहता था···बाबूजी को एक बार देखने की इच्छा हुई थी···फिर सोचा···शायद इतना वक्त नहीं हो, एक बार तुम्हें देख तो लूँ···उसके बाद···

भाभी का प्रस्ताव सुनकर यदुगोपाल काका ने ही पहल की थी—

तू चिंता मतकर बिटिया, जमाई बाबू की हालत में थोड़ा सुधार है। अगले रविवार को हमारा चपरासी रामदीन जाकर समधीजी को अपने साथ लिवा लाएगा···

नारायण काका ने मेरे पास अपनी मनोदशा लिख भेजी थी—सुमति, मेरे पहुँचने से पहले सबकुछ समाप्त हो गया था···बचिया! रामजी गवाह है—बचपन में कभी कोई शैतानी करके आता था तो अपनी अम्मा के पीछे भीगी बिल्ली बनकर दुबका रहता था—एक बार हमने तेरी काकी से पूछा था—न हम छड़ी रखते हैं, न हाथ चलाते हैं, फिर इतना डर काहे का, जानती है, तेरी काकी ने क्या कहा था—

बाप के आँख महतारी के साख—दूनों के कवनो बराबरी ना···अब पता चला मुझसे आँखें मिलाने की हिम्मत उस बावले में नहीं थी, इसीलिए तेरी काकी ने मेरे पहुँचने के पहले ही उसे अपने पास बुला लिया···

महेंद्र भाई ने अपनी आखिरी इच्छा व्यक्त की थी—अपने गाँव की माटी का जीवन भर अपमान किया···अंतिम बेर बरमबाबा की देहरी पर माथा टेक लूँ तो शायद आत्मा का क्लेश थोड़ा कम हो···लेकिन एक वचन दो, मेरा यह दागदार चेहरा बाबूजी नहीं देखने पाएँ···उनका सामना करने की हिम्मत मुझमें नहीं है।

कुल एक महीने के व्यतिक्रम ने भाभी की सारी जीवनचर्या बदलकर रख दी थी—चौड़े पाढ़वाली बंगालियों की प्रिय ताँतवाली साड़ी, ऊपर से दमकता हुआ सिंदूरी टीका···मैंने एक बार उन्हें टोका था—

सुहाग का यह छद्म किसलिए, भाभी…? क्या दूसरी स्त्रियों की तरह आप भी अपने आपको झूठा छलावा…

भाभी के स्वर में सहज सुस्थिरता थी—

सामाजिक विधान हमेशा आवरण या छद्म के पर्यायवाची होते हों, ऐसी बात नहीं…सुमति दी…चौतरफा प्रताड़ना के आघात झेलती हुई आस्थाएँ जब चकनाचूर होने लगती है, तब यही छद्म हम स्त्रियों के लिए एक नाजुक सा आधार बन जाता है—टूटे हुए मसूल को सीने से चिपकाए निराधार तिरते उस जहाजी की तरह जो सुदूर टिमटिमाटे ध्रुवतारे पर टकटकी लगाए लहरों के थपेड़े झेलता रहता है, कभी तो यातना के आवर्त से निस्तार होगा…कभी तो कोई अनुकूल तट…

पूजा की सफेद रेशमी साड़ी पहने इलायची-दाने की कटोरी लिये भाभी मेरे सामने थीं—किसी झील की शांत सतह पर अपने पंख समेटे निश्चेष्ट-भाव से बहती झक सफेद हंसिनी जैसी…

भाभी के गले में झूलती तुलसी के नन्हे मनकोंवाली माला कुरसी के हत्थे से उलझकर टूट गई थी। सूनी कलाई और सूने गलेवाले उनके निष्पाप चहरे को देखकर मेरे भीतर एक आर्त्त चीत्कार उमड़ने लगा था—

नारायण काका की भाषा में यदि यह सब सचमुच रामजी की मरजी से हुआ है, तो मैं आपके आगे हाथ जोड़ती हूँ—भाभी, छोड़ दीजिए पूजा-पाठ, भूल जाइए जप-तप की इस जटिल प्रक्रिया को…! इस आयु में ऐसा वैराग्य…? …दोष दूसरों का और इतनी बड़ी सजा अपने आपको…आखिर किसलिए…?

भाभी की पीड़ा तरल मुसकान हावड़ा स्टेशन की अपार भीड़ को छोड़कर रेंगती हुई रेलगाड़ी के साथ दूर तक मेरे पीछे चली आई थी—सजा नहीं सुमति दी…यह मेरे जीवन-युद्ध का एक रूप है…प्रारब्ध से जूझने के लिए ऊर्जा तो बटोरनी होगी न…जानती हूँ मेरी पराजय तय है; लेकिन मुझे कोई मनस्ताप नहीं…परिस्थितियों को सहज ही अपने ऊपर हावी नहीं होने देने का अपना हठ मैंने पूरा किया है—यह परितोष मेरे लिए क्या कम है…? असहज जीवन स्थितियों के दंश से पथरा गए चेहरों की भीड़ में अलग पहचान बनानेवाली श्रेण्या भाभी ने मुंडकोपनिषद् की शैली में अपने निजत्व का बोध देना चाहा था। गीता प्रेस की मोटी छपाईवाले उस सूक्त को लाल रोशनाई से रेखांकित करती उनकी उँगलियाँ अपने अस्तित्व का प्रमाण तलाशने चली थीं शायद—

उपासानिशितं संधयीत—

उपासना द्वारा तीक्ष्ण किए गए चेतन-शर के सम्यक् संधान में लगकर भौतिक कल्मषों से जूझने की शक्ति का संधान—मैं जीवित हूँ, यही क्या कम है…?

□

देस बिराना

क्या सचमुच कुछ जिंदगियाँ अपने अधूरेपन का अभिशाप लेकर ही इस धरती पर आती हैं?

हिंदी के गीतधर्मा कवि भारतभूषण की दर्द भरी सूफियाना आवाज नेहरू सांस्कृतिक केंद्र के कोने-कोने में पसरती हुई एक दर्द भरी चुप्पी का सरंजाम बनती जा रही थी—

यह मेरा एहसास नहीं है—मैं समझता हूँ कि दुनिया का जो सबसे सुखी व्यक्ति होगा, उसे भी किसी क्षण विशेष में यही अनुभव होता होगा कि···

और गीत उमड़ आया था—

तू मन अनमना न कर अपना
इसमें कुछ दोष नहीं तेरा
धरती के कागज पर मेरी तसवीर अधूरी रहनी थी।
... ...

कोई प्यासा मरता जैसे जल के अभाव में विष पी ले
मेरे जीवन में भी कोई ऐसी मजबूरी रहनी थी।
... ...

दर्पण में परछाईं जैसी, दीखे तो पर अनछुई रहे
सारे सुख सौरभ की मुझसे ऐसी ही दूरी रहनी थी।
शायद मैंने गत जन्मों में अधबने नीड़ तोड़े होंगे—

···इस जन्म से परे क्या था, क्या होगा—देखा है किसी ने···?

दर्शक-दीर्घा की सामनेवाली पंक्ति में बैठे डॉ. पद्मसंभव को अपने मन-प्राणों की पूरी खुराक मिल गई थी—

चातक का स्वर सुननेवाले बादल वापस मोड़े होंगे
ऐसा अपराध हुआ होगा, फिर जिसकी क्षमा नहीं मिलती

तितली के पर नोचे होंगे, हिरनों के दृग फोड़े होंगे
अनगिनती कर्ज चुकाने थे इसलिए जिंदगी भर मेरे
तन को बेचैन भटकना था, मन में कस्तूरी रहनी थी।

न जाने क्या हुआ था, डॉ. पद्मसंभव अचानक उठ खड़े हुए थे। आयोजन मंडली के एक सदस्य ने इसरार किया था—

सर, केवल घंटे भर की तो बात है। बैठिए न···।

उन्होंने कहना चाहा था—

थोड़े से क्षणों के इस आस्वाद को चिरजीवित रखने के लिए ही तो मुझे अभी उठकर जाना होगा बंधु, तुम नहीं समझ पाओगे कि···

अल्पपरिचित उस युवक की पीठ धीरे से थपथपाकर वे सभागार से बाहर निकल गए थे—

गूँगे के मनोभाव जैसे वाणी स्वीकार न कर पाए

क्या स्वयं उन्होंने उम्र भर इसी दर्द को नहीं सहेजा था?

डॉ. पद्मसंभव नगर के प्रतिष्ठित बाल-चिकित्सक! साहित्य, दर्शन और पुराइतिहास के अनन्य अनुरागी···!

दिन-रात रोगियों की चीख-पुकार उनके दर्द भरे तकाजों के बीच पंडित रविशंकर, भीमसेन जोशी, जाकिर हुसैन, अमजद अली खाँ···की दुनिया में रमने का अवकाश आपको कैसे मिल जाता है?···और शल्य-चिकित्सा, औषध विज्ञान, बाल-रोगों की जटिलता का परिचय देनेवाली इन मोटी-मोटी पुस्तकों के समानांतर भारतीय साहित्य, दर्शन और पुरातत्त्व का ऐसा अलय ग्रंथ-संचयन···!

उन्होंने हँसकर चश्मे पर जमी भाप को पोंछते हुए कहा था—

तुम्हें बँगला साहित्य का ज्ञान है न···तो तुमने रवि बाबू को अवश्य पढ़ा होगा—

एइ बंधन माँझे लभिर्मुक्तिर्स्वाद···।

मेरे मित्रगण भी यही कहा करते हैं—

हमारे मनोरंजन-गृह में नहीं आते···डॉ. भट्ट, डॉ. घोषाल, डॉ. विश्वास ने कॉकटेल पार्टी दी थी—तुम आए और थोड़ी देर के लिए चेहरा दिखाकर चले गए···भाई मेरे, तुम्हें तो किसी गिरजाघर का पादरी होना चाहिए था या किसी पुराने मंदिर का अकेला पुजारी···

भाभीजी बिलकुल ठीक कहती हैं—तुम्हारे जैसी मानसिकतावाले लोगों को शादी-ब्याह का बंधन कबूल ही नहीं करना चाहिए था।

भाभीजी यानी डॉ. पद्मसंभव की सहधर्मिणी—

□

बाजिदपुर गाँव के पुराने काश्तकार रामजनम सिंह के घर बारात आई थी, तो बड़का

टोलावाले कसमसाकर रह गए थे—

डागदरी पढ़त बा दुलहवा, कइसन सुन्नर सुभेख, छछात बिसुन भगवान् अइसन··· ! लग्न-मंडप में पुरोहितजी का मंत्रोच्चार ऊँचा था या दुल्हन की भावजों और बहनों की गालियों का स्वर, यह समझ पाना कठिन हो गया था—

हथिया-हथिया सोर कइले घोड़वो ना ले अइले रे···

बारात में दूल्हे के साथ-साथ चलनेवाले उनके सगे ममेरे भाई अभिलाष ने कमर कस ली थी—

उस चंपई लाड़ली को ठीक से देख लो पद्म! वही तुम्हारी सगी साली है—देखा, कैसे उचक-उचककर गालियाँ दे रही है?···क्यों भाभी? गठबंधन का इरादा है क्या? या कि पद्म भाई के साथ सेंत-मेंत की सौगात बनकर हमारे साथ···

अभिलाष की मसखरी धरी-की-धरी रह गई थी—

क्यों पद्म, शादी के मंडप में भी वही माटी के महादेववाली मुद्रा··· ! तनिक हँसो, मुसकराओ यार···यह घड़ी दुबारा आने से रही!

पद्मसंभव जानते थे—उनके पिता की आर्थिक जर्जरता, माँ की रोगग्रस्तता और डॉक्टरी की पढ़ाई का कर्ज उतारने के लिए इससे बड़ी कोई तजबीज हो भी नहीं सकती थी—

गाँव की दुलारी चाची ने हँसकर परिछावन किया था—

अपनी सास से कहकर एक दुधारू गाय ले आए होते बबुआ। दीदीजी की सेवा-टहल दुलहिन करती और गाय का ताजा दूध पीकर तुम्हारी सेहत बनती···

अम्मा नख-शिख निहाल थीं—घर भरि गइल···अब का चाहीं···। आउर दुलहिन भी कइसन सुन्नर···सुभेख! भगवान्जी जोड़ी के सुख देसु··· ।

सुख! दो अक्षरों का यह छोटा सा शब्द क्या उनके हिस्से सचमुच आ पाया था! उस्ताद बिस्मिल्ला खाँ की शहनाई पर बजनेवाले सबसे करुण राग की बानगी बनकर रह गया था उनका जीवन··· !

चिकित्सा-विज्ञान की अंतिम कक्षा के विद्यार्थी थे वे। परीक्षा की तैयारी में रात-रात भर जगता रहता था पूरा छात्रावास। दूसरे परचे की तैयारी ही करके एक झपकी लेने के खयाल से अपने बिस्तर पर लेटे ही थे कि बगलवाले कमरे के विपुल विश्वास ने जोर से दरवाजा खटखटाया था—

इत्र-फुलेल की खुशबू से भरा हुआ यह पत्र भाभी जान के सिवा और किसका हो सकता है?

उनके अनमनेपन को विपुल भाँप नहीं पाया था—अब नींद-वींद का बहाना छोड़ो भाई, लो पकड़ो अपनी अमानत··· !

सतरहवीं शताब्दी का अटपटा संबोधन लिये सुरूपा देवी उनके ऐन सामने थीं—

मेरे प्राणनाथ! जब से आप गए हैं कोई चीठी-पाती नहीं··· । हम हर दिन डाकियाजी का इंतिजार करती रहती हैं, लेकिन वे साफ मनाही कर देते हैं। हियाँ गरमी बहुत है उस पर से सारा दिन रसोई-पानी का इंतिजाम। अम्माजी न अपने एक मिनिट चैन से बैठती है न हमको··· ! हमने कहा था न हमको नइहर भिजवाकर ही आप दरभंगा जाइए। लेकिन आप नहीं माने··· । वहाँ हमरे घर में बिजली है, पंखा, बत्ती सबकुछ। आप भी तो वहाँ खूब मउज में होंगे···अकेले हमीं को इतना बड़ा दुःख···हम आपसे बिनती करती हैं—जब तक नौकरी नहीं हो जाती हमको हमारे बाबूजी के यहाँ भिजवाने का परबंध कर देवें। और क्या लिखें।

आपकी चरण-दासी

सुरूपा देवी

खिरनी जैसे मीठे फल के भ्रम में नीम की निबौरी दाँत तले आ गई हो—कुछ ऐसे ही स्वाद की कसमसाहट से भर उठे थे पद्मसंभव।

बड़ी बहन के ब्याह में कुल जमीन रेहन रखकर हाथ खाली कर चुके अवकाश प्राप्त पिता का निरीह चेहरा मन के बागी उफान को करुणा-जल से सींचता सामने आ खड़ा हुआ था—हम उन लोगों से कुछ भी माँगने नहीं गए थे बबुआ। कनिया के पिता ने स्वयं आगे बढ़कर··· । हाँ, यह बात जरूर है, हमने इनकार नहीं किया। बेबसी के घटाटोप अँधेरे में आस की यही एक लौ जो देखी—इकलौती बेटी है हमारी पुतोहू। समधीजी ने जो कुछ नगदी दी उससे गाँव में हमारी इज्जत ऊँची हुई है, रेहनवाली जमीन छूट गई। दो जोड़ी हल-बैल के मालिक हम भी हो ही गए। चलो, अब बुढ़ापा आराम से तो कटेगा!

उन्होंने दबी जबान में लहुरी-सींघवाली सुधवा गाय सी माँ के सामने अपना तर्क रखा था—

दान-दहेज ही सबकुछ नहीं होता अम्मा, हम जहाँ संबंध बनाने जा रहे है—उन लोगों का मन मिजाज, उनकी लियाकत!

बरछेंकाई का सारा सरंजाम हलदी रँगे पीले ओढ़े (बड़े टोकरे) में सजाती हुई उनकी माँ ने दाँत तले जबान काट ली थी—अकिलू पंड्डीजी आ बिभीखन ठाकुर के खासम-खास भेजले रहलीं! कनिया के उ लोग देखि आइ बा, चनरमा अइसन सुंदर सुभेख बाड़ी मिडिल पास, अब का चाहीं···?

कभी कहीं औचक ही निगाह से गुजर गई थीं, वे दो पंक्तियाँ—कौन समझे मेरी आँखों की नमी का मतलब, जिंदगी वेद थी जिल्द बँधाने में कटी··· ।

अपने राम के माथे पर चंदन-तिलक देखने की आस पुजाती पुलकित मन पैरों में चकरी बाँधे पुत्रवधू के आगमन की बाट जोहती अम्मा से वे कहते भी तो क्या—

तुमने उसे ठीक से परखा कहाँ···मेरी हर कठिनाई को संग-संग झेल सकेगी वह? मेरे लंबे संघर्ष की सही भागीदारी निभा सकेगी वह? गाँव-गाँव सेवा का व्रत लेकर भरमना चाहता हूँ मैं, मेरी छायानुकृति बनने के लिए किसी को भी वैभव का मोह त्यागना होगा। क्या वह···?

नई-नवेली पत्नी की उस पहली पाती का क्या जवाब देते वे?

विपुल और वरुण परिहास करते उनके निकट आ बैठे थे।

क्यों स्वामीजी महाराज, हमारी अप्सरा भाभी ने योग-व्रत खंडित कर दिया न। जरूर घर की याद आ रही है। अजी, इनकी जगह हम होते न···तो हवाई घोड़े पर सवार होकर फौरन से पेश्तर गाँव के सिवान पर पहुँच जाते और खदेरन ग्वाले के बिरहा की टाप से उमगती हुई दुलहिनिया से कहते—लो भाई, ऐसी-ऐसी सौ डॉक्टरी तुम्हारी एक चितवन पर कुरबान···!

सबसे चुलबुले परवेज ने अफरा-तफरी मचा दी थी—

तुमने हमारी बीवी का खत पढ़ा था कि नहीं···लाओ मियाँ···हम तो इसे पढ़े बिना···।

विपुल ने संकट से उबारा था—यार परवेज, पद्म को तुमने अभी तक नहीं पहचाना? सारा मीठा अकेले हजम करने की पुरानी आदत जो ठहरी इसकी। छोड़ो, अब बख्श भी दो···!

वह पत्र अनुत्तरित कहीं पड़ा रह गया था।

परीक्षा दे चुकने के बाद सभी मित्रों ने आगरा, मथुरा, हरिद्वार, ऋषिकेश आदि स्थलों के पर्यटन की योजना बनाई थी—

विपुल ने जान-बूझकर उनका नाम सूची से काट दिया था—

यह घरघुस्सा कहीं नहीं जाएगा। पहले ही छुट्टी मिलते गाँव भागने की हड़बड़ी मचाए रहता था। अब तो एक नया आकर्षण और भी···

वे क्या बताते—

बाबूजी के पत्र से अगली स्थिति की पूरी जानकारी मिल चुकी थी—

कनिया दो दिनों तक बिना खाए-पिए रोती रही। किसी के भी समझाने-बुझाने का कोई असर नहीं। हारकर उनके बाबूजी के यहाँ खबर भिजवा दी है। आगामी पंचमी को वे आकर लिवा ले जाएँगे। लेकिन उनका कहना है कि बेटी-दामाद एक साथ उनके गाँव जाते तो···पहली बिदाई का दस्तूर भी यही है।

उन्होंने विपुल, वरुण और परवेज की भ्रमण-मंडली में शामिल होने का निश्चय कर लिया था।

विपुल ने शंकालु भाव से पूछ लिया था—

तुम्हारे साथ सबकुछ सहज तो है न मित्र···?

पद्मसंभव मौन उस लंबी यात्रा की तैयारी में जुट गए थे—अपने निश्छल बंधु के प्रश्न का क्या उत्तर देते भला? क्या यह कहते—

जिस नदी का उद्गम ही विषाक्त बनकर रह गया हो, उससे सहज शीतल जल-प्रवाह की आशा? न जाने इस जीवनधारा को कल कैसे-कैसे अनचाहे दबावों का वज्रभार झेलना हो··· !

अपनी पहली पदस्थापना का वह दिन अच्छी तरह याद है उन्हें। बदगाँव प्रखंड में जाने की बात सुनकर उन्होंने हलके से संतोष का अनुभव किया था। सुरूपा यहीं रहेगी। अम्मा, अभी तो वहाँ अपने ठहरने-खाने-पीने की व्यवस्था ही कठिन होगी।

कैसी अजीबोगरीब मनुहार थी उसकी—

सुनिए जी, आप जंगल में मंगल मनाने जाएँगे और हम यहाँ अकेली··· नहीं, हम भी आपके साथ चलेंगी।

कुसुम दीदी पहले जापे के बाद नैहर आई थीं, उन्होंने परिहास किया था—

इसे ले ही जाओ पद्म, सुनो सुरूपा रानी, उस जंगल-कानन में न जाने कैसी-कैसी निशाचरियाँ हों। नहीं, नहीं मेरे भाई को वहाँ अकेला छोड़ना एकदम उचित नहीं··· !

कुसुम दीदी के हास-विनोद ने उसकी खब्ता और बढ़ा दी थी—

आपके बाबूजी हर दिन रामायन की चउपाई बाँचते हैं—जहाँ राम, तहाँ सीता। और जो राम के साथ सीता उस जंगल में नहीं रही होतीं तो सारी रामायन उलट-पुलट नहीं हो जाती? सूपनखा को सामने देखकर राम का धीरज-धरम टिकने पाता क्या···?

निरस्त्र-भाव से हामी भरने के सिवा उनके पास दूसरा कोई उपाय भी तो नहीं था!

दो महीनों में ही सुरूपा विरक्त होने लगी थी—चारों तरफ कँटीले तारों की बाड़वाला यह छोटा सा घर, दूर-दराज तक कटहल के ऊँचे-ऊँचे पेड़ों के सिवा दूसरा कोई दृश्य नहीं। स्टोरकीपर चौधरी की लुगाई घंटे-आध घंटे के लिए आकर बैठ जाती है, उसके बाद सारा दिन हाथ-पर-हाथ धरे पानी पीटते रहो। यह भी कोई इलाका है भला!

उन्होंने हँसकर सुरूपा के कोप से मुक्ति चाही थी—

रामचरितमानस को पलटकर देखा है कभी—सीता ने तो ऐसी कोई शिकायत अपने राम से कभी नहीं की थी।

उसकी तुनुकमिजाजी कैसे-कैसे तार्किक प्रमाण गढ़ने में सिद्धहस्त थी—मान लो, सीताजी ने ऐसा कुछ कहा भी हो तो तुलसी बाबा उस बात को क्यों लिखने जाते? आखिर वे मरद-मानुस ही ठहरे न··· ! तिरिया जनम की बिथा अनमोल होती है, तभी न जानकीजी धरती में समा गई थीं,बिना किसी से कुछ कहे-सुने···

उन्होंने जल्दी से आखिरी कौर निगला था। कहने-सुनने की कोई गुंजाइश भी तो नहीं थी।

चौधरी की पत्नी के साथ सुरूपा की बातचीत का बस एक ही विषय होता—

हमारे नइहर में चार-चार हलों की खेती है—पाँच लगहर गाएँ—तीन-तीन बनिहार, इतनी ही कमकरिनें! गाँव भर की लड़कियाँ हमारी अँगनाई में इकट्ठी होती हैं—दोल्हा-पानी, आँख-मिचौवल, झूला परब, मेहँदी, झूमर, जलसार क्या नहीं···हमारी अम्मा ने तो पहले ही खबरदार कर दिया था—

घर में कोई बरक्कत नहीं! लड़के के आगे-पीछे धन-संपत्ति का जोर नहीं··· ! डागडरी पढ़कर कहाँ पहुँचे, आखिर इसी जंगल बियाबान में न···इससे तो अच्छे हमारे मनोहर भइया हैं, साल भर का दलहन शहर में बेचकर ठनाठन रुपल्ली लाते हैं और सुरमा चोटी से लैस सुनयना भौजी के साथ मोटर साइकिल पर बैठकर फर्र से आरा-पटना-बनारस की सैर पर निकल जाते हैं। सुनयना भउजी जान जाएगी कि यहाँ खपरैल के घर में रहना हो रहा है तो उलटबाँसी सुनाकर जीना हराम नहीं कर देगी।

सबकुछ सुनकर उन्होंने समझाने की कोशिश की थी—

हर आदमी की परिस्थिति अलग होती है सुरूपा! दूसरों के पैमाने में अपने को ढालने से कष्ट होगा। मन लगाने के तो ढेर सारे उपाय हैं—तुम चाहो तो···

चिरायते के स्वाद सा कसैलापन उस कोठरी की हवा में घुल गया था—

और आप चाहें तो क्या नहीं हो सकता। बाबूजी की मिताई चुरामनपुर के एमेले साहब से है—दिन-रात का उठना-बैठना! उन्होंने रामाशीष चाचा से राय-बात करके ही यह चिट्ठी भेजी है—

दामादजी को मालूम कि किसान की पहली फसल और डॉक्टर की पहली कमाई जोरदार होनी चाहिए। एक बार बढ़िया डील-डौल बैठ जाए तो जीवन भर की मौज रहती है। आप पटना आने की तैयारी रखें। बस, एक दरख्वास्त भिजवा दें कि आपके पिताजी दिल के मरीज हैं। उनकी देखभाल के लिए आपका गाँव-जवार के आस-पास रहना जरूरी···

आदर्शों के गहन तकाजोंवाले दिन थे वे! देश के जाने-माने चिकित्सक डॉ. सौरभ सान्याल ने अपने दीक्षांत भाषण के अंत में उनकी पीढ़ी का आह्वान किया था—

गंदगी, अस्वास्थ्य और अज्ञान की चपेट में पड़े इस देश के ग्रामीण समाज को आपकी सेवाओं की सबसे अधिक आवश्यकता है। मुझे पता है, अपेक्षित सुविधाओं के अभाव में मेरी शिष्य-परंपरा दूसरे देशों की ओर पलायन करती जा रही है। यह यंत्रणा अपने आप में कम नहीं··· ! अपनी निर्धन माँ को कैसे भूल सकते हैं हम···? आज के दिन आप सब एक शपथ लें—विलासिता को त्यागकर कर्मठता के भाव से जनहित में कार्य करें; सेवा ही आपका सबसे बड़ा धर्म है और इस धर्म की नींव है—अपरिग्रह··· ।

विपुल विश्वास की नई पदस्थापना दरभंगा के बाढ़-पीड़ित क्षेत्र में हुई थी। दीपावली

की शुभकामना के साथ उनका एक छोटा सा पत्र मिला था—

यहाँ की हालत देखोगे तो रो पड़ोगे पद्म! कालाजार, अतिसार, मलेरिया का भीषण आक्रमण···! गाँव-का-गाँव तबाही की चपेट में है। युद्ध-स्तर पर राहत और चिकित्सा-कार्य चल रहा है। तुम्हें जानकर खुशी होगी, मेरी पत्नी रचना भी मेरे साथ अत्यंत उत्साहपूर्वक जुटी हुई है। समाजसेवी पिता की बेटी जो ठहरी···! कभी-कभी तुम लोगों की बड़ी याद आती है···

सुरूपा ने भी वह पत्र पढ़ा था—

अरे बाप रे, दिन भर मरीज औरतों को दवाई और खुराक बाँटती चलती है। कैसे-कैसे छुतहे रोग और उन्हें अपनी जान का कोई डर नहीं···हमें तो कोई दस हजार रुपया दे दे, तब भी हम···

पद्मसंभव!

क्या अपने लिए ऐसे ही संग-साथ की कल्पना की थी तुमने···?

चिकित्सा महाविद्यालय में दाखिले का दूसरा साल था वह। उनसे एक वर्ष पीछे पढ़ रही अपूर्वा व्यास ने भारतीय नारी की जीवन-शैली विषय पर व्याख्यान देते हुए पूरी दर्शक-दीर्घा को मुग्ध कर दिया था—

भारतीयता अपने आपमें एक बड़ा दर्शन है। पाश्चात्य देशों के अनुकरण पर हमारे यहाँ घुसपैठ करनेवाली किसी भी उपभोक्तावादी संस्कृति को यह अधिकार नहीं दिया जा सकता कि वह हमारे जीवन को दंशित करे···। भारतीय नारी अपने सामंजस्य-मूलक शील से ही सबको परास्त करती आई है। मानसिक संतुलन, सहजता और स्वाधीन चिंतन उसके अस्त्र हों तो उसकी सत्ता सर्वोपरि है।

पास बैठे परवेज ने धीरे से चुटकी ली थी—

क्यों गुरुघंटाल, सुश्री अपूर्वा व्यास को ये नुस्खे किसने थमाए···? कहीं ऐसा तो नहीं कि जबान उनकी और सोच जनाब का···?

घोर उपभोगी मनोवृत्ति की जहरीली हवा उनकी साँसों के आर-पार एक नीम कड़वाहट का जाल बुनती चली गई थी। सबकुछ जानकर उनकी अम्मा का मन एक गहरी हूक से भर उठा था—चनरमा से विष बरसे लागी, ई हम ना जानत रहली बबुआ। मोट-महीन खा-पहिन के हमार जिनगी-घर-दुआर सँवारे में बीत गइल···। तिरिया-जनम दोसर का होला···? बिना मँगले ठाकुरजी सबकुछ दे देलन···कवनो तिस्ना ना, कवनो कलेश ना···। धीरज से कनिया के समझाव-बुझाव···नादान बाड़ी सुधर जइहें!

सुरूपा पूरी चौकस थी—

अम्माजी को मालूम कि पैर के जखम का इलाज गाँव के बड़े बैदजी भी कर सकते हैं। पटना में कुल तीन कोठरी का घर मिला है। एक मरीजखाना, एक बइठकी और एक

सोने के वास्ते और आपके सुपुत्तरजी जो हैं न, उनको एकदम 'पिराइबेट' जगह चाहिए। एक दिन हमारी एक सखी आकर सोनेवाली कोठरी में घुस गई तो डाकटर बाबू बिना खाए-पिए अस्पताल चले गए··· ! सो···

एक बार उन्होंने दबी जबान में आग्रह किया था—मिडल पास हो··· । घर में हिंदी के अखबार पत्र-पत्रिकाएँ सब तो हैं। फुरसत के समय इन्हें पढ़ा करो···मन लगेगा और बाहरी दुनिया का ज्ञान भी बढ़ेगा।

अपनी धर्मपत्नी के चेहरे पर गहरे अविश्वास की रेखाएँ देखकर वे सकते में आ गए थे—उन्होंने ऐसी कोई असंभव बात तो नहीं कह दी थी?

आप देखते नहीं हैं क्या? दिन भर महाराजिन के पीछे-पीछे अगोरिया करते बीतता है। चुटकी भर नमक से लेकर पसेरी भर चावल तक की हथलपकी ठहरी, कब कौन घात लगा दे क्या ठिकाना। ऊपर से धोबी, माली, ग्वाला और यह चटोरा जगनाथ···भंडार-घर खुला छूट जाए तो दही की मलाई मुँह लगाकर साफ कर दे! आपको मोटी छाली पसंद है न, तभी तो···

उन्हें क्या-क्या पसंद था, सुरूपा ने जानना चाहा। कभी···गाढ़ी मलाई से भरपूर दूध का गिलास थमाती अपनी नित्य कथा का रागबद्ध एकालाप उठती सुरूपा देवी—

दिन-रात बस अपने काम की धुन···अजी आपको कुछ मालूम भी है—सामनेवाले साहू के यहाँ कल ही तो एक चमचमाती मोटर आई है। सहुआइन जी कह रही थीं—पहले बनारस जाएँगी, बाबा बिसुनाथ की चौखट पर माथा टेकेंगी तब बंबई, गोआ घूमने जाएँगी—सभी बाल-बचवन के साथ। आखिर बलभद्दर साहू भी तो आप ही के अस्पताल में न···

दूध से भरे गिलास का अंतिम घूँट कुनैन के स्वाद में तबदील होकर रह गया था—

जीभ को थोड़ा कष्ट दो—बलभद्र कहो उसे, और इतना फर्क जान लो वह डॉक्टर नहीं, व्यापारी है। हमारे अस्पताल में मरीजों के उपयोग की जरूरी चीजें सप्लाई करता है।

कुछ भी हो, क्या हम इतने गए-बीते हैं कि अपने मुन्नू की छोटी सी फरमाइश भी नहीं पूरी कर सकते, छह महीने से बेचारा एक बायसिकल के लिए कह रहा है।

डॉ. अपूर्वा व्यास उनकी कनीय सहयोगी बनकर आई थी। पंद्रह वर्षों के अंतराल में सबकुछ कितना बदल गया था।

अपूर्वा ने कैसी सहानुभूति से पूछा था—सर, आपके साथ सबकुछ ठीक तो है न···न जाने क्यों, मुझे ऐसा लग रहा है कि आप···

उन्होंने धीरे से हँसकर टाल दिया था। तुम अपनी सुनाओ अपूर्वा! घर- परिवार में सब कुशल-मंगल तो है न···

उसकी गहरी काली पुतलियों में उदासी के कतरे छलछला उठे थे—

कहाँ सर, बाबूजी को गुजरे यह पाँचवाँ साल पूरा हो जाएगा। अम्मा चिर-रोगिनी हैं और अब तो दुःख सह-सहकर भी। घर में छोटी बहन है और मैं···वह भी इसी साल चिकित्सा-विज्ञान के पहले वर्ष में दाखिला ले रही है। आप हमारे घर आइए न सर···माँ को, सुरुचि को, हम सबको बहुत अच्छा लगेगा।

अपनी अस्वस्थता के बावजूद अपूर्वा की माँ ने कितनी सूझ-बूझ से छोटे से उस घर को सहेज रखा था। साधारण सी गृहस्थी, लेकिन कमरे की छोटी-से-छोटी चीज भी अद्‌भुत सुकून देनेवाली···कौन कहता है कि गृहस्थी पूजा नहीं होती···

सुरुचि ने खीर की कटोरी सामने रखते हुए उनके पाँव छू लिये थे—

अरे रे, नहीं···

उनकी सकपकाहट देखकर अपूर्वा की माँ ने आश्वस्त करना चाहा था—

तुम नहीं जानते पद्‌म बेटा, अपूर्वा से तुम्हारे बारे में सुन-सुनकर यह तुम्हारी सबसे बड़ी प्रशंसिका बन चुकी है। मेरा सौभाग्य है कि तुम भी यहीं हो। अपूर्वा ने मेरे बेटे का फर्ज निभाया है। तुम्हें शायद पता नहीं, उसके आदर्श तुम्हीं हो बेटे···।

नियति का कटु उपहास झेलते उनके मन की दहलीज पर साँकल बनकर श्रीमती व्यास के वे शब्द देर तक दस्तक देते रहे थे—

आदर्श···! मैं किसी का आदर्श हो सकता हूँ?

अपनी कठोर परिश्रमी प्रकृति, नीरव एकाग्रता और सादगी के मामले में पद्‌मसंभव मित्र-मंडली के सिरमौर बने रहते थे—

मैं एक साधारण परिवार का सदस्य हूँ। मेरे शिक्षक पिता की विद्वत्ता का कोई मोल नहीं—लेकिन मेरे पास वह वस्तु कभी नहीं हो सकती जिसे दुनिया ऐश्वर्य का नाम देती है। और जो अंतर्निहित है, उसका दिखावा किसलिए?

दीक्षांत समारोहवाले दिन विपुल ने जिद करके अपना पूरी बाँह का नया स्वेटर उन्हें पहना दिया था—

पद्‌म, तुम पर यह रंग खूब फब रहा है। आज से तुम इसे ही पहना करो। समारोह से वापस लौटे तो स्टैंड पर पड़ा मटमैला स्वेटर पहनने की कैसी आतुरता सुलग आई थी उनके भीतर? पिताजी के पुराने स्वेटर को उधेड़कर बुना गया, वह पुलोवर···

न जाने क्यों, उसे पहनते तो अपने होने का एहसास पद्‌मसंभव की धमनियों में अनोखे परितोष की मृदुता जगा देता था। ऐसा नहीं था कि उनके युवा मन में नए-नए सपनों की उछाल नहीं थी, किसी अमीर सहपाठी को अपने वैभव का खुलेआम प्रदर्शन करते देखते तो एक निरर्थक क्रोध का बवंडर उमड़ता उनके पूरे वजूद को कुंठाओं की रेत से भर जाया करता था—

ऐसे समय बाबूजी के शब्द आषाढ़ की पहली वर्षा बनकर मन की पोर-पोर में समाने के लिए आतुर उस मलिनता से रक्षा करते—

बाहरी चाकचिक्य की जिंदगी का छलावा महज थोड़े दिनों का होता है, हीरे-मोतियों से भी बड़ी एक आब होती है—मन के खरेपन की, बुद्धि और विवेक का संतुलन हो, कर्म यज्ञ की समिधाएँ प्रज्वलित हों, उदारता और सज्जनता जैसे अलंकरण साथ हों तो स्वाभिमानी पुरुष की पथ-बाधा कुछ भी नहीं···।

सिद्धार्थ···पद्मसंभव की प्रतिकृति···उनकी एकमात्र संतान···

उसके जन्म के समय सुरूपा ने कैसी बीहड़ परिस्थिति में डाल दिया था उन्हें—

नहीं, अम्माजी यहाँ आकर क्या करेंगी···?

और वे कुसुम जीजी···! रहने भी दीजिए। मुँह से भले कुछ न कहें पर क्या हम नहीं जानतीं, आँखों-ही-आँखों में हमारे गहनों-कपड़ों की परख करती रहती हैं। आपके घरवालों को आज तक यही भ्रम है कि यहाँ अफरात कमाई हो रही है और हमारी मउज-मस्ती का ठिकाना नहीं···वह तो हमारे बाबूजी का हौसला ठहरा, तीज-तेवहार में भारी साड़ियाँ, झुमके, अँगूठी, गले की चेन, कुछ-न-कुछ···

उन्होंने निर्णय का अधिकार सुरूपा को ही दे डाला था—

ठीक है, तुम जिसे उचित समझो···!

सासाराम के सरकारी अस्पताल में बड़ा ऑपरेशन हुआ था—लेडी डॉक्टर डिसूजा ने चेतावनी दे दी थी—

और संतान नहीं···! डॉ. पद्म, बड़ा ही पेचीदा केस है आपकी पत्नी का—ईश्वर का लाख-लाख शुक्र है, एक बेटा रहेगा, पर्याप्त है न···!

सुरूपा की छोटी भावज महीने भर रही थीं। उन्होंने घर भर की लाड़ली ननद की सेवा-शुश्रूषा में कुछ भी उठा नहीं रखा था।

एक दिन बच्चे की मालिश करने बैठीं तो ननदोई से यूँ ही चुहलकर बैठी थीं—

अच्छा, सच बताइएगा पाहुन, घर में लछिमी मइया की कृपा है, हमारी ननदजी भी ऐसी सुंदर सुभेख हैं ही, आखिर कवन कमी है जो आप···

साँवली सी सीधी-सादी अन्नपूर्णा भाभी उन्हें बेहद अच्छी लगती थीं। मामूली किसान परिवार की उस महिला में कोई भी छल-छद्म नहीं था। उन्होंने बातों में रस लेते हुए जान-बूझकर अनजान बनने की कोशिश की थी—

हम कुछ समझ नहीं सके भाभीजी, आपको साफ-साफ बताना होगा···!

ओहो, केदारनाथ के बूढ़े तपसी का हाव-भाव मत दिखाइए। ऐसे माटी के महादेव तो आप नहीं है कि···अच्छा, एक बात बताइए तो···ऐसा फकीरी बाना किसलिए···? हमारी ननदजी यहाँ इस भीतरी कोठरी में और आप दुछत्ती पर···माना कि रोग-बलाय के बारे में

दिन-रात पढ़ना होता है—मोटी-मोटी पोथियों को यहाँ-से-वहाँ खिसकाना पार नहीं लगेगा। तो क्या हुआ? रात भर मुई पोथियाँ ही संग-साथ करवट बदलती रहती हैं क्या…?

वर्षों बाद उनकी ठहाकेदार खुली हँसी पूरे क्वार्टर में पसर गई थी—

जानती हैं भाभी, आपकी ननद इन पोथियों के बारे में क्या कहती हैं?

इतनी महँगी किताबें? दो-तीन इकट्ठी बेच दी जाएँ तो एक सिल्क साड़ी का दाम निकल आएगा… ! लेकिन आपको कहाँ फुरसत है? न जाने कौन सा सुख देती हैं ये?

सुरूपा इन किताबों को छूती है तो उसे इनसे बास आने लगती है, उसका जी मिचलाने लगता है।

छोटी भाभी ने लंबी उसाँस भरी थी—

अपना-अपना भाग है पाहुन। हमारे नइहर में सबको पढ़ने-लिखने का कैसा सौख था।

बाबूजी बड़का भइया से बड़ी आस लगाए बैठे थे।

कोई भी कुटेव नहीं! हमारा रघुनाथ पढ़ने-लिखने में इतना माहिर है। सरस्वती माता की कृपा रही, तो मेरा यह सपूत घर भर का दलिद्दर दूर करेगा।

नन्हे सिद्धार्थ को थपकी देकर सुलाती छोटी भाभी ने चुपके से आँखें पोंछ ली थीं—

आज बड़का भइया जिंदा रहते; तो हमारी पढ़ाई बीच में नहीं छूटी होती पाहुन… ! मेरे बाबूजी भी तो उसी हूक से चल बसे…

सबकुछ सुनकर सुरूपा ने अपनी टिप्पणी जड़ी थी—

हमारे घर में पोथी-पतरा बाँचने की कोई जरूरत नहीं है। दस-दस लगहर गाय का बथान, ट्रैक्टर, उतना बड़ा कोठीनुमा मकान, रेडियो, ग्रामोफोन सबकुछ…भउजी, आप तो नाहक दुखी होती रहती हैं।

अपने चिररुग्न पिता को देखने गए थे; तो उन्होंने बड़े क्लेश से स्वीकार किया था—

दो ध्रुवों का एकत्र समीकरण…मुझे अपना गुनाह कबूल है बेटा! तुम्हारे इस रिश्ते के लिए मैंने ही हामी भरी थी। कनिया के पिता का दंभरहित स्वभाव देखकर मैंने तो यही अनुमान लगाया था कि…

अम्मा ने दु:ख भरा उलाहना दिया था—

जिंदगी के हिसाब-किताब में तुम कब पोख्ता रहे पद्म के बाबूजी!

करजे का बोझ ही माथे पर था न! हमने तो पहले ही कहा था—

खेत रेहन धर दो—आम का बगइचा बंधक कर दो—लेकिन उस घर की बेटी…कौन समझाता, उस समय तो तुम्हारी आँख पर नए-नए समधियाने का रुआब पट्टी बनकर चढ़ा हुआ था।

वे चुप बैठे बेटे की ओर मुड़ी थीं—

कनिया की हर गलती छिमा करना तुम्हारा धरम है बबुआ। जैसी भी हो, हमारे लिए तो अब वही सबकुछ···

पद्मसंभव स्वीकार करते हैं—

सुरूपा ने कभी तेज आवाज में उनसे बहस नहीं की, कभी रूठकर अलग-थलग नहीं बैठी।

अपूर्वा पहली बार उनके घर आई थी। सुरूपा ने खूब जोरदार स्वागत करते हुए इधर-उधर की बातों के क्रम में उसकी माँ से पूछ लिया था—

अच्छा चाचीजी, बताइए तो···इस उमिर में ऐसा जोग-वैराग किसलिए···? कितनी सुंदर बादाम जैसी बड़ी-बड़ी आँखें हैं। सलाई भर काजल पहन लेतीं तो क्या गजब का निखार आ जाता न···और कान में कनपासा नहीं। गले में एक पतली जंजीर तक नहीं···अभी से ऐसा हाल···! बस चाचीजी, हमें तो लगता है इन डागडर-डागडरनियों का एक ही मरज ठहरा। इनको ही देख लीजिए न, हम अपनी पसंद सें एक टमाटर रंग का स्वेटर ले आए थे। आज तक जस-की-तस पड़ी है। घर हो चाहे अस्पताल—हर जगह वही उजला लिबास···। शादी-ब्याह, मरनी-जियनी—कोई फरक नहीं···।

अपूर्वा सहसा उठ खड़ी हुई थी—

अच्छा, अब इजाजत दीजिए···! उसकी माँ ने जाते समय सिद्धार्थ के हाथ में इक्यावन रुपए थमाए थे। उन्होंने सुरूपा के चेहरे पर खिंची खीझ की लकीरों को तुरंत भाँप लिया था—

अपूर्वा के चले जाने के बाद उसने दाई को सुनाया था—

बड़े अस्पताल की बड़ी डॉक्टरनी और मन कितना छोटा। यही पचास रुपल्ली थमाने आई थीं!

अपूर्वा ने सच कहा था—

सर, आपने एकदम ठीक किया है। क्वार्टर का ऊपरी कमरा भर ही आपके पुराने जीवन की याद दिलाने के लिए पर्याप्त है। एक बात बताएँ—इतनी दुर्लभ किताबें, गजलों, भजनों और शास्त्रीय-उपशास्त्रीय संगीत का ऐसा सुंदर संकलन आपकी ऐसी जटिल व्यस्तता भी तो है; फिर आप इस शौक के लिए किस तरह समय निकाल पाते हैं!

सुरूपा की छोटी भाभी ने कितना सटीक उत्तर दिया था—

जिंदगी में जो चाहो, उसका उलटा मिले तब भी क्या जीने लायक कुछ बचा रहता है डॉक्टरनी ननदजी···आप तो इतनी पढ़ी-लिखी; इतनी बुद्धिमती हैं, यह क्यों नहीं समझतीं कि हमारे ननदोई साहब ने अपने लिए सुख का साधन उपजा लिया है। इधर हमारी ननद रानी का रिकॉर्ड शुरू होता है, उधर ये गुलाम अली की गजल बजा देते हैं—मिल गई न एक ढाल। अब कोई कुछ भी कहे, इन्हें होश कहाँ!

जाते-जाते छोटी भाभी ने एक भेद भरी हँसी हँसकर मधुर कटाक्ष किया था—

डॉक्टरी पढ़ते थे तो क्या माटी के माधो बने फिरते थे पाहुन! आपने जान-बूझकर ऐसा अनमोल मौका गँवा दिया, नहीं तो आज अपूर्वा···

···उन्होंने दबी जबान से वह कड़वा सच भी उगल ही दिया था—लेकिन जाने भी दीजिए, आपको तो श्रवण कुमार बनकर···

कुछ भी हो, हमारे ससुरजी का निशाना अचूक बैठा है। अब बैठे सुनते रहिए—अपने पुराने गायक महाराज को—

काँटों से भी निबाह किए जा रहा हूँ मैं···!

आर्सेनिक विष की अत्यंत धीमी खुराक सा वह क्या था, जो पूरे जीवन को क्षरित करता जा रहा था। रोगों की अचूक पहचान रखनेवाले, मामूली सी दवा को भी रामबाण सी सिद्धि देनेवाले डॉ. पद्मसंभव को जीवन के इस मोड़ पर आकर अपनी निरर्थकता का एहसास बबूल-वन के काँटों सी इस कदर जहरीली चुभन देने लगेगा क्या वे पहले से ही जान चुके थे?

अपने ही घर की दरो-दीवारें विदेश लगने लगें; अपना वजूद काठ की हाँडी बना जल-जलकर भस्म होता जाए तब भी क्या कबीर की बानी उन्हें कोई परितोष दे पाएगी—

चंदन गया बिदेस रे···

हाँ···यह सच है, विषमताओं की आँच में झुलसकर डॉ. पद्मसंभव की मेधा और भी सुवासित हो उठी थी।

पूरे प्रदेश के मूर्धन्य चिकित्सकों में एक अग्रणी नाम···

जेनेवा की अंतरराष्ट्रीय बाल-चिकित्सा संगोष्ठी से लौटे तो बाल-बंधु डॉ. विपुल विश्वास सपत्नीक उनके यहाँ पहुँचे हुए थे···

शाम की चाय पर सब साथ बैठे तो विपुल ने अपनी विनोदी प्रकृति के अनुरूप पहल की थी—

कुछ भी कहिए सुरूपा भाभी, हमारे योगिराज की पुरानी भाव-भंगिमाएँ आज भी हू-ब-हू हैं—वही नींबूवाली चाय, उबली हुई सब्जियाँ और शुद्ध शाकाहारी भोजन, वह भी अत्यल्प मात्रा में···।

सुरूपा नासमझी की उसी पुरानी रौ में बह चली थी—

अब आप ही इन्हें समझाइए न भाई साहब, दिन-दिन भर बिना कुछ खाए-पिए रह जाते हैं—पावरोटी का दो टुकड़ा, दही या सलाद; पिछले साल कितने बीमार थे, इनके एक साथी ने आकर साफ-साफ कह दिया था—

यह सब अधिक थकावट के कारण हो रहा है। चौबीस घंटे काम, और आराम एकदम नहीं।

विपुल की पत्नी ने इशारे से समझाना चाहा था—

मन तरोताजा हो तो आदमी दिन-रात खटने के बाद भी पूर्ण स्वस्थ रह सकता है भाभी, आप···

सुरूपा बीच में ही उबल पड़ी थी—

लो, अब सुनो इनकी बात। तो भई, किसी के मन के बासीपने का कोई किस तरह अंदाजा लगा सकता है? इनकी अम्मा ने इन्हें कैसा भीतरघुन्ना बना दिया, आपको क्या मालूम···हमें तो सौख ही रह गया—कभी जी खोलकर कुछ कहते हमसे अपने दिल का हाल बोलते-बतियाते···। अब क्या, अब तो आधी से अधिक उमिर बीत गई···सिद्धार्थ बड़ा हो चुका है···

एक ठंडी साँस खींचकर अपने अंतिम बयान के साथ उन्होंने चाय की प्यालियाँ समेटने के लिए रामसेवक को आवाज दे डाली थी—

डॉ. पद्मसंभव की आहत दृष्टि में करुणा का असह्य भार था—उनके मित्र विपुल विश्वास विदा लेते समय कंधे पर हाथ रखकर इतना भर कह सके थे—

टेक इट ईजी, पद्म, तुमने तो अपनी मुक्ति का सरलतम उपाय ढूँढ़ लिया है मित्र···फिर भी, कभी हमारी आवश्यकता पड़े तो···

सुरूपा की दुनियादारी का रहस्य एक दिन अचानक खुला था। रात ग्यारह बजे दूध का गिलास थमाने आई तो जीवन में पहली बार उन आँखों में आँसुओं की भरपूर नमी देखकर वे तनिक अस्त-व्यस्त हो उठे थे—

क्या हुआ, सबकुछ ठीक तो···

उसके आँसुओं ने हिचकियों का रूप ले लिया था। घर की पूरी दशा एकबारगी उनके सामने थी—सिद्धार्थ की जेब में मटमैली दवा की पुड़िया अकसर बरामद होने लगी थी, देर रात तक घर नहीं लौटना, मसान जगानेवाले टुटपूँजिया औघड़ों की सी शक्ल-सूरत बनाए फिरना···

हमारे बटुए से सौ-सौ के नोट गायब होने लगे—तब हमें शक हुआ···। आपको कुछ होश भी है, हमारी एक ही औलाद और वह भी ऐसी गंदी सोहबत में···!

वे कहना चाहते थे—

अपने बेटे की इस दशा का दायित्व क्या तुम पर नहीं सुरूपा? तीसरी या चौथी कक्षा का छात्र रहा होगा वह—किसी कीमती खिलौने के लिए मचल उठा था। तुमने अपना मनीबैग उसके सामने उलट दिया था—

लो बेटे ये सौ-सौ के नोट लेकर रामसेवक के साथ अभी बाजार चले जाओ···फिर न कहना कि अम्मा ने कंजूसी कर दी···। बच्चे की हर जायज-नाजायज जिद पूरी करती गईं—अब···?

वाणिज्य महाविद्यालय में दाखिला लेने के पहले बेटे का जीवन-दर्शन बखूबी समझ गए थे वे—

मेरे अंक कम हैं तो क्या, छोटे मामा की यह चिट्ठी पढ़िए—कितनी प्रैक्टिकल बात लिखी है उन्होंने! प्रिंसिपल कामतानाथ आपके इतने घनिष्ठ हैं पापा, आपने उनके पोते का इलाज किया है। उनसे कहकर मेरा एडमिशन···

सुरूपा ने चूकते ही सहारा दिया था—

आप अपने चले जाते न···बड़ा खूसट है बुढ़ऊ। हमने तो सुना है खूब माल-मत्ता लेकर ऐरे-गैरे किसी का भी दाखिला ले लेता है।

उन्होंने दो पंक्तियों का एक पत्र दे दिया था।

उस दिन प्रिंसिपल कामतानाथ बिना कोई सूचना दिए उनके पास आ गए थे—

माफ कीजिएगा, बात ही ऐसी थी कि···

सिद्धार्थ और उसकी मंडली ने अपनी ही कक्षा की कुछ लड़कियों के साथ बुरा बरताव किया था।

डॉक्टर पद्मसंभव को उसी सहज स्थिरभाव से अपनी ओर देखते पाकर कामतानाथजी हतप्रभ हो उठे थे—

आपको विश्वास नहीं हो रहा है न···! मैं भी पहले···लेकिन मेरे पास प्रमाण है डॉक्टर, अनेक छात्रों ने पहले भी कई बार शिकायतें की थीं—मैंने आपके लड़के को बुलाकर समझाया भी था, पर···

डॉक्टर पद्मसंभव ने उनको आश्वस्त किया था—आप जो कह रहे हैं, उसमें झूठ की गुंजाइश नहीं···कामतानाथजी, आपको अधिकार है—ऐसे मामलों में आप जो भी अनुशासनात्मक काररवाई करना चाहते हैं, बेखटके करें···

सुरूपा की पाकशाला के चटपटे पकवानों का स्वाद अचानक बे-मजा हो गया था—

आप चाहते तो बीच-बचाव कर सकते थे; लड़कपन ठहरा, ऐसा कौन सा कसूर कर दिया उसने, जो आप···हमारे दोनों भाई कैसी-कैसी शरारतें नहीं करते थे—वह तो हमारे बाबूजी का ही जिगरा था, अपनी औलाद का सात खून माफ कर सकते थे वे, और एक···

दर्द से टपकती कनपटियों को दोनों हाथों से दबाए अपने बिस्तर पर लेटने चले थे तो अँधेरे में बाबूजी का पूर्ण अनुशासित व्यक्तित्व सिरहाने आ खड़ा हुआ था—

तुमने पान खाया पद्म, और स्कूल से लौटते समय चौराहेवाले किसनू पनवाड़ी की दुकान पर खड़े थे—किसलिए···? चलो, कान पकड़ो अब ऐसी गलती कभी नहीं···।

सुरूपा का पत्र पाकर उसके दोनों भाई तुरंत चले आए थे—बच्चे ने इतना बड़ा गुनाह तो नहीं कर दिया कि आप उसे···तिल का ताड़ मत बनाइए पाहुन··· आपकी इतनी बड़ी साख है। उसे इससे भी अच्छे किसी कॉलेज में दाखिला क्यों नहीं दिलवा देते—न

हो तो दिल्ली, कलकत्ता, लखनऊ···यहाँ से बाहर जाकर वह सुधर जाएगा···!

कीमती गलीचे पर पाँव फैलाए सिगरेट का बेतहाशा धुआँ फेंकते अपने ससुराली रिश्तेदारों का सुधारवाद उनके मस्तिष्क में दर्द की तेज ऐंठन जगा गया था—

जीवन में पहली बार घर की नौकर-नौकरानी ने मालिक का इतना ऊँचा स्वर सुना था—

आप सब लोग एक उपकार करेंगे···? क्या मुझे थोड़ी देर के लिए अकेला छोड़ सकेंगे? आप लोगों की निगाह में क्या अब भी उसके सुधरने की कोई गुंजाइश है? ईश्वर के लिए इस शिविरबंदी में मुझे न डालें। आप भाई-बहन मिलकर जो भी तय करें, मुझे कुछ नहीं कहना है—

आँसू बहाती सुरूपा की ओर मुड़कर उन्होंने अपनी बात समाप्त कर दी थी—चेकबुक मेरी दराज में है।

सबकुछ जानकर अपूर्वा ने सुझाव दिया था—आप कहें तो मैं सिद्धार्थ से बात करूँ सर, उम्र की नादानी है। मेरा विश्वास है कि—

सिद्धार्थ के चेहरे पर एक भी शिकन नहीं थी।

माना कि हमसे गलती हो गई, लेकिन आंटी, पापा की इस खामख्वाह रुखाई का तो कोई मतलब ही नहीं समझ में आता न···। आप तो उनके साथ पढ़ चुकी हैं—सच बताइए क्या उस उम्र में भी पापा ऐसे ही थे, हम कैसे मान लें कि उनसे कोई भूल नहीं हुई होगी···और फिर हमने तो कामतानाथजी से माफी भी माँग ली है—पर शायद अम्मा ठीक ही कहती हैं—पापा का बचपन घोर गरीबी में बीता था। अब इतनी जोरदार प्रैक्टिस चल निकली है—अम्मा पैसे का मोल नहीं समझातीं, तो शायद हम लोग भी वैसी ही फटेहाली—

अपूर्वा अवाक् थी—

तुमने अपने पापा को गलत समझा है बेटे। तुमसे किसने कह दिया कि···उनके सिद्धांत कितने ऊँचे हैं सिद्धार्थ···

निहायत अड़ियल घोड़े सा सामने खड़ा वह कुतर्क की बौछार किए जा रहा था—मनोविज्ञान कहता है कि ऐसे अभावग्रस्त जीवन की अपनी कुंठाएँ होती हैं जिसे आप आदर्श कहती हैं—दरअसल वह मेरे पापा की क्रूर मनोवृत्ति है आंटी, वे मुझसे प्रतिशोध लेना चाहते हैं···उन्होंने अम्मा को अपनी तनख्वाह के सिवा और दिया भी क्या? बाहरी लोगों की मजलिस में छतफाड़ हँसी हँसनेवाले आपके ये बंधु घर में घुसते ही क्यों गुमसुम हो उठते हैं, क्या मुझसे यह सब छिपा हुआ है···। आप मुझसे क्या करवाना चाहती हैं—क्या मैं फटे-चिटे कपड़े पहनकर रहूँ? दिन-रात किताबों के साथ माथापच्ची करके अपनी आँखें खराब कर लूँ···?

पापा अपनी सत्तरहवीं शताब्दी की सोच मुझ पर लादना चाहते हैं। आजकल बिना पढ़े लड़के-लड़कियाँ टॉप कर जाते हैं। पैरवी का युग है यह···और केवल पंद्रह अंकों से मेरा डिवीजन खराब हुआ था। पापा चाहते तो···

डॉ. पद्मसंभव के चेहरे पर बड़ी बेजान सी मुसकराहट थी—

यह सब सोचकर अपनी मानसिक शांति भंग मत करो अपूर्वा! मैं अनुभव करने लगा हूँ, शायद मैं ही कहीं अयोग्य हूँ···। सुरूपा, सिद्धार्थ सब ठीक ही तो कहते हैं—पठन-पाठन, शोध अनुशीलन का युग नहीं है यह···ज्ञान की सार्वभौम सत्ता के लिए अपने मन के अँधेरे से जूझनेवाली हर सच्ची निष्ठा अप्रासंगिक होती जा रही है। स्वयं से पराजित होकर मैंने अपनी संतान को लेकर एक मृदुल अभिलाषा सँजोई थी—

उसे विज्ञान में रुचि हो तो एक योग्य चिकित्सक बनाऊँगा—अपने अनुभव उसे सौंपकर भार-मुक्ति का सुख सहेजूँगा और यदि वह कला-प्रेमी हो, तो मेरे पिता की तरह प्रतिभाशाली अध्यापक एक रचनात्मक प्रतिबद्धता से जुड़ा हुआ एक सही मनुष्य···बन सकेगा।

उस दिवास्वप्न की बात रहने दो अपूर्वा···मैंने कामतानाथजी से क्षमायाचना कर ली है, उनसे कह दिया है कि वे सिद्धार्थ को एक अवसर और···नाश्ते की तश्तरी ज्यों-कीं-त्यों पड़ी रह गई थी। छत की वीरान कड़ियों को एकटक देखते डॉ. पद्मसंभव का आहत मौन भाषा का मोहताज कतई नहीं था—

अपने स्वाभिमान को गिरवी रखने की इतनी बड़ी जहालत···तुम साक्षी हो न अपूर्वा, जीवन के इतने बड़े छलावे को मुझे संरक्षण देना ही है; लेकिन क्यों, किसलिए···?

सिद्धार्थ में थोड़ा परिवर्तन देखकर उन्होंने एक आश्वस्ति की साँस ली थी। सुरूपा का पुलक सुख अपने चरम पर था—

हम नहीं कहते थे हमारा बच्चा अपने आप सही रास्ते पर आ जाएगा। देखिए जी, बुरा मत मानिएगा, कोई ढंग का रिश्ता आ जाए तो आप चटपट···

सिद्धार्थ ने दो टूक शब्दों में प्रस्ताव रखा था—

शहर के बहुत बड़े रईस की बेटी है अम्मा, तुम्हारी देह पर जैसी साड़ियाँ हैं न, वैसी तो उनकी नौकरानियाँ पहनती हैं···! लेकिन मुझे पता है पापा को यह रिश्ता कभी नहीं जँचेगा। वे तो हर व्यापारी को काला बाजारिया ही समझते हैं···फिर भी···एक बार उनसे पूछना तो होगा ही न···

सेठ शिवदयालजी अपनी नवरत्न जटित अँगूठी को गोल-गोल घुमाते उनके बैठकखाने का जायजा ले रहे थे, सुरूपा ने घंटों की मेहनत से पूरे कमरे को अपनी रुचि के मुताबिक भरपूर सजाया था—

रेशमी आँचल को बार-बार माथे पर सँभालती वह अपने आप में मगन थी—

हमारा एक ही तो बेटा है भाईसाहब, ठाकुरजी की दया से किस चीज की कमी है घर में···? यहाँ से लेकर दिल्ली तक इसके पापा को कौन नहीं जानता, बड़े-बड़े मंत्रियों के फोन आते है पर ये कहीं नहीं जाते। जिसको गरज हो हमारे यहाँ आए···हाँ, नहीं तो···

अरे, यह काजू की बरफी लीजिए न!

ठीक ही तो हुआ, डॉक्टर साहब भी आ गए। अब आप दोनों जने बाकी की बातचीत पूरी कीजिए, हम चाय का इंतजाम करके···

गले के चारों तरफ मांस के अनावश्यक लोथड़ोंवाले उस किराना-व्यवसायी की प्रदर्शनप्रियता देखकर डॉ. पद्मसंभव का मन एक अजीब सी वितृष्णा से भर उठा था।

सुरूपा ने भीतर बुलवाकर धीमी आवाज में ताकीद की थी—

आपको हमारी सौगंध, 'ना' मत कीजिएगा। सिद्धार्थ की पसंद है तो···हमें क्या···! अपना लाखों का कारोबार छोड़कर बंबई से यहाँ आए हैं शिवदयालजी···।

अतीत क्या इस तरह करवट बदलता है?

बिना चीनी की चाय का पहला घूँट लेकर शिवदयाल सीधे मतलब की बात पर उतर आए थे···

आपका लड़का हमें पसंद है डॉक्टर साहब, मेरी लड़की को आप लोग जब देखना चाहें—वैसे तो मैंने फोन पर ही बहनजी से कह दिया था—यहीं छात्रावास में रहती है···कहें तो उसे भी अपने साथ ही लेता आऊँ! दोनों पढ़े-लिखे हैं—आधुनिक विचारों के हैं, और सबसे बड़ी बात कि दोनों की पसंदगी से ही···

डॉक्टर पद्मसंभव के मौन का दूसरा अर्थ लगाते हुए शिवदयालजी ने अंतिम अस्त्र का प्रयोग किया था—

बेटी का बाप हूँ जी, आपके दरवाजे आया हूँ। एक ही तो लाड़ली है, तीन-तीन भाइयों की दुलारी बहिन···! दामाद बाबू को हीरे-मोतियों से तौल देंगे, आपकी और बारात की अगवानी में कोई कोर-कसर नहीं छोड़ेंगे···।

....

अच्छा, तो अब बात पक्की समझें न···। लगन के लिए शुभ साइत निकलते ही पत्र भेजकर सूचना दे देंगे···।

सुखों का लश्कर दूसरों को सौंपते अपनी वेदना की गठरी आप ढोते डॉ. पद्मसंभव कितने एकाकी थे, किस कदर असहाय···।

सुनसान दोपहर में अपने घर का दरवाजा खोलती अपूर्वा विस्मित हो उठी थी—

अरे, आप ब्याह निपटाकर इतनी जल्दी चले भी आए···! कैसी है बहू कहाँ हैं सब लोग···?

उनका क्लांत स्वर सुन लेने के बाद फिर कुछ भी पूछने का साहस नहीं रह गया था

डॉ. अपूर्वा व्यास को—

सारी बातें यहीं पूछ लोगी, भीतर आने के लिए भी नहीं कहोगी अपूर्वा··· !

नहीं सर, दरअसल मैं···आइए न सर, भीतर आ जाइए। टैक्सीवाला सूटकेस बरामदे पर ही रखकर चला गया था। बेंत की आरामकुरसी पर आँखें मूँदे पड़े रहे थे डॉ. पद्मसंभव···

दोपहर के भोजन का वक्त हुआ है, आपके लिए खाना··· ।

नहीं।

उन्होंने संकेत से मना कर दिया था—

एक गिलास ठंडा पानी और कुछ भी नहीं··· । तुम जाओ, आराम करो अपूर्वा··· सुरुचि हो तो उसी से पानी भिजवा दो···

सुरुचि यहाँ कहाँ सर, वह और अम्मा तो कल शाम की गाड़ी से ही कानपुर···मेरी मौसेरी बहन की शादी है न··· ।

और तुम अपूर्वा, तुम्हें भी जाना चाहिए था न···

अम्मा जोर दे रही थी—बिरादरीवाले दस बातें कहेंगे, पर मेरा जी नहीं चाहा···वे बड़े लोग हैं, फालतू की उस तामझाम से मुझे ऊब होने लगती है सर··· और फिर यहाँ आप भी तो नहीं थे—मेरी इमरजेन्सी ड्यूटी थी, मैं कैसे···?

....

आप आराम कीजिए सर, कोई जरूरत हो तो···

एक विचित्र सी क्लांति उनके मन-प्राणों में घुलती चली जा रही थी ! सेठ शिवदयाल ने बेटी के ब्याह का कैसा तमाशा खड़ा किया था, लाखों रुपयों का अत्याधुनिक ऐश्वर्यशाली वह पंडाल—बेशकीमती चाँदी की थालियों में पचासों किस्म की भोजन सामग्री···कैसे-कैसे अजीर्णवादी चेहरे एकत्र थे घरातियों की उस भीड़ में··· !

बेटी की विदाई करने चले तो अपने कंधे से पश्मीने की कीमती चादर उतारकर ड्राइवर को दे दी थी।

सिद्धार्थ ने इशारा किया था—

पापा, इनके अर्दली को अँगूठी या कम-से-कम एक हजार एक रुपए··· !

वे सबकुछ देख-सुनकर अनजान होते चले गए थे।

सुरूपा बेटे और बहू को लेकर होटल वापस जाने के लिए दूसरी कार में बैठीं तो शिवदयालजी ने सबके सामने टोक दिया था—

और समधीजी, आप··· !

सुरूपा ने सबको सुनाकर बात बदल दी थी—

इन्हें एक घंटे की भी फुरसत कहाँ? दिन-रात मरीजों का दुःख-दर्द ! दुनिया भर की रोग-बीमारी लेकर कहाँ-कहाँ से लोग आते हैं और सिद्धार्थ के पापा अपनी सुध

भूलकर उनमें लग जाते हैं। लोग असीसते हुए जाते हैं। बहिनजी, आपसे क्या बताएँ, पैसा ही कमाना होता तो आज तक तो हमारी चार-पाँच कोठियाँ खड़ी हो गई होतीं। पर ये तो दया-धरम के औतार ठहरे। सीधे हवाई अड्डा चले गए, आज साँझ तक इनका घर पहुँचना जरूरी है न··· !

बार-बार कैसी दुस्सह जलन भरी प्यास का अनुभव करने लगे थे। आँखें पूरी तरह खुलना चाह रही थीं, वे आवाज देकर कहना चाहते थे—अपूर्वा, मेरी तबीयत ठीक नहीं लग रही है। एक गिलास पानी और···

डॉ. पद्मसंभव की नींद में खलल नहीं हो, इसी इरादे से अपूर्वा दोनों दरवाजे भिड़का गई थी।

तिपाई के उलटने की आवाज सुनकर वह तेज-तेज कमरे में चली आई थी—

क्या हुआ सर, आप तो एकदम पसीने-पसीने···कहीं दर्द हो रहा है क्या···?

उन्होंने ललाट के बीचोंबीच उँगली रखी थी—

सिरदर्द की कोई दवा हो तो···

अपूर्वा जानती थी—माइग्रेन के रोगी डॉक्टर पद्मसंभव अपने पर्स में हर समय न्योपैन रखा करते थे—

सर, यह दवा···। मैं आपके लिए एक कप चाय बनाकर ले आऊँ···?

न जाने क्यों, उस विकट मनोदशा में करुणा की एक तेज लहर उन्हें भीतर तक भिगो गई थी—

अपूर्वा, तुमने कैसे जान लिया कि इस समय मुझे चाय की जरूरत है···?

धूप से बचाव करने के लिए अपूर्वा चुपचाप कमरे के मोटे परदे फैलाने लगी थी। उनकी आँखें न जाने क्यों नम हो गई थीं—

कुसुम जीजी को अच्छी साड़ी देने के लिए कहकर पाँच सौ रुपए थमा गए थे। उस बार वे अपने नए जन्मे शिशु के साथ आई थीं। सुरूपा ने अपनी संदूक से पहले की खरीदी हुई साधारण सी साड़ी निकालकर दे दी थी और रुपयों का नाम तक नहीं लिया था। यह भेद तो तब खुला, जब कुसुम जीजी जल्दीबाजी में वह पैकेट छोड़ गई। सुरूपा ने कैसी चतुराई से बात का सिरा ही उलट दिया था—

आपकी कुसुम जीजी ठहरी बड़े इंजीनियर की लुगाई, इतनी ऊपरवार आमदनी है तब न रेशम, साटन, मखमल से नीचे पसंद ही नहीं उतरती···हमने कितने हुलास से दिया था। मन रखने के लिए ही लिये जातीं···।

कुसुम दीदी ने रेलवे प्रतीक्षालय की भीड़ में अपने पति की आँखें बचाकर धीरे से कहा था—

तुम सुरूपा को कुछ भी मत कहना भाई, लेकिन इस बार हमें लगा कि अम्मा-

बाबूजी गए और नइहर का सुख भी उनके साथ ही चला गया। तुम्हारी हालत क्या हम लोगों से छिपी हुई है? हम वह साड़ी का पैकेट जान-बूझकर छोड़ आए थे पद्‌म, उस साड़ी में दो-तीन जगह चिकनाई के धब्बे थे और आँचल का एक कोना फटा हुआ था—वहाँ मेरी सास-ननदें हैं, देखतीं तो···झूठमूठ···

उन्होंने अपनी जेब से निकालकर रुपए देने चाहे थे।

कुसुम दीदी एकदम अड़ गई थीं—नहीं भाई, तुम्हारा जीवन बना रहे। तुम खूब यशस्वी हो और सुख पाओ···अपनी सेहत का ध्यान रखना। तुम्हारी कुशल के सिवा हमें कुछ भी नहीं चाहिए···। और सुनो, रोज-रोज आना तो हो नहीं पाएगा। अब तो इनकी बदली बहुत दूर हो गई है। हम यहाँ नहीं आ पाएँ तो बुरा मत मानना। अस्पताल के पते से चिट्ठी जरूर भेजेंगे।

उस रात स्टेशन से वापस लौटे थे तो इसी तरह अधकपारी का दर्द उमड़ा था। दवा खाकर अपने कमरे में लेटे तो सुरूपा ने हायतौबा मचा दी थी—

बिना खाए सो जाना कितना बड़ा असगुन होता है। दो कौर ही सही, खा लेते तो क्या हरज था। ऐसा दरद बार-बार हो रहा है और आप हैं कि अपनी ही दवा लिये जा रहे हैं···। आपको चाहिए कि किसी दूसरे डॉक्टर से सलाह लें, ऐसे सेंत-मेंत में कुछ हो-हवा गया तो···

अपूर्वा चाय का मग लिये सामने खड़ी थी—

काली मिर्च और तुलसी पत्ती की चाय···! तुम्हें कैसे पता कि···

अम्मा को भी यह दर्द अकसर होता है सर···, वे ऐसी ही काढ़ानुमा चाय अपने लिए बनवाती हैं। अब तो मुझे भी इसका स्वाद जँचने लगा है।

चाय रखकर लौटती हुई अपूर्वा को उन्होंने पीछे से पुकार लेना चाहा था—

कहाँ जा रही हो···? मेरे पास बैठो तो सही···

उसने उनके मन की बात थाह ली थी क्या—

रसोई से झटपट कुछ लिये आती हूँ—आपको भूख लगी है न···

हाँ, थोड़ी-थोड़ी भूख जरूर लगी है पर अपूर्वा, तुमने कैसे जान लिया कि···

कितनी निश्छल हँसी हँसकर उसने स्वीकार किया था—

मैं एक स्त्री हूँ सर, और मुझे पता है—भूख-प्यास को महसूसता हुआ चेहरा कैसा होता है···

अरे, इतने सारे पकौड़े और मैं अकेला, तुम नहीं खाओगी—

अपूर्वा का व्रत था उस दिन···

कोई धार्मिक अनुष्ठान नहीं है सर, बस यूँ ही अपने मन की शुद्धि के लिए एक दिन निराहार रहने की इच्छा जगी थी। दस वर्ष हो गए, यह नियम शायद ही कभी टूटा हो···

अपूर्वा की वह स्नेह-विकल भंगिमा—

बिलकुल सादे पकौड़े हैं, मिर्च-मसाला कुछ भी नहीं··· । थोड़े और लीजिए न सर··· !

कैसी बड़ी-बूढ़ियों सी उपदेशों की पिटारी खोल बैठी थी वह—

अपने आपको सँभालिए सर, बार-बार इस रोग का दुहराना ठीक नहीं··· । आप दूसरों का उपचार करते हैं—तनाव से बचने की कला आपको स्वयं सीखनी होगी··· !

आत्मा के अंतरंग कक्ष में किस छवि का संधान करने चले थे वे? जिसकी पलकों की कोर दूसरों के आँसुओं में सराबोर हो, जिसकी संवेदना शरद पूर्णिमा की नर्म छुअन बनकर निष्कृति की राह बताती संग-संग चल रही हो··· ! कौन थी अपूर्वा व्यास उनकी···, कौन थे वे उसके···? देय अथवा प्राप्य की समस्त सीमाओं से दूर खड़ी जो उनकी प्राण-शिराओं को निश्छल स्नेह के इंद्रियातीत अनुभव से अभिषिक्त कर रही थी, उसके समक्ष भी झूठ का आवरण क्यों?

मैं सबके लिए हूँ, पर मेरा कोई भी नहीं—क्या यह बात वे अपूर्वा से कह सकते थे?

सिद्धार्थ बंबई रहने का निर्णय लेकर ही गया था। सुरूपा को बेटे-बहू की नई गृहस्थी सँजोनी थी। उनका अंतस् एक प्रश्न लिए सम्मुख था—

पद्मसंभव, जिंदगी का कौन सा सच ढूँढ़ने चले थे तुम···? हिमशिलाओं के बीच निभृत अकेलापन झेलते पहाड़ी नद की धार बनकर उबलते रहे। तुम्हारी निस्सीमता को थाहने की शक्ति थी किसी में···?

अपूर्वा ने कैसे भयातुर-भाव से टोक दिया था—

सर, आप ऐसे चुप क्यों बैठे हैं—आपको ठीक नहीं लग रहा तो कहें—डॉ. कौशल को बुलवा लूँ या फिर···

उन्होंने हाथ हिलाकर मनाकर दिया था—

तुमसे एक बात पूछूँ अपूर्वा, तुम मुझे कितना जानती हो···? मेरी अंदरूनी जिंदगी का कोई अंदाजा है तुम्हें···? सामने बैठी अपूर्वा अपलक थी। बचपन में पहली बार समुद्र देखा था उसने—तट पर सिर धुनती महातरंगों का सारा आवेग अपने भीतर समेटती पछाड़ खा-खाकर वापस लौट जाती, उफनती-बिखरती वह अनंत जलराशि—

उन्माद के रोगी सी अपनी विवशताओं में डूबती-उतराती वह सुदर्शन काया ठीक उसी तरह उनके सामने थी··· । निशब्द आँसुओं के फेनिल ज्वार में सबकुछ निःशेष कर डालने का वह आवेग···

अपूर्वा··· ! तुम्हें ईश्वर की सौगंध, यह मुहूर्त मुझसे मत छीनो··· । सीप-घोंघे सेंतने में कितनी बड़ी यात्रा का श्रम निरर्थक गँवा चुका हूँ मैं। तुम्हें अपने रक्त में सने आँसुओं की कथा सुनाना चाहता हूँ, सुन सकोगी···?

हाँ, यह सच है, उस उन्मद आह्वान का प्रत्याख्यान नहीं कर पाई थी अपूर्वा! जलनिधि स्वयं चलकर उसके पास पहुँचा था। जीवन भर सँजोए गए किसी खंडित स्वप्न के साकार प्रतिफल सा···वह क्षण···!

नहीं, आपने कोई अपराध नहीं किया डॉ. पद्मसंभव···! आप संयत होइए···!

लेकिन अपूर्वा, यह सब···!

कहीं कोई पाप-बोध हो, तो उसका सारा दाय मुझ पर···मैं अपूर्वा हूँ सर, जीवन भर अपूर्वा ही रहूँगी···

आपकी थकी-हारी आस्था को थोड़ा भी सुकून मिला हो तो···मैं···!

कैसा विलयन सुख था वह···?

अपूर्वा की गोद में चेहरा छिपाए फूट-फूटकर रोते डॉ. पद्मसंभव और अपना सारा विषाद भूलकर उन्हें सांत्वना देती वह स्वयं! सद्यः छिटकती हुई ज्योत्स्ना का पहला आभास रोशनदान से कमरे तक पहुँच रहा था।

एक नए 'अथ' का बोध दे सकती थी अपूर्वा···? शायद हाँ, शायद नहीं···।

डॉ. पद्मसंभव उसी रात अपने घर वापस लौट गए थे···।

सुरुचि ने रजिस्टर्ड डाक से मिली चिट्ठी अपूर्वा को लाकर दी थी।

इतना मोटा लिफाफा। किसका हो सकता है दीदी···! खोलो तो···!

एक अज्ञात आशंका का आभास उसकी उँगलियों का कंपन बनकर देर तक कमरे में थरथराता रहा था—

तुमने मेरी माँ को नहीं देखा अपूर्वा, हर विपरीतता के सामने सीधी-सतर खड़ी हो जाने की कैसी नीरव क्षमता थी उसमें। हरित बाँस का तना बनकर थोड़ी निहुरी, थोड़ी दबी, लेकिन अपने विरोध का छीलन भरा एहसास देती मेरी माँ! मेरे लिए एकमात्र प्रेरणा-स्रोत थी वह। धुएँ की शक्ल में सुगबुगाती, अगरु बनी जल-जलकर निःशेष होती इस जिंदगी की जद्दो-जहद ने विपरीतताओं के कैसे अग्नि-कुंड में झोंक दिया है मुझे···जल-जलकर क्षार होती मेरी चेतना की शांति बनकर इस मरुथल में तुम्हें यूँ मिलना था···?

सदियों पहले दफनाए गए किसी बादशाह की कोई गुंबदनुमा समाधि अचानक खुल गई हो—

स्मृतियों के कैसे-कैसे प्रेत रव···और अपने दुःखों की बारादरी में एकाकी भटकता तुम्हारी ही प्रतीक्षा कर रहा था मैं? एक छोटे से श्रावणी मेघ की तरह तुम मिलीं—और अपने आपको निःशेष कर गईं—क्यों?

आगे के शब्द अपूर्वा के लरजते हुए आँसुओं में घुलकर अपनी पहचान खोते चले गए थे—

ऐसा पातकी तो नहीं था मैं—क्या हो गया था मुझे···?

तुम कुछ भी कहो, मैं अपराधी हूँ अपूर्वा···, जानता हूँ—यहाँ कुछ भी मेरा नहीं है, फिर भी न जाने किस अधिकार से तुम्हारे सामने याचक बना बैठा हूँ। कुछ कहा नहीं जा सकता, क्या हो? संभव है मैं कहीं चला जाऊँ। अपनी भौतिक संपदा पहले ही सुरूपा के नाम करके उस दाय से निवृत्त हो चुका हूँ···। एक धरोहर फिर भी शेष है—जख्मी साँसों और क्लांत मन की यह कुल धरोहर तुम्हारे लिए···! जानता हूँ इस प्रवंचना को छोड़कर जिस दिन जाना होगा, मेरी आँखें केवल तुम्हें ढूँढ़ेगी, मेरी आत्मा को तुम्हारा संधान रहेगा। वचन दो अपूर्वा···, उस शून्य संतरण में तुम मेरे निकट रहोगी···।

गंगा के वक्ष पर धीरे से तिरोहित हो रहे सूर्य की विदा लेती छाया को किसी प्रायश्चित की दरकार थी? अपूर्वा के आँसुओं का सैलाब उस उष्मा से धुलकर कैसा जगर-मगर करने लगा था।

पत्र के अंतिम पृष्ठ को माथे से लगाकर उठी तो डॉ. पद्मसंभव की वर्षों पुरानी तेजस्वी मुखाकृति बिहँसती हुई सामने आ खड़ी हुई—

सरसता तो अपने भीतर हुआ करती है—विसंगतियाँ पग-पग पर हैं सही, लेकिन उनसे लड़ने के लिए सामर्थ्य भी तो अपने भीतर से ही जुटानी होती है न···! पढ़ा नहीं तुमने अपूर्वा, हमारे कबीर बाबा क्या कह गए हैं—

इसी शून्य गुफा में उस सचेतन की तलाश करो···यंत्रणा की शूली कब तक···? कभी तो भोर का सुनहला आभास होगा।

सुरुचि रोकती रह गई थी—दीदी, इस अँधेरे में तुम अकेली···कहो तो मैं और अम्मा भी तुम्हारे साथ···

उसने मना कर दिया था—

जो सूर्य अपनी खिलखिलाती हुई उष्मा लुटाना भूलकर सर्वग्रासी यंत्रणा के पाश में बँधा असमय निर्वाण का अभिशाप बटोरने चला हो, उसकी मुक्ति नहीं हो पाई तो···नहीं, शीघ्र जाना होगा उसे···

अपूर्वा व्यास, क्या कहने गई थीं तुम···

लौट आओ पद्मसंभव···! तुम्हारी अधूरी आकांक्षाओं का आकाश होना स्वीकार्य है मुझे···। यूँ अकाल पराजय तुम्हारी गति नहीं हो सकती। नहीं, हजारों लोगों को जीवनदान देनेवाला इस तरह चुपचाप गुमनामी के गर्त्त में नहीं जा सकता···। हाँ, मैं तुम्हारी आस्था के नील-व्योम का सांध्य-नक्षत्र बनी रहूँगी···दूर से तुम्हें अपने 'होने' का आभास देती हुई, ताकि तुम जी सको···तुम्हारी प्रतिभा को कोई ग्रहण नहीं लगे···।

उस क्वार्टर का कोना-कोना झाँक आई थी अपूर्वा···!

रामसेवक ने आँसू पोंछते हुए कहा था—

यह चिट्ठी आपके यहाँ दे आने को कह गए—बस, और कुछ भी तो नहीं कहा

दीदीजी···अपनी किताबें, और चार जोड़ी कपड़े—बस, इसके सिवा कोई दूसरी चीज-बतुस भी नहीं··· ! मालकिन लौटेंगी तो··· !

खाली पड़ी मेज पर पढ़नेवाला बल्ब जला हुआ था—

अपूर्वा, यह सूचना केवल तुम्हारे लिए···। मेरे पिताजी के अनन्य मित्र हैं स्वामी स्वेतानंदजी, कुष्ठ-रोगियों की सेवा के लिए हिमालय की तराई में उन्होंने एक चिकित्सालय खोल रखा है। मैं शेष काल तक यहीं रहना चाहता हूँ···? शायद जिंदगी का थोड़ा सा भी प्रायश्चित हो पाए··· !

अपूर्वा···, अपनी व्यर्थता का एहसास था या जन्म-जन्मांतर की क्लांति थी वह! ऐसी वीरानगी कि अपना अस्तित्व किसी अँधेरी खोह में पड़ी चिर-प्रतीक्षित हिमशिला सा लगने लगे—रोशनी के उस कतरे को मुट्ठियों में जकड़ने चली थी वह···? तब···?

हथेलियों में जलती हुई कागजी इबारत में निर्दिष्ट पते पर हर दिन एक अनकिया सफर··· ! सूरज के उगने से लेकर डूब जाने तक साँसों के उतार-चढ़ाव के साथ एक नीरव प्रार्थना—

तुम्हें वहाँ शांति मिले··· ! तुम्हारा शून्य-संतरण देख सके, इतनी शक्ति इस अपूर्वा में नहीं है—डॉ. पद्मसंभव, तुम चिरजीवित रहोगे, कम-से-कम अपूर्वा के लिए···

□□□